倪受彬／著

觀自在

上海三联书店

三年之"娉"（代序）

在同济完成了一个三年聘期考核，近期通知我续签。我的调动日期写的是 2019 年 7 月 1 日，前后其实已经超过 3 年了。

2019 年 6 月的某日，老东家上海对外经贸大学组织部特意派了一个干部把调动手续送到同济。他们本不必这样做，同城搞个机要件就可以了，我一直感激主事者的此番情谊。记得娘家的人交了公文，连一杯水都没喝就走了。我算是那天成了同济的人，但是后来的聘书写的是 2020.1.1—2022.12.31 日。

同济是个水面不小的大湖，原来的东家是市属高校，我类似于从一个家门口的池塘，蛙跳到这个 985 江湖。

在原来的单位，我还是一只算得上号的青蛙，毕竟是个一线学院的正院长。同济，像一个大家族，正妻偏房外室甚为庞杂。我所报到的学院在文科中还不咋排上号。同济是工科学校，虽然也在奋力恢复拆解之前的理工农医文法的综合性大学。从综合到专门学院再回到综合，一个轮回，多少物是人非，沧桑巨变。

我们的学院在学校院系一览表里排在最末。我是编制内身份，算是正室。但是出身寒微，没有任何拿得出手的显赫帽子，也无柴大官人的世袭身世，嫁进来的也没人指望顶门立户的，当然就没资格要彩礼钱。甚至配不上张罗一场闹洞房的酒宴。我只私下请老东家的同事，帮叫了份同城快递，把一些书捆扎发送过来。也无甚细软，就这样过了门。那几百本书，跟了我很多年，在新东家的狭小简陋的办公室重新摆起来，只当是卖艺的行头，教书匠可以设摊糊口了。

一些大牌教授的工作调动是要搅动江湖好些时日的，他们有要大牌的资格，比如院士、长江、杰青之类当红花旦的角色，新旧东家拉扯着互不相让，价码自然节节高。而我就这样悄不声地委身于同济，以最低四级教授身份，开始了三年的聘期。原来在老东家好歹算定三级，但转换门庭，按照同济新规，一律不算。其实，我也觉得教授分级本身很无厘头。新东家人事处拿出一份格式合同，一式三份，盖了校院两个红章，约定岗位工作量若干，着我签字画押，不在话下。

关于我不再续聘老东家，甚至挂了院长的印，到同济来谋生，可以借机交代一下，这多少与一个对我的举报有关。我担任院长期间，曾遭遇过两个举报。2014年左右拟任法学院院长之际，被某个群众实名举报到市纪委。学校纪委寻我谈话，说有人举报我在上海置有多套豪宅，让我回去写个说明的材料。我听后，第一个反应是这个群众太抬举我了。我真是希望他（她）举报的是个事实。我是极愿意为凭空多出来的几处豪宅交房税的。可惜，我当时刚刚才在闵行外环自购了一处三居室的房子，尚有贷款百万元未还。我的财务状况实在是配不上那个举报。我家表姐，在上海帮人家做保姆，见到很多豪宅与富裕之家。每次到我家来，总说"读了这么多书，也没挣到钱"。其间有点替我叫屈的意思在。

这样的举报后来又有一次。2018年巡视组入驻上海市属高校，并公布了举报电话，设置了投递举报材料的邮箱、邮筒。学校某位"朝阳群众"又来举报,说我违反财务纪律,在一个多年前的横向课题的报销中交通费部分超了标。这一次的打击比较精准,因为钦差在校。巡视组居然就立了案,喊我去他们的驻地严肃地谈话。我记得应约到了他们的临时办公室,敲门进去,看到对于我的问题,已经先收集了一大堆材料,堆成一座铁证之山。事后一位参与此次财务调查的领导相告,巡视组着审计专员倒查了我担任5年院长期间的所有账目。最后发现我没有在公家账号上乱报过一分钱。我事后听到这个调查结果,有点后怕。倒不是担心真有啥事,只是怕自己在操作过程中一不注意,有瑕疵被揪住。

我的问题最后也清楚了,因为当时横向课题报销的报销政策非常随意,横向课题是课题负责人拉进学校,学校把钱收进来,收一笔管理费,基本上就不管了。发票只要符合要求则一路绿灯。问题虽然不严重,但是还得接受批评,无由申辩,因为总不能怪巡视组总立错案。调查期间,有人建议我把用交通费发票超标报出的部分主动退回学校,换取宽大处理。回家与老婆商量请款,她坚决反对,说自己的课题自己完成,学校已经收了管理费,按照当时政策报销出来,学校是同意的,他们收了管理费又不管,如果有错,也是他们的管理之失,你何错之有?而且,她说,一旦你把钱退回去,他们很可能就此认定你的错。后来想起来,老婆还是英明的。很快对我的调查也封卷,想想差点把本该属于自己的几万块辛苦钱不明不白地充公,那才是冤枉。

其实,在这场不愉快的调查到来之前,我已经与家人商量不再续聘院长一职。因为,2018年的时候,我的一个朋友正好受政府之命组建一家机构,致力于绿色技术转化与绿色金融业务的结合,邀我过去兼职法总。考虑到院长兼职报批手续复杂,还会有再被举报之虞,所以我2018年就下定决心离任。2019年的举报调查事件当时也基本明确了结论,我就顺势提交了辞呈,态度坚决。学校考虑到我的坚定想法最后也是同意了。在宣布我的免职决定时,学校的党委副书记、组织部长特意到学院,对我的工作给予肯定与感谢。我对此心存感激,毕竟人生最宝贵的时间与经历就此画上了句号,虽然远算不得完美。

举报的事也让我觉得与原东家缘分已满,彼此已经生隙,那个举报算是一个机缘和启示。被举报也确实给我造成了一点辩白的困扰,更加助推和坚定了我不再担任行政职务的决心。不知道,我的辞职结果是否遂了举报人的心愿于否?不过,倒是遂了我自己的心愿。否则,我犹疑不决,于公于私终究是不负责任的。

事后也有为我抱不平的朋友帮我分析,画像、锁定某几个举报嫌疑人。我也只是一笑了之。因为已经对我无妨,至于他(她)是否又把举报投枪磨好瞄准下一个人,这也不是我能够设防与阻止的。但是从他(她)误将我作为土豪劣绅行伏击的举报闹剧,谅也知道他杀伤"敌人"的精准与火力确是无用担忧的。

进了同济,担任了一年的学院教授委员会主席。但是绿色技术银行处于草创阶段,我对学院公共事务无力操心。于是,一年后就辞去所有公共事务,只上课和做些绿色金融法方面的研究。当然,三年来,授课与研究的效果并不突出,我对自己评价连合格都算不上。两份差事的冲突让我倍感压力,虽然表面还能应付。特别是从松江原来的住处,到绿色技术银行的虹口和远在杨浦的同济上班、上课,路上通勤时间每天几乎要用三个小时。下班的准时性也不如在松江期间。虽然我尽量推脱应酬,但是很多的商业和事务应酬无法退掉。有时候回到家都是晚上 10:00,第二天早上又须七点左右出门才不至于迟到。

在拥挤的地铁里,我随手记录,发到微信圈子里。居然有朋友点赞，说有可读之处，给了我很多的鼓励。后来，自己申请了一个微信公众号，把这些随手的文字删减整理，就像稻田里的谷子，装进粮仓前需要在打谷场上晒一下，再扬抛掉杂质。三年下来，想不到竟然有 130 篇 20 余万字，粮仓的充实让我有了意外之喜，觉得地铁通勤的愁苦并不是一无所获。

检读这聊以自慰的随笔内容很大一部分都是围绕着儿时的记忆，做成了王朔羡慕有故乡的人。我通过这样一篇篇随笔文字，居然让那个不起眼的故乡在我的生命里复活起来。像在家居整理中意外地找到一个存折。又似最近流行的一种新技法，把民国之际的黑白残画或影像资料，用了现代的手段，添彩补缺，甚至配上动画效果。在成年后的记忆筛选美化之下，过去的贫瘠、困苦与不堪，甚至成了光影里流动的彩色故事。这种美化是岁月沉淀后的理性，还是中年的自欺，似乎也不重要了。只是，从上海每次回到我文字中的无为乡下，直面那个在时代大潮中被半推半就向前走的乡村和乡民，再对照我笔下的一派粉饰文字，又让我生出一些说谎后的尴尬。真实的故乡，很像一个卸妆后的舞女，离开回忆之光的炫目，呈现出并不健康的面目，让人心疼。

无为与上海，都系着长江。沿着时代的长河流，我蜿蜒曲折而下。在上海这样一个大都市，我生活的时间竟达 26 年，远超过那个贫瘠甚至并无多少特色的故乡。但时光的换算率如各国货币一样，大概贵贱不同。在城市中，我始终是个游子，生不出生生相依的情感来。我看她的繁华，看她的高楼林立，我出入各种宴会，品赏不菲的咖啡。以一个驯化成功的角色，穿戴整齐，参与到城市的宴会中，但总觉得是一个客人和旁观者。我就像我的故乡，我是个城市化中不伦不类的实验品，充满遗憾、对抗、犹疑、嫉妒和艳羡。

作为一个最初的逃离者，有责任记录我们乡民过去和当下的生活,因为他们很容易"隐如烟尘";另一方面,作为客人,我也满载着旁观者的新奇、疑惑甚至同情。对这个寄身的城市与这个时代,我终究也是有情感的,特别是对行色匆匆的人与他们的日常,我也要如实记录,我无法置身事外。

疫情三年与我的聘期不谋而合,学校后来就断断续续去。在这个学校里,人头不熟,学校的文化也不了解,所以几乎都是独来独往,是一条外来的鱼沉潜在这个大湖里。上完课,就到校友中心喝杯咖啡。在这座多有陌生感的校园里随便走走,各个角落都去转转,既然来了,总要与他熟悉起来。新苑餐厅的那棵四季分明的榉树,一到夏天就火红一片,让人感动。我叫不出名字的一条校园内的长河,夏天的莲与几尾红色的小鱼在水中嬉戏,我经常在岸边坐观,甚至为他们写过一首诗呢?同济的樱花也是美出名的,疫情之前,我有幸遇上,也为这场樱花写过一篇文字。

我虽然有兼职,但是喜欢赖在大学里,此处多少还有一些自由的气息,沾点青年的朝气。可惜这几年这种青春气息,校园里也越发少了。校园里应该有的学生乐队,各种社团的海报,广场的诗歌朗诵,如今也少见了。年轻人在校园里多数默默的,心事重重。有一次我一早有事到校园里,好像是体检,骑了一辆哈罗单车在学校穿行。学校里已经有很多学生在走路,只是步态是默默的,很少有这个年龄应有的欢跳、追逐与嬉闹。我忍不住,故意赌气似的在车上一反常态地大声唱歌,惹得很多人异样的眼光。

不过后来,我知道陈从周、冯至、谢怀轼、倪征燠这些我的"熟人"都在同济工作和学习过,我的归属感多少好了一点。特别是陈从周先生,他的《梓翁说园》我粗略读过。陈先生往同济生硬的园林规划课本和教案中添进了不少人文的东西,毕竟园林是为游人所赏所设,缺乏美和雅的安排,那只能是一个大广场或堆砌石块与林木的弃地。我个人认为，陈先生让同济的规划科学灵动、婉转起来。文理应该结合。因为我们所有的学科都是为人所设，人道主义应该成为所有学科的灵魂和皈依。

回到前文所述的综合类大学的拆解与近几年的回归，我们的教育中的人文缺失真是一大败笔。为何解放后大师难出，其实与教育的功利化、知识体系的断裂有极大关系。学科分野变成学派、专业的自留地，学科之间难以打通。学生的视野、思维都被阻断，很难有整体观和系统思维。甚至匠人都无法培养出来。我们的职业技术学校能够培养出匠人吗？当然，极少数的人可以逃逸出这种魔咒和悲剧，那是个人的造化而已。这几年，我们一方面要鼓励大学综合，另一方面，又为应付国外的卡脖子的压力，设立一些名称好听的学院，选拔优等的本科生，有点科大少年班的感觉。最终的结果不知是否能如意呢？

三年聘期转眼就满了。需要参加学校的述职，类似于过堂，由一个委员会决定是否续聘。我们是合同制的，但又是有编制的。大多数情况还是要续聘的。这几年非升即走的压力已经漫过编制的围墙传导过来，学校希望把教授赶到长聘系列。长聘等于不再有失业的危险吗？我粗看了一眼学校的发文，长聘的准入条件很高，我暂时攀附不上。此次还是走所谓的"原有体系"。我一直不太懂这些类别与伎俩。学校与教授之间合则留，不合则散，劳什子搞那么多名堂。不过其间有啥说道，我也不清楚。好像跟国外的Tenure track 学来的，但是又不完全一样。

疫情放开期间，我们这些续聘的教授毕恭毕敬地准备了一份PPT，向委员会陈述，接受提问与质询，像是内阁成员在国会聆讯。我在整理PPT的过程中，洋洋洒洒写了好几页，无非是证明自己是合格的。但是，我心虚得很，私下认为自己三年内偷懒，无甚贡献与成就。几篇文章勉强足数,质量实在拿不出手。课上了两门,甚至还有几次全英文的课,教学质量一般,特别是那几次为留学生的英文课上得压力极大。好歹对付掉了,没有出丑,出了一身汗,或也是排毒一次。我一直对全英文课的必要性与效果存疑。但是,似乎形势与考核风尚所及,也没办法。

我在奋力准备几页 PPT,以求委员会续聘之际,拉拉杂杂,写了好大一段。有点牛肉注水的感觉,其实干货很少。但是,又不能说完全无中生有,有点明明家徒四壁,硬要列出一张家居清单,即使穷极之人,也可把几个碎碗盏,破板凳,几件粗布衣衲袄罗列成一张不短的清单的。

集中答辩,看看其他教授著作等身,很多东家看重的项目与称号闪耀其间。我这个四级教授实在汗颜不止。我猜学校搞这种罗马竞技场的真比拼就是要达到这种效果的。现在想来,当时没有要人才引进费真是有自知之明。据说拿了引进费的,要逐人逐项算细账的。我这种最低档教授,本就没人待见,也就不会因爱成恨。彼此两全,也是不错。

不过,我还不算大。按照生理年龄,也还能发些文章。发文章与过去大家庭里怀孕生孩子有点类似。过门一段时间,大家就要盯住你的肚子看。肚子争气不争气,那要结果说话的。生个大胖小子,东家整理好以后可以给他的东家炫耀,排名全靠高被引的指标。排名靠前的,拨款自然增加,至于这些生下来的孩子日后如何成才,暂时又管不了许多。黄仁宇一辈子研究中国文化与政治,认为中国走不上资本主义就是因为官僚管理系统缺乏数目字管理的精神。而如今,中国的大学盛行工分制。像鸡场的老板,隔天就要摸一下你的身子下面有无一个热气尚存的大鸡蛋。可怜黄仁宇其实挺能下蛋的,不知为何最后被一个美国三流大学不再续聘,是不是 PPT 中的水分不够，还是另有其他原因，前年他带着大历史观作古了，这段小历史插曲更就迷离了。

想想我这尾小鱼，能够有个角落可以容身，已经不错了。我应该考虑下个聘期的工作了，希望有拿得出手的东西，取悦东家不说，至少让自己心安理得。我暂不准备离开学校这面湖，愿意终老于斯。至少同济有那片樱花，值得一赏。那一条细细的校园小河，许我在凳子上观鱼与莲的灵动。偶尔抬起头，同济的那片云，也可以悠悠我心。

目　录

第二辑　居自在

第一辑　观市井

日历里，牛去虎来

早餐到楼下吃面。面馆老阿姨建议我吃秃黄油面，说是刚上的新品。价格却是新贵，要150元一碗面。我倒也可任性吃一回，只是觉得又非逢年过节，也无可喜可贺之事，平淡日子宜吃大排面。

岁末，全球突遭遇非洲变异新冠。上海疫情随之变紧，行程码添了一颗星。外地是去不得了，安心呆着，等候过年。中国年似乎遥远，外国圣诞气氛已经先被烘托起来。大楼里着急忙慌地架起圣诞树，连着星星点点的灯，树下堆起彩色方形礼盒。谁都知道礼盒里空空如也，不会有惊喜。咖啡馆里，一个黑衣女店员踮着脚朝玻璃上贴圣诞老人，露出冰冷的肚脐。如今满世界，只有圣诞老人拥有不戴口罩的特权。出入大楼不再容易。入口处站满保安，倾巢出动，一律黑衣制服，盯人，检查手机，人们像出入解放区。喇叭里一遍遍播出一个重重外地口音的训示，过分庄严地提醒访客：戴口罩，出示行程码。有几个访客没戴口罩，在冷风中电话着楼里的人送口罩急救。平时被这些白领丽人无视的青壮保安，一下子因手握权力而变成卫兵，凛然不可侵犯起来。他们平时只能从背影欣赏美女，如今可以近距离接触、辅导与号令。疫情衍生的权力给了这些多来自农村打工的年轻男人一种临时性的福利。

书店里已经早早在卖明年的日历了。我才知道明年来的是寅虎,大家似乎是希望赶走这头负了众望的牛。但是2022的虎一定好于这头牛吗?我们总喜欢新的,恭喜未来的彩头是中国人的心理依赖与防线,脆弱的万不能说破。只是,新往往不如旧,如婚姻,如朝代。

这书店里卖的翻页日历是一个顶残酷的物件。牛年就如此一片片地翻过。像是那款火锅店里的切片机,日子被页片割得首尾不见,洒在生活的火锅里,乱炖一气。

我喜欢过去月份牌一样的小挂历,可以随手圈阅、标记,一目了然。至少日子可以前后数着过。眼下我的台子上就是这种日历,多是律所、企业等商业单位馈赠的。月份数字之外的空白处开辟出来留作这个单位的介绍,业务特长和光辉历程等。间杂着一些风景照,励志的醒世恒言等。今天是牛年的尾巴,最后一月。人间俗务已经挑走了这页的数日,被圈涂扣减,一如财务报表的当期损益,甚至透支到虎年的资产损益。

我一般在年末最后一天直接快速扔掉旧日历,像一场决绝。我标记的书法不好,圈阅的圆圈不规整,黑色墨痕洇漫于整本日月之间。往事那堪回首,只想逃离,逃向虎口。

我家里也有份日历,往往数日忘了翻。偶尔去检示校正错乱的日子,白花花地翻了许久才临到当日。像是攀了数重山,到达,手已捏着厚厚重重的一叠。心里感慨凄凉,才体会"往日不可追"的况味:纸骸虽在,日子已往生。

农村老家,父亲也有一副日历挂在堂屋显眼处,大字,黑白简单。上面有农时黄道吉日的小字说明。某日宜某某日忌,说得斩钉截铁,不容辩解,这些是中国人的无数苦难换回来的一点活命智慧，说不定藏有某种《易经》之类的玄机，按照执行就好。父亲勤于撕日历，每天早上起来撕去昨日，迎接新的一天。一天不耽误，所以他的日子断不会错。想来父亲究竟比我有勇气与务实。他是接地气的农民，我是城市的流民。

岳父母家的日历则是一副大大的挂历，是每年人武部发给军属的慰问品。排列的几栏数字上面，满屏是国家领导人大幅风采照，踏着日子，大步流星，充满睿智与希望。

你好，虎年。

看鱼、看客

下班经过一个蛋糕柜台，奶油上覆有提拉米苏、草莓，最适合做周末夜晚全家的点心，请示之下，LP不许买，说太甜。我成了看客，蛋糕成了"看糕"。以前过年，除夕的桌子上总有一条鱼，油炸后遍体金黄，很诱人动箸，但是被供作"看鱼"，不准吃，只能看。正月里隔几天就须回锅一次，再摆出来给我们这些馋猫看。父母亲估计是在执行"年年有余"的祖训。但对我们这些只想果腹的野蛮小孩，横亘其间的祖训倒像是刁难我们的一个障碍。可怜这只"看鱼"，在正月结束的那一天才完成了神秘的使命，被我们报复性残食后只余一幅唬人的骨架，不堪再看了。

我想"看鱼"的祖训多半是不值得坚守的。因为，除了这个被供奉的"鱼美人"，逐步从最初的丰盈到最后的身体僵直外，"年年有余"的彩头终不落到农家的光景里。

看而不必得，究竟是一种生活的智慧还是一种得不到后的托辞？最近买了一本《双美集》，是朱、宗两位美学大师的随笔合集。其中也有论及此点。美学宗师认为，别人家花园的花不必强采到手，只欣赏而不必占有是一种生活的美学和智慧。这两位"美人"同年生人又卒于同岁，均于乱世中得享高寿，想必是深得"看客"的智慧的。"看客"

得不到之后，还得总要总结一番智慧和经验，是中国人行之有效甚至种族繁盛的生存智慧。就像很多年前，经常看到一些明星在公益节目上提倡"断舍离"与极简主义的新生活风尚，我一度深信不疑。

但是，看到美人醇酒、高宅华屋非据为己有不能罢手，却是糊涂众生的本能。有能力者率尔行之，夺人之美，绝不满足于作暗恋的看客，如高衙内一般，不肯只作美人的欣赏者。林娘子之前想必他是屡屡得手的。而心有余而力不足者，只好咽口水、遥想。偷看和腹非目前尚不用入罪，如果有庙堂的君子连这一点都要劝人戒绝，那无疑是逼人造反了。心理学家佛罗姆写过《生存与占有》，实实在在的占有其实是个体生命主体性存在的标识。得手之后再通过划定地盘、产权，制定游戏规则，让别人成为看客，自己成为主人。再设个课程教人看客的美学，和佛系主义、减法生活之类。当然手中也没放下尖锐的文明棍。

只是我们革命的无产阶级不吃这一套。打烂旧法权，翻身做主人。天下熙熙攘攘数千年，似乎没变出啥花样，虽然最后都成了别人眼中的"看客"。

有疾在耳

　　我耳膜破了一个大孔，是唯一一次采耳时，那成都女告诉我的，难怪总是犯中耳炎。最近几日，中耳炎又发作。与人讲话，需侧耳倾听，行为略显乖张。自己到药店买了几种滴耳油液之类，灌进去又总不见效。那些或冷或热的语言，言犹在耳，成块垒，致顽疾，不易消除。

　　儿子是药学院的学生，果断建议我先去洗耳，说是治疗的基本方法就是清洁后才可施药。如今时代变新，儿子的话老子们务必得听，且得洗耳恭听。于是，我计划择日到汾阳路耳鼻喉专科医院去治疗，顺便补上穿孔的耳膜。

　　外耳朵在头部诸器官中似乎最不致命，最能经得起伤害。古代刑法里被割耳朵的人，当场捂着流血的面颊，谢恩一路趔趄回家。梵高自己割过耳，倒需要技法娴熟与意志坚定。他还画过一副独耳的自画像，一切全靠自己完成。余华新小说《文城》里，溪镇的人被土匪们绑了肉票，被割了耳朵作为赎金的信物。据说失去外耳后，人们都是失了重心，偏着身子走路与说话。梵高割耳后的画尤其难得，且是端坐。

　　我们小时候做了错事，被父母、老师体罚，经常也被扭耳朵，疼痛与羞愧让我们的头歪眼斜,偏着一侧身体配合着拖行的动作。我们不敢顶撞师长,因为,这个体罚只算是一道开胃菜而已。我们隔三差五都要尝一尝的。我的耳垂比较肥厚,得了不少便宜。因为,耳垂厚大易于执罚者着手而少疼痛神经。佛说,耳垂大者有福相,诚不欺人。

我的父亲也经常被人合法地扭耳朵。农村娶亲,男方需要派出一支迎亲的队伍,挑着嫁妆彩礼,一路浩浩荡荡。媒婆被护在中间。走在最前面的是一个"拎爆竹篮子"的,做开路先锋。一路负责燃爆竹抛向空中。一时间,彩屑当空舞,把喜事晓谕天下,敬告四方。这个"拎爆竹篮子"角色的选择不可随便。首先得是个福德之人,有后无瑕疵。更重要的,须是个灵活狡黠之人。因为行进的路途中经常要遭遇讨喜钱、善意刁难的乡民。他们逼停迎亲的队伍,不发够喜烟和喜钱、喜糖绝不得从吾山前过。而女方那边又备了酒席,限时要到。父亲的才能于此时淋漓地展现出来,递烟赔笑,还防止篮子里的东西被哄抢一空。这个过程不能有丝毫愠怒,否则就算失败,日后还要承担婚姻不幸的诱因。有几次,父亲的队伍被一群难以餍足的人苦苦缠住,心急之下,只有行夺路而逃一策。不想,落入一群妇人之手,断后的父亲被几个剽悍的妇人截住,她们用力扯扭他的一副耳朵,一时间鲜血淋漓。回来后被母亲好一顿数落。不过耳朵初愈之后,总有迎亲的男方,拎着喜糖与顶着红纸的一刀喜肉上门,父亲在讨得母亲默许的眼神后,总高兴地答应再去担任"拎爆炸篮子"的光荣与忍扭耳朵之辱的工作。他带着浩荡的队伍一路过关斩将,顺利会师女方。宴会之上,"拎爆竹篮子"可以居于上席。挂彩的父亲很快酒酣耳热,享受人间美味与盛情。并于席间与团队评点一路的惊险与应对的智慧,那点耳际的小伤口,真是不过尔尔,早抛至脑后了。

　　外耳易愈，内耳难理，因为耳道曲折迂回。眼见得几日的自我治疗不见效果。耳朵里塞了棉花似的，且伴有头晕。今天果断进城到复旦大学耳鼻喉医院看耳疾。医生是一个朋友介绍的专家。

　　从常熟路地铁出来经音乐学院几百米就可到。发现最近音乐学院在淮海路重新开了一个大门，宽敞，车可并行出入。原来汾阳路的门还保留着，成了耳门，只通行人。上音是世界名校，最善于制造美好的声音以娱世间人。原来的校区此番扩建不少。又造了个剧院，我的一个朋友在当负责人。一直热情邀我过来。可惜我不通乐理，加上又患耳疾，所以不敢赴约。

　　走汾阳路上居然看到一个文物局的牌子，是瞿秋白夫妇的旧居，以前没注意。这个旧居里面，一群新人在狠命破墙、搭架装修。好在只是旧居，喜清净的瞿秋白先生也烦不着了。瞿究竟是个文人，不谙政治。长汀被拘，临刑有气节，谈笑就义。只是内心深处无人探知。表于外者往往迥乎心，文人尤是，他们的生命大部要留待丹青所记。他文采超拔，与鲁迅过从甚密，引为知己，如果让他重新选择，说不定多出个鲁迅式样的文学家、翻译家，也是国家之幸。他通音律，还翻译过《国际歌》，当年住在国立音专附近，是否日日听到琴房的仙乐呢？白居易说"如听仙乐耳暂明"，可见音乐也可治病，特别是耳疾。我上到二楼耳疾专区，却发现病区的位子上已坐满了同病可怜人。仿佛世间闭塞视听的人都齐聚这里，疫情似乎无期，我们无所不在病中。病友因病结缘，因病同情，疫中病友又一律戴着口罩，口不能言。大家残废的耳朵都在捕捉叫号机器里播放的自家名号，唯恐掉线。

　　这家医院治耳的专家是最专业的，善于廓清世间人的耳朵，让我们聪明。这个功德无量的医院，门口挂满了各种金字招牌，我耳朵里的那专家所辨出的几尾细菌估计多半已经被这阵仗吓死。上音的琴房里那些耳聪之人正在敲响一首乐曲，从这所校园里一座叫"乐百年"的建筑里飘入我耳。我决心补上漏孔、治好耳疾后，到音乐学院的剧院里听一场仙乐。破损的耳膜修复，可共音、获神通，乐理估计也顺势通了大半。

耳有丝竹可娱，亦有肉味，应可去百病，期百年。

一个飞蚊症患者的遐想

早起赶地铁，一只飞虫误入我眼。似是飞蚊。

我上大学时，得过一种叫飞蚊症的病。就是眼前总有几股缠扰的黑丝线舞动，随眼珠的晶体转动而不脱。平时不碍事，如果对着一张白纸或盯看大白明朗的天，就很明显。定睛时，黑丝线确实若几只细蚊，挥之不去，很是烦心。

母亲告诉我，我幼时曾患"跳花"，就是种了治天花的牛痘后的不良反应。据说，严重者会致盲。现在还记得父母背着我走过方圆几里的数家土方医家，遍寻验方。他们恐惧长子也沦为盲人，那样的后果与例子，在乡间并不少见。我的亲伯父就是身边的显例。伯父年幼时也"跳花"而未获重视，终身残疾。后来到了成年，听省城亲戚给的信息，进城装了一只义眼。凭着这只义眼赐予的微弱光亮，勉强可以自理生活。成家立业那就是非分之想了。他如今是村里的一名"五保户"。

我逃过"跳花"的噩运，甚至跳过了龙门，加入城市阶层。天花劫难之后，大学期间那几只"飞蚊"又寻上我，我不敢告诉总是忧心忡忡的父母。自己找校医。对这飞蚊症，校医生也无良策。过了一段时间看看也没有啥恶果或阻碍，也就与"蚊"同存了。这几只蚊子似乎是让我还"跳花"免灾的愿。后来年岁渐长,更淡忘此暗疾。因为很少有机会定睛,为家人的一副碗筷忙于俗务,费心应酬,眼神、心神总是飘忽不定。况天空也似乎不似以前透亮,飞蚊竟就隐身不见了。

今天这只"飞蚊"未经招呼就显出真身,挑眼帘而入。可知,我的发愿远未还尽。对已在天国的母亲大人,恐是永难还清了。

温室地球

咖啡中毒，我尤其喜欢这片红枫叶，Tims。

形式对我总有作用，我总被悦耳的广告说辞、美丽的包装所捕获，像扑火的蛾，吃了无数的亏，没有长进。内容倒是次要，内容是抽象的，需要时间去品味。我们等不起，及时行乐最智慧。况且各有所爱的价值观替我们搪塞，品味无高下？外在的倒是简单、直观，像内涵丰富的美女，总不如玲珑四射的美人惹火，美人总迟暮，躲在回首后的阑珊处。去年有一首《可可托海的牧羊人》，座中泣目最多的恐都是无法回首的中年人。人生后半场，无法复盘，回头。

不能责怪世界的盲目，这个世界本身就是人们为了娱乐美目而刻意裁剪后的像与相嘛。我们只允许美丽的花出现，养到温室里培养，其他一律改造或剪除。这个丛林已经不是原始的了。丛林曾被我们描绘成蛮荒，城市的水泥丛林倒被带上文明的假皇冠。玻璃幕墙闪耀着钻石的炫光，男男女女陶醉其中。社会的改造到如今，成果的计算像一本糊涂账。也是无法蓦然回首了，只有一路走下去，虽然前途未卜，但是非如此，又能如何？总不会退回创世纪？

全球升温毁灭的灾难这几年突然被重视起来，好像灾难从天而降。人类自己成了温室里的物种，温室也是自己造的。人在温室里，像黛玉越发脆弱不堪，顾影自怜。似乎没有一百年前的自信，"敢叫日月换新天"或人定胜天。回归绿色，回到丛林一下子成了新时尚。到处谈减碳，一个气候大会今天举办，元首们聚首。但是能不能降温 1.5 度，大家也不知道。只能开会呼吁、表态、赌咒、吵架，或者全凭运气。似乎这样就可以降温。殊不知，如此下去，彼此火大，只有升温一途。昨天一份研究报告指出，到 2060 年，人类有 37 亿人会生活在极端高温天气里。我想非洲种裔估计是这个星球最后的原住民，其实他们本来就是。世界也回蓦然回首？回到非洲，过红海，回埃及，住丛林，占山为王。

我厌恶这极端的预测胜于他噩运般的来临。我只喜欢这火红的枫叶，咖啡有毒但还能苟且，得过且过。人类总是有前途的不是？因为，价值观是我们自己写的，我们有无数励志的哲学藏在一个仓库，叫图书馆。我们一直擅长于描绘未来。

我愿意是乐观主义者。"这个世界会好吗？"刚喝了一杯咖啡，红色的纸杯套印着"世界人民大团结万岁"。

辋川之亡

上次在西西弗淘回来的几本书陆续在读，书非买不可读也。

这本 2021 年第四期的《读库》里每篇文章都好，一如既往。有一篇写王维的辋川，诗人的园林。书中良心地放了几幅各代临摹他的《辋川图》，彩绘长卷，把辋川二十景都画出来。虽是临摹，俱是神品。只是遗憾未见王维的原作。临摹尚且如此，原作定然不俗。秦观有一篇文字，记述自己从友人处借来王维亲作的《辋川图》，"当此盛夏对之凛凛如立风雪中"，观卷之后病居然痊愈。观画如临胜境，可悦性情，病自可治，有趣也有理。可惜，今天王维的辋川已毁亡，徒留地名耳，图亦随之无踪。怪乎，我们的很多病终于无救了。我在当当买了本《王维诗》，或许可以治些未病。

晒太阳可以治病，估计是中医贡献给穷人的膏方。不用排队，还是免费的。今天阳光甚好，门口桂花盛开。体育公园里估计比医院还闹，宜赖在家中晒为妙。白居易说"中隐"最好，不闹不嚷。江河之远忧其君，王维选在辋川建园，也是中隐。他的辋川离西安近，天子呼来易上船。据说，辋川登船经灞水到西安很近。

《读库》读完，几乎是从辋川梦游归，耳边总是他"潺潺溪声，石上苔藓，窗中山岭与晚归鸥鹭"。需要其他的书来消解、除魅。西西弗淘来的另一本书,《她来自马里乌波尔》成了首选。现在的书店好书需要耐心淘。淘金、淘宝、淘琉璃厂。

在乡村的日子,花生采摘正好在暑假。我们一个任务是淘花生。就是在别人收割完的花生地里翻土、捡漏。以前总是跟着我同宗的一个姑母到方圆几里的各处田间淘花生。这个姑母性格古怪,与人很难相处。老姑娘,也经人介绍过几个邻村的青年,最后都没成功。性格更加古怪,却喜欢赌博。她的矮房子紧挨着我家,凭着她赌博回来的步态和声响就知道她当日的赌局战况,但没人敢问。

她对我倒不恶,每次淘花生总喜欢邀我同去。我们在人家采收后的花生地里用一把长柄铲子深翻土,淘花生,捡到一些花生颗粒。晚上回来时,也就有一大袋子,总与我均分这战利品。我只有七八岁年纪,她的贡献远大于我。淘花生时她也有说有笑,对我特别照顾,过河淌水时还特意立在水中牵我,以防我落水。但她一回到村子就变了一个人似的。我后来到县城上学,偶尔回家遇到她喊她一声"阿姥","阿姥"是我们当地人对姑妈的一种称呼。她只会挤个笑脸作回应,与我疏远了许多。她性格后来越发古怪,并经常与鳏居的老父亲大声争吵、互相咒骂。有一个暑假,她竟然在一次父女激烈争吵后,喝家中整虫的剧毒农药自杀了,死时尚不满30岁。最后,我父亲就是他的堂兄,受托帮忙到镇上帮买了一副廉价的棺材让她下了葬。因为那是夏天,甚至连个简单的仪式也没有办。我没有见我这个儿时的花生淘友最后一面。

《她来自马里乌波尔》里,作者追忆自己自杀的母亲。自杀于斯大林时代的乌克兰,生命也只有三十岁。作者试图复原母亲的短暂一生的支离破碎,她母亲的家族、少女时代、卧室、恋爱、一次游泳与一次争吵。作者通过志愿者、电脑网络在日渐稀少的官方档案、判决书、照片里追寻与母亲家族有关的一切。顺着母亲的生活线，连起的一线记忆里，母亲的形象随之闪烁不定，像一根电压不稳的台灯。作者自己的身份也随之幻化不定，母亲是一个人的来处。

于我，对这个姑母的印象很快就要丧失殆尽。她无儿无女，甚至没有人有义务和动机去收集她短暂人世的一鳞半爪。我却还记得我们一起淘到农户遗漏的一整株花生的惊喜和欢乐。淘到这样的成果，真正的意外之喜。那株颗粒繁多的花生结在一起，被从新鲜的土中搜出，根须尚未分开，像一个小小的家族，像作者在《她来自马里乌波尔》中，贴在床头的那个树状伸展残缺的家谱。

《辋川图》及王维的辋川别业是王维的精神具象和图谱，营建了中国文人隐秘的一脉根系。如今也亡而不存了。只留下一些后人临摹的画卷，供后来者凭吊。

《她来自马里乌波尔》里，对母亲的追寻只留下无数的问号。即使最亲近的人也无法复原和走进自己的母亲，母亲始终是他者。况且在一个无法袒露心迹的苏联高压时代。留下的所有材料也是授意与矫造的，真假难辨，离虔诚的临摹很远，离谎言更近。

而我的姑妈，我对她的记忆也越来稀薄，像如今书店里的好书，被耙梳干净。希望偶尔还有淘到花生的惊喜，像《她来自马里乌波尔》以及《读库》里的辋川。过几日《王维诗》也会到。

人间富桂

今天的天气真当得"秋高气爽，丹桂飘香"这句俗语。俗语原本不俗。

桂花今年迟来，终于还是来了。似乎有歉意，加倍地殷勤，空气中都是芳香。连我上班途中经常遇到的那个弯腰曲背的拾荒老者，虽直不起腰，也特意定在一丛桂树下嗅着，那香氛增添着她留恋生活的兴致。

桂花还像潜伏的信使。一届花季，纷纷从平时不起眼的地方伸出枝来，突破遮蔽，用那缕香日夜诱人寻觅、瞩目、欢喜赞叹。小区、校园、路边仿佛到处都是"三秋桂子"。遍地是佳人，无处不暗香。

上个星期，上海的桂林公园一时间游人满园，当然是因为桂花满枝。人们聚到这座桂花园，还可喝一款桂花龙井茶。桂花茶并不能胜过茉莉花茶，甚至菊花茶，但是因为全城桂花当值，是此季的花魁，人们爱得热闹，偏心这一口，也无妨。前段时间游广西桂林，买回一包桂花红茶，一段时间桂花味就散尽了，似乎不易保存。桂花更适合点在米糕里，星星点点地让平凡的米糕有股淡淡的香色。桂花可酿酒。"吴刚捧出桂花酒"。桂花酒当饮于月下庭院之中。院中正好有一株还未怒放的桂花。友不过三人,菜只许两碟。有微风拂衣,更有一管谁家细笛飘飘入耳,我定与苏子同怀,"何似在人间"?

人间有桂花,是上天对我们俗人的宠爱。夫人建议在我们安徽的院子里也种一棵桂花。我觉得在桂花满乾坤的佳日,这个建议最美不过了。

三人成戏

昨天与三个人精神私会。苏东坡、桑塔格与宋徽宗。

纽约的桑女士有个《中国旅行计划》。她想像的中国有一条历史的长河，有开封、卷轴与一个文艺皇帝，还有一个苏东坡。正好另一个美国女人为这位颇得骂名的俘虏皇帝写了一本大书。《宋徽宗》好得很，几乎是所有中国皇帝的传记里最好的。

桑女士我很喜欢，是可以成为挚友，而不是情人的那种。一是因为她的文字；还因为她首先喜欢上了我的国家，情牵梦绕。爱屋及乌，估计我这个乌鸦她也不会讨厌。她的人生三大理想之一就是学会中文。中文学习虽不易，我倒可以教她。因为我恰好已经会一点她的语言。

桑写美国都市中产的焦虑、彷徨。有点类似于女版的（中国）台湾杨德昌。杨德昌和侯孝贤的作品，大陆的作家和导演写不出或拍不出。原因当然是复杂的，我们的作家、导演或者躲在地下，或者与金融家们一起讨论内幕消息。对文学与真相多绕着走。他们就像城市路上毫无用处的盲道，读者如路人，也躲着他们，彼此没有交道。

桑教给我一句话，也是我喜欢她的原因。她说文学不是知识。

或者说除了知识之外，健全的人们尚得有文学生活，所谓诗与远方。文学是无用的，不能强迫。知识和技巧对外谋生就够了。文学留给自己，像农民的自留地，任意种点心仪的佳禾。文学忠实地记录，在别人的伤口旁流一点自己的眼泪。文学需要为时代录像、负责，而不仅仅是歌颂。歌颂的频道铺天盖地，还有驯服的工具，中国自古不缺。我们这个时代缺深刻的作家与影像。缺我们百姓的传记作家。微斯人，我们有被彻底遗忘的危险。

徽宗是个文学家，蔡京也是。同时也是个政治家。东坡当然也都是，但他政治上比不得蔡京现世的风光无限。但总算学会了自得其乐，这更不易。东坡历神宗、哲宗而命运多舛。又历徽宗的尾巴，似乎也不受待见。东坡的可爱在于他是文学家，所谓自由而无用的灵魂（他应该到复旦吗？）。他身其实是不自由的。一路被贬，其实也是圈禁。但挡不住他的灵魂，他差点上天了。只是担心琼楼玉宇的寒冷才没有会同样寂寞的嫦娥。昨天《苏东坡传》里读到书的末尾，睹他离开人世的从容。他的一干佛教僧人老友，劝他念往生西方的偈语，他拒绝了。说顺其自然好，自信不会下地狱，因为没做啥坏事。他不讲现世报，待于来生。其实，东坡确实算不得纯的佛教徒，思想似乎是斑驳的，又是一个儒道释的机会主义者。中年之前是经世的儒家。遭遇棒喝之后，转向佛卷觅始终。在历史的喧嚣与沙尘暴之后，尘埃落定，只留下东坡。看来文学更能经受得起时间的筛选。因为真正文学是感应众生的。众生不灭，虽然生生灭灭。

终于读完林语堂的《苏东坡传》。苏子离世，我甚至落泪，为失去了一位兄长。自忖我不配是子由，当不起他这个干净的弟弟。我尘土满面，但似乎还是可以稍微收拾一下，混在他们这帮大大咧咧的队伍里。陪在末座，喝一口米酒，听一听清风明月。甚至也可和上一首。桑应该也可以在，只是不见了徽宗。

新国粹

昨天遇到一个老家来的亲戚，八十好几，思维清晰，眼神活泛，问她何以康健如此。答曰：天天掼蛋。

掼蛋之盛行，似乎就在这几年。关于掼蛋技法与规则创设之首功，有江苏淮安女帮与安徽闲男一派之争。好在都归功集体，不自专，讲武德。

我到江苏与安徽出差或省亲，最高的待遇就是为你组个掼蛋局。安徽的所有饭店，都设有专门的牌桌、茶凳。早到的人先组局，边打边等，像是临时政府。待重要客人到齐，重新组阁，之前的战绩多半要推倒重来，当然也可继承旧政权以图光大的。

四方初定，周边月牙儿般围着襄助者，他们选边站队，出谋划策、哀叹、复盘分析。站位、言辞分别亲疏，大有讲究。这些襄理，也就是今晚饭桌的陪客。如果是公私兼顾的宴席，中间必有一名办公室主任。他们于观战之余还得安排酒水、座次与菜肴。所以，总是心不在焉。

我牌技不好。所以总是推辞不就。偶尔上阵，完全没有章法，只图快意恩仇，加码斗狠，挥霍人生。不懂布局、隐忍。遇到天赐好牌，尚且可以拔得头筹。当然命运总不会给我好牌，所以多沦为需要进贡的命运。除侥幸抗贡成功外,多是乖乖把徽钦二宗交出,换回几个虾兵。这几个异国交换过来的战俘,除极少可编入原有部队外,多成了负担,还得牺牲几个高级将领才能把他们打发礼送出境。所以,进贡制度是一种造成贫富差距拉大的恶法,与当下的共同富裕的制度取向不协调。

掼蛋如人生,人生总在波折中前行。遇到顺势也当谨慎,不顺时也能静待时机。李白的"人生得意须尽欢"不适合掼蛋。所以我敢断定,如果李白在安徽桃花潭经受王伦的掼蛋宴请,定不会有胜利。那些人生的赢家就是掼蛋局中总有神定气闲者,摸牌之际他们就在谋划一盘大棋。我们的牌还要拢一把再频频换防,犹豫不决之际,他的牌就已经打出。轮到我出牌,内部安营扎寨的功夫还没完成,就仓促应战。战至中盘之后,那些老牌客手上已经明朗,进入可喜可贺的报数阶段。我的手上依然是仓促应战留下的一支首尾不能相接的散兵游勇。心里也知道败局已定,只是还在虚张声势。

这些高人,还在牌局结束后精准复盘推演,甚至能推算某张大牌的行踪。而我已经是脑中徒剩一盘糨糊。我是不擅长下一盘大棋的。只想早点结束残局,坐上已经丰盛摆设的宴席,好好吃一点补补脑壳。

掼蛋流行之前,我们这些闲杂人等聚在一起也玩斗地主、80分、510K,更初级版则是争上游与40分。在扑克牌的世界里,我们是与时俱进、不遗余力的。如果按照咱数亿国人在扑克♠□牌上累计耗掉的时间计,估计在世界上定会再拔个头筹。中国人的牌局已毫无悬念地影响到了人类世界史的进程。

扑克运动老少咸宜,人人可上手,只需54号文件,可于宴会之侧、可于动车之中,也可席地而坐,可田间地头,是没有准入门槛的全民娱乐神器。其实,掼蛋者不为赌博或金钱,纯粹为了娱乐而娱乐。这种致死的娱乐精神现在仅见于掼蛋人。掼蛋中的锱铢必较、拍案而起与追悔莫及,都是因为纯粹的荣誉感和专业精神,无关铜佃。

不仅我们群众喜闻乐见,连科学家也藉此打发时间。杨绛在《洗澡》里写中国科学院知识分子需要思想上的"洗澡",且是经常洗。实验室是不能进去了,于洗澡间隙,在院部里摆开桌子持牌厮杀。输者被在脸上画上乌龟,或贴小纸条。一时间科学院里,聪明的大脑用于扑克风云际会,一个个面皮上龟蛇舞动,紫髯飘飘,好不热闹。

邓公喜欢打桥牌,算是掼蛋的高级版。桥牌国际规则比我们的土法掼蛋成熟,年年也有国际赛事。我们须趁机下定决心让中国版"掼蛋"国家化。但是要发挥掼蛋的文化软实力之前,国内的掼蛋规则需统一一下。没有国内统一,何以怀柔夷人。确实得同文同轨,当前各个地方标准掼蛋规则五花八门,有拖"2"加分的,"2"烂在手上就破产的"二货规则"。有一A、一J到底的,满足了让富人们跌到困难群众中的革命理想。搞的像美国各州的各自律法,每于掼蛋之前还得明确一下依据的准据法。这回苦的不是参加法考的学子,而是可爱的掼蛋牌友,亟需一个协会出面统一之。

愚见以为世间事就没有啥不能一掼了之的。

来，吃脂渣去。

从崂山北九水段短游下来后，请司机为我们推荐一处午餐地点。他无愧于地陪，一路驱车带我们到这家郑庄脂渣。

刚一看店名颇为费解，一打听才知道这家店的特色是猪肉油渣。油渣作为食物主材还是头次见过。恰店里有这道菜的辉煌历史故事。说是小日本倭寇昼伏夜出，搞得明朝的抗倭将士寝食难安，本店所在地郑庄乡绅果断献出独家脂渣秘方以解大军劳顿。其实，这些历史故事向来多不可靠，但特别对我们这种自号读书人的胃口，我们好这口餐前菜，以为吃出有名。

脂渣虽标名为渣，却不是渣男之属。猪膘肉油脂多，对身体无益。可以先炼出部分油脂。被生活所迫，精打细算的主妇更是油渣的践行者与巧匠，远庖厨的君子及其名媛难得其中真味。厨妇要善于掌握火候和平衡，否则，油渣黑糊，真的就只好弃之不用。所谓老子说"治大国若烹小鲜"，治理国家对民脂民膏，也是需要如此休养生息。当然，老子不是主张领导干部都从厨妇中选拔，而是希望领导们多下厨房，多体察民生不易。最近日本新首相下厨房的暖男视频流出，这种策略实在比我们的硬宣传高明许多。领导不能总居庙堂高谈阔论，需要练一手厨艺要紧。至少要会弄脂渣先。

炼得恰到好处的油渣本身就是一道可口的菜，且有油脂护体宜长久保留。郑庄的油脂在抗倭中为国立功，概由于此。倭寇败于我们的油脂，也是他们咎由自取，死不足惜。可惜，这一后勤补给的古老智慧，没有及时用在残酷的抗美援朝战场，否则结果殊难逆料。至少我们的子弟兵们在美国大兵吃着大鸡腿时，有口郑庄脂渣塞口。

我们小时候，春节时才有肉吃，因为养了一年的猪要于此时宰杀。猪与人的情感疏离，永远一脸莫衷一是的表情。所以，宰杀它只有喜庆而无不舍。红白相间的猪肉大部分当场现卖或担到集市上卖，换回一笔现金应付来年的农业税、化肥、种子与孩子学杂费诸项。留下的一些猪杂碎与猪肉边角料，给我们打完牙祭之后，母亲还要在厨房里炼出一锅油。猪肉和油脂块在热锅里先嗞嗞地溢出一汪油水，再自我繁殖似的冒出更多的油。洁白的油脂块和膘肉则在滚油里蜷缩成一个个纽结，浮在油锅里，这就是油渣是也。舀出锅的清亮的猪油慢慢冷却，趁凝固成乳白的油脂之前，倒入一座圆口广腹的瓮罐里，封口存下来。中午虽然照例没有荤菜，但只要取出猪油，用勺子在菜汤里漾开，油星漂浮，仿佛给苦白的菜上了油亮的色彩，顿时美味可口起来。炼油后的脂渣可与萝卜、白菜一起炒，油渣外附的油脂在锅里融化，露出猪肉的残骸，那美味让我们顿时幸福。

油渣分为板油渣与花油渣。我偏爱花油渣，因为百炼之后，尚残留有一点瘦肉。而板油咋就比较单薄没有内容。吃到几枚花油渣，简直像中了彩票一般。我们舍不得迅速一口吃掉，留在饭碗里当摆设或直接埋到热米饭下，整碗米饭因为这潜伏的油渣而充满诱人香气与油亮晶莹。

郑庄脂渣果然美味,油渣配豆腐、粉条,满满一锅。只是脂渣这种节俭主义的副产品倒反客为主,成了主角,多少露出刻意为之的痕迹。就好像《甲方乙方》里专找苦吃的富人,吃苦成了他们作秀的道具,但真正的苦这些人是断然不会吃的。

崂山北九水短游

　　崂山是一座海上名山,载旅客上山的巴士宣传片里说崂山是中国海边最高峰。海,总给惯于陆地的中国人提供了无限遐想的可能性,"海客谈瀛洲",估计是因为听众无法核实所言之虚,故"海了去"也,无拘无束,广袤得可容下一切奇谭。受层层枷锁的汉人,借着海才生出一丝浪漫。

　　崂山我很早就听说,因为小时候借到一本小人书,讲的就是崂山道士。崂山的道士可穿墙过,可画皓月当空,觉得神奇异常。因此,在我的印象中,崂山应该是道士扎堆修炼的地方。少数得道中人说不定经常蹈海或升天,自此羽化。

　　此次借到山东大学会议间隙,登崂山北九水一段,赏十八潭,听一溪夺山而下,山水轰鸣。观崂山之石,不若江南,因临海风化而粗粝。同样是海风日夜吹打侵扰,树木低矮疏朗。石头被气候日日雕琢而成千姿百态。有寿者相,有野人献桃像。范曾手书"俱化"二字刻于石上,更是平添了这座道山的仙气。

　　崂山北九水段风物胜在潭水、瀑布与走石。水随山行、石秉水意,一派自然。人造景观少,因石成阶、悬河设桥,于无为处见匠心。游人随意拾级环顾,目之所及浮云弗远还来,至"双屏开"处,天际豁然。下有一潭幽水,深不可测、寒气袭人。近有郁达夫诗刻"柳台石屋接澄潭,云雾深藏蔚竹庵;十里清溪三尺瀑,果然风景似江南"。只是,他眼里的"澄"不同于我的"幽"。达夫先生估计远离他的浙江富阳久矣,抑或是思乡太盛,错把崂山比江南。

同样的风景返程来观,又似不同。只是匆匆赶路,无暇逗留,唯有印景于心,期待他日重游。道山未逢仙,出口却遇数只猫。这些猫见多识广,不避人,还虎虎地拦住去路,龇牙寻人吼,不知何故?说不定是修炼的小道士,误食丹药而不能化回原形。我对这些"俱化"的道友只好避让三分。

记得互乱翻过一本《中国道教史发微》,说中国各处名山皆属某一神仙的道场。崂山不知属于哪一位神仙。在一个炒茶的摊位,买了2两崂山绿茶费银20元。司机是崂山本地人,闻闻这茶摇头说多半是冒牌。中午我们于吃饭时请店家取出泡上,却清香四溢,一股崂山的幽静追着我们而来,疑似这位神仙临别所赠。

济世当从自尊始

母校安徽无为第一中学 70 周年校庆隆重而成功。市领导高度重视，校方精心筹划，效果令人震撼。最后的专场演出，有一个节目演的是校园的变迁和各个时代的校园生活，令我泪落。坐在我旁边的是中国宝钢的美女领导，是晚我一届的师妹，不断感慨道，"已经好长时间没有看到如此干净的演出了"。

时光无情，好几位老师已经不在人世，到会场的老师也好几位都需要家人随坐搀扶。我们相约百年校庆再聚。但是，希望无情的命运保佑敬爱的老师和同学们，都能康健地如约。

我的讲座《济世当从自尊始》获得意外的成功。估计也是拜校庆的美好气氛让一切的言说都被烘托、接受和赞美所赐。希望坐听我这个其实普通无比的过来人的一场知心话，能够让学弟学妹未来的生命中少些无意义的蹉跎。在座 500 少，总有会意人。

讲座之后，压力松懈下来，在无为朋友招待的宴会上竟意外大醉。我一直不胜酒力。因此，平时滴酒不沾。此次稍饮了几杯，就醉成这样，几十年不遇，整夜呕吐无法入睡。幸得班长在旁照应，我也像刚入高中那样心安理得。我翻江倒海之际，也是思绪万千之时。希望一吐为快而不可得，断断续续，直到天际泛白，朝阳露头之后才可睡去。醒来却不知酒醒何处？一时间恍惚，复惶惶。

> 在家乡的朝阳中醒来。
> 她唤我儿时的小名。
> 露水打湿了我的回忆，
> 回望的眼模糊，
> 一半是哀伤
> 一半是盼望。

> 一道歪歪扭扭的辙
> 岁月的车轮啊，
> 载着我致命的亲人，
> 消失到远方。
> 万唤不回。

原来讲座的时候，准备开场白中加上"归来仍是少年"。但是，在前一夜的沐浴前，赤条条地站在镜前。看自己一中年男人已经松弛的肚皮、垂下的眼袋，我果断地删除这句不堪一用的开场白。好在讲座效果尚可，真正的少年似乎还是爱着我这个一路磕磕绊绊的老学长。讲座结束追着我签名，让我特别不适应，更重要的原因是我的字实在拿不出手。最后，我提议以一张合影照满足这些热情少年的愿望，我的影集里得以留下这一张珍贵的合影。一中校园的斜照之下，我和一群充满希望的少年人因为一个校庆、因为一个共同的起点神奇起聚散。

我其实最担心少年人在这个纷乱的时代被迷了那双眼。他们被灌了太多的心灵鸡汤。课本里外写进了无数成功者的励志故事。继遭受中国的"棍棒之下出孝子"教育之后，我们又一味被西方的表扬教育所覆盖。他们被鼓励着人人皆可以成圣，唯恐活成平庸之辈，而现实却又不鼓励他们的独立和获得新鲜的思想。我此次作为同济的教授身份，背负的一份宣传任务是要劝大家报考同济大学的。同济的校训是"济人、济世、济天下"，似乎就适合再作一味鸡汤的调料。但是，我总觉得在"济世"之前应当自度，此自尊的第一要义。我们经常乘坐飞机，开机前宣传动画和空姐的演示里，总告诫乘客，先自己带好安全口罩，再去救济别人。我觉得这意见与我此番讲话的心意相通。此外，自我定位是自尊的前提，自尊的前提是了解自己，包括了解自己的能力和价值，要过何种人生。这人生是自己愿意为之付出的，而不是替代别人去完成某个梦想。梦想可以有，但不可天天有。因而认清自己的困境还于谨防在无数别人的光辉案例下，造成对自己的误判。其实，这些炫目光辉，其实都是人造光，并不真实。中国是个善于制造偶像的国家。无数的偶像只会压迫和阻挡青年。但是无论是别人的误导还是自己的误判，结果却都是自己承担。别人承担不了你的辗转难眠、你的哀怨，即使是你的父母。你的父母不会成为你的靠山，因为他们自己也无所依靠。每个人都是生活汪洋中的一条舟，水能载舟也能覆舟，但是我们无从选择，只有面对。一个叫鲁迅的夜航人，一直叫大家直面惨淡的人生。其实人生无所谓惨淡或辉煌。自己选择、自己感受、自己承受，如是而已。我是前几日从安庆潜山到的无为，潜山的朱光潜说"年轻人要走挑战最大的路"。我觉得朱的意思不是说让大家倒霉，而是提醒大家不要人云亦云，要走自己的路。而且"莫愁前路无知己"，世上本无知己，走的人多了就成了同道中人，就是同志。

"济世当自自尊始"。自尊者首先人格独立，是生活的主体，不是被塑造的客体，这个意思近乎于我们民法上的"完全行为能力人"，就是精神和智力都健全，能预见到自己行为的后果并能独立承担责任的人。我愿意给他一个更现代化的名字，叫公民，就是从狭小的家庭关系中走出来的公民，巴金在《家》自我批判了他腐朽的家庭，但是家是我们的起点和出发的地方，我们总不能藐视自己的起点和历史，无论辉煌还是不堪。我此次自潜山来无为，一路写了好几首旧体诗，是被这山水所感染。我们安徽出大文人，今年刚去世的余英时就是安徽潜山人，驰名世界的大历史学家。他的名篇《士与中国文化》值得一读。他也提到士与现代公民的关系，他说古时帝王统治之下，只有国民臣民而无公民。而一个国家只有完成"新民"才会现代化，才会成功。我们的高中生，未来的大学生就要成为公民并成为公民的表率，那就是士，担当社会精英，作为榜样。

作为士，也是从小事做起，前段时间，一中上海校友会准备立一座亭子在这个校区，征求我名字，我贡献了"得虑"备选，引自《大学》中的"知止而后有定，而后能安，安而能静，静而能虑，而后能得"。所为律己虑人，就是考虑自己的同时，还要考虑他人，梁任公所为"新民"之"群已之间"。"己所不欲勿施于人"。这是普世主义纷纷争争后提取的公因式。所谓眼里有别人，从身边事做起，从小事做起。

"家事国事天下事"的递进，我看到的是一个人成就自己的步骤。从可以做的事做起，从周围的人关照起。"满目青山空念远，不如怜取眼前人"。比如，随手关灯、不随起吐痰、不大声喧哗。我在大学做过几年的院长，时常提醒学生们，经常给父母打个电话。因为，我也是为人父母，孩子的主动关心胜过一切灵丹妙药。成熟处理群己之间，公私之间的成熟和自尊，当成为人生的起步。自尊才能赢得别人的尊重，其实自尊的人获得成功自有其合理性解释。因为，自尊的人格独立，有见解和思考。遇事有担当，会为道义提供一副铁肩。必要时，还会舍己。居于高位者还会为天下计算。这样的人，自然是朋友遍天下，吾道不孤。

我的同村人张恺帆是个书法家，就写过"我们的朋友遍天下"，作品陈列距离县城此地不远的无为新四军七师展览馆里。国庆、校庆间隙，无为的朋友为我们特意约了一个讲解员，介绍新四军 7 师在无为的历史。张凯帆作为皖南事变后重新组建的新四军 7 师的主要领导之一，其事迹占了展览馆很大的面积。我认为，张在历史上的功绩似乎不在展览馆里条陈的书法作品与战斗功绩，而在于其在"三年自然灾害"期间，身居安徽省副省长之位，冒着政治风险开仓放粮，以巨大的勇气与道德良知，挽救无数百姓性命。他做到了自己龙华监狱题壁的绝命诗所言"龙华千古仰高峰，壮士身亡志未穷"。他知行合一，与百姓命运相始终。以他的智慧，他应早就料到此叛逆带来的雷霆后果。但是，在大是大非面前他果断选择，不为浮云所遮，利用自己的位置为人民的谋福利。而不是人云亦云，碌碌无为。他是无为人中的有为人。他是自尊者，甚至近乎佛教里的尊者了。

记得我读小学时，他从安徽省政协主席的位子上刚退下来。回我们忠台小学校访问。当地乡亲父老自发前来看他。很多人用脸盆端来珍贵的鸡蛋。挤在人群中的我，犹记得他婉谢时面露难色的神情。他是书法家，毛主席对他书法也大为激赏。主席后来不徇私情，对敢触圣颜者还以颜色。《毛泽东选集》里对这位书法同道中人点名批评，后果可想而知。他被解除职务并予以监禁。但是，却因此成就了他"张青天"这一世美名。

作为咱们张家大墩子的晚辈，我浑浑噩噩半百，与他的风范、人格、成就相距遥远,唯有仰望高山,心向往之。而作为无为一中出来的学生,此番演讲只是希望大家从我身上踏过,少一些无意义的蹉跎,更加自尊自强。少些追悔莫及的憾事,有一个美好的前程。少数有成就者,在自尊的基础上,还能如张老那样,为民请命,那就是真正的济世之人了。

三十年月等闲过,归来幸遇少年郎。

催化人生

受邀请参加一场"催化化工"的会。感觉跨界到腿疼，基本听不懂。理科对国家生产力的贡献真是立竿见影，形同催化与点石成金。今天世界一流大学的清华大学果断宣布压缩文科博士库存。作为存货的我，更恐慌要作为残次品处理。

对好端端的学术研讨，我这个文科听众的脑子一直走偏。觉得某教授关于催化剂的定义挺有趣。就是"参与化学反应本身并不消耗的物质"。我却想到我以前的一个同事。他老喜欢与人争吵，且每次火药味浓烈，任何情况下他总是有道理，都是天下人负他。他似乎就是一种催化剂，因为每次与人大吵后，总是很快满血复活。别人理屈词穷，舔着伤口反思之际。他永远伟光正，且是发自内心地自信。有一次开会我被迫与他挨坐。偷偷打量他的容颜。他已经50开外，居然还是一头乌发，眼角饱满无纹，真是令人嫉妒和佩服。现在想起来，他是辣手摧花的催化人格。别人被他的歪理邪说吵得胸闷气短，逐渐年老体衰，而他永远雄赳赳，似斗鸡。众人徒被他消耗，而他不仅毫发无伤，且越发体格野蛮了。最近的研究动向似乎加入某个对美斗争的智库。我由衷地佩服组织选人用人的眼光，也替极少数无辜的美国民众捏一把汗。

"催化化工"会上教授还说,贵金属多适合作催化剂,如黄金(AU)、铂,也包括汞。教授还提醒说,这些催化剂,本身性格稳定,且极具柔韧性,不衰变,可以克万物。例如与黄金比,白银就容易喜形于色,藏守不住秘密。而恶毒的汞可入别人的百转回肠而从不情伤。谁能让汞受伤呢?人世的悲凉和绝境处,黄金与汞常来介入,作了却性命的利器,化别人的命或自己的命。比如尤二姐的吞金。不过人类终于签订了一份名为《关于汞的水俣公约》,我该相信人类的智力和善愿吗?

这些催化剂在参与化学反应后,能够全身而退,全部回收。像我的那位野蛮男同事一样,所谓杀敌三千,自己不伤纤毫。感叹造物主的神奇。这些厉害角色,其价值就在专门作为催化剂"摧毁别人",让人们在美丽新世界里,知道人类并非都是善类,世道的艰难中总有恶人来磨。来催化你,点化你。佛说,烦恼皆菩提。催化剂的那股恼火,实在是助你证成菩提。我被这个同事磨了几年后,虽然早生了几根银发,但对人生的几番况味与大千世界物种之神奇已然开悟许多。一年多后,他依然炮火连天地轰鸣和催化我们,我们已经不为所动,只微笑。催化剂似乎成了没用的媒介,只好自行回收。

梁漱溟写《这个世界会变好吗?》,虽无疑而问。虽末法时代,应信催化还会在,但尚有理由坚持一个肯定的答案:爱和善最终不会被催化。

冷月无声看地球

友人赠我月饼券，限期定点领取。今天到期，美意不弗，这款月饼，儿子尤其喜欢吃，所以不忍抛弃。驱车去邻近的提货点停车、排队、候场鱼贯入。黄牛在入口，敲着一沓各色月饼票，口中喃喃。黄牛近期活跃在杏花楼、哈根达斯等各个月饼券兑换点。这些黄牛都是公牛，50 岁左右，低价收购，再出手转让。一看门口有准备掏现金买月饼者，黄牛就殷勤地递上月饼票，换取现金，如今还支持扫码。现场买月饼者乐得贪一点折扣便宜。敢在提货点做黄牛，至少不敢卖假票。如此，几天之内估计会有一笔差价收入。我看月饼店的员工也不阻拦，怀疑他们之间有默契。

不过月饼券这种季节性极强的券种，交易活跃的窗口期极短。不适合长期持有，换手率不会高，更无法溢价交易。所以，黄牛对出卖给他券的人施以极低的折扣率。这些黄牛党的营生靠的是月饼券的超额发行与价格虚高。月饼的制作成本不高，但是价格不菲，我记得杏花楼的月饼礼盒就有 88、128、188、388 等数个吉祥品种。中秋吃蟹，也流行送券。定价 5888 的螃蟹，领回来都大呼上当。几只半死不活的蟹，弱弱的身子，早产儿一般躺在包装盒里连奄奄一息的泡沫都没有力气冒了。中间的价差也是漏给了中间商,包括黄牛们。

月饼等礼物作为食物,其文化意义大于实用价值。中秋一过,市场上基本就少有月饼供应。我倒确实喜欢吃杏花楼五仁月饼,中秋后一般超市却很难买到。根据纪检规定,公立单位即使中秋也不得发放月饼(却可以发蛋糕券,其中原因和深意也不得而知)。如此更苦了我们这些月饼忠粉,只好长途跋涉到上海为数不多的杏花楼本部去买几只月饼。

今年中秋我看是主打科技牌。今天的月饼提货点摆了几个探月英雄的充气偶像,就是在中秋节之前刚回来的三位宇航员,他们估计是月宫的信使,回来的正是时候。因为中秋的缘故,我们一直天真地以为月亮是中国的太空飞地。上面住的捧桂花酒的吴刚、久居寒宫的寂寞嫦娥都是自己人。但是,美国人和苏联人却没打招呼就捷足先登了。想着以后,对于家乡来的探月英雄,他们多少应是格外善待一些,给些便利和照顾也是自然。"宫中有人好探月,共话牛郎织女情"。

今年的哈根达斯包装盒上却不再是彩袂飘飘的嫦娥,而是微笑的外国丽人蒙拉丽莎,不解何意?估计是她朦胧的微笑可以使人联想到"烟笼寒水月笼沙"的中秋缥缈。不过,经过一番排队,发现到手的这款月饼包装太豪华、浪费,让我总笑不起来。我还见过比这更贵重豪华的月饼礼盒,描金檀木,绫罗绸缎内衬中躺着几只圆小的月饼,使人不敢下口。包装浪费之可怕已经是可恶了,人类的贪婪虚荣让人瞠目,尤以今人为胜,真是极大的犯罪。绿色包装的标准和执法势在必行。过去乡下只有供销社卖糕点时期,卖的糕点都是用一张黄油纸折叠包起,外以细麻线捆绑,之前还得剪一块红纸顶上,像是喜庆的头盖。拎着一路走亲访友,很是简单,也不减一毫盛情喜气,所产生垃圾也少。而今豪华的包装盒拆开后就随意抛弃，真是于心不忍，却也无可奈何？

人们真的没有理由浪费宝贵的资源，增加地球负担。前几天，参加市里关于碳普惠实施政策的会。知道绿色出行，减少能耗和浪费将要纳入激励与约束的管理体制。很快鼓励乘坐公共交通工具、减少不必要的会议和用能、鼓励绿色生活的机制会连入寻常百姓家。其实，现代科技已经可以精准计量一个人碳足迹及接入所有消费场景。所有的行为均留痕和可数据化，意味着在网上为每个人建了一本账册，资产端是对社会的贡献，负债端是对社会的负担，最后就是你的净资产和价值。其实，如果能够仔细核算，很多普通人的社会价值可能会超过名流和明星。那些精英和明星们心安理得地挥霍无度，消耗着宝贵的资源，给社会带来无数的垃圾和负资产。

宗教的末日审判似乎就是要对账，中国人也讲盖棺定论。所以"今夜月明人尽望"，可一壶米酒，一轮月，一块小饼，伴一树桂花即可。不必世界末日般豪饮，挥霍和放肆。用度多少，所费几何？当心拉清单后成了社会的负资产，务要谨慎谦卑。因为你的所作所为都要被那轮明月看在眼里，记在心上。

每个人的境况、具体财务状况如何都有本账，冥冥可知，无可推诿。明知故问地"把酒问青天"，大可不必。

渔阳表里经行处

作为仲裁员到市中心的贸仲开下午 1:30 的庭。从上海的郊区七宝 12:00 就得出发，留下的时间勉强可以从容地在这个中心城区吃碗面。淮海中路租金奇贵，多奢侈品店。表店里摆满了各种名表。服务人员一律白手套，着黑制服，像日本黑社会山口组中人，守着满屋珠光宝气，等待有钱人入彀。内中很多表的名字我叫不上来，只是在纪监委贪官案情通报里见识过。只觉得人类很奇怪，把一个时间计量器搞得如此精致昂贵，到底意义何在呢？又不是发射卫星，上下误差几分钟其实不碍事，还把自己搞成发条，分秒必争。前几年颇有几个表哥因表折腰，审判时我看腰板儿就不直了，当庭表示不上诉。估计是因在留置点吃不着腰花了。很多贪官说不定也不知道所戴某款名表的天价，量刑的法官却需精确对表的。对犯罪对象的错误认识不构成从轻情节。

淮海中路似乎不是普通人民的，人民似乎不需要这些名款手表，只一块电子表足矣。人民此刻需要的是一口面。少数几家卖熟食的店也是因为租金的缘故，不能堂吃，而且似乎永远排着吓人的长队。淮海中路后面的长乐路上也无食可吃。过成都路人行天桥，桥侧倒很奇特地设了几家食肆，也不合适。沪小胖只卖龙虾。

呼伦牛祭出斗大的"吃肉"二字,并且为肉食主义者提供了"肉是济世良方"的正当性基础。不知道不远处的静安寺僧人素食主义对此作何感想?估计是"酒肉穿肠过"之类的折中主义的胜利吧?

一个饭店的招牌也没啥宏大叙事。只是勾引食客的噱头。但是,"吃肉"确实又是社会主义成败与否的检验指标。苏联老大哥的牛肉土豆。中国人的"端起碗来吃肉,放下筷子骂娘"意在指责百姓实现理想后还在挑肥拣瘦。"人民就是江山"。人民的口味马虎不得。人民最后在附近的小马路上找到一家沧浪亭,学着一位老年食客,要了一碗腰花面。这个老食客估计是熟客,腰挺拔,估计就是拜腰花之功。

淮海中路是上海地标中的地标。成都高架桥俯瞰整个淮海路,桥上的红色标语定期更换。开车人和游客只要稍一抬头就能判断中国最新的政治时尚与风向标。"江山就是人民"。成都桥下行人如载舟的水,车辆呼啸,行色匆匆。有几个老妇人却在桥上安静地自制白兰花。一箩已捡拾干净的白兰花苞,一卷白棉线,一把剪刀,一只只花镯子一会儿就会戴到你手上,价格也不贵。赠人兰花者,余香还存。路过的时尚中年女人只买一朵,已经灿然绽放的,别在衣襟处,一路暗香随身。兰花象牙白,镶着浅绿的边。香味清雅,一天不散。1996 年在淮海中路的社科院读书。后门的长乐路上就有很多这样的老妇人在低头慢慢地串白兰花环。游人可丢下几枚硬币,随手挑走一串已完工的成品,许是熟客。老妇人也不抬头,继续手上的慢工。远处依稀听到"栀子花,白兰花"的阵阵吆喝。上海的市花是一朵硕大的白玉兰。而在寻常巷陌里,世人偏爱白兰花。

淮海中路原是法租界,多石库门房子。据说以前都是中产的住所,后分配给寻常工人阶级。原来青砖房,券门、回廊,很是漂亮。记得 80 年代,中国邮政发行过一组民居邮票,就是这些石库门。石库门临街的一面光鲜亮丽,背面藏的是另一番市井。各类人杂居其间,电线当空交错纠结,杂物堆陈,狭长纵深的两列房子之间只容一人过。张爱玲的小说似乎就是写这样的生活。家长里短,是是非非,说不定走出几个直男怨女,嫁入距离此处不远的巨鹿路、湖南路的豪门深园。

如今,这些房子列入一级旧里,不能随意改造,动迁也就无望。经常看到独居的老人穿着圆领汗衫,不开灯,独坐暗屋的窗边,原来共用的门厅停着蒙着厚灰的自行车。屋外的自来水龙头上着一把铜锁。

淮海中路上著名的中国社会主义青年团旧址渔阳里辟了广场、换了新妆,红旗猎猎。人民的江山永固。

等待"灿都"

　　"烟花"方走,"灿都"又要来。全城等待"灿都",像是被迫接待一个来者不善的客人。客人已经上路,还带着一股怨气。我一早寻思着找个理由不出门。但看到小区的家长已经发动助动车,驮着雨衣加身的小学生们准备上路了。惭愧之下,也爬上公交车出门去。"灿都"未到,人间已混乱。一路堵死,平常 5 分钟的路程,司机开了一个多小时。家长骑着的助动车在铺满路面的车子间隙里,游走。开车的家长徒劳地羡慕他们,公交车里一个家长模样的人说"四个轮子干不过两个轮子"。一车乘客焦虑着,有一个人哀求司机开门,让他中途下车步行,两条腿的"11 路公交"此时估计最快。但司机不敢行此方便。

　　昨晚防汛指挥部发了明传电报,明传中小学校停课半天。公交车里便有本地人用沪语埋怨,"索性放一天嘛好来"。想想也是,搞个半天,中午家长还要请假去接孩子放学。如此看来,这个明传电报不咋高明,搞得天怒人怨。不如暗传好。

　　"灿都"又不知道是何方神圣,似乎也无从怨起,只好怨人、怨己。昨天晚上躲在沙发的一朵台灯下,读林语堂的《苏东坡传》。东坡与林语堂都是趣人,我们"三个男人一台戏",读得忘记了"灿都"在即。书中说到东坡外放，初任凤翔通判时，遇到渭河干旱，就带领百姓祈雨。结果有灵验也有不灵验的，无论灵验于否，都从自己身上找原因，不敢迁怒于神灵。一次，他上山焚香祷告未果，得知一山神估计是爵位下降而怀恨在心，于是东坡亲自上表朝廷要求为山神加官。山神升官后，果然很快降下甘霖。东坡之可爱，在于他并非一味跪求，他经常到庙里隔空喊话，与风神雨神理论一番。他认为这些神灵多少愿意讲道理的。他凭才气写下一篇篇长文，用火烧给龛内诸位神君。规劝这些暗处的神明发扬好生之德。神明的读后感如何，我们不知。但如此一来，倒是给我们后世留下了几篇穿越时空的长篇美文。苏眉州的文章强过明传电文之处，在于讲道理。中国的神灵与我们心意相通。

但是，因此，中国人的超越观一直无法超越，连神仙也与我们一起内卷。玉皇王母、太上老君的心思与我们如出一处。所以，思凡、下凡、升天，天堂与人世的路上人流穿梭，好不热闹。在戏剧家的笔下，天宫还不如我们俗世热闹，"在人间已是颠，何苦要上青天，不如温柔同眠"。七仙女惧怕"琼楼玉宇的苦寒"到如此地步：宁愿选择与牛郎艰苦度日，也不愿意回到豪门。中国人对天堂的向往是不迫切的。我们的诗歌和远方总抵不过眼前的苟且。

神灵与我们人民群众极容易打成一片，神灵也是有所求的。"人争一口气，佛争一炷香"。前段时间到河南登封游玩，在郭守敬的观星台，居然杂有一座祭奠蝗虫的庙宇。看那蝗虫张牙舞爪还霞披凤冠，被人膜拜，让人极不舒服。中国沿长江，各处几乎都有一间龙王庙，旱情或水情厉害的时候，大家就商量着龙王想着该献童男童女了。真是成也龙王，败也龙王。好一副翻云覆雨的龙爪。

当然河神也要童男童女的。就是不知道这次比"烟花"还厉害的"灿都"吃哪一套？是愿意听夫子讲道，还是另有他图？

今天看政府明传通告，又说这个"灿都"三过家门而不入，不知道动了它哪根弦。不过好歹我们躲过一劫。

教师节说

　　早起的鸟儿有位子,早晨 6:00,地铁 10 号线上位子充足。今天正好是教师节,作为一名教师一早去学校上 8:00 的课。早是早了点,却是庆祝教师节的最佳方式。我为这早课一夜没睡好觉,分别于 2:30、5:30 醒来,因为担心迟到。昨天晚上学院同事还发来信息,善意提醒,第一周教务处会派员检查。我不想成为出头鸟,被他们压满子弹的枪击中。

　　记得 2005 年初为人师时,学校让我承担了很多晚班的课。在高校晚班多是选修课,像晚市挑剩下的菜。当时住在闵行,需乘那通勤校车去松江大学城。晚上上完课再乘 10:00 的这末班校车回城。虽然当时刚 30 出头,年轻(帅气),但四节课的声嘶力竭后,也还是很疲惫。大家坐在深夜回程的班车里,谈兴似乎也不如来时亢奋。

　　学校班车是个流动的小社会,不大的一个学校几条新闻,一次班车后就"整个华府"人皆可知。印象中大家似乎从不讨论学术。满耳都是几个女老师的家长里短,买房换车的信息。谁家孩子升学、嫁娶。如果遇到一些不便公开的私密事件,看他们咬耳朵的样子后,斜着眼睛会心地交流眼神就大概有数了。

有一个校花级的美女老师,气质体态俱佳,打扮总入时。也被排了这个点的晚课,总不愿加入这村妇级别的讨论。就选了后排靠窗的位置,戴上耳机,躲到她自己的世界里。遇到同系的几个男士殷勤地打招呼,也不摘下细长的耳线。只颔首微微示意一下。那些平素仰慕她的男人也就不敢与她同坐。她的前后排多数时就这样空下来。与扎堆咬耳朵、侃大山的那帮夜班群众倒是对比鲜明。

司机不顾这些,在他日日重复的路线里风驰电掣地赶晚路。只把这群老师,当作一车货,逐段卸下就好。货一下车,车子就绝尘而去。我在七宝站被卸下,站在暗黑的尘土里,一时不辨方向。

今天是教师节,没有人给我送花。其实,这最好,因为我总觉得担待不起。冷不丁地拿了一束花,倒觉得挺尴尬的。教师只是所有职业的一种,不应过分突出。否则,被人为哄抬反而生出不安全感。比如,再谈提高待遇就显得不够高尚和缺乏奉献精神。

当然教师节本身是值得庆祝的。但是热闹似乎多在官方,老师们自己似乎无感:不放假,照常上课,也没啥礼物。即使有也是沾了中秋节的光,并案处理。今天早期到学校吃罢早餐,走过办公室的路上,听到一个中年老师在电话里说,"今天教师节。好几个景点可以免票进入呢!只限一天。"。他似乎在电话里向同事或家人报告这个大好消息。这个中年男老师,在自己的节日,也懒得捯饬一下,穿得随意臃肿,头发也显稀松、凌乱。如今还要为这一天免费的教师节礼遇费心筹划。我随在他后面,只感到一阵心酸。教师节前后,学校一般要召开庆祝大会。领导眼中当红的教师代表作发言,一个学生干部模样的人照例上去献花。学生代表的发言稿里指出,这花同时也是借来献给所有在座"善知识"的。但老师们坐在下面似乎也没有多少激动,纷纷看手机,急着早点散会。

庆祝大会上，领导最后的讲话离公文越来越近，总千篇一律，却离听众越来越远。听众也就随便听听。仪式好歹完成就行，年年如是。

教师节庆祝大会上还有一档保留节目，就是颁发从教 30 周年的证书。那些被发证书的人捧着红色的烫金证书，站到一排舞台的灯下，神情却显得落寞，因为领了这个证书后，距离获颁退休证书的日子就不远了。除非要强留下来发挥余热。其实，60 岁的教师应正是炭火最旺时，却被界定为"余热"，是否允许发挥还得看人脸色。我觉得趁这股余热还在，最好用在爬山、游冶中比较好。

回程的地铁电视上，满屏都是教师节的宣传片。各行各业今天都在尊师重教，充满了正能量。不知道节日过后，明天你是否依然还爱我？

如厕纸贵

周五一早,饭后就觉得肚子不对劲。估计是喝的咖啡中放入了过多的牛奶。我属牛,却不能喝牛奶。

地铁到了龙华中路,开始翻江倒海。赶快下车找厕所,站台层没有厕所,就近如厕计划落空。肚子不等人,临盆在即,又不敢剧烈跑动。登无数台阶,出站台,弱弱地哀告工作人员,经指点,终于在4号口看到那位亲爱的"蓝色男人"远远地招摇。此刻他就是我的大救星。所幸还余一个空位。

纾困减持之后,心也放下来。正准备掏出手机,享受这难得的松弛与闲暇,瘾君子此时应该点起一根烟。我虽然不抽烟,但是理解这急难过后的美妙时刻,值得烟火庆祝。但一会就耳听得有两个人火急地进来。透过门缝看到一双皮鞋密集地跺着,转圈。就知道遇到"天涯沦落人",同情之下,急忙中止作业,提着裤子让出仓位。这个同志几乎是夺门而入,但没有忘记自己是个绅士,一个劲地背朝我这个恩公致谢。我还大声提醒另一个仓位大内,加快进度,"外面还有一位需要拯救的兄弟"。这个内卫也迅速回应我的倡议,拉栓、冲水结束战斗。地铁的男卫生间里,紧张的气氛平息下来了,难得的和谐和宁静。

如厕遭遇的尴尬事当然不止这一次。有一次也是内急,心里只有厕所。好不容易找到一个厕所,出货后,却发现没有带纸。眼看收不了场。翻遍背包,连救急的书也没带一本。倒是只有几张唬人的名片,但是硬度和宽度都不敷使用。只好试着敲隔壁仓位的门,希望匀出几张纸救急。对方也不答话,当下心凉了半截。不一会,却从隔断下窸窸窣窣伸出几张草纸来。等完事出来,准备万谢这个恩公。发现这个仓位已经人去楼空。又一个厕所活雷锋。

我们全家从美国浮光掠影地呆了一年回来后。有人问我友邦有何惊诧处,竟引得无数中国富豪和权贵摧眉折腰,冒着被拒签的风险,偷偷把子女和细软外放到这样一个腐朽没落的国家。中国不是"独好的风景"吗?我的不成熟的看法,美国虽然一天天坏死,但是他们的如厕体验吸引着中国的精英们。我在美国经历过的所有厕所,无论学校与超市、加油站,总是有充足的厕纸备着,可解我这个异乡人的后顾之忧。

上海在中国内地应该说是处于领先地位,但是沪上几乎所有的公共厕所都是不提供厕纸的(机场和高级宾馆除外),人流密集的医院(高干病房除外)、地铁和公园,厕纸难得一见。有些厕所配有卷筒纸的铁盒子,想必原应标配着厕纸,但却内中空空,不知何故。极少数只剩纸芯,也已经被牵扯一空,管理人员都懒得及时更换。难得一见有厕纸,却发现硕大的厕纸转盘外面还有一把扎眼的铜锁,估计是提防小人们偷纸。

以前中美经济差距甚大时,刚去美国的学生偷纸的事确实发生过。我在杜克做访问学者时,与华人兄弟们闲聊中,就听说国门刚开的一段时间里,真有华人留学生把人家厕所的纸成包带回自己的居所私藏自用。当然现在不太可能再发生这种丢国人脸面的事。但是看看国内,经济不断创造奇迹。但是厕所纸贵的境况却改变不多。我在上海高校工作的时间不短，有一次听学校后勤的领导抱怨说厕所纸张支出过大，简直成了无底洞。刚放入的纸转眼就不见了。学校只好停止薄如蝉翼的厕所供纸。初觉得不可思议，他正告白于我们：因学校的保洁阿姨伙同保安大量带走厕纸回家，导致师生们一纸难求。这个监守自盗的现象想来令人好笑也令人寒心。看来共同富裕的工作确有必要。

如厕是人类一件大事。甚至是一件超出大多数形而上的天大事。吃喝拉撒，马虎不得，人人平等，虽帝王将相概不能免。厕内有纸，心中不慌。厕内无纸或上锁，折射的是一个社会的文明程度。天下无贼这个乌托邦姑且不谈，让中华大地能够放心地安放一卷洁白柔软的厕纸，应该是我们共同富裕之下的首要目标。

中国城市的公共厕所不敢摆放厕纸，这个漏洞被精明的商家捕获。APP 流行后，一些厕所已迅速安装了设备，需关注某款 APP，填写姓名、扫描头像实名认证通过后，扫码付费后方能拿到手纸。我有一次参观昆山千灯古镇顾炎武纪念馆，很是受到他"天下兴亡，匹夫有责"的鼓舞。热血沸腾之后准备除旧布新，先去厕所净身再轻装上阵忧虑天下。不幸又再次遭遇厕所无纸的尴尬。满腔的诗情和远方终抵不过眼下的囧迫。突然发现厕所就装了这样一台机器，满满的厕纸被密封着，需扫描付费才可领取。情急之下，只好忍着满腹委屈，登记信息、关注 APP 后，支付宝付费后。那机器终于挤牙膏般吐出几节"刻薄"如蝉翼的厕纸。估摸着那厚度，必须叠上几层才可完成一次标准排放，一次扫码所得明显不够，于是再扫描付费。

如今国家提厕所革命，真的是一件爱民之举。当年在安徽铜陵，就已搞了场厕所革命。这场革命之下，让我们这些铜陵人出门时，不用内急无状，因为厕所就在你身边。不过，革命仍未彻底，厕纸还需随身携带。

抬头见铁

"糊涂"、"捧杀"、"欢喜冤家"、"烈焰红唇"，12号线七莘站是我这个老(地)铁每日打卡地。上盖七宝维璟，其美食区色香味俱全，每逢周末各路食神呼朋唤友来，腆肚油嘴去。堪比1990年代各地城市录像厅的闹与热。其野蛮、草根与浓艳就像在地摊上赤手舞龙虾，啤酒论天下一般自在快活。性价比远超五星酒店里的红酒杯与美人心计。

港台片是我们70年代人精神生活的一部分，街头贴着红黑的大排档夸张毛笔字写就的宣传海报，"香港凶杀惊艳色情片"。晚上地摊吃罢，买了录像厅的票，厚厚的窗帘后是一个活色生香的地下世界。一段时间，我们这些三线城市的青年男女整夜沦陷在录像厅叶子媚、叶玉卿们的娇声软语里，在破烂沙发与重重烟气中英雄消磨，欲望却阵阵升腾。

地铁绝对最能看尽世态炎凉。昨天一出站口，就听到一个歌手的声音远远飘过来。我以为是晚练老阿姨们的自备音箱在播放。唱者很动情，是一首思念主题的歌。走近才知道在商场的广场一角，一个中年男人牵着一根麦克风在唱。面前的一块板上贴满了一个少女活泼的留影。最后一张这个少女已经只能躺在医院的病床上了,瘦得不像样。这个正忘情歌唱的父亲面前放了一个面盆,里面零零星星地只有几个硬币。路过的人匆匆而过,都在赶自己的路。没人稍稍驻足。但那被父女深情浸染的歌,还在追着我们,渐行,渐远。

地铁口商场的几个大门保安,善意地容许这个年纪相仿男人的歌唱。黄昏似乎转瞬即至。褪尽的余晖,伴着这异乡人的心曲,照到他们默然的脸上。

近期杂事繁忙,出地铁时,往往城市夜已阑珊。9月来临的前夜,一片花在出口拐角的灯光下显得楚楚动人。似乎在等人。地铁9号线洞泾站的正出口,也有一树紫薇花。花期长,开得旺盛,树侧安了一支明亮的灯,明亮地映着满树繁花。这一树花,日日迎候出站晚归的人,总让人心头一暖,一天的疲劳就去了大半。到了深秋,地铁出来的人低着头,灌着寒风。突然发现,紫薇花一夜之间隐去了。地上已是落英厚密、堆积,最后随风飘逝。整一个冬季,单调的老枝暗哑地伴着那支明灯度过那冗长的夜。在深夜归客的眼里和心里,满是凄凉。

只有我相信,某一日,当出了站口,她定会佩戴起所有的美好,候我,像复活的母亲。

人鬼仇未了

昨晚回家,为怕成为油腻男,不敢吃饭。洗浴完毕,乖乖地抱着笔记本改论文。未改几页,竟然沉沉睡倒。早听说写论文有治愈睡眠不足的功效,如今应验不虚。

不敢久睡,复起。知道不是身累是心累。打开电视,看了一部熟女俞鸿飞导演、主演的电影《爱有来生》,主题是一部爱情与复仇的老套故事。剧中段奕宏饰演的弟弟爱上仇家的妹妹。强悍、小心的哥哥最后被仇女的兄长寻得机会伏杀。弟弟段奕宏和尚在庙里为兄复仇,当场枪杀了挚爱的女人俞鸿飞。最后虽阴阳相隔,但彼此相约庙中那棵树下。

这部电影的主题注定无法成功。就像一篇论文的老套选题。不过,二位演得还算投入。令我坚持看完且不犯困的,是电影中的开阔的山野之景。景中的小庙,没有多少香火,只三五和尚,日日晨起洒扫落叶,偶尔外出化缘,归来庙门一关,早课之后端坐抄经书。抬望眼,雁过也,一片落叶无声。

这个复仇的故事的结局倒是有伦理上的可赞许之处。已是非人类的硬汉段和尚看到意中人投胎长成原来的模样,但在这纷扰的人间难得有了好姻缘,最后自行离去,一个复仇的故事以和解告终。确实难得一见。

中国人喜欢复仇的故事。那些老戏文,除了寒窑烈女之外,复仇的脚本占了中国戏曲影视史的大部。"杀父夺妻之仇不共戴天"、"君子报仇十年不晚",构建了复仇的民间伦理。父辈遭遇不幸的人,从一出生就要被仇恨喂养,练的一身武艺,就是为了取仇敌的项上人头摆到父母的墓前。如果是个女儿身,也可练成绝技,不然就得养成绝色,伺机爬上到仇人的榻上。如果你是帝王贵胄之后,那就要学习伍子胥与勾践,日日尝一口苦胆,以防温柔乡里生出"和解"的念头。

中国人对复仇的人也总是抱着一番宽容姑息的态度。这几年,虽是盛世,总有些复仇者灭人全家的惨剧。罪犯伏法,但坊间不乏有英雄之誉,口碑至少胜过贪赃枉法的官人。可见传统文化的教化力量。国恨家仇之下,和解不易。中国古人讲"父债子还"。为父报仇是要那个"人子"用一生为上一辈还债,责任有点大,也与现代性不容。至少在民法上,父债子已经不用还。这一现代性制度变革解放了"人子"。其背后是承认父子在责任与人格上的分割与彼此独立。其实,父亲的仇,孩子也可以不用报的。现代刑法把这个追究的权利与责任让渡给了国家。热衷于复仇不仅道义上不应被赞许,怕在法律上还要承担杀人者的责任。国家获得了报复与惩罚的权力,也担负起按照公义复仇的义务。如果欠缺公义,个体的复仇权就会面临着被收回,重回自力救济。其实国家复仇的公义性一直被怀疑,包括程序的冗长、对方利用权势与财富(如聘请最佳律师)所获得的抗辩优势,即使仇人入狱,也可能"孙小果"而逍遥法外。这种不信任还因现代刑法的轻刑化趋势,电子镣铐等人道主义科技的兴起而使得服刑变得不再难以忍受。专政机关表现出来的极度宽宥甚至溺爱,大大超出社会观念的转型速度。

这种不信任与现代化的单边推进导致私自报复的兴起，当然是赌上自己一生为成本。惩罚权让渡之后，"复仇"是一种国家及其官僚阶层的代理人对仇人进行审判和执法。而审判者与执法者对犯罪者的极端行为，根本不可能有切身的体会。旁听席上坐着苦主，而审判席上却是审判流水线上的业务人员，冷漠、烦躁，失去了复仇者应有的快感。这种快感的欠缺，如果说可以确保公平审判所应有的理性外，不如说，他们丧失了维护正义应有的热情而陷于技术中立。其实，即使这种尚存的技术中立，也因庭后的权力寻租而荡然无存，甚至适得其反。扫黑除恶的风暴，掀起的一角，让人睹见法槌、法袍这些道具后的真相与逻辑。这些残酷真相，让复仇具有了伦理的正当性。

杨佳杀人曾经是上海轰动一时的大案。我注意到网络上对杨佳的评价甚至冠以他义士美名。他们认为杨佳是在自己找回自己的公义。私自复仇的可责难性，一方面在于惩罚的尺度和对象全凭一己判断，可能缺乏适当性。比如，灭门或其他扩大对象的报复社会；另一方面，复仇者忽视（或选择性忽视）对方的可宽宥之处。

中国复仇者的结局大部也是落草与削发，可见也是要躲避官府的。古时的官府倒不像现在公安，铺天盖地带着警犬搜山。古代官差不上山不入庙抓人，除了执法力量不逮之外，也变相承认复仇者的其情可悯。冤冤相报何时了。躲避到山林密处，无踪可寻也就无仇可报。倒是阻断了恶性循环。大家安生过日子也罢。最烦的是穿越剧和人鬼跨界寻仇，那种讨厌，简直把复仇的故事无限演变下去，搞得人畜不安。连玉帝、钟馗都不胜其烦。

网络石出

上海松江昨日出现新增病例。查了一下政府官文画出几个人员行动轨迹。竟是我们搬离前，在洞泾的日常混迹：阿婆家饭店与小兵水果店。今天这趟地铁就是从松江发车的。大家的生活几乎没有受到任何影响，上海科学防疫之功也。

每次透过疫情确诊病例活动轨迹的详细通报。可以看到这个时代各阶层民众的"非虚构日常"：一个接送孩子然后去菜场买菜的家庭妇人。一对中年恩爱的伴侣，一起按摩与购物。当然也有日日麻将桌上的骁勇战将。或家外有家的野鸳鸯浪蝶。社会学家倒可从中研究一番，材料的真实性大可保证。至少比街头那些强拦住行人发小礼品的调查要科学许多。更强过发微信红包填表的社会统计和排名竞争。看过一份田野调查工具有效性的国别分析文献。中国人对待问卷调查是对抗与反感的，涉及隐私，嫌烦，随便对付几句或违心勾选。但是，中国人又特别喜欢打听和挖掘别人的隐私。

如今人手一网，调查、窥探容易了许多。雁过留声，网络有痕，以前的举报限于熟人之间，而如今"天涯若比邻"。网络上整日活跃着一批干将，不舍昼夜地刺探、收集、合成与炮制各类信息。网络时兴之前，娱乐全靠狗仔。港台娱乐圈的几本花花绿绿的杂志上充斥着各类娱记的挖料报道。沪上港台人开办的理发店和小餐馆经常可以读到娱记们起早贪黑的工作成果。封面上都是某男女明星拍拖或开房被拍的照片,甚是刺激。似乎是一种店里附加赠送的"境内关外"堂吃福利,所以利市好过没花头筋的普通店面。如今轮到大陆网络,虽经几次净身,却越发热闹。互联网与举报、刺探的传统一相逢,便胜却人间无数。上海的抗疫动静小,成效大,不扰民,张文宏们功劳不小。但张文宏同志最近也遭遇举报,多年前的博士论文成了靶心。退役高官发声在先,网络举报迅速跟进。我还是不信啥阴谋论,就事论事最可取。窃以为,综述虽然不是正文,但是大段引用自是不妥。这个事实都不愿意承认,那对捍卫功臣并不尽是负责的。但是从国家博士论文的规范文件规范和处理的溯及力角度,自然不能据此处罚作者,更不能撤销学位。因为一个人的行为的可责难性要参照当时的情势与道德水平来判断。不能无限倒查、扩张现行规定的溯及力。更不鼓励胡乱牵扯,把政治、私德与学术搅合在一起的"泼脏水"。评论此事件的观点中有人提出瑕不掩瑜,私意以为可以此回应张医生论文事。看网上的评论,大家多觉得前几日复旦的回应比较妥当,不是一味护短。

其实,瑕不掩瑜后面是一种对我们每个个体普遍性缺陷状态的一种承认与宽宥。人非圣贤,孰能无过。其实圣贤也有错时,即使写神州十亿尽尧舜的主席也不能免俗。对错误,自然是要罚其所罪,但是惩罚的背后是教育,甚至让旁观者自省,而不是幸灾乐祸或趁机落石头。《圣经》里似乎有石刑。人们对犯奸者可以丢石头,表示愤怒,但耶稣提醒丢石头的人,"你们谁没有罪就可丢石头打她"。就是中国人说"自己也不照照镜子?"耶稣其实并没有阻止你丢石头,那是人的自由。但是众人经过提醒,始看到自己心中的刺,其实我们都欠缺完美的正当性,无权代表至高的公义。圣经故事中,结局是人们自行离去,这群人多少还是顺服的。其实,人群中或有那个奸夫,他甚至准备丢最重的石头。神看到人类灵里的败坏。这个异域故事的现代性隐喻,在于启示着每个人应体认和看顾他人处境的可宽宥性。

阿富汗也有石刑,好像也是专为犯奸淫的女子所设。在近期的社交视频上看到一个伊斯兰女子,跪着,被头巾笼罩,正在被执行石刑。那些男人狠狠地丢石头,一块块石头从她的身上弹落,堆积起来。最后女子被那些疯狂的石头活活击杀。这些美丽的伊斯兰女子曾经承受了太多的侮辱和苦难,却假圣洁之名。我看伊朗世俗化期间的影片,女子色彩斑斓的翩翩,欢乐的笑声和自信的步态,可惜春云光乍泄一般短暂,复又阴云密布。如今阿富汗酋长复国成功,她们可能再次被交付刀刃,又要被那些脸色清癯的大胡子男人套上黑色的枷锁,只许留一对恐惧的眼睛和可呼吸的嘴巴,把人的尊严降到如此不堪的层次。对这个政权的恐惧和不信任达到了极点,我们可以理解机场逃离人潮的汹涌,甚至不惜失去生命。和解不能靠一句承诺。

中国古代也用石头处罚不洁的妇人,跪祠堂后再去用石头坠着麻袋抬着去沉塘。女人要裹上小脚,裹脚甚至被当作一种身份优雅的标配,监督裹脚者也是禁足人,甚至就是亲娘。这种落后的东西其实离我们的时代并不久远。恢复传统文化,这些坏孩子要断然连着洗脚水一起倒掉的。倒得越彻底越好,这些文化中的病毒,倒真需要彻底戒绝而不能与之共存的。

塔利班们除了学习我们的游击斗争经验外,还要学习我们处理传统的方式。我们处理漫长传统的方式希望不要总回头看,要向前看,还要自信地朝外看。

大家都要防止落石,WATCH OUT。

人间重草木

　　骤雨初息,就带上汪曾祺《人间草木》入家对门的体育公园,执此书赏草木,真是最合适不过了。汪先生"一枝一叶总关情",他对客居的昆明和家乡高邮小院子里的花草树木总念念难忘,作成画,咏成文,尚还有无尽的情感含在胸中。他对草木的理解,堪称一部活书。

　　闵行体育公园偏在沪郊,名字也不优雅。记得看过市政规划,说是准备绕着外环线,造设数个主题公园。规划说明是希望这些公园像外环线上的一串珠子,镶嵌这座东方明珠城。也不知道这样的雄心进展如何? 但闵行体育公园这个珠子倒确实受人爱戴。今天雨一过,等不及的人们呼朋唤友来赏园,或跑步,或散步,活跃在葱茏有致的《人间草木》里。草木初浴后,叶头还噙着水。我方一坐到树下,风过珠落,花撒了我一头一身,像在与我玩笑。

　　我的花草知识甚少。白居易说"除却微之见应爱,世间少有别花人"。我不能"别"花,对名木古树更不能别。但与所有人一样都爱草木虫鱼之属。郁郁草木和悦耳的音乐一样,总能让人多思,通情理而不必通乐理,美可直观而不必究理。但闵行体育公园倒是给每种植物设了一个铭牌,写上科属、习性和树龄。园方此番苦心,是对我们这种不熟草木之人的溺爱。对满园的草木则显得尊重,名与不名者皆有铭,不分贵贱,郑重其事地向游园人隆重介绍。现在赏花木而不明就里者,还可用一种手机软件,扫一下草木就可得细致的介绍和说明,对所有的花木也是一种重视。不过软件也有犯花痴时,错将"紫薇花对紫薇郎"。

园中游人渐稠。年轻夫妻的孩子在前面轻盈地蹦跳,一惊一乍地亲近草木。持重的中老年夫妻对满园的花木会心地指指点点。老姐妹们结对在一池莲花前摆着夸张的姿势留影。立秋多日,除了"百日红"的紫薇,原来满园的繁华如今只剩下这些水上飘零的睡莲了。一种开着细小黄花的大王莲倒正值盛年,圆盘似的漂在水面,只是满身是刺,不让人亲近。再过数日,这些花怕也要彻底败去。

今天园里不见那些常客,我熟悉他们中的许多人。他们多是住在附近已退休赋闲的人员,似乎有意让出这周日时段的园子,给慕名而来的"别"人,不轧闹忙。待到明天,一回正常的工作日,这园子就又独归他们所有。他们摆个象棋盘在亭下就能对弈一上午,楚河汉界畔必聚着一帮看客兼解说员。还有几个老人躲在密林处拉二胡或学吹笛子。一听就是初学者,音不准且尖锐,平时必是不为高楼里的邻人甚至家人所容,只有一园草木能包容他们的笨拙,给他们终有一天可以人前献艺的信心。在湖心岛的一侧总见两个老姐妹,在相互指教学吹那廉价的葫芦丝,几日不见,声音已然婉转动听了许多。也有几个孤独的老人,在一处树荫下昏沉地睡去。偶尔被自己惊醒,老眼昏花地扫一下园子,见满园草木无恙,复又睡入刚才的梦中。他们曾经精干的脸,如今下垂、松弛,嘴巴空洞地张着,欲说还休。陪伴他的也只有这一园安静的草木。

　　已有一番寒凉,秋在准备它的肃杀。草木知秋,唯蝉还不知疲倦地鸣叫着。它们稍一息声,园子的草木一时间就寂寥、深远了许多。

城市断章

1. "过尽千车皆不是,不如折返弄旧文"。753路车次偏少,等车的人伸着脖子,等来的却总是763、173,近似却不是,都在抱怨。上车后复向司机抱怨。司机鼻子哼哼,说"你们找领导反应呀"。我说你们可以方便直接把一线的情况向领导反应呀!他又哼哼,说"他们会听我们的?"。对我们的幼稚与不谙于高层的意旨,司机转着方向盘,满载着一车的我们,不满地摇头苦笑。

2. 到医院的男女,无论帅哥贵妇,领了号牌,被叫号机呼进诊室。矮着身子,回答医生的询问。然后拿着单子上各类机器。厚厚的报告与黑白胶片在手,穿上病号服,就真的成为住院部的囚徒。看着门诊部的花花绿绿的穿梭男女,心生羡慕。在花花绿绿男女眼里,这些囚徒,才是医院的主人,常住客。记得《民法典》里有规定里,久住的病人,医院就是送达文件里的"居住地"。希望他们尽快回到真正的居所。

3. "一盔一戴"马路新政后,骑助动车的戴着各式头盔,一似疫情刚起时车厢里的各式口罩客,都把家底翻出来了。摩托车是街头流动的头盔展览会。

4. 深夜,公交车亮着灯,透明地驶过街面。体内一班人,戴着口罩,低头审看一片片发亮的手机。隧道吞没长车,他们仿佛驶进历史。

5. 女排奥运新败,神气广告还是到处播放着。一身红装,悉是俊人儿,当年不用遥想。想到《赤壁怀古》意气风发章句,突然为她们有一阵子的难受。

6. 发了一篇小文在非核心刊物上,按照学校的规定,分值少得可怜,只能证明我尚能孕。文章像一枚羞涩、干瘪的果子,落落地晃在枝下。隔壁黄四娘家的,累累压枝。"三大刊"那更是可以摘下来称重展览,放在学校的橱窗里。记得有种子博览会,把硕大的果子展出来,图片标定重量和果径。"浮夸风期间",也有类似庆功和放卫星的展览。在美国时,朋友带我参加一个乡村家禽博览会,全是健康、壮实的鸡鸭。虽在笼子里,不掩其傲。

7. 看到一个人在路口上拿着手机转圈圈。知道是在使用高德导航规划步行路线。路的规划,方向很重要,高德是不识途者的人生导师。常常导错方向,气恼反复转圈之下,却找不到人抱怨。高德躲在手机后面开玩笑。他德不配位,实在不高。

8. 牛羊肉摊位上,都有一个猪和羊的模型或配图文的广告,动物都笑嘻嘻的,主动替摊主夸耀自己的肉质鲜美。还有专卖铁锅炖大鹅的,用了骆宾王的那首《咏鹅》,配在炖锅旁。锅中鹅已去项上鹅头,在翻滚煎熬,画中鹅尚曲项歌唱,让人不忍。我觉得商家如此乖张,对动物们缺乏起码的尊重。

烟花摧城城不开

"烟花"七月下江南。未见其人,却早慑于其威。这几日沪上人人谈"烟花"而色变。不知道这个女魔头为何取了这样一个朦胧的名头驾云魔都。记忆里,所有恶劣的天气都有个美丽动人的名字,也不明哪一个骚人承包了这样一家取名公司。把一个画皮的美女送过来,艳遇一般。预报声中,"烟花"似走非走,似来非来。只是苦了海边的人。烟花不是一瞬迷离就烟消云散的,她持久的盘旋,手段近乎残酷。

不要被一个美女给骗了,这是很多人总结出这本巨著的读书心得。《聊斋志异》里落单的书生总是路遇美女。我估计这个书生不至于对这样艳遇背后的蹊跷浑然不知,实在是美女太美,战胜了他八股文脑袋里残存的一点辨别的智慧。或者,平时读经典指定书目实在太过苦闷单调,与美女厮混的刺激实在太够诱惑,恰似美丽罂粟或牡丹,"做鬼也风流"。说不定,浪漫之后,还有美女得着机会还魂,《人鬼情未了》,这笔风险投资就赚得满盆了。

我终究是胆小的,所以至今没有艳遇。昨天一天就犹豫周一是否冒雨出勤。晚上终于候到政府的一纸智慧通知,建议单位"非强制考勤"。今天一天我就理直气壮地龟缩在屋里,躲那烟花设在路上的艳遇。艳遇之后,往往是得不偿失的。

坐在窗边,开窗听雨。周作人的书房叫"苦雨斋",估计这个旧文人也是喜欢坐在窗前。窗前听雨,可隔窗听雨,也可开窗任雨打风吹。失了赵才子的李清照似乎也喜欢听雨,只是不敢临窗,只把近窗听雨的乐趣给了卷帘人。她也是凄风苦雨的命。雨似乎总是苦的,因为她的绵延不绝。如果加上风狂,那一腔风流就付之东流了。让人绝望的,乃苦雨。

"烟花"的雨不见得仅仅是苦,而是一把悬剑。昨天夜里大家都在听雨,连珠地敲打,令人皇皇不安,一城人都在等一个行踪不明、江湖传闻杀人的《双奇镇刀客》。今天一早醒来,赶紧打开窗户看,打开手机看,满地落叶不少,但并没有飞猪漫天、垂柳倒拔的狼藉,似乎杀人的镖客没有传说中厉害。于是放宽了心。马路上车辆溅水驶过的声音切切传来,"还是人间七月天"。洒水车乐得休息。

听罢雨,修改一篇论文,准备投给某个阅稿无数的编辑大人。甚觉委屈和无趣,还是闲读最美,像是逃逸家庭后的艳遇,彼此没有柴米油盐之累。不用揣摩编辑心意,不必有家累,摆出一副慈父岸然的样子。诗人说"画船听雨眠",估计是花酒后笙歌刚刚散去,宜小睡。今天我也难得小睡,内急叫醒梦中人。入厕,已解罗裳,发现厕上无书。因为我刚搬家,书与人分居,艳遇不在,只有几本板着面孔的圣贤书,身材厚重,故作高深。无书不成厕,就像程序缺了一个插件,无法运行下去,竟至无手可解的窘境。于是,重装程序,折回书房,一顿搜寻,终于找到一本北岛的《城门开》,重启坐下,紧闭的城门乃开,否则只好上"开塞露"。人类对自己真好,连便秘这样的秘密都难不倒自己。

但是,人类又似乎很无能。小小一个烟花女子就难住了我们。

烟花之下人间惨剧连连。郑州地铁里的悲剧,是天灾还是人祸,各方都在辩论和解释。只是我能感受到隧道中人的绝望。在上海我是绝对老铁,也遇到车站通知临时停在隧道中的情形。有一次停的时间稍长一点,心里就有恐慌。毕竟是陷落在地下。郑州此次雨水倒灌隧道,缺氧和失温之下,人的生命其实是很脆弱的,等不起层层的请示。人间的诸多繁文缛节和官场太极给了水火无情的机遇。气象学家说全球越来越多的恶劣天气是人类破坏自然所致。人类为了利益,砍伐无度,戕害彼此,报纸上则一个个胜利的战争,一个个伟大的工程。所以,天灾其实是人祸所致。

　　"烟花"声中读《城门开》,我知道有无数的人在帮我们守着城门,我们才能如此安逸地读北岛,读他的北京城,读他不堪回首的故都,"烟花摧城城不开"。北京城没有被炮弹毁掉,是自己开的,不是烟花所开,实赖傅作义的义举。电视剧《大决战》中傅作义的演员选得好,厚道的北方汉子,有功德的人,幸亏他没有负隅顽抗到底,顽抗到底有没有出路不知道。前几日看《大决战》陈毅、粟裕进攻济南城,得胜。"泉城活捉王耀武",主席大喜,直夸陈老总诗写得好。兵士们在百米云梯上纷纷落下,像烟花与落叶,落了一地,城门始开。我在想,这些青年殷红的生命必须陨落吗? 他们短暂的生命,原本应该持久绽放的呀! 不能像烟花一般如此消散而去了。

骤雨初歇

外面暑雨大作,是一场急雨。雨只顾自己酣畅淋漓,雨中人却有万念俱灰之感,"风流总被雨打风吹去"。

每个城市都有一个集中出售室内装修家居的大型市场,类似于上海宜山路的那种 MALL。周六日,往往一家人到店里选购家居,多是父母陪新婚的小男女,把自己的讨价还价的经验传授给他们,生怕孩子被阅人无数的店员宰割。今天雨天,很多没伞的人在里面乱转,歇脚、躲雨。我也是其中之一,顺便复盘一下"人民群众对美好生活的向往"。

厨房区一应俱全,锅灶锃亮,刀具寒气逼人。孙俪是代言人,卖力地替那些厨具笑着。不知道她哪一点触动了中国烹饪文化的内心。厨房里一点油烟也没,龙头下也无水可流。有一款抽油烟机,广告语说"炒 18 年辣椒都不怕",罕见的中国特色。卖床垫、床架的店面,床柔软、枕头横卧,空调干爽,让人在这样慵懒大雨的天气里想索性倒头睡去。只是大床罩在聚光灯下,让人有种"光天化日之下"的心虚。餐桌子上摆着中产阶级客厅的花瓶与花束,可惜也都是假的。书房里"红袖添香"的诱惑若隐若现,每排书都有一个外文的封面,自然也是腹中空空的道具。卖瓷砖的店里,有一个盛满水的大号青花瓷缸。几只红金鱼漫无目的地游着。店员说原来也是有一丛荷叶相伴，可惜被这几只贪吃的鱼仔合伙吃了个精光。自作自受，他们只好精光地裸泳了。

有一个店，商家真诚地供了一尊托着金锭的赵公元帅小号真身，我触摸了，发现龛前的香蕉、葡萄倒是真的，且颗颗饱满新鲜。应是店主每日早晨焚香之后虔诚摆上。因为燃着一炉香还在袅袅地飘忽。咖啡杯里好像也盛着饮料。难道赵总最近赶风潮，爱上一口西方的咖啡了？赵元帅毕竟欺骗不得。但需要批评，中国式的茶更政治正确些。

瓷砖店里，摆了一个轮盘赌一样的转盘。细观，才发现是美好生活的标准模版。分别规定了不同年龄段该做的事情。28 岁之前可单身，32 岁需结婚，38 岁一胎，45 岁两胎，54 岁就得三代同堂。我心中暗暗对比了此生，发现总是偏离这个时代的标准答案。好在很快就要三世同堂，修成正果了。

几乎所有的广告都是以外国的帅哥美女为模特。连那个总睡不醒的外国老头，还在为慕思床垫代言，似乎签了一份入编的长期合同，不用"非升即走"。浴室里的外国男女健美身材让我们自惭形秽或不忍直视。

只是，一直在想，一个人为何要炒 18 年的辣椒呢？欧派橱柜玻璃上的一句诗歌叙述的更为永恒："是谁来自山川湖海，却囿于昼夜，厨房与爱"。

我记起，电视广告里，孙俪及一些美女明星经常在厨房秀着恩爱。如今，"君子远庖厨，美女重碗筷"。我们享受着这样的假象。外面的雨不见稍息。店员们追着我，殷勤地希望我付钱买下点东西。一声声地喊着我"领导"，我也乐得应承着，享受着假象。

湘行杂记

　　一早微信里就写"今天迷糊"。果然迷糊,破天荒误了车。差3分钟,车子无情开走。被自己不幸言中,搬石头砸自己脚,更疼。但是却在内心暗暗佩服自己的乌鸦嘴的毒与灵验。改签,在拼凑的换乘点化简为繁。曲折地连着铁路上的起止线和时间,像是一个接骨大师。但是此时携程的改签,就像下午5:00左右的菜市场只能挑菜贩子案几上的蔫蔫的剩菜蔬。好歹上了车。走得急,后悔没有带一本书去"湘西"。不过,发现在黑暗降临之前的这段下午时分,车窗外一片片繁绿中,夹竹桃的红与白在野,胜过一册在手,不忍辜负。

　　下午4:37始发,我挑的这一趟车逢站必停,不过倒显得不高冷,礼数周全,像李白,随处走走停停。其实每个经停处,都有来历,都美丽,至少都值得我们停下来致敬几分钟,再走。这些各美其美的地名上的人都分享着某个地方志里共同的历史、传奇故事。列车报出站名后,这些被点名地方的主人,就走进我们的车厢,上上下下去到另一个陌生地名里作客人。这慢车,就是让人不用急,夹着一包小行李,像我们小时候的串亲戚,一会儿就到了。同车渡与共枕眠一样,都是要有几百年的缘分才能修得。

上错车,遇到对的人,还同作画中游。日头此时还在它一天的佳期,大家眼里的景致也佳。铁路沿线,绿树侧过。树掩映后闪过一处处建筑,一个个窗户张着眼。窗户后都有一份别样的人生故事吧? 高铁过桥,一条条河流,在阳光下闪烁着漂向远处。芒种才过几日,第一季刚刚收获的江南,田地耙梳干净,水清亮地浸泡着土地,它们像在细语,在计划下一季新农事。

车子不倦地奔着,但毕竟向晚,车外的日头节节西坠了,就把我们这些行旅人的影子,大大地投在车厢的白面板上。在远山的坳里跳着跃着,刚才还有劲头的日头,慢慢弱红起来。绿树阴暗了下来,河,失去了欢快,也变得浓重。一处炊烟斜起,高挑的路灯也早早值夜。远山青黛,混沌,像宣纸上漫洇的中国画。

白夜终于彻底遁形,夜色于是更大块涂抹开来。黑夜行进的声音没有喧嚣的衬托,变得单调、清晰。车子跌入黑夜,寒意如水般围拢过来。偶尔有一段灯光刺破窗外的黑夜,但旋又被彻底吞没。一节节列车不自觉地加快了脚程,像一个冒失的夜行客。

旅人收紧身子,心里升起一丝莫名的离愁和苦味。

深夜始到长沙南,也只有出租车还在等我。长沙到株洲,对这些出租车司机来说,也是一个不错的单子。但是,因为出夜车,且很可能是放空回。所以,按打表价,的哥都不同意。只好折中,来回过路费加上一包烟钱,谈妥。一路无话,只有车外的风,凉凉的舒爽。高速公路上的广告牌和路下居民深夜还零星亮着的一盏灯,等待的灯、愁苦的灯或无眠的灯。

住到事先订的宾馆时已经是晚 12:00 了。住的是宾馆背面的一间房,面对着一个巨大的广场。灯火阑珊处,站了一个巨人像。第二天上午事情办完后,才宽心溜达去,知道是神农炎帝像。而住的宾馆位于神农大道,宾馆正面则是神农湖。我幸运地得遇神农。

神农湖的水很特别。湖畔的神农塔,高入云中。云水都特别透亮、澄明,一副远古本初模样。远古的美好竟让我们觉得已经不配拥有这些了。美好的东西回光现身,我们只剩惊诧。就像在西藏与云南,漫天繁星之下,我们都被这些先民眼里的日常所惊呆。我担心,再过多少年,惊诧都会成稀有。经书说,末法时代,佛像都不可见了。人们只好想像一尊佛像,直到"非想"。再然后,执真为假,将日常异化成传说。

在神农广场,平生第一次被一尊雕塑所感动。第一次读懂了祖先,远古的脸与重重的负担。那沧桑其实从没变,如今也还分明刻在油画《父亲》般的脸上。写在中国历史里。不是那种成王败寇的所谓正史,而是刻在弯曲百姓佝偻的臂弯里、脚趾里,心坎里。这个神农像,砖石砌成的伟岸,看上去就好像他穿了一件百衲衣。神农像一个普通的家父一样遍尝百草,"令民知所辟就"。我们华夏普通的父母,自己也总先试着汤匙的温度,再去喂食自己的婴儿。这种慈爱与传承,在这广场的雕像上我也感知到了。后世尊他炎帝,不知何人何时册封。我还是觉得称为"神农"为好,中国的皇帝多的是,不缺他这一个,留与我们百姓更好。就像同在湖南的袁隆平,也为百姓稻粱谋,虽然是院士,但是百姓只觉得他亲切,像可以亲近的自己人。让人亲切实际上是做人的最高境界。

一个人闲逛,饿了,到神农广场旁边的商业街找吃食。最后,还是神农赐给饭吃,进了他的"神农厨房"。吃罢出"神农厨房",发现这个商业街的入口,坐了一个斗战圣佛的巨像。与神农的慈祥不同,凶巴巴的,估计进商场的人会大幅减少。特别是打扮妖艳的女娃与心理不纯的少年。其实,人人心中都有贼,且除去不易,甚于湘西剿匪。记得湘西的一些景点,还卖一种土匪烟,很男人味的那种。悟空原也是匪?

商业街临湖造了好多高房子。神龙湖是株洲地标。适合观景，周围都在造高楼。为了看到湖，后面的楼只好越造越高。就像街上有个杂耍可看，外圈的人只好伸长脖子并垫着脚。想到鲁迅的《药》，中国人都喜欢热闹，且中了开发商的套。其实湖，大可走近看，亲近之下更好，不必费许多钱还只能远观、俯视。

商业街旁边则是株洲博物馆。株洲的博物馆造型怪异，非经复杂的解释与说明，凡人看不懂。但是进出的偏偏是无所事事的凡人。今天，上班时间，我混在一群退休人员带着学龄前儿童的队伍里参观。那些出土的陶罐，孩子嗲着声音问爷爷。爷爷回答说，装果果的。复杂的真理往往只能简单。

株洲博物馆里，有一个徐霞客像。玻璃柜子里放了一本《徐霞客游记》，证明除了神农，还有很多人包括喜欢到处游猎的徐霞客也到过株洲的茶陵地界。我认真读他摆出的一页书，书中徐老师写道，孤舟大师于此荒蛮之地开山建刹，遂成丛林，或也香火不断。但是一日老虎"攫去一僧"，于是"僧徒星散"。那座庙就荒废了。原来和尚也是怕真老虎的，而徐霞客的腿脚、运气与胆识俱佳，远远胜于那些湘西的匪徒与喜欢假老虎的和尚。多半是得了神农护佑。

炎帝陵距离株洲市区几个小时的车程，就在炎陵县。只好下次找机会再去了。

功夫闲茶

我中年之前一直喝的是江南绿茶,偏爱西湖龙井、安吉白茶。喜欢用透明的玻璃杯,看茶在水中舞动之美,胜于入口之香。我对茶其实并不懂行,有时候,耽于茶的名字,比如桂林红、碧螺春。读野史,说过去有昏聩的皇上,凭着呈上来的三甲待钦定的名单,看到名字不祥者就勾去,名字中有瑞气的就留下。我对茶的不精与荒唐估计不亚于这些皇上的圣明。如此,估计错过了许多名字不雅的好茶。

茶似乎是中国士大夫配享的风雅之物,小时候在农村,有口白开水喝就不错了。包产到户的后期,百姓待客的茶缸里开始有些碎茶末,白开水漾成了绿波,让人觉得美好。后来父亲也在城里买回一二两毛峰与猴魁,奢侈起来。品相和价格估计是不佳的,但大家似乎也不计较,用玻璃罐头瓶子作茶杯,系着带子,提到田头,于劳作的间隙喝茶消暑解烦。有一次,同村开出租车的表哥破天荒地送给父亲一斤毛峰。细问之下,才知道表哥开车进城遭遇路霸,强行高价出售这包普通的茶叶给他。表哥不喜这屈辱的茶叶,就将这"名茶"送给我父亲。这估计是父亲有生之年喝的最贵的茶叶。他们的这段经历,给了我民法合同课上"以合法形式掩盖非法目的"的经典案例。如此想来,这笔无法撤销的合同,总体算来,还是顶划算的。

我的四叔叔,在农村不安分种田,准备走大队干部之类的仕途。买了些好茶叶送到公社上,早早入了党还谋了个村支委的岗位,一段时间里,总见到他提了个漂着长长猴魁的细长玻璃杯子,耳朵上夹着烟,到处与人约着开会,在被摊派接待任务的农户的酒桌上讨论着大事。他的玻璃杯子外有一个彩色塑料细线编织的隔热套子,上面隐隐约约看出绣得是一条鱼,鱼眼睛处泛着一点红,像四叔酒后的眼。我于前年,带了些好茶,去看不情愿一辈打光棍,最后离开家乡入赘江苏泗洪的四叔。不过他的境况比我原来的想像要好许多。

我和所有人一样,现在条件好于往日,茶似乎总是不缺了。我平时到各地讲学、出差,总到当地的超市或干脆就在机场买几包当地的茶随身带回。回家泡上,感觉就似还恋恋在当地神游,茶味维系着记忆与此在之间的联系。茶是当地土产,汇集当地的风露精华,经历数月才养成一叶。我还因为是老师,同学毕业星散之后,有的还记着我这个老师,还常记得寄来各地当季好茶,让我这个教书先生能有此番口福。我有一个信阳的学生,曾经给我寄过红茶版的信阳毛尖,味道甚于传统的毛尖绿茶。我觉得好喝,到处向别人推介,最后"搬起石头砸自己的脚",被他人强索了大半。如今盒中空空,但总不好意思向信阳方面去信索要。绿茶泡法简单,从茶叶桶中抠出放入杯中即可。比较适合我这样的懒人。但是,懒人又要口福则不可得兼。几次冲泡之下,绿茶很快失味,冬天则很快"茶凉"而不宜入口。因此,就羡慕着煮茶和热气腾腾的喝茶人,"寒夜客来茶当酒",热茶是热心肠更适合中年之后。在福建龙岩和云南耿马游,日日看人摆茶道。豁然就懂了那一直繁复的程式。

我是个怕烦的懒人，偏偏功夫茶的道具和步骤在我眼里，显得没有逻辑，并且更无必要。这次日日观摩，终于点悟。于是一心想学着在家里也布个功夫茶小道场。但忙于俗务，今天终于有闲一天，凑了几件零碎，好歹摆设成功。红色的茶是朋友参加龙岩红色徒步运动包中附赠的。白色的土司贡茶是在耿马街面上茶叶店花一百元买来的。土皇帝孝敬真皇上的茶，应该不会太差。

功夫茶需要功夫。功夫后是耐心，是茶道。在龙岩政府机关，几乎每个办公室都聚了一群人在摆盘喝茶，像是龙门阵。领导告诉我，在福建多地喝茶谈工作是标配。我想，这样健康的工作方式，不温不火，茶道礼到，斟酌之间工作效率或许更高。

在上海这种现代化地方，这种场面在机关事业单位，甚至政府味甚浓的国有大企业，断难得见。如果有这样的道场，还摆上关公、陆羽之类偶像，离违纪和工作散漫的见责估计不远了。但体制之外"无依之地"的民营企业老板的办公室里就常见有各式的茶道之场。有些老板的茶盘夸张的时候大到可占了一面大桌，虎踞龙盘，也营造着另一番朝堂气象。电磁炉嗞嗞出水。盘上面杂有口含古钱的蟾蜍茶宠、各式茶漏、茶洗。一般是女员工，动着纤手玉手，玲珑地为客人斟茶。遇有贵客，老板就亲自上阵，老板手上或刻着一个"忍"字，或缠绕着数匝细粒佛珠。推杯换盏之间，有一股江湖风急，暗流在舒缓的曲水流觞之中。

中国各地似乎都有名茶行世，山高林密的福建和云南更胜。上次到耿马，车行过处，有无数的茶厂，心想这些茶场的茶叶得要费多少功夫才能喝完呢？上海的茶城近几年也多起来，古色古香的天山茶城的招牌在高架上就可看到。中山北路共和新路的茶城虽是新起，规模似乎更大。我近期迁回七宝，目测这几年新起了两座大茶城。这些茶城简直是中国的地理大全。各种冠以雅号、地名的茶品于层楼之间纷呈。正山小种,武夷红茶,大红袍最为当红。红黑相配,近年来黑茶治痛风的神奇疗效成就了安化小城。茶叶店里挂些权威媒体对疗效的介绍,甚至经络图。茶是通经活络的神水。偌大的茶城里就夹杂一些面相馆和经络馆。茶是中国文化的代表,不仅儒生们唤着童仆"竹炉汤沸火初红",僧道中人也同好此物,不违和。茶是和谐文化的典型代表,国家元首前几年于上海豫园就是以茶待外国政要。我曾经的一个女同事,自号"茶仙子",就被指定作为奉茶在侧的使者,她翩翩姿态,确实是最佳人选。如今她干脆辞职专事茶道文化,真是得其所愿。我猜经她玉手和慧眼的好茶不在少数,估计信阳毛尖红茶都不入眼。想着下次见面,若还记得我的名字,就趁机讨上一杯。

茶是东方神叶,欧美人吃茶似乎总不得法,搞成袋泡茶就意思全无。茶非得功夫不可,急不得。文化差异横亘其间,彼此一时难以通约。外国人对中国的茶中三昧总不能领会,对豫园之"豫"更是不解。就像沪上的咖啡店,近些年又多了起来。但是喝咖啡的男女,还是过于郑重其事。那杯子端着就觉得重得很,还拉着焦白杂色的花,让人不忍下口。美虽美矣,总觉得离题远了点,就像英国人杯子里的下午茶。对异域文化的处理,手段不娴熟而至失去真正的意趣,徒留形式耳。"猫屎咖啡"甚至连形式的壳子也抛弃不顾了,近乎胡闹。

中国的功夫茶的功夫尽在茶外,茶不论好坏,皆有出处,皆有功夫。有朋友来访我,可沏茶,也可磨一杯咖啡,全凭性子。古今中西,一杯而已。壶里乾坤大,杯中日月长。浮生半日,不如偷个懒,拂去心头面上的红尘嚣嚣。

横沙渡

　　五四假期,参加了上海市铜陵商会组织的横沙岛两日短游。说是青年企业家活动,其实各行各业都有,还有好几个"70后"老同志。甚至还有几个非铜籍人士。我们这支"杂牌军"在一面上海市铜陵商会的大旗下从五角场国防大学的集合点出发横沙岛。

　　组织者国防大学的退役刘大校热心家乡事业,在横沙有不凡的人脉。也是上车后才知道,他青年时在铜陵参军离家,随部队在山东服役18年,后转战上海,后成了横沙的女婿。他排行老大,带着几个弟弟也先后娶了横沙的女子,他们家族以身相许,成了沪铜合作的典范。他现在担任上海铜陵商会的顾问,就再合适不过了。

　　从上海市陆地到横沙有公交申崇线,如今也可自吴淞坐快艇,约50分钟都可达。横沙已是中国东部海防前哨,距离日本、我国台湾地区可谓咫尺。二战时日本兴兵上海首选距离横沙最近的吴淞口登陆。蒋公"毋忘在莒"准备复国时,横沙岛也曾驻有重兵。蒋公梦碎海外,如今横沙防卫的凶险也就烟散了。

　　我们的包车经过几个隧道,到了长兴岛,再经过汽渡始到横沙。入住的地方是交通部上海打捞局。第二天早起,兴步走到开阔的江边,此处已是长江入海口,"奔流到海不复回"。到了此处,才觉得上海是个海边城市。打捞局专事海上搜救,岸上有专门的搜救船与氧气瓶等物资。这些勇士保着海上人的平安。前几年还发挥人道主义救援了几次日本海难船只。中国人惯于江河湖泊往来,对海则始终有一种不适与恐惧。妈祖是中国人的海上护佑之神,对妈祖的信仰在福建、浙江等讨海之地,已经形成成熟的体系。有偶像、有故事与崇拜的规仪。上海在现在的虹口提篮桥附近就有下海庙一座。家中女眷每每于男人出海之际,过来下海庙祈福上香。我一直没机会去看,不知供奉的是何方神灵。中国古代的文人,于江上,还可吟风弄月,对海只好望洋兴叹,作瀛洲之思,"烟涛微茫信难求"。百年前后,欧风美雨坚船利炮而来,就让中华帝国风雨飘摇。如今,海洋和陆地的对峙也似未停息。

五月四日下午也是凭大校的关系,让我们这支队伍开进了通海大堤参观。大堤之内,是用抽沙的技术围海造田数百平方公里。海水盐泽,只许芦苇荡长势喜人,从堤上望去一眼无边,遂有海上草原之誉。听说围田之初,放养了公母水牛数只,经过几年的自由恋爱,如今已是"多多生养,布满这地"。昨天远远看到这些蒙祝福的牛群,三三两两出没在草的烟波里。而白鹭栖息于背,好一派和谐景观。同行的一个"六一儿童"看看天阴将有雨,不无忧虑地问道,下雨天他们住哪里呢?这是个我们无法回答的好问题。牛总不会像孺子牛般的上海人,辛苦一生只为房吧?

此行我们贯彻红色旅游精神,除了统一红妆之外,还参观了社会主义新农村典范横沙的民永村。民永村民房整齐开阔,河道清澈见底,甚至有一处公园供村民游玩与群聚。村王主任介绍的老人助餐点的经验令人羡慕。60 岁以上老人每月只需自付百元上下的费用,即可有三餐供应。餐后的餐具收集、生活垃圾处理均有专人帮办。听说,80 岁以上老人还免费享有定时上门按摩理疗服务。我们都艳羡不已，恨不得化身横沙村民，心里羡慕大校的高瞻远瞩，提前布局。只是不知道此笔不菲的公益支出与购买服务是否有可持续的来源。中国有很多示范村，经验是否具有普适性很重要。江苏华西村的辉煌与没落，其间教训值得反思。很多年前，梁漱溟等在山东邹城推广示范农村，已经颇有章法，惜乎因日本入侵而中断。如今国家专门成立乡村振兴机构。中国农村的现代化是一千秋功业，需要踏实推进。涉及民智开发、产业振兴与基础设施投入等诸项。希望横沙民永村的经验真有可借鉴处。这样，我们安徽的父老也能如此老有所养，而不必远作赘婿了。

5 月 5 号我们在艺术农田园里游走了一番。这里几个月后才会有那块彩色水稻田，我们来早了。听说沈腾出演的某部电影就取景于此。我们这帮五四部队约着"蛙声一片"，稻黍飘香时再入画中游。

铁人日记五则

则一：

今天出门时天还是阴的，春雨湿漉漉的，油菜花倒越发繁盛。作为司机日日送我到最近地铁站的妻子说，清明节近了。原来油菜花与杏花其实都当值清明的，只是油菜花不入诗人的眼界。

弃明投暗，发现今天的地铁人群特别"厚实"。这其实也有个好处，因大家都看手机，我就可以"搭便车"，几乎不动声色地与"站友"们一同分享浏览开幕。一个小伙子的手机小说里"红线与薛嵩"的大号字眼跑到我的眼前。我小声地说"王小波"，他微微扭头与我会心一视。我们彼此高兴遇到同好者。

出了地铁，天空像被刚才多情的春雨洗过，蓝得通透。襄阳路上的柳浪莺啼，周围的行人步子顿时轻快活泼了许多。新乐路上有座俄罗斯风格的老建筑，与巴洛克式的首席公馆酒店，隔着马路相望，似乎彼此在互相欣赏。不同而和，建筑的语言在同一个蓝天下是不需要翻译的。

则二：

七宝的旧屋收回自住。装修遭遇疫情、过年、民工返程隔离等,拖延太长,好在终于已经完成交房。其间,LP 总揽全局,我只是偶尔过来视察,赞扬一下她的设计才思与眼光独到。刚装修好的房子,虽是居住多年的旧屋,始终是陌生的。像是失散多年的兄弟,一时热络不起来。每次过来开窗通风,随车带点日常用品,毛巾与厕纸。几本书与茶叶。甚至沙发坐垫。于是,一个个空房间也就慢慢转向居所。可以多坐一会。待陌生的气味散尽,三个小人儿聚齐了,偶尔住到屋檐下过夜,有了平安的鼾声。厨房饭菜的香味飘出,这个旧地方,原来安家的记忆就算激活了。

七宝有 9 号线与 12 号线。今天试验 12 号线七莘路站乘车,一路顺到提篮桥。原来我从洞泾出发都是从九号线长途转站嘉善路。今天起点站乘车的感觉比较有意思。起点就是终点,不用选边站,不会站错队。对我这种糊涂的人颇有好处。在魔都,我曾经有不可计数坐错方向再循环倒车的糗事。当然,地铁坐错站其实无碍,改正的成本很低。上海的 3、4 号线,本身就是有内圈外圈运行模式与线路。内圈运行即使错了,细算下来,也只是几站的误差,所以甚至不能说是坐错方向。内循环其实是一种智慧。但是,如果乘错的车是外圈运行,其实你就无法享受循环的便宜了。所以,坐车的人还要于拥挤嘈杂的站台,判断与抉择,也是麻烦。

起点站坐车除了可心思单纯外。在早晚高峰时段,竟然还有可能有座位。有位子坐,这在上海的几路永远铁友扎堆的"闷罐车"里,绝对是奢侈与幸运的。今天不错,占到座位。安坐之下,低头看到无数形态的鞋排在眼前,心里有一股幸运之后的愧疚。看到一个戴口罩的上了年纪的人直站在我眼前,我示意他我可以让座。他慷慨地谢绝了我。他是年轻的,还不到需有让座的年龄,希望我的眼拙没有引起他的不快。

则三：

安福路话剧中心门口的雕塑都戴上了口罩。前天在沪郊的奥特莱斯，虽然人潮拥挤，我观察了一下，几乎所有的人都戴着口罩。偶尔见到个别没戴的人。他们空白的脸，在人群中扎着眼。倒像是在统一制服的队伍里，混进了一个不合群的异类分子。上海的地铁更加严格，不戴口罩，断不能进地铁。我有时在站台，暂时把口罩拉到鼻下透气，戴袖章的地铁工作人员马上喝令我将口罩复位。地铁行进中，广播里时不时跳出一个女人的声音，严肃地提醒"请全程佩戴口罩"，就像一个巡查的女教务长，或许手里也拿着一支恐吓的教鞭，那些调皮捣蛋的男生，只好心中吞下种种不服气。

城里的老百姓，多数时候是晓得轻重与事理的。公家严起来，也理解。多数时候，对公家做出的不合理事，只是揣着明白装糊涂而已。大家守着各自的边界，不说破不越界，也是一种涵养与处世的智慧。遇到这样的市民，公家也就识趣，遇事多虑多得。这是一种承平治世中的治理逻辑。而有些地方的公家与几个大刀阔斧的官员，张扬无度，就像前段时间的"耳光事件"。最后自己收不了场，被上头的公家训斥不说。老百姓，就站在旁边看一顿笑话。心里的不服气，多少出了一口。

则四：

今天倒好，妥妥地贯穿 9 号线，从洞泾到民雷路，高德显示 54公里。真切知道上海真是个大城市。

7:00 上车，原以为可以捞到一个座位，否则要从头站到尾。一上车，铁友们早已森严壁垒，几乎"密不透风"，心反而坦然了。很幸运的是，靠门一侧的旮旯角在"站友"次站下车后让给了我。这个位置背面形同 V 字，恰堪塞入一个人，可倚靠，只有一面需要应对到站时点急急蠕动的人群。这个 V 字位，相当于站座中的 A 级。只有我们这些老乘客知道那一侧门很少开，站得安稳。经验主义有时挺管用。

飞机上的商务组与经济舱之间，有一种准公务舱，两排位置间距稍宽于经济舱而已，只是没有商务舱特供饭食与专设卫生间。类似于高铁中的一等座。地铁只有一类座位，完全是随机的，不似飞机与高铁通过价格区间区隔服务等级。地铁平等性、平民性一面显露无遗。我平生只有一次得着兼职单位的尊重坐过一次商务舱。穿了商务拖鞋，被空姐服侍着吃了带刀叉的早餐，空姐殷勤过头地向我报告飞机的起停预计到达的精确时间，感觉自己就要成为他们机务组的成员，或是空军司令员之类。

高铁的商务座我也在携程网里狠心买过，去年元旦回家，原以为南京到铜陵的车票随便买，不想下了车在寒风中被携程系统诱惑折腾了近一个小时。见识了他们抢票系统的套路，加速抢票的钱一个劲地加，只看见系统重赏之下击败对手的演出，但是票还是没抢得，只好买了位于子弹头位置的高铁商务座，引领一车陌生人在祖国的大地上风光无限。高铁商务座只有几个，给人一种大 V 的感觉。一些惯于商务座的人士，极熟练地脱下鞋袜，调节着太空座位，斜斜着躺倒，大声地与电话那头谈着几个亿的工程。或者是贵妇人打扮入时、保养姣好的青春女子带着为数不等的孩子入住。孩子们比我更熟练地在豪华的真皮世界里攀爬喧闹，我觉得自己像是误闯了他们的"小时代"。

地铁的平民气质与平等主义逻辑更适合我。今天我的 A 级位置边贴身站着一个穿黑旧鸭绒服的老人，70 岁上下，戴着一个同样旧的黑线帽。帽子与衣服上都沾着黑丝线与斑驳的毛发。老人站得挺直，但是似乎呼吸不畅。喉咙中不断滚动着浑浊、迟缓的哮喘声。像是年久失修的锅炉,也像是生锈的铁轨货车的震动,从身体的底部一节节传递上来。他不时取下口罩,换口气。

他的喘息声在地下铁的车厢里被听得真切。但是大家充耳不闻。铁轨摩擦的声音颤动着。快到站时,摩擦声放缓下来,随后像是一声叹息,车子停顿、回车、报站,一群人上、一群人下,像在玩着洗牌与人员重组游戏。老人低沉的哮喘声随着地铁的重启,又低沉地响起,在我身边真真切切。

则五:

今天的地铁特别挤。我没有获得靠门一侧的"旮旯角"这个Ａ级位置。没了这个靠山,不断被上下人流推搡,都无法码字了。

有几个老人挤在我身边,手紧紧地攀着吊环。他们被不断涌进来的人流挤得站立不稳。听到老妇人嘴里用方言抱怨着。估计在乡下定是没受过这个魔都洋罪。座位上的一班年轻人视而不见(或不愿看见、不能看见)没有人为这些老人让座。有一对老人估计是陪年轻的女儿到上海的大医院看病的,女孩穿着簇新的红衣。因为那个年轻的红衣女孩一会就开始哀求坐在老弱病残专座上的一个黑衣青年,用夹着口音的普通话真切地告诉"我有病,让我坐一下"。我看这个黑衣青年似乎不为所动,就开始出面解围,示意黑衣青年注意他身后"爱心专座"的标识。所幸他终于起身让座,那个红衣女孩用方言唤着父母,靠近她,把大包小包的行李放到自己的身上。她有了座位,瞬间又担起行李架的职能了。希望她的新做的红衣服可以为她的治疗带来好运。

长汀，城门开

此番受龙岩市金融局与知识产权局的邀请，去闽西报告知识产权证券化法律问题。任务完成得似乎不错，龙岩的几个朋友原来就有长汀之行的安排，邀我加入。我乐得不用考虑住宿与交通等项，于是欣然同往。龙岩原来是长汀州治下的一个县，长汀也是客家聚居之地。新中国建国后，长汀与龙岩的隶属关系倒了过来，长汀成了龙岩下辖的一个县。新政权建立后，此类更张似乎多有循例，意图打乱原有格局。

一下高铁，就看到莫言书写的"客家首府、大美长汀"。于长汀，之前我只知道瞿秋白罹难于此。入住"汀州小筑"，是家民宿店，被我们团组包下来，真有点家的感觉，上下两层，住了我们8个人，外人不进，我们可不闭户。中庭有天井，店主置备了一个茶座，招呼着大家吃着功夫茶。几泡下来，汗出了许多，人倒通透许多。

客房虽小，但干净。空调、洗浴设施一应齐全。我们的小筑原就是依汀州古城墙而建。登上二楼，就可上得汀州古城墙。汀州的古城墙，保存相对完好。汀州是府县同一治所，相当于现在的省会城市。因此城墙分为府城墙与县城墙。城墙背靠龙虎山，面汀江而建。汀州的城门是我见过最美的。听说汀州古城墙在申报世界文化遗产。我们入住的小筑就离朝天门只100米,令我大喜过望。放下行李,喝了几口茶,我便独身去访其他几个城门。汀州的济川门应为主门,最为高大雄伟,门上重楼三层,有汀州鼓数座,可供游人击打,声传古韵。广储门、朝天门形制小而精巧,大车不便进出。令人印象深刻的是,如今门洞两侧摆了两排厚实的长条板凳,方便游人休息。与南方的彩虹廊桥、骑楼类似。游人累了可落座休息、遇雨可避听。建筑的背后是对人的善意,而中原的城楼多给人庄严有余,而亲近不足之感。

汀江是宋代开挖的人工江河。宋以后,汀江就成了联通赣粤的津要。汀州因为成了贸易集散地而日益富庶。汀州的繁荣如今也可看到。石板街道两侧,有许多深宅大院是当地大户的祖屋、家庙与宗祠。店主家的别墅距我们小筑仅几步路之遥。我们被好客的主人领去参观,房子三进三出,天井开阔,如今同姓八户住在一个屋檐下。虽然年久不修,但也可想像过去大宅门的红火与兴旺。这样的大宅,朝天门东街附近就有数处,有几处已经被商业开发成景点,归置得整齐干净。天井口沿刻着五子登科、八仙过海之类的精细雕刻,中堂上供着先人的画像,香炉里袅袅地升着一缕烟,给人一种尘埃落定的皈依感。儒家的类宗教属性,虽经不起深究,但也部分提供了安身立命的方案。家祭的组织、教化功能在这客家之地,似乎更甚于中原。

汀州是客家首府。闽西上杭、龙岩等地原都是汀州辖地。客家人原是汉人,为躲避战祸,进入闽西等地,造成民族大融合。但是由于中原文化科技的优势,更多体现出的是中原文化对当地文明的改造。闽西原有文化也给汉文化添饰了活泼多彩的元素。汀州是美食之城,汆牛肉、泡猪腰为特色名吃。我们甚至驱车十数公里吃到了地道的和田鸡。当地的八喜馆可做十二道汀州菜。据说,豆腐一类又可制作 108 道。我们相约着下次坐进八喜馆,享受一把豆腐全宴。

红军夺取汀州,借汀州试院设立红色政权。据说,远在上海主持中央的周恩来闻此讯大喜过望。土豪劣绅巨富的财产征用过来可以招募军队、兴办兵工厂与被服厂,第一批国营企业即产生于汀州。参观时看到一份《红军告绿林好汉书》,为这些落草为寇者辩污,意在收编。说好汉们与红军同为穷人,皆因被豪强所迫落草。汀州的获取让革命队伍有了缓和的机会。毛泽东曾休养于龙虎山下傅连暲院长的福音医院。傅连暲从一个基督徒医生被革命家成功教化,长汀易手后,他便跟随队伍走向长征,走向另一场救赎之旅。

瞿秋白作为党的最高领导人,在长汀被捕。时在国民党收复这一重镇之后。如今长汀的红色教育基地名单里就有他被关押与处决之地。只是远在郊外,未及去看。在汀州试院看到他一张行刑前的照片。收拾得干净,体态尊贵,神情也很放松。据说,被识破身份后,蒋委员长也是大喜过望。瞿秋白虽为书生,但终守住了气节。国民党在处决他之前,也没有特别为难他。之前读过一段史料,说瞿秋白将随身怀表、钢笔等物品悉数分给看守他的狱卒,甚获这些敌对方面人士的尊重。其实,这些看守都是国人同胞,入职多为稻粱谋,对各种主义估计多不甚了了,对这个书生也就激不起深仇大恨。瞿秋白一介文人,通俄文、善论著,却杀入革命左派之中,与右派陈独秀一样,其实都难以担当血雨腥风的重任。最后杀身成仁也是一种成全与解脱。希望下次到他遇难处凭吊一番,长汀当哭先生。

这个汀州试院旧址里,红色文物静静躺在玻璃展柜里,共产党人看来交出了成功的答卷,而背后的惨烈似乎烟消云散了。汀江独自绕汀州。城门开口,似在日夜言说着这个闽西州城的历史。

人人皆可成主播

最近懒得慌，已经多日没有跑步了。除了懒，还因缺了虾米音乐的陪伴。跑步少了许多乐趣。这尾虾在资本的纠葛中不幸音断弦索，这个噩耗还是我的耳机告诉我的，"抱歉，无法联结"。失联是个委婉的词。似乎那个人某日还会重新自己走回来，在你推开门的刹那，投来熟悉的笑容。但是，"宣告失踪"的虾米估计是无法回游了。

今天弦续喜马拉雅。绕过广告话术，直接走向音乐库，戴上耳机，跑步还是要继续，虽然虾米不在。喜马拉雅的名字让人高不可攀，总部在浦东。我开车在高架上瞅见过，多年前一个纸媒的朋友跳到了喜马拉雅。他说喜马拉雅是一个制作声音的工厂，比如有团队专门收集制作各种鸟鸣、火车碰撞铁轨的声音。听来特别有趣，喜马拉雅的 LOGO 果然是一个大大的"听"字。一个字就标明他的主业，就像很多年前，在沪上街头有些专事暴力催收从业人员衣服上绣着一个大大的"讨"字。

现在的喜马拉雅已经壮大成一个森林，各种声音荟萃，包括视频与朗诵、小说，还有郭德纲的相声。相声也是一种声音的营生，一种通过一套技艺让人笑出声来，笑声是最好的声音。当然，矜持的女子与思想者,都是微笑,微笑也是一种声音,灵魂深处的声音。

最近听政府的官员说,上海要造 B 站总部大楼,因为 B 站的 UP 主需要一个朝圣交流的图腾与圣地。就像腾讯与喜马拉雅。这些新鲜事物,我们 70 年代的人试图跟上,但是玩不转。点开页面,登堂入室,感觉进了一个巨大的蜂巢。每个蜂巢里都坐着个主播,主理着着一爿店铺。我今天的晨跑,打开的音乐却是晚安主题的音乐,晨昏颠倒,不过也无妨。主播声音温柔,在每段音乐后,都重复一句"说声晚安是我对你力所能及的陪伴"。能所能及这个词确实比较妙,其实我们都有力所不及之处。枕边人姑且如此,更别指望一个商业电台的主播,这个力所不及的主播很及时地在节目中插入一些购物的广告与微信链接,语速很慢,便于听众记录。

互联网时代的抖音、喜马拉雅、B 站每个人都可以成为主播,究竟是时代的进步。

虽然每个时代都有它的声音。但是好的时代就是每个人都可以发声。发出心底的声音,彼此倾听而不必设防,不必作《耳语者》。一个好的时代,就是不必偷听与担心声音被偷偷记录下来。一个好的时代就是万千声音汇成集体的奏鸣与合唱,不用只会屏息洗耳倾听一个声音。音乐美在合鸣与协奏,SOLO 独唱需要巨大的勇气。一只鸟终究无法担纲整个春天的主播。春回大地,大自然本身就是万千众生的电台,听来倒是和谐万分。

樱花落

同济大学的樱花虽不比武汉大学，但是也是沪上校园的一道风景。半个月前特意去看同济校园内的樱花大道。见枝头空空，我以为错失花期，落落归来，心想着只能明年再来赴约。上周六课后，抱着试试运气的想法，饭后从西苑食堂拐过去。远远就看见，一树树樱花已然怒放，忽如一夜之间。樱花下，青春学子结伴流连、拍照，还有几个毕业的学生穿着学位服，在花下留影。青春少年与美好的花季，相得益彰。不时听到学生们衷心的赞叹，樱花的美让平时不善表达感情的人，也文艺起来，赞叹自然的如此馈赠，赞叹生命能够如此烂漫。他们的赞美似乎激发了樱花的热情，花开得越发热烈。

赏樱必须亲临，才能全方位感受花的色彩、呼吸与情绪。游人的快乐在花间相互传染。走在樱花热情营造的厚密丛林里，不见天日，就有一种不知今夕何年的恍惚、迷离。樱花的夺人气势，也源自万千花朵的合力，细看每一朵都平淡无奇。这一朵酷似那一朵，樱花的世界没必要硬选出个花魁独占。但是无数的平凡汇成一个新奇世界，春朝的樱花像是一场集体平等的广场献演。看花也宜全家出动，或邀酒侣诗朋。日本人似更懂得赏樱之道。樱花当春,他们还会泛舟樱花下,一家人融在流动的花荫之下、花的倒影之上。那蚱蜢舟载动满满的天伦之乐。

樱花痴情,短暂的盛开,只为赏樱人而来。不似那些花期绵长者,容你择日慢赏。仅仅隔了三日,昨天会后再去,樱花已经消瘦许多,已然少了初始的奔放。风入花丛,粉白疲惫的花瓣经不住风力,当空飘舞,终成落英。

独行的人在樱花下就显得格格不入。樱花是发自内心的欢乐,只合于花下扬起青春芳华的脸。但又不是"人面桃花",桃花终究是俗艳的,嬉闹后就有怅然的悔。桃虽夭夭,总惹春风笑。樱花是高贵的,不随意招蜂蝶。但又不是国色牡丹,需绿色衬托才好出场,也不需养花人百般呵护。樱花天然本色,可入寻常百姓家,可于村巷郭外,春风一来,蔚然成景。樱花之前只能欣快,不适合"日日花前常病酒"的愁肠存在。赏樱的喜庆甚至可以延续到夜,中庭月色正清明。带着樱花入梦,绝对不会朱颜辞镜,而是好一团粉面春意。

可惜只隔了不几日,校园里樱花怒放的气势已经缓下来。落樱如雨。词人写"落花人独立",后面必是"微雨燕双飞"之类的伤春与落寞。又说"落红不是无情物"。阿城说,黛玉不宜做妻子,心思太易感。经不起日常的琐细。我不熟红楼梦,黛玉葬的是樱花吗?多半不是,樱花的逝去虽也令人感伤,但也不致如此缠绵凄绝。待到来年,花又重生,赏花的人又来如约。樱花是不负人的。其实花开花谢自有时,都是东风主。主就是规律,就是大自然。人寄居于这个地球,换成主人的角度看万物。万物有情无情,全凭一时之心境。其实,都是自娱。日本有俳句云"春花秋月野杜鹃,安留他物在人间"。其实人也是多余的。人只是世界上众多物种之一,最多是个租客。租了几千年,房租未交,房子倒是破坏不少。

西人工业革命后,向自然索取的能力突然加速。号称工业文明,工业文明以现代化的方式引领全人类,一时间物品琳琅满目,发达、富足。全球化加速,都艳羡西人的能力。后发展国家也跟着一起开挖地球,学的是西风,西方胜东风,西风主。西方对世界的贡献与负债,如真要对一笔账,功过得失,还真说不清。

最近碳事成了热点。据说人类工业革命以来排放的二氧化碳等温室气体,数倍于之前的千年。温室气体带来的大棚效应细思极恐。海平面上升、臭氧层破坏,人类就要被开除球籍,埋入地下成为另一个神秘"三星堆"。绿色发展,植树造林就是租客还债,把破坏的椅子凳子和墙体修补,恢复原态。在工业革命之前,绿色是蛮荒与未开化落后的表现。中国的很多荒山最近也在大规模栽树,我到甘肃、陕西等地游历时,那些山上新栽的树,发育不良,像曾经头发浓密的健康人,折腾过度秃了头后高价种上的假发,稀疏、不自然。关于砍树,大家真可以看看阿城的《树王》,树王的咒愿不全是迷信。近期除了碳事,市中心高楼的电梯与地铁站台的广告牌多了很多"植发"的招牌。都是些复盘的动作,都是绿色发展。城市的焦虑的底色是黑色的,头发倒变成白色的。孩子、房子成了很多年轻人的负担。负担重了,孩子就少了。年初很多城市公布了新生儿的出生率与新婚率,数据线下落得吓人。才知道,如此下去,人类确实在自觉地开除球籍,准备办退租手续。国家鼓励生孩子,不像以前计划生育。手段不够,学习国外奖励生育的实招不多。

樱花开开败败,发展理念来来回回,头发落落复栽栽,众生生生灭灭,世道轮回,当作如是观。都是东风主。

耿马临行

　　云南与上海有个沪滇合作的协议。临沧又是国家为落实《联合国 2030 年可持续发展议程》而设立的十个国家级创新示范区之一。这个示范区的示范意义在于"多民族融合欠发达地区的转型发展"。我们一帮专家，阵容强大，"多学科融合"。有核桃与糖类专家，有循环经济专家。因为临沧下辖的耿马等县，盛产甘蔗与核桃。这些农业深加工与产业链提升涉及到标准化、品质改良与甘蔗渣、核桃皮造纸等循环利用的技术。我是作为绿色金融的专家混在一帮大专家中间。转型发展需要绿债、绿贷等绿色金融的支持，包括绿色金融产品的设计等。临沧与耿马的领导很重视此次合作，所以专家们也是马不停蹄。专家在新疆等地的成功经验和项目推广计划尤其吸引当地。

　　此次临沧之行也有些花絮值得记录。从昆明转飞机到临沧机场，飞机降落时，乘客明显似乎感觉到危险。飞机极速下坠，持续抖动异常。我也有点紧张，同机的一个女孩吓得差点哭出来。好在飞机最终平安落地。与在机场接我们的当地司机聊及此次"风波"，他倒是见怪不怪。但是告诉我们，临沧机场建设不易，临沧山多，根本无空地建设标准跑道机场。只有削平数个山头再填出一个机场跑道。跑道短于其他机场,对飞行员的能力要求极高。一般飞行员根本不敢执飞这个航班。必须在短时间内在这个短跑道着陆,怪不得乘客感觉危险。

到临沧后尚需再开三个小时山路才到耿马。山路难行,弯道多。但是路面野生的三角梅长得恣意、率性。颜色也不单调。颇能慰藉长途旅行者的寂寥,因为拐弯之后,又是一丛烂漫入眼。车行到中途,突然遭遇前方山体滑坡。人们纷纷下车,但是没有大城市的急躁。纷纷聚首聊天,或在路边观花。我看到几个佤族的少男少女在路边,有说有笑。佤族女孩皮肤稍黑,着一白色圆领衫,高兴时甚至跳动起来,像一颗黑珍珠,在热烈的阳光下耀眼。

到了耿马,早到的同事带我街面上走走。房屋红顶、金壁,民族特色鲜明。有点类似于缅甸泰国风格。耿马确实与缅甸接壤。民族与文化跨过国家行政区划的阻隔,绵延统一。就像在国外的唐人街,在美欧的世界里嵌入中国风景。不过,耿马这样的民族聚居地,也在逐步汉化中。街灯的造型、宾馆的特色被刻意保留和强化,反而显得不自然与危机重重。多民族融合的一个后果往往不是势均力敌,而是优势民族的全面得胜。特色最后变成一种濒危物种,需要圈养或送进了博物馆。其实,从世界范围看,欧美中心主义也试图雄霸这个世界。福山的巨著《历史的终结与最后的人》掀起的伊斯兰与汉文明的猜忌与危机感。而这些西方之外的文明也被视为对主流文明的反噬。文明及其冲突估计要与我们地球相伴始终。

在耿马的当天晚上吃了傣族的手抓饭。巨大的芭蕉叶上面是色彩斑斓的米饭、米线与当地的干巴。干巴是将牛肉制干拉成丝状,挺有风味。我觉得很多地方特色的食物除了取材地方特产外,一个重要的创新源动力就是便于保存与长距离携带。比如新疆的馕与汉族的咸菜、豆腐乳等。不过,这些特色的食物对外族人的诱惑只限于猎奇者,长期食用估计吃不消。我弟弟在土耳其工作过一段时间,几天烤肉下来后,就满处找中国人的餐馆。汉民族似乎喜欢米饭或面食。所以,民族文化从食物这一端倒是顽固地坚持着。在美国,中国餐馆虽然已经变异,但是还是国人寻求精神与口腹慰藉的避难所。一碗大肠面,往往足以让游子满面泪水,分不清汗水与泪水。更不用说,香美米饭加上粉蒸肉的满足感了。

在吃饭之前,到他们的农贸市场闲逛。农贸市场最应是一地土产荟萃、民生鼎盛之地。但是我们去的时候已经临近收市,摊主兴意阑珊。卖的都是些廉价的日常用品,与汉族的普通县城无异,令人失望。让人印象深刻的是,案板上许多猪牛肉摆放时间太长而颜色变坏,惹得苍蝇乱飞。让人观感不好,几个扫尾市的人在一旁估堆论价。不知道买去何用。纳闷卖肉者为何不用冰柜储存以便明日再卖,而任其变质。当地市场监督部门好像也无暇监管食物质量。

从市场出来,没了购买特产的可能与兴致。于是,到当地的一家茶馆喝茶。云南,特别是临沧,山高雾罩,适合好茶生长。普洱茶、滇红享誉海内外。临沧更有一种叫"冰岛"的顶级名茶。顶级的冰岛据说要售数万元一斤。茶馆里没有这种冰岛,有上好的土司贡茶与产于果敢地区的普洱也就够了。这个茶馆装饰倒是汉风,挂了一副启功的书法对联,不辨真伪,也不好细问。茶聊之下,老板娘是从湖南嫁过来,扎根于斯。经营偌大的茶叶商铺之外,似乎还有其他的别业数处。熟练地在一个大大的茶盘上帮我们斟酌,间隙接着各种电话,都是些公家部门长官的订单。说生意难做,不比八项规定之前的红火。我们喝热之际,她偶尔停下茶器,环顾别处,似乎在追忆往日。

　　喝完茶,临沧的长日头渐渐落下来,黑夜从山中围拢过来。买了一盒土司贡茶,走到街面上,路边溢光流彩的景观灯,啪地亮起来,像是提前彩排一样。这个边陲小城的夜即将来临。喧嚣散尽,它将换装何种容颜呢!

再上花果山

连云港的名人当属孙悟空。据说,河北邢台等地也有花果山,大家都在争"大圣故里"。但是似乎连云港的地位最为巩固。因为《西游记》的作者吴承恩系淮安人,离连云港很近。很可能曾上花果山采风。此外,连云港的东海县盛产水晶,东海龙王与水晶宫也会为大圣作证。

此次出差连云港,得着机会再上花果山。但似乎时机不对,山上花果还在休眠,水帘洞也无水。连上次20元一次陪游客拍照的"美猴王"也不知云游何处去了。但猴子猴孙倒是不少。大领导不在,"猿"形毕露,专侯行人于路旁,猴眼直盯着人类手中食物。陪同我的本地朋友告诉我,一次游客的食物没有及时撒手,惹得众猴子围抢最后被多处抓伤。果然,我也见证了猴急。我们从包里刚掏出苹果,一只猴子就箭冲过来。我有前车之告,赶快丢下苹果。猴子得手,迅速挑一高处双手抱住啃食,吃的神态完全类人,使我更以为猿猴与人是进化论上的前后手这一论断。自知无分的弱小者在侧,虽露出哀怨眼神,甚至发出凄厉叫声表达不满,但都做到"发乎情,止乎礼",并没有猴口夺食,"二次分配"。而是枪口再一致对外,伺机抢劫他的人类近亲了。可见猴子也守着一定的规矩,并不尽行丛林法则。估计日日听那三元宫、大圣殿和尚道士的晨课，多少得到点化。就像大学校园里的猫，日日蹭课，加上天生得一副不苟言笑的脸面，成了"学问猫"。闹得大学如果没请几只猫装点门面，都不好意思参加学科评估了。

花果山有寺庙数座，寺庙中学问僧中更有义僧，中有一赵朴初题写的"义僧亭"。抗日期间，僧人面对外辱，中华生灵涂炭。不忍再避世清修，出世复又掉头入世，行民族大义抗击倭寇，最后庙毁僧亡。我几年前，在泉州游历时，才知弘一法师也曾组织过此地僧众抗日。出家人虽入佛门，终究无法将同胞的灾难仅仅归于众生命定的劫数，不忍之心是他们信仰的不究竟处，还是一种真正贯彻佛法真谛的忘我与慈悲呢？世间法、佛法终难说清。

三元宫里的两颗银杏树，挂着树龄逾1100年的古树名木的寿星牌子。树一到千岁就自带神秘感，站在那里，见惯秋月春风，看淡多少人间世事。于是有资格做月老，牵红线定姻缘。最次的也配做树精，古灵精怪，让人不敢在他面前造次妄语。而如今，人间的老寿星似乎没有此番对待了。前一段时间，听闻养老院虐待老人的事。克扣老人的饭食、罚不合作的老人，想来心寒。疫情期间，老人不会用手机二维码，连出门上车都成了问题。这是个日新月异的大时代，老人们的腿脚是跟不上了。有一个节目说人们为何从未看过老象的尸体，原因是老象如果知道自己不久于世间，就相约着偷偷走到某个地点，慢慢有尊严地死去。这个故事不辨真假。

最近三星堆的发掘令地上人对地下人的世界更添未知。手机上看了的挖掘现场，几千年前的古物铜人金杖，神秘不可方物。还有数根硕大的象牙。说不定就是那些不愿进养老院的老象的遗物，也未可知。据说，三星堆的发现也是要感谢蜀地的农民，他们刨地时发现的这个巨大遗存。

连云港的东海县,其地水晶丛生,毛主席的水晶棺材就是取材东海。听当地的朋友说,这些神秘的水晶也是东海的农民刨地时发现的。不过,我们的感谢终究是从地上人的本位出发的,那些三星堆的古人可能不见得乐意如此重见天日。否则,为何深埋,不著文字,几千年来刻意音讯断绝呢?

水晶亿万年前成于海底,后地壳运动拱起后浅藏于地下。又听说,距离连云港不远处的山东某地则盛产钻石。当地有"一步亿年"之说。意思是一步之外的土层及地质表现是亿年之差别。于是能产昂贵钻石,连云港产出的则是水晶。席间,我的水饺与锅贴之别的比喻博得众人一笑,一笑千年、亿年,大自然是烹饪专家。锅贴与水饺的价格差距远没有钻石与水晶之大。钻石与水晶在我眼里,好像也都差不多,彩色水晶甚至更美一些。

中国的历史悠久,地下宝物丰富。三星堆的发现更让我们自豪。三星堆新坑的开挖也是讲政治时机的。最近年轻不更事的美国越发不像话,到处闹腾、撕咬,像只没有教化的猴子。他们没有千年古树,也就没有古法与礼数,地下想必也是空空的。最近在苦寒之地阿拉斯加的会晤,被我们教训之后,越发显露他们的贫瘠与气短来。自称美国,其实不美,不能"各美其美、美美与共"。如此不尊老与肆意抢夺与搅局的行为,非得请动花果山的美猴王这个民族主义的爱国义僧,越洋去,给他一顿杀威棒的教训不可。

下山来,准备请一尊美猴王公仔。发现猴哥胖了许多。估计是在花果山上的好日子过得久了,疏于斗争,露出了中年人的慵懒。摊主不允只买猴哥,说是须得师徒四人整一套。我忘了他们四人是一个团队,须臾不可分离。我只好作罢,留待下次上山面圣。

口舌的法度

　　每逢春节胖三斤。春节之后，健身房和马路上跑步甩肉者估计立马多起来。舌尖与脚尖是一对孪生冤家兄弟。我有个有趣的发现，一般早起户外跑步者多半是体型欠佳者，从他们身边经过时，感受到的似乎不是运动的愉悦，而是苦大仇深的"较劲"，与自己的多肉，与自己（的一部分）相生相杀。口舌之乐后就是放下之苦。

　　春节之前的一段时间，假期时间宽裕，近半百的人了，该对自己好一点了。有一次跑到镇上的早餐店，先点了碗雪菜肉丝面，堂吃。待店主兼送菜员小哥端到我面前时，我敏锐地发现雪菜与土豆丝混在一起，肉丝似乎不在场。为免误会，我又用筷子现场翻搅、侦查一番，确没肉丝。我小声嘀咕，意在抱怨名不副实，小哥向厨娘兼妻子求证是否忘了加肉丝，坚定回答：加了。待我开动后，付了人民币的眼睛果然是雪亮的，我赫然发现确有一俩截微小的肉丁隐隐约约出没在雪菜的风波里。厨娘果然不欺，我赶忙道歉以免错怪。

　　春节期间，松江万达举办"万味榜"，似乎是一场美食选举。食客如云，美食如林，已近 1:00，几乎每家食肆门口都扎着堆、排着队，喇叭里叫号声声声入耳。听到号码者呼朋唤友冲向刚清空的席位，像是中了头彩。中国人对美食的热爱，估计世界第一。舌尖之乐具有切近的价值观。与高远的理想与深刻的理论相比，美食之乐显得真实、易于把握，也人人可期。所以，大学者陈寅恪说，中国哲学之深邃不及西方希腊雅典一脉。我想，中国人毕竟已有了美食呀，美食足以让哲学走开。中国人对美食的热爱，甚至跨越现世，君不见祭奠的案头丰盛的"牺牲"？我们对那些将死之人的临终关怀也是许他饱餐一顿的，不许伊做饿死鬼。礼佛拜神也是天地同"餐"，我们与神鬼之间至少有同样的美食观。小时候，我经常纳闷，那些祭奠的对象何时会来吃神龛香烛下的猪头肉与水果呢？

中华美食之神奇、繁荣的原因，当然与中国食材丰富、庙堂上下务求创新有关。与其他行当相比，舌尖之事似乎与政治无关，民间自由创新空间似不受阻，中国烹饪协会的积极作为。如此我们才能享受到如此的"活色生香"的烟火气。从这个意义上看，排队吃饭的人们竟有了些民主的意味：人人参与、用脚投票。不用回到人民公社大食堂。如今，饭店多为私营，市场竞争造就了食品和服务的极致繁荣。我们这个年纪的人还是经历过国有占据所有领域的光景。记得很多年前曾到苏州观前街玩耍，也是下午 1 点，走进一餐厅，但很快被赶出来，国营餐厅模样的服务员告知我他们已经"下班"了。这几年，饭店的国退民进做得最好。充分竞争的好处大家有目共睹。民间的创新之力蓬勃而生动，各大购物中心与美食一条街的"活色生香"，舌尖上的中国让我们爱国群众增加不少。美味佳肴甚至成为吸引海外游子回国报效祖国的神器。但是我最近看到几张铜制的招牌耀眼地挂到到几个大饭店的正堂，"公务指定酒店"、"某某行业指定招待所"。又有些担心政府看得见的手要伸向食肆。饭店如变回"国计民生的行业"，重回计划体制，教导我们"管住嘴",但嘴中已被宠坏的舌头们估计是不情愿的。

　　舌尖与政治倒确实是脱不了干系：经济复苏、内循环还是要靠亿万百姓的"悠悠之口"呀。食肆坊间的烟火气，藏着巨大的政治与民生。于是，吃饭又成了最大的政治。前段时间听说，上海松江与青浦已经有便衣队在饭店酒肆查访"餐饮浪费者"。自从号召大家"光盘行动"之后，一时间全国上下立即兴起了贯彻实施的伟大运动。而且势头竟迅速蔓延，全国人大已果断出台反食物浪费法草案，往后对浪费者依法施以罚则。除了号召、立法计划外，强大的舆论攻势也不可小视。前段时间受邀到山东参加某项重大人才项目评审，餐饮安排在学校内的宾馆。宾馆里已经紧跟形势，密集悬挂了"谁知盘中餐、粒粒皆辛苦"、"反对餐饮浪费"、"浪费可耻"之类的标语无数。尤其令人印象深刻者，是在主办方宴请宾客餐厅的正前方，挂着一副瘦骨嶙峋的中国农村少年的巨幅"宣传照"，营养成分不良的少年一副凄惨的样子注视着正准备享用满桌美食的一帮"专家"，旁白的汉字写道"中国还有无数这样的少年饥肠辘辘"云云。在这样的攻心之下，我注意到专家们都小心翼翼地取菜，谨慎地咀嚼。一个个只好忧心忡忡的样子。

　　这样看来，我那顿名不副实的"雪菜肉丝面"背后倒可能是店家护客爱客的一番良苦用心。

从蒋某人被打耳光说开去

　　济源书记打秘书长耳光事件曝光后，网民们从权力的傲慢切入，热烈参政议政，"耳光"成了"热搜"词。两会之外的民意普遍认为，耳光之后是权力居高临下的霸凌，掌击之下是下属与一班衣食父母跪姿的哀叹。更有文章说，中国人的膝盖是软的。我看电视里宫廷剧，公堂与私堂之上，小的都一律跪着，诚惶诚恐地答问，只有蒙特许才能抬起头来。前年一些高校老师也是跪在有司门前讨薪。欧美电视剧里的下人却是不懂礼数，与主人还可站着说话，据说其理论基础是"人生而平等"。但是，欧美人如果到了中国，也是行叩拜大礼。一副中国人创作的英使马戛尔尼拜见乾隆爷的图，忤逆、矮小的夷人百般哀求，才得以蒙恩单腿跪拜大皇帝。我们已经进入新时代了，长官的权威似乎还是不可挑战。各地大大小小一把手的发言原也要大家记录后层层传达学习和体会。这股歪风最后被党中央的一纸文件给刹住了。地方各级不得再使用"深入学习贯彻体会某级领导讲话"等专用名词以避讳。但是，私底下"少数"一把手还是在享受着"老板"的尊称和尊荣。济源书记只是不幸出手太慢而被抓而已。

　　耳光事件后，万能的互联网就给我们挖出一篇蒋纬国曾被长官当众打耳光的札记体文字。他在《权力的威风与丑陋》里说到他在官阶低微时,被不识太子真面目的长官打耳光、强要漂亮配枪和"强行换座"等事。纬国先生同样是蒋公之后,也被栽培经天纬地之才具,不幸被其兄蒋经国的大灯照在暗处,反而很少有人注意到他。不过纬国此篇文字写得平实,文如其人,不骄横。作小上尉时被军队上级打嘴巴,也不以为意,更没有正告"我爸是李刚",足见蒋氏家庭传统教养之功。

但是,同样是这个传统,纬国却直指其衍生的封建权力遗毒贻害无穷。遗毒败坏了党国的身子,偌大的国民党节节败退,不仅一手好牌却败于中共,即使退守到孤岛也输给了一个新建小党。至今海峡隔绝的状态,被外人间隙,成了盛世中华的一块隐疾。纬国的先父,如此看来确实没有经纬国家的才能。他号称是虔诚的基督徒,但为何上帝却没有给他应许之地呢?他自知大陆没有立锥之地,便选派了心腹陈仪作先锋官到台湾打前站,搞接收。惯常摇着纸扇着白衣的陈长官,措施不得法,一时间民怨沸腾,台湾民众便从原来的热望,转瞬百般嫌弃这个蹈海前来的"家父"。于此段台湾人的血泪史,侯孝贤的《悲情城市》,值得一看。生父无家可归,连个被强行抱走的儿子都不孝顺,党国急急调了军队给不顺从的台民好一顿教训。武装平息之后横尸百千。陈先锋后来也被总统枪决,肥胖的身子一并横尸刑场。

血迹未干,失意的蒋公败退到台湾,似乎还决意要行大陆的"军政"。"不忘在莒",苦着一副肝胆在慈湖的深山行宫里筹划着复国的反攻。领袖的核心意识和看齐意识势头不减当年。我2018年得着台北大学的邀请函,提前几天到他慈湖蒋陵走走,不料遇到陵园前几日被不明人士泼了红油漆暂时闭户反思。我只好在陵园外面瞎转,看到不远处一块大大的草地,集中了数百个蒋总统的雕像,或危坐,或伟岸站立,或慈祥或英武,各路雕塑家们百般演绎着这个浙江人并不伟岸的肉身。细看底座说明,知道这些雕像都是各类忠君嘉义人士捐造。曾是分散摆在学校和政府机关供人山呼膜拜之用。现在"本着物尽其用"的原则,统一移到此处集中供瞻仰。据说,蒋公当政小岛时,每临重要会议或集会,下属、学生与群众都要先向领袖像与蒋公雕像鞠躬致敬。在日据之后的台湾,蒋公的威风就这样远远盖过天皇,也算得上是一次精神上的抗日胜利法。蒋公把中国人的权力观强植到了孤悬海外的台湾,教会这些不懂礼数的臣民们"忠孝节义"的传统美德。歌手童安格的《让生命等候》中唱到,"走在忠孝东路,闪躲在人群中,在我的内心深处,掩埋着一段错误"。唱的是谁的错误呢?忠孝节义这一套的儒家封建遗毒在海峡对岸,此时确实正被"拨乱反正"着。主席像章和雕像、红宝书"满山红遍,层林尽染"。法家成了当权派,商鞅和始皇帝的位置抬高了,儒家孔老二不幸与林彪一同出庭受审。但是,法家也会成为遗毒吗?

于是,封建遗毒似乎除恶不尽。最近的"草包"事件又被曝光,足见中国很多地方封建遗毒在新时代里也还在发作中。前年受邀回老东家中国华融资产管理公司作一个讲座,眼见得墙上挂着"坚决肃清赖小民遗毒"的标语。赖小民如今被急急地执行了死刑,华融和令人眼热的金融机构里的遗毒是否就随着他纵欲的身体消亡了呢?今年以后,资本的毛孔应该要大力排除遗毒了,以免搞成新的权力与资本结合的怪胎。

资本整治的同时,权力也要被关到笼子里。这个笼子应该是法治。但是 KEY 在谁的手里就很重要。中纪委的案情通报里,发现一些住在权力牢笼里的人很精于"卖惨"、表态,甚至民主生活会上声泪俱下。但是他身体的遗毒还在,也不能靠着日常的政治学习所能根治的。就像毒瘾，一有机会就很容易再犯。他们在大大小小的王国里，被台下欢呼的掌声与"完全正确"的赞誉搞得精神错乱，进而忘乎所以。这些患者起先也是正常的，甚至有颗火热的心。只是，被顺民与下属伺候久了，又不勤于锻炼，免疫力未免下降，那千年的封建遗毒就乘虚进了身子，日子久了，弥漫开来，成了慢性病，似乎无法根治。

中医与中药趁着疫情终于扬眉吐气起来。封建遗毒这个慢性病，还得中医中药来治疗。但是这个中药方子目前似乎还是秘方，药效如何也不为外人道也？苏联的休克疗法让人胆战心惊，以为他们自此就要走西医路线了。但是，近观下来，喜欢露出肌肉骑高头大马与跳冰窟的大帝，好像也被传染了俄国沙皇的封建遗毒，估计非要到中国来请一服中药的方子不可。美国最近的宪政危机也给了我们制度自信。原来有一帮西医、西药的拥趸左右犹豫起来。开始觉得到底还是中药的路子最安全，西医惯于动刀子，免不了流血与伤筋动骨。中药原来的苦味道，现在闻起来，倒是多了一缕中国特色的馨香。

但是中药毕竟效果慢，不知道吃到何时才是个尽头。中国人可是吃了几千年的中药呀。晚清救亡图存之际，梁启超也曾言中华遭遇"千年未有之大变局"。洪宪帝制闹剧之后，改良派的任公自己也遭遇了一场肾切除的大手术，但他已不信中医"肾阴虚、阳虚"的一套说辞，坚决地住进西方的医院。左右肾被西医切反了，他也不追究，说是科学总有失败，不可强责。人们交口称赞任公先生的私德与宽人之举。不过，国家属公，吃啥药得由遭罪的病人来定。

过牛年说猪事

　　猪肉是中国人果腹、宴乐与疗伤的神品，远胜于国酒茅台。列宁说革命流血后理想社会是"牛肉加土豆"。中国革命动员的宣传画，我想应是手捧"一碗红烧肉米饭"。猪差点成了中国版农民革命的图腾。

　　以前，我们安徽农村，几乎家家养猪。家庭条件好的，在户外造猪栏圈养。条件差的，则只好人畜同居。农村人养猪其实是顶划算的理性经济行为，系民间自发的储蓄转化为投资的制度安排。养猪只需猪仔在手，平时除人力外，几乎不需另行花费。猪草可到田间随手割来。家中三餐择下来的烂菜叶也可给猪送去，它来者不拒。机制小麦面粉后的残余麦麸作为高级营养品，似乎备受猪的欢迎。少时的我经常端着一大盆兑水后的麦麸，用搅棒敲打着木盆，呼唤着猪队友"四方来食"。猪平时是散养的，早出晚归。到了饭点，听到呼唤会赶到集合点（meet point）吃麦麸大餐。猪胃口一直很好，它们焦急地围堵着我，眼神中释放出对我手中美食的贪婪。我甚至体会到一点支配的权力与被需要的乐趣。猪的吃相实在不好，在盆中嘴嘴相碰、呼哧争食，但总体克制，掀盆子这样的革命博弈从未发生。这点就胜过高智商的家犬们，它们无秩序的哄抢,往往损人害己。

买猪仔是养猪事业的初始投资。崽猪来源有二途。我们村东头有一家人养了一头老母猪,专供各家猪仔。当看到他家的母猪孕相显露,大腹便便,各家便与主人口头预定。待母猪顺利生产后,主人用熟黄的稻草铺就母猪的月子房,款待母猪家族。幸福的猪母亲在温暖的阳光下躺卧,喂养着一群幼小的孩子,此时它奶水充足、子孙满堂,处于人生的高光时刻。不过待不到一个月,孩子们就被农村散养户接走。我一直很奇怪,对孩子被接连接走,母猪似乎没有骨肉分离的痛苦。我家领回了小猪,母子同村,近在咫尺,也没发现它们母子偷偷相认的场面。毕竟再到下一年的孕产期,这个好生养的母猪又是儿女成群,温顺地结队尾随身后。这个英雄母亲的绝情,很可能是参透无奈与宿命后的智慧。

母猪如果产量小,领养不到,我们只好到集镇上买小猪仔。走出熟人社会,买猪仔就失去了信用保障,我家曾经就被骗过。买回的小猪开始似乎没有异样,只是吃食不欢快。几天之后,越发厌食,如此不消几日小猪竟夭亡了。原来是集镇上无良的流动猪贩,为了增加小猪的斤两,好多卖银钱,事先将混凝土掺到猪食中。猪终日无法排便,体重自然又增加许多。这种缺德的行为,对农户打击不小。买猪的钱损失且不说,很可能还失去了当季养猪的档期。而对我们小孩,眼见得刚进家门还憨萌可爱的小猪,不几日就匆匆离世,很是不适。好在猪似乎不善于表达精致的情感,即使如此痛苦离世,死亡时的表情依然莫衷一是的样子。估计也可能是一种千年养成的智慧吧?

养猪是零存整取。随着猪的茁壮成长,春节临近,家有肥猪已长成。年关杀猪是农村的喜庆节目,更重要的是可以卖猪套现前期投资。杀猪于农户是大日子，但却是猪的忌日。即使憨笨如猪，看到一帮人磨刀霍霍，也知道大限将至。猪出于生的留恋，一反常态地警觉起来。人们追捕，猪拼命奔突。终被捕获后，已被抬上门板的猪依然不服气似的，呼哧呼哧地扭动挣扎。一顿血腥操作之后，随着猪毛褪尽，猪的生命样态转化成肥瘦杂呈的漂亮猪肉。其财富价值与经济学含义赫然浮现起来。购买猪肉者可以到现场指定部位，私人定制，现货交易。部分猪下水送给屠夫作为劳务报酬。照例需要留下一刀刀花肉，着孩子跑着送去长辈、亲朋。春节提亲，喜上加喜，将一刀刀猪肉贴上红纸用稻草挽着，提上亲家翁婿间的美意与恳请。

小时候记得课本中有篇文字，配着一副猪身的全图，赞扬"猪的全身都是宝"。此言不虚，连猪尾巴听说都是治孩子磨牙的秘方。被孩子磨牙困扰的家长，早早候在宰牲的现场，央求着主人与屠户割赠那一尾。但是，却急不得，猪的分解要遵循着既定程序，猪尾的剪切要待到最后才好完成，标志着一个仪式的进入尾声。

二百余斤的猪身经过社会学的买卖、赠与、诸方打点之后，更是面目全非。余下归于主人，一部分下锅烹煮，大过年的难得家人任性一把，补足缺少油水的一年。绝大部分则需要腌制储蓄、悬挂起来，满足日后孩子的牙祭、招待客人的礼数。如今中国人全面脱贫了，猪肉也不再会掀起"朱门酒肉臭"的阶级仇恨。革命时期关于猪的话术不再灵验。近期，华为、搜狐等科技大佬纷纷下乡养猪，又领了风气之先。前些年一个北大学生卖猪肉却是负面新闻。其实都不关猪事，是人事，人的分别心。国人喜欢吃猪肉，总是要有人养猪。世风巨变之下，猪肉倒是成了城市男女的心事，担心猪肉上身之后，变成甩不掉的人肉。眼下正月未过，我尚在年中，老婆锅子中烹制的大棒骨实在太美味。原准备撕一块尝尝,最后自律太差,身材合规管理失败,本着"更年期"及时行乐的庸俗哲学,最后整一支猪棒骨外加吸油的炸豆腐果被我风卷残云。如果不是儿子在旁喝止,哪一锅油亮的汤水和锅底也要尽入我皮囊中。随后就陷入饱胀与羞愧之中。不过猪棒骨的鲜美,与猪把手言欢的过程值得悠长回味。

每逢过年胖三斤的正当性何时被"身材管理"的必要性与近乎自虐的节食科学性所打败了呢?昨天吃罢后,带着将功补过的心思,自觉学习党和国家的文件,为"学习强国"的账户增加积分。读到国务院昨天关于绿色低碳发展的文件,其中就有反对食物浪费一节。猪作为食物链中的一环,消耗植物饲料与其他资源,产生大量二氧化碳,我们肉食者就成了"猪纣为虐"者。据说年人均二氧化碳排放量达到 7 吨之重。如此想来,罪过不小。想想自己虚岁 50,又是肉客,真的心虚不已。如果仔细算来,对社会确实有百害而少益处。刘小枫老师汉语基督教丛书有一本《沉重的肉身》,教人脱离俗世罪恶,多年前轻轻读过,如今重读,重了许多。

素食主义者的罪轻了许多。新加坡据说为减少对进口肉食的依赖,准备引进美国科技企业在新加坡生产"细胞肉"。看《财新》的报道,这个细胞肉是利用分子技术,可大量生产具有肉食营养成分的分子肉。估计为销路也会考虑一点口感,至于是否与我豢养的那些真猪的美味媲美,只好听那些试验者现身说法了。听说这家不养猪,只生产猪肉的美国高科技公司在全球准备到处设厂,何时来中国呢?中国的华为、搜狐、新希望等高科技公司与栏中膘肥体壮的猪队友确实应该思虑一番自己的前途了。

于我这样守旧的人,如果还有猪大骨摆在面前,我估计还是会以身犯险的。毕竟,我对曾朝夕相处,患难于共的猪的感情远甚于肉眼无法看见的"细胞"。生猪是中国生民的日常精神伴侣。其地位非"细胞"短期内所能撼动。反倒是,可爱、忠诚与作为历史功臣的猪队友,于汉语词汇中,"猪头、猪脑与插大葱装象"总偏于侮辱与负面,应给与"平反",也不枉它们千年的默默牺牲的隐忍了。

古镇新场

第一次在浦东过年。浦东开发成就巨大,"宁要浦西一张床,不要浦东一座房"的浅见可以休矣。辛丑年是我和犬子的本命年,在浦东外甥家过了两天衣来伸手、饭来张口的好日子。美味佳肴与浓浓亲情让这个年别有风味。大年初一,侄子驱车带我们去他家附近的新场古镇走了一走。

新场镇原为石笋里,宋朝始将新的盐场迁至此处,故得此名。上海江南古镇有七宝、南翔等处,均去闲逛过。江南水乡古镇颇多类似之处,一律有河浜穿过,镇上居民临水而居,屋后塘前都有泊船上岸的石阶。还得一律有一座寺庙、一座酱园与一处古戏台。沿街更须有酒肆、饭庄、中药铺子。我居住的七宝古镇也是北宋遗存,可惜开发过度,完全出租给商户,原住民都迁出,古镇的生态被抽空,剩下一个空壳。新场镇似乎还留下一点根脉,几处标明古宅的房子里还有人居住着。隔着玻璃与门帘,贴着福字的屋子里,桌子上的水仙花开得正盛。大年初一的春雨细细,织出一番"烟幕深浅"的江南画意。街面干净、石板铺陈的路踏实,新梅墙角暗香,红灯笼户外结彩。雨助游兴,人们在这活的江南烟雨图中熙攘着踏春、祈福。与著名的七宝羊肉齐名,新场的熟咸肉、卤鹅门庭若市,扫码支付成功的声音不断响起。我们还购得一瓶本地的米酒,准备着中午佐餐。

新场本地文脉昌盛,新场中学就设在古镇里。老街中央的"三世二品"与"九列名卿"高大牌坊叙述了本地望族的荣宠与辉煌。据说,新场一地当代也出了几名院士。新场果然是一方宝地。

江南水乡古镇一度成了农业社会的理想生活样式。作为集镇,担负着贸易、零售、手工业产供销职能,也是一地教育与文化的中心。围绕集镇的是作为原料提供方与消费者的农民与农业。农民摇橹,循着河道而来,用成袋的粮食换取沽酒、成衣、铁器的银钱。再在茶肆酒楼里逗留些时间,听些掌故与新鲜事,以便回去说与农村的婆姨听。这种农业与手工业的和谐共生的安逸状况持续了近千年。不幸随着被梁任公所言"千年未遇之大变局"中断。上海被迫开埠后,西方大工业的入侵,集镇式微。大型生产车间、集散码头与新式商场吸引了新式市民。集镇的优势与传奇被大城市渐渐掏空。无力反抗的集镇在江南的现代文学作品里慢慢就成了守旧的残存:保守固执的家父、媒妁之言的婚姻与兄弟间隙的家业。一个新的上海浮现,十里洋场的灯红酒绿迅速胜过新场石板路头一缕摇晃、昏黄的灯光。

没落过近百年的新场类古镇,如今作为怀旧的对象被重新梳洗、开发起来。大上海的人在新世界里拥挤得烦累了,节假日驱车过来,找寻一些乡愁与记忆,透一口空气。上海本地人在浦东、川沙多少有些牵牵攀攀的亲戚,也可以偶尔走动。这些城市人的根还是在乡里,上海人不久前也是乡下人呢。新场、练塘、七宝、川沙这样的古镇,零零星星地环绕着上海,像一座座家乡老宅,虽然失修,但提供了一种可能的生活:或许就在某日,放下繁华,将老屋打扫收拾一番,从此安顿下来。着一便鞋,走在青石板的路上,听它檐前残雨,走去寻那千岁桥畔一树的梅花,看它春发几许。

出租人生

出租车司机绝对是一个城市的精灵。每天穿梭大街小巷,见惯各色人等,小小的车厢,大大的社会。一个司机和我说,一对男女上车,他可以最短时间判断他们之间是否是"正常"关系。司机的后排上演着城市中很多不为人知的交易,政商交易,江湖儿女在后排的位子上或肆无忌惮,或忸怩拉扯。司机不用看后视镜,而乘客也基本视司机为"无人驾驶",短暂的同车渡,转眼的陌生人,不用彼此设防。

我特别喜欢与司机聊天,印象中上海这个城市中有许多有趣的故事都是这些有趣的司机告诉我的。我们聊的投机与热烈,司机忘我投入,似乎忘了自己驾驶的本职。有几次都有找个地方,停下来好好侃大山的冲动。于此时,我总是于热烈的谈话中理性地提醒司机,注意交通安全,以防"乐极生悲"。有时候也有司机向我敞开他悲伤的故事。一个司机谈及他曾经贵为国营企业销售业务代表,着实过了几年驻外代表的好日子。直到国企改制而与妻子双双下岗,家庭穷迫,被亲戚们奚落看不起,甚至妻子也对他轻视,说到动情处,他竟然痛哭流涕,泪眼模糊,我急忙请他靠边暂停。

一个时代的波折,会波及到最脆弱的底层百姓,而托起少数的弄潮儿,他们在光鲜的讲台上发出时代的单音。

昨天网约打车到青浦,司机是个女同志。戴着口罩,不辨年龄,加上我起得早,头晕没有谈兴。不想这个女司机,却主动挑起话头,说上海刚经历中央创建全国文明城市的考察,昨天收官。并说自己这几天一直受领导指派,作为考察者"偶遇"的司机参与此事,情况比较了解,"不信请看,前几日满街着志愿者服装捡垃圾,在路口假装协助维持交通者今天都突然不见了"。我发现她所言不虚,昨天也有个出租司机谈及这段时间应付检查的"表面工作",满街都是着厚重黑制服的"特保",扎着堆,其实都在玩手机。女司机似乎因为我这个近百元的郊区长途大单而兴奋着。主动告诉我,她刚送完孩子上幼儿园。我此时便开始注意她的实际年龄,她似乎觉察到我的疑虑,主动告诉我她之前有个孩子,不幸在 20 岁的年纪得病去世了。她今年 45 岁,现在的孩子所以很小。我们小小的车厢陷入了短暂的沉默,我不好接话。从口气,她似乎已经度过了令人绝望的痛苦期,但从眼角的皱纹与杂乱的白发,即使戴着口罩也看到巨大的悲剧已经推着她逾越了实际的年轮。她是郊区农民,户口一直没有从娘家迁出,为的是可以分享动迁利益。但是,由于原来房子小,差补后家里才拿到一套房,且属于"多子女家庭",镇政府出台土政策,为防止家庭纠纷,产证扣留不发已经 6年。自己希望能够拿到产证交易后,再加点钱在离学校近的地方贷款,为现在的孩子买一套房子,尽为人父母的责任。自己家庭困难,老公前几年高血压中风瘫痪,求助居委解决自己的工作,遇到百般推诿,无果。原来想获得一份垃圾清理和保洁的工作也被有门路的人挤掉了,只好开出租车。因保洁员工作时间固定,比起巡游车司机可兼顾家人。婆婆对她异常苛刻,老公中风住院期间,婆家几兄弟甚至担心会分摊"无底洞"的医药费,竟然多日躲避不见。

整个行程中，她好像在说着别人的故事。说自己已经认命，从她的语气中，我感受到她的真诚，似乎已经与自己并不顺遂的人生相安无事了，带着生命中的巨大伤口顽强地生活着、希望着。坚韧中透着盼望。她的一次次向我这样的陌生乘客毫无保留的倾诉，似乎可以缓释她的伤痛，遗忘悲伤往事。

沪上出租汽车司机曾经有一段风光时光。但是私家车与地铁公共交通兴起后，市场便不似以前景气。网约车与专车的出现进一步冲击了他们。有段时间，上海本地人开出租车日益减少，政府不得已放开出租车司机的沪籍要求。这几年外地户籍司机多起来，其服务态度似乎不如沪籍司机。估计因为他们需要租房居住，加上不低的每月分子钱，压力大于本地司机，所以会有短途拒载甚至绕路行为。上海本地司机除了自家车申领出租者营运证，而不用交"分子钱"外，租车挂靠公司营运者压力较大，家庭条件好的本地居民一般不再情愿操此苦差营生，现在的司机出身多为郊区家庭条件一般的居民，且多为农民或下岗职工。他们盼望着市政动迁的红利早早降临，自己的孩子成为"拆二代"不用重复自己的劳苦。

在大上海的日新月异的宏大叙事里，在高楼大厦框定的格局里，出租车司机在繁复的罗网里日夜穿梭着，连接着你我。他们作为旁观者，也作为亲历者，各有各的故事。

寂寞之钓

莫道君行早,更有早行人。早上跑步,深入到田间地头。上海这几年城乡建设似乎有一项工作值得肯定,就是河道整治,且沿河浜都建了步道,即使洞泾这样的郊区也被惠及。

立春之后便春光晴好,自然的节气讲信用。河道边照例有些垂钓"寂寞"的中年男人。一壶水、一根杆、一支烟足矣,在周末的河边放空自己,与鱼儿周旋,远离家庭琐事、生活的压力,倒真是一种自得其乐的途径。作为低成本康养活动,钓鱼甚至真的被列入体育活动范畴,瞬间具有了无限的正当性。记得还有本《钓鱼》杂志,属于体育部门的官方权威期刊。但说实话,我真的不能理解钓鱼的体育属性。估计是因有一干退休官员据此拔高自己的赋闲生活也未可知。退休高官结伴钓鱼,钓鱼似乎天然具有某种政治意蕴。看过一幅袁世凯着蓑衣钓鱼的旧照片,意在显示无意权力,其实是在"待价而沽"。去年《姜子牙》电影大卖,他的"愿者上钩"甚至成了民间官方通行的"自由意志"哲学了。同样是去年疫情期间,无聊的时候看过钓鱼的纪录片。眼见得钓神们装备精良,团团伙伙地驱车聚集一湖,测风向、选装备、秀饵料,在我看来,已经专业得变成一场广告与商业活动,与体育更远,与"江湖"更近。这些政治与商业的作秀,已经背叛了钓鱼之原始之乐。与河边中年男子的单纯相比,都逊色太多。

我小时候也得钓鱼之乐多矣。当然,设备更加简陋,以回形针与旧本子上拆下的订书针简单弯折,穿以随处可掘取的蚯蚓,甚至用饭粒,每每于野湖荡中多有斩获。曾经一段时间迷上钓黑鱼,央求大人到供销社或镇上买真正的大号鱼钩,用土蛙作饵,在一池塘中布下数根吊线,半个小时后即有黑鱼上钩。黑鱼凶猛、狡猾但贪食,每每以河中其他鱼的幼崽为食,我们钓黑鱼也算是"除暴安良"的义举了。这种野钓的乐趣后来慢慢淡去,一则需要科考没有时间,另一个主要原因是农村鱼塘都被人承包,私自钓鱼就属于偷窃。当然,农村人也无钓鱼的闲情雅致,投入产出比如此之低,除了我们这些尚不识愁滋味的小孩才会乐此不疲。在美北卡(NC)杜克大学访学居住的一年期间,跟着一些本地华人朋友去夜钓数次。美国当地由野生资源委员会管理野钓与资源保护一职。钓鱼需购买钓鱼证,相当于向政府支付一笔小小的费用才能通过"先占"取得,从水中猎食,类似于中国的捕捞证与狩猎证。记得在居住的小区挖掘着美国蚯蚓,晚上在开阔的湖面捕捞着美国人民的鱼。一群客居他乡的华人,在美帝黑暗的湖面上,呼朋唤友,用汉语交换着各自的战况,薅着资本主义羊毛。为我们曾经的祖国讨回一点尊严。我的钓鱼成绩不佳,但是贯彻的是共产主义,常记半夜时分大家驾车满载而归。一锅中国豆腐炖美鱼,其美味估计令"美人"羡煞嫉妒不已。

前段时间,友人送我一整套钓鱼工具,还领我到河边现场教学辅导。可惜曾经的乡野捕鱼少年,面对着完备的钓鱼工具,已经没有了当初手执简陋竹竿、尼龙线、生铁钩"三件套"时的热情与耐心,惊喜与期待。自己后来煞有介事地独自野钓一次,终一无所获，怅然而归，已然不复有当初的无心之境。就像回首曾经的来路，虽信誓旦旦地念叨着"田园将芜胡不归"，但是"归去来兮辞"不是读读就可以的。古今以降，能似陶潜者又有几人。多不过像我等在江湖边随世事浮沉，自欺自娱，沽名钓誉罢了。

开会须谨慎

年底会多，总会收到一些参会的邀请。今年亦然。只是多了一个选项，线上参会。线上会议的好处至少包括节约场地、不受规模限制、参会者又可免往返住宿差旅。但是，也就少了线下学术会议以文会友的乐趣。我喜欢线下开会。学校报销新政规定不得借学术会议旅游，纪律部门甚至还为此处置过几个学校领导。但是，我觉得对无权可寻租的学者大可网开一面，让他们趁机游学、会友。登临祖国大好山川，自可激发思想与雅兴。如有三五可造的青年从游，那倒是有了一些孔夫子遗留的古风了。我们不是要求尊重传统儒学的吗？

国内这几年的学术会议组织的水平越来越高，机场有志愿者学生举牌迎接。会场或在风景如画的校园，或在当地气派的宾馆，茶歇餐饮俱佳。让参会的寒酸的学者们短暂地讨回了一点自尊。内容上，从我参加的商法、金融法的报告研讨质量来看，也在逐渐提高中。一批严肃的学者与报告也贡献了"精神食粮"。我甚至发现，一些国际会议上，欧美港台学者原有的优势已不似十年前那样"遥遥领先"。中国的学术自信正在建立。其间原因，一方面因中国海归留学的学者增加了，带回了方法论；另一方面得益于中国经济和社会提供的"应用场景"，为社会科学贡献了鲜活的案例。甚至有些案例是中国独有而又有普世的研究价值。例如，中国考古学的发达，得益于中国视死如生的丧葬文化与丰富的墓葬资源，这点非新贵青年美国所能比。据说山东大学的考古学就很厉害，山东地下埋的资源就很多。以前读书时还翻阅过《考古》杂志，封面的题字好像是"四堂"之一的郭老所写。郭老后来搞宣传去了。最后还写诗歌，入了《语文》课本，那就更不像样子了。郭老与山东的傅斯年搞的考古与历史，来源于发现埋在地下的竹简与中药铺里写着篆文的乌龟壳，那是西方的同事无法比拟的。还记得有一年的法律硕士教学研讨会在沈阳师范大学举办，校方组织参观学校的一个古脊椎动物研究陈列馆。才知道他们是古脊椎动物研究的重镇。发了此领域好几篇影响巨大的文献。因为东北辽河平原原是古脊椎动物活跃之地，沈阳师范大学得标本与材料之便，才有此番气象。我想中国的人文社科也会有出头的机会，不再"唯西洋学派"为是。但是，材料优势一方面需要爬梳才可凸显；另一方面，研究也要学习一流与科学的方法。师夷长技也是对外开放的态度。方法与科学规律尚需尊重。前一段时间，读顾颉刚在新中国成立后揭发胡适老师拉拢毒害他的血泪文字，他的《古史辨》的研究法究竟也是这个"批判对象"所教。

　　会议的繁荣似乎是好事，方法越辩越明，材料去伪存真，学者吃着咖啡、自娱自乐挺好。这年头，科研经费确实增加了许多，但是到不了口袋，只好用来办会、开会。好像有司在通过财经纪律倒逼着学术繁荣。虽然泥沙俱下，但是中国的体量大，多少能够萃取出几个学术精英。但是急不得，政府一方面不能大跃进，搞世界一流与亩产万斤，通过"专项"与"冷门绝学"之类诱导各单位放卫星与造学术明星，倒不如还学术界以自主，给他们一点喝杯咖啡与吃点心的经费。通过学术共同体的构建与"华山论剑"形成自己的学术评价与生态，假以时日，凭着中国人的才智，必不输于人。

去年在浙江参加一个学术会议。讨论的主题是信托法与资产管理。会议主办方请了一个退休不几年的部级领导开幕致辞。这个身体很好的老人一口气竟讲了约40分钟，教导着满座的学者们研究的方法与立场。口气中满是干部大会上的余威。我们基于对主办方的尊重，苦苦地在座位上熬着。但是都认为老干部这样的错位不值得鼓励。学术会上领导的致辞当然也是不可或缺的。但是就像家里孩子带来一些朋友，家长出来一下表示欢迎，甚至自觉准备点水果点心之类。随后应识趣退场，给孩子们自由。千万不要动不动就先对他们进行一长段的训话。教着做人的道理与学习的重要性。倘若这样搞下去，孩子的朋友们断不会再来。家长估计也会遭遇自家孩子的讨嫌。最后总归不利于孩子的身心健康的。

学术无禁区，开会需谨慎。

溺于弱水

我家乡无为,因在长江边,河道密布。溺水而人亡的事故每每发生。我幼小的印象里,同村的成年人就有两个,一个是张姓剃头匠,论辈分是我的舅舅。人很和善,农忙时节帮人理发被留下喝酒,酒酣之后独自走夜路回家,跌入藤蔓疯长的菱角塘,被缠住窒息而死;另一个是赤脚医生的儿子,子承父业,按辈份,是我的侄子,也是酒后,骑车冲入我家不远处的泥塘。这个侄子年龄比我大许多。与成年人的意外相比,孩子溺水而亡的比例则更高。因农忙时节,孩子无人看管。幼小的孩子天性顽皮,喜欢到水边玩,或捞取漂流物、或采菱角之类。印象深刻的悲剧是几个和我年龄仿佛的孩子。平时在一起交往较多。一个是邻居,也是我的族妹,在临近春节前的一个清晨,遵母命到石板铺就的水跳上洗菜。冬日石板结冰极滑,滑落水中后寒冷惶急中陷入砧石的一个死角。她母亲一直以为她去别处贪玩,久候不归才发动大家去找,只有 7 岁的小女孩被发现卡在石板的水下木支柱水中,已死去多时了。另一个是与我弟弟同龄的张姓男孩,也是独自在水边玩。落到村中一处人家挖土筑房基形成的小池塘中。父母从田里农忙回来,发现孩子不见了。开始也没放在心上,等到午饭做好,大声唤着孩子的小名回来吃饭。久久没有回应才慌了神。村里的壮年男子跳入池塘搜索了好久,才在水底找到孩子小小的身体。这个孩子如果还活着,应该 45 岁左右,当时 8 岁。

这几个小孩因为与我年龄相仿,一直到孩子亡故之后的数年里,父母们农闲串门相聚或在田间闲聊,哀伤之余,总是指着我。比划着、说着如果孩子还在,也是长成我一般高,或也该上几年级的唏嘘不已的言语。这多少让我有点尴尬,觉得自己是在独自"偷生"。

其实,我也有两次落水差点死掉,幸被救起的经历。一次是"双抢季节",村中全没人,连狗狗们都随主人们下地了。我得着做暑假作业的借口,偷懒在家里。无聊之际,决定挑战自己,下水从西向东畅游一次门口的大河。待游到一半,却觉得体力不支,身体控制不住渐渐下沉。终于慌恐起来,平时熟悉的水变得危险与神秘。但是身体不断坠下,已经没顶。恰巧三叔因故从田里回村取农具,说是看到水面上的那一抹黑发。判断是有人溺水,不想救起的是自己的亲侄子。事后,我们多次谈到这个幸运往事,说着命不该绝的话。还有一次,则是自救自度。也是无聊,近黄昏时分,一个人到远离村庄的湖边一个小木船上玩。坐在一侧猛烈摇晃木船,木船竟然翻过来,我被倒扣船下。一下子陷入黑暗之中。周围似乎都是水,几次突围都不成功。心中充满后悔与慌乱,觉得大限将至。最后,不知咋误打误撞,潜出水面,重见天日。已经无心顾及黄昏美景,赶快逃命回家。母亲责问为何全身湿透,自己只好支吾搪塞一番。

未成年孩子的死亡,比成年人的死似乎更震动,失子后农村母亲的哀嚎尤其令人揪心。为了悲剧不再重蹈,家中大人又不可能放弃生计劳作,全职在家,只好让年长的兄姐承担"监护"之责。特别是姐姐们就这样被从课堂上休学回家。少数几个坚持上学的，只好把幼年的弟弟妹妹带在乡村的课堂上"陪读"了。姐姐哥哥学着爸爸妈妈的口吻，水鬼河神用彩色的漂流物作诱饵，定期抓人入水之类的话骗着弟妹，警示着落水的危险。一段时间，年幼的我们真的以为熟悉的水面下，有一个神秘的世界呢？

那些落水的乡民们，跌入的彼岸世界，终究是不幸与恐惧的吧？否则，为何总是见到他们的母亲，在落日的余晖里，在他们小小坟茔前或自言自语或伤心欲绝地痛哭呢！

青椒之焦

  这几年大学发生的事情足以浓墨重彩地写入中国教育史。当然，更多的是荒唐的事。其中之一就是大学青年教师的"窘困"。

  中国大学的财政投入好歹已经达到国际上 GDP4％的平均水平。但是，大学老师的待遇即使不考虑物价因素，甚至出现下降的趋势。这种趋势这几年尤其明显，考虑到严格工分制考核、严格横向课题报销制度与兼职审批制度，使得教师的弹性、空间被大大限缩，从而进一步降低收入的性价比与大学教师职业的吸引力。

  公立大学提供的基础薪酬被纳入一地财政的绩效管理。但是，上海这种地方，高校绩效管理之下，大学老师平均只有 12 万左右，据说低于小学甚至幼儿园老师，我一直不理解这种安排背后的逻辑合理性。在高校内部，学院与机关的绩效比例分配也是矛盾焦点之一，最近西南民族大学教师门口拉横幅"讨回绩效"说的就是此事。学校管理者根据其施政理念，在学院与机关之间权衡。而最终执行此制度的却是机关，学院话语权不大，一般教授也没有参与和知情的渠道。

  就高校待遇如此之低的原因，与很多人讨论过。有人说，高校中人数太多，摊薄了人均收入。中国高校冗员太多，特别是教授数量太多。还有人认为，高校老师有假期，可以视为自由职业，可以兼职创业；还有学者猜测或论证教育、财政部门"饥饿疗法"的必要性。给底薪，设定不同考核标准，然后让教师们通过写智库报告、搞课题申请与抢人才帽子来获得"竞争性待遇"，从而逐步达到优先激励，并逼退无法通过考核者，从而达到调整结构与去库存的目标，所谓"一石二鸟"。万一不行，节约下的钱还可以高价"买外援"。

不知道经过多年的"智慧操控"后，我们的大学是否真的成了一流。据我初步观察，我们离一流越来越远，而不是越来越近。一流的教育家、科学的治理和对学问有激情与尊崇师生共同构建的生态建设似乎总不在轨道上。有一些善于混高校的著名老师，其实只是把高校作为名利场，骨子里对教学和学问也不尊重。但是，他们善于配合与迎合热点，对标着各种荣誉指标，各种利益均不拉下。他们的"名利人生"甚至制造了高校老师都很有钱的假象。也扭曲了待遇的激励机制。

教师没有尊严，也无法仅依靠良心应付日常经济压力，自动安心献声伟大的事业，沪上高校青年教师平均税后月薪甚至不到一万。我做院长的时候就说过，这些坚持站在课堂的老师，其坚持的本身就值得尊重。如此低微的收入，还要接受教育部门"飞行检查"来查岗，已经近乎对他们的羞辱了。昨天与一个海归聊及西南民族大学老师拉横幅讨薪的事，他说他其实也处于生存的边缘了。

在学校里很少看到厅局级以上领导的孩子，本身就说明这种职业的地位。领导估计就不咋了解和关心高校待遇的实情。领导同志们一方面要高校解决卡脖子的国家大事，另一方面应知道留住人才才是国之大计。善待与信任热爱教育事业的老师，为国家留一点读书的种子比单纯地喊口号更务实。

永结横琴游

　　横琴,这个正对澳门的内地口岸城市,形状像是一个横倒的"8"字,因似横亘于海中的一具古琴而得此名。去年下榻的饭店,今年已经建起了数幢高楼,空置率高,但不远处还是脚手架林立,还在"撸起袖子"。横琴是块热土,喧嚣中充满着没有规制的欲望,没有头绪地就被融入粤港澳大湾区的大战略中。

　　对岸安逸的澳门四大家族似乎没跟上大湾区的节奏,还凭着几张博彩业的牌照独占鳌头。岛上居民们福利均沾,得着实惠。澳门享着"一国两制"的独特优势。但是场地局促,产业单一,非借助横琴的空间难以施展拳脚。横琴摊上这样的"贵人",一下子超越了其他"自贸区"、"自贸港"的名头,成了新贵。共建共治共管的方案呼之欲出。澳门大学的校区扩至横琴,四周高墙环绕,出口在澳门一侧,车辆循一隧道进出。学生不得出入横琴飞地,否则视为偷越边界。昨天在横琴一侧的水上口岸,红旗飘飘处远眺澳门,不锈钢栏杆构成着边境,告示牌也警告不得"偷渡犯罪"。原是一衣带水,却被葡语小国搞成"森严壁垒",让人感受到一种莫名的荒诞。

　　澳门的赌城地位却因着"一国两制"的栏杆保留下来了。横琴的朋友指着对岸数幢金顶高楼,就是博彩业发达的几大家族的产业了。其中一排,说是一比一复制了拉斯维加斯的赌城。让爱好赌博的国人们不必远赴异乡。博彩业养活了澳门岛,大陆的英雄好汉居功至伟。据说,博彩业直接滋生了"场外配资业"与地下钱庄事业的发达。民间金融机构甚至为豪赌者出面包下豪华包间、出面组织赌局。再以抽水的方式,收取佣金。这种科学的交易结构,完全源于民间创新。一方面资金的使用在他的直接监管之下,另一方面,通过分享每次盈利交易的比例分成,客观上规避了出借资金的回笼风险。有点类似于证券信用交易上的"信托占有"。交易的结算、盈亏都在出借方的"可视监管"之下,信息对称。弥补了赌场的场内融资的若干缺陷。很多年前,读到一些大陆官员,特别是银行官员动辄数亿元的输赢而最终案发的负面报道。这些位高权重者,并不见得不知道赌博"零和博弈"的经济学常识与一掷千金之后的悲剧结局。但是,巨大的诱惑与侥幸心理,足以迷乱本心。终了,徒给赌场添砖加瓦、给人家金屋增色而已。刚刚去世的妻妾成群的何赌王据说从来不赌,他的钱就是靠着这个经典的游戏与愚夫豪客的眼泪日益丰盈着。在横琴的书摊上,赌王中年得志的照片印在厚厚的传记上,附会了多少何氏传奇,其实他哪有高深的学问,更无关乎雄才大略。不过能在如此褊狭的小岛上,纵横捭阖,骨子里的赌性与豪横是必不可少的。最最重要的就是要学会隔着这一泓江湖水,学会审时度势地听懂横琴的弦外之音。

横琴这个新近才热起来的岛屿,经朋友指点介绍,还有一个历史的去处勾起我这散客的兴趣。附近海面的宋元"崖山之战"旧址应是个凭吊的好去处,只是遗憾此次不能成行。留待下次。我估计那些古迹早被千年海水雨打风吹去了。陆秀夫的遗骸不知是否被遗民们收殓安葬。更有那十万随驾的文臣武将随船凿沉于海,倒是成就了华夏的最后气节，被历史学家们写进了典籍辞章，传唱海内外。据说前几年当局曾经斥资，在横琴十字门旧址试图打捞当时的沉船，不知所得如何？但是陆秀夫抱着最后一个赵家人蹈海免辱时，挂在小皇帝脖子上的传国玉玺终究没有找到，倒成了一个迷。

横琴的不远处的崖上，那场宋元国运的豪赌，一开始结果应已料定。伶仃的海、倒戈的悍将、致命的强弩、漫天的掩杀、赤胆的臣子、慌乱凄绝的哭喊，多少亡魂飘零海上，终化作幽咽叹息，似抚横琴，海音续绝不散。

但知音何在？更与何人说？隔着两岸渔火，社会主义的脚手架不容停息，资本主义的赌盘翻转，没有人顾得上这些海上故人了。

寒山一泊

近日，趁去苏州讲学之机，终于了却寒山寺一游之愿。

混在熙熙攘攘香客之中。我的心却在《枫桥夜泊》的那艘唐船上，与张继数着满江渔火，抵足愁眠。寒山寺的那口钟据说已经丢失，当值代位的梵钟已是清代的遗存了。钟声不断被游客敲响，在大白天，5元一次。江上那条古运河倒是还在，穿过枫桥，行走着巨大的驳杂船，发出巨大的历史回响。文徵明的后人撰文叙述重修寒山寺大雄殿之缘起，文中重申佛法世间法之功用，是应景之作还是其诚实识见，不得而知。

《枫桥夜泊》让这座姑苏寒山寺进入多少国人的口中、心中、梦中。寒山寺有一名家书法碑廊，现代政治人物的作品也在列。同一首《枫桥夜泊》，或草或隶，分明述说着书者不同的天涯倦旅之心。我们都在命运的夜航船上，不知钟声到处，你怀着怎样的心境呢？醒与沌、愁或怅，明心或见性？但是内在之明，入世多迷，既已上船，又能如何？不过能有短暂的顿悟，就像中场的休息与人到中年的盘整，也是好的。虽然只有继续航行，但贵在能有行止。

古人似乎多有"夜泊"的经历与感慨。"夜泊秦淮近酒家"的故国怀思。明张岱甚至有《夜航船》一书存世。甚至我精神上的长兄沈从文的《湘行散记》也多有描述夜行船上多情湘女的故事。"夜泊"之多有,估计是以前陆途官道少,亦多有凶险、不便。商旅远人车马劳顿,夜间投宿不易。船可寄住,可载物与行李,这样也得车船之便。白日又可轻车简从,文人沿途观赏山水,着实是个不错的选择。古时的读书人遇名埠码头可就近沿途登陆,过从访友、探访名山古迹。真正的"读万卷书与行万里水路"。他们的行迹、沿途名篇记述、摩崖题刻后复成为后人凭吊追述之风物。一部中国人的民间精神史,就这样沿着那一条条或宽阔或狭长的河流积累成文化的串串珍珠。古人的心事于我们冥冥可知,隔着千年之河道,也能滋养着我们的灵魂,始终不至于干涸。在宏大叙事的官家政治叙事之外,寒山寺的夜半钟声依旧唤起我们的自家心事。

"徽飞·烟灭"

前几日,乘机南下,始发上海的虹桥机场登机区域有个徽墨展览,打的是长三角的概念牌。安徽提供徽墨实物素材,上海方策展。我利用登机前的时间匆匆看了一下,粗粗知道了中国墨的历史。中国古人已知道取有色彩的锰矿石研磨标记刻画。墨的制作历秦汉而至明清达致臻境。中国的历史就是这些徽墨所记载与书写,展览名冠以"乌金千秋照",当其名恰其份。

昨天晚上年末同学聚会,11点始到家。正在开始练习书法的儿子告诉我,他的字帖是一种"渐变无"的墨水,书写后一长段时间内,字迹渐渐消失,有点类似于地下工作者的"密写法"。他觉得饶有趣味,我倒是替古人忧。乌金千秋,在电子时代似乎也已开始"渐变无",终将"了无痕迹"。

与儿子这一代不同,我们小学时都有描红课程。记得在乡供销社买过几枚最廉价的墨条与简易砚台,取水研磨用来描红用。作业交上去,挺期待老师的"朱笔圈阅",圈阅即表示这几个字临摹得尚可,孺子可教。在教室的后墙"学习园地"里,通常还会定期展示描红杰出者的作品,作为榜样供同窗们学习。我的书法似乎一直不好。没有耐心,开始描红时也是凝神聚力,梦想着有朝一日可以进入"光荣榜"。只可惜,几个字描下来,已经心烦意乱。最后简直就是"鬼画符"了,草草交给老师,应付了事。我打心眼里佩服书法好的同学。

我们经常是买现成的墨水描红写字。研磨确乎很烦,又没有书童使唤。多数时候,自己用力研磨,墨出得不匀,还搞得满手满身被墨所染,成了真正的"墨客",经常被父母斥责。用墨水就简便许多。描红的墨水比较大只,与吸水钢笔的墨水的小巧不同。描红墨水中"胡开文"牌子,只见过家境好的同学买过。我买的都是些杂牌,墨汁混沌,打开瓶盖有一股难闻的臭味。这样的劣质墨水,配上我那杆老是落毛的狼毫笔,加之拙劣的书法技艺与潦草态度,我怀疑老师在批改到我的描红本时,估计朱批个"斩立决"的心都有了。至少,进"学习园地"是万万不可能的了。

我儿子一代几乎就取消了书法课,加之他的书法天分被我的基因所误。所以,字迹已经不堪入目。这几天决意开始练习,其中原因不得而知。至少是件向徽墨致敬的好事。他们这代人,忙着敲击键盘选字粘贴,收发电子邮件。研磨临帖的恭敬,鸿雁传书的观望,小窗边展信"云中锦寄"的浪漫也一并在键盘声声中"渐变无"了。

"青山遮不住",一个时代有一个时代的风尚,为何要强意挽留呢?前几日是毛公诞辰,有一笔文革的旧账被文人墨客们翻将出来,历数"文革"中名胜文物与珍贵字画的破坏。有收藏大家唯恐藏墨获罪,自家主动在脚盆里急急地踩烂字画。被捣烂的墨客骚人的碑刻联屏更是不可计算。组织上把收缴的唐宋大家字画重新送到印刷厂回炉,获得社会主义数吨纸浆。这些烟墨、油墨从纸上脱落,烟消云散,"尘归尘、土归土",像是来到尘世渡那必遭的劫难。这些沾着中国智者雅士的墨汁,匆匆来又回,也是"渐变无"。

而脱墨的纸浆重新被写成"气势汹汹"的"大字报",层层贴满广场与角落。那些"千秋光照的乌金墨"带着他落笔主人的满腹才情,魂归何处呢?"风流总被雨打风吹去",说的就是风流的宿命罢。只是不解毛公意,喜欢读线装本,泼墨书法也自成一体的伟人,为何学那略"输"文采的"赢"政,与乌金铸就的一卷卷史书、卷轴过意不去呢?毛公也不幸成了染指的"墨客",被写进千秋丹青之中,烛照后继者,神乎、慎乎?知乎。

"春去也,换了人间"。只是苦了我们的儿孙们,失了这千秋的光照与精神滋养,他们多少有点茫然与营养不良。近几年,恢复中国传统的决心与行动突然彰显出来,旅游景点凭着几本残存的旧书与大概的记忆,拼命复原历史的"片言只语"。只是"谁家新燕啄新泥",燕子归来已不复旧时模样。

冬日"鸡汤"

偷得寒冬半日,在暖阳下喝一碗家乡的鸡汤,我第一个反应就是想:任性、贪吃的特朗普是否会寻着香味,直接驾机投奔过来。诗人说"故人具鸡黍、邀我至田家"。如果于他下野之际,闲来就菊花,我愿意权且充作"故人"灌他半盏我们无为的老鸡汤,人道主义地慰藉这个失意老头。

农村的土鸡、土蛋成了城市化、国际化风潮下仅余的一点乡愁。每次回老家,老人总是嘱咐着带上几只鸡与一筐鸡蛋。村中的人得着我在沪上给予的安排就医、孩子就业指导的一点帮助,在我驱车离家之前也会送上鸡蛋之类。我们也不好拒绝。后备箱里被捆绑的几只活鸡,一路扑腾着伴我们从乡村到寄居城市的回程。它们背负着代表家乡礼送宾客的重任,最后不幸还是惨遭斩杀来使的不幸。于此处,它们的宿命成就了我们的口福,我们人类的伪善又一次暴露无遗。

我们家乡的土鸡属于道地的散养鸡。如果给散养鸡一个画像和定义,我以为:就是除了晚上按时回鸡笼小住一晚,其余时间都是在村中、不远的田头自食其力地杂食。它们成群集队,啄小虫、食散粒,风餐露宿,将天地灵气内化于身,外化于形。所谓散养鸡就此养成自由之灵魂、强健之体魄。

散养鸡究竟是家鸡，傍晚时分它们陆续回来上笼。让主人清点、放心。公鸡当然还有司晨之责，即 Morning Call。凌晨一家鸡叫，其他家的鸡必唱和应答。三遍之后，他们勤劳的主人就要在晨雾之中上工，开始一天的劳作。地主周扒皮的半夜鸡叫，真正的鸡是断不会应答的。因为他们才是农村司晨的正宗，自能够辨明同类。

鸡的同类偶尔也会为争食与配偶斗争。不过，也都是点到为止。甚至，鸡犬不宁、与鸡飞狗跳的场景也不多见。一般人间，鸡与鸭既作副业，数量不会太多。所以，多是鸡鸭同笼、混住。据我观察，鸡鸭彼此较为和睦，交流也挺多。不需要翻译，更不是城市文人对他们几乎污名化的"鸡同鸭讲"的比喻与暗讽。鸡与狗的关系也不错，经常发现一只鸡后面跟着一条护家犬。除非惹急了，狗是犯不着招惹一只美丽的花公鸡的。不过黄鼠狼则不同，鸡在夜晚，敌人不是周扒皮，更不是和睦相处的鸭犬，黄鼠狼的凶残从夜晚鸡笼中的惨叫、踩踏的慌乱就可以想见。主人掌灯来看，多半会看到喋血的现场，鸡被不善的黄鼠狼已经咬断脖子，血溅四处，尚未断气的鸡颤抖着身子，被扯落的羽毛洒落一地。笼边的角落站着一群惊魂未定的同类。

农村养鸡属于副业，在人民公社这一制度大兴时，是作为资本主义尾巴需要割掉的，厉害的连主人的命也要操于革委会一班先进人士手中。革委会当国时，农村估计是鸡犬都已噤声。唯愿一地鸡毛与鸡飞狗跳的时代希望不要重来，周扒皮的鸡叫也要不得。

那些革委会的人我这个年龄也见过几个。都是同村的积极分子，据说执行革委会的指示异常严格，不惜同室相残、父子反目。待我长到 6、7 岁的年纪，革委会已经解散，那些积极分子已经回归农民本职。在农民的地头闲谈之际,背后指认某一积极分子如何以某村民"偷偷养鸡"或饥饿难耐偷食公粮为由,突然从和善的邻里,摇身一变后立即立场切换,凶相毕露,吊打弟兄的阶级斗争故事。才知道,我们居住的鸡犬之声相闻的长江边渔村竟然也曾被挟持着带入历史的大漩涡,不能幸免。

面食记

面是中国人发明的一种快捷食品。可汤可干,可拌可浇,与各种"表外资产"搭配,变化万千。可以待客,更多则是家庭成员之间的温情速递。如果在面下面埋"伏"几只圆润的蛋,那就是人间至爱了。古人路途遥远,试想寒夜客来,大摆宴席不合时宜,先来一碗热气腾腾的中华面打尖最合适。扑面而来与升腾于心的,是满满的感动与满足。

楼下最近开业的裕兴记,打古城姑苏牌,桌面干净整洁,店员都是中老年阿姨。经常当着客人的面相互开玩笑,店里洋溢着家庭的氛围,让这碗面吃得极符合它的内在精神气质,所以顾客盈门。昨天早上,看到一对小夫妻凑着头,夫唱妇随地吃着面,特别和谐。估计还没有孩子,不用火抢一样为孩子的走读一大早准备饮食、催孩子起床与整理书包。

吃面不是正规酒席,吆喝吃面者多为知已、亲朋,商业宴会的算计、婚宴的撑足场面与八项规定后官场攒局的位次排列与小心躲藏都统统"乌有",面客吃得随意舒心,与"面子"无关。面的价格也很亲民,裕兴记的极品"手剥野生麻虾面"也不过 100 余元,平头百姓也可偶尔放纵一下。记得读研的时候,表哥从安徽过来上海打工,在淮海中路的吴越人家,豪放地请他吃了一顿大肉面,虽让我这个每月领着300余元国家补助的穷学生"出汗"不少,也不至于濒临破产。多年以后,回忆起来,我甚至还要感谢他给了我一次"透支"享受美食的机会呢。

我供职的同济大学,有一款驰名美食就是"同济那碗面",深受师生欢迎。我经老同济指点,排队吃到过一次。细品之下,发现其底层资产绝对是正宗柴鸡汤,所以美味无穷。虽然门庭若市,但是理工男女们都乐得排队候场,唯恐错过这一口。倒成了校园一景。

人生匆匆数十载,岁月之风吹尽后,能够留下的有时就是海子说的"养我性命的麦子"的衍生品"面条"吧。

原来有若干场吃"同济那碗面"之约,被疫情所延。希望尽快实行,否则惹得那只煮熟的柴鸡飞走了,就追它不上了,面就泡汤了。

硬生生的生民

今天冬至，早晨的暖阳之下看到草地上一层霜露。明白中国古人的时令节气的算法与西方历法不同，指导农桑，精准倒不必苛求，农时过了一两日似乎也无碍。再说，每个村子里的老人作为活农历，也在校准着晚辈的农桑。他们比"破四旧"后担此功能的农技员还要认真。中国历法承载的功能除了农业之外，还有标定嫁娶、祭祀之类的重要活动的正当性价值，台湾一个风水先生的农历在大陆大卖，每个日子都标明"宜"与"忌"。台湾人的风水先生盖过大陆，估计是大陆的同行们被四旧破了。

今天九号线地铁口就设了一个专车，喇叭里提醒着到天马山塔园冬至祭祖的散客。这个上海远郊松江天马山的墓园，我开车路过，规模似乎很大。门面很气派，进园口，一排清水油漆的隔离栏曲折轮回，绵延数匝，旁边还有一个很大的停车场。这是个沪上重要的供生活在市区的生人们定点定时寄托哀思之处。

有研究者说，中国人的祖先崇拜是一种"类宗教"。家中堂上供奉的牌位、祠堂与族谱，加上墓园，这些元素共同构建起生死之间的秩序结构。这种秩序，皇权也不能干涉，作为民间自治顽强存在。皇家陵阙其实也属私祭，只是规模与形制超越平头百姓而已。

江山不同于社稷,不能以国代家。我到北京的雍和宫去过,那是皇家的家庙,不同于与天坛、地坛、生农坛等国家公器。史书上说,刘邦开了家国共祭的坏例子。胜了项羽夺了江山,在他的江苏老家,把刘家的家祭与汉国的国祭"合二为一"了。刘邦毕竟读书少,坏了礼制。

　　冬至祭祖的活动数千年不衰,中国人对亡人的"彼在"的重视执着,如此看来,确实可以比拟西方的宗教了。但是,总还是欠缺超越性。死后的世界还是以现世为镜像。陪葬与殉葬都要把生前的日常用度延续到地下。"视死如生"是也,没有超越的维度,只有线性的延续。达官贵人们死后,好东西还要带在身边,仿佛只是去地下短暂旅行。比如王羲之的真迹据说就被皇帝老儿带到坟墓里继续临摹去了。曹丞相布了数处疑冢,想必窖藏了得。好在有孙殿英,否则我们到台北的故宫也见不到玉西瓜与玉白菜了。我大胆预测,中国被带到地下的好东西,估计远胜世间一切珍宝馆与博物院。这种地下宝藏的诱惑,催生了一般敢死队似的摸金校尉与豪华盗墓团队。而作为副产品,阎王玉帝、地狱炼火,书生遇美,又带动了现世的传奇与戏曲。中国人是不死的。

　　相比而言,西方的宗教把死后的路径倒是论证得似乎更清楚一些。在美的时候,与一帮美国人聊到他们的基督信仰,一些虔诚者悲叹美国的信仰衰落,但是,美国各地肃穆庄严的教堂还是不少。很多常春藤大学里就有漂亮的教堂,供人安顿灵魂。周日的礼拜大有思想政治教育与"四史"教化的功能。美国人的墓园似乎也没有我们豪华,,他们把扫墓的工作也委托给墓园了。只是偶尔带一朵花过来凭吊与哀思。曾看到一些教堂前后甚至校园里散着一些矮矮的半截墓碑,写着亡灵的生卒年月。死后的事情交给上帝,生死世界划分得比较清晰。不似我们的寺庙里香烟缭绕,述说红尘中事。他们整洁的墓地里鸟语花香,真觉得是个安息的所在,"尘归尘,土归土"。总觉得他们对待生死,似乎从容淡定许多。在生的世界里,则是政教分离、"凯撒与神"各安其分。而管人的凯撒在世上被生民的律法所限定,不能乱摸民众的私产,更不能指染他们的精神生活。

中国人的不淡定,是没有这些三重维度的保护。即使死亡也不是超越,只是延续。而在坚硬的现世,生民的精神空间也被政治所限缩着。80 年代政府考虑到耕地的短缺,发起了向死人讨地的运动。我们家乡的坟场纷纷被炸,老百姓们在炸药硝烟还没散尽的乱坟岗捡拾着先人的遗骨。前几年江西的平坟运动又似乎打着公权力的大旗"借尸还魂"了。中国生民的硬生生,就渐渐露出他的窘况了。原来我们的唯物史观里,是容不得牛鬼蛇神的。孔子也不语怪力乱神,或者敬而远之。我们生命的能量只好堆积在这拥挤的世间,无法向广阔、深远处伸展。

小公章、大学问

关于公章,前几年因为"证明你妈是你妈"的盛世闹剧,总理责令从便民与营商环境的角度予以整改。之前坊间盛传未必是笑话的荒唐事,更可气。说是火车上一个断腿者拿了残疾人士的优惠票上车,乘务人员查票时硬要他出具残联或民政部门盖红章的"残疾人证"。

这几年政府都扬言做店小二、店小三。纷纷表态"只跑一次",上海的"一网统办"确实便利许多。我预约成功过无犯罪记录,但是需要"只跑一次"到派出所验明正身凭身份证打印,上面还是盖着鲜红的公章。我跑了两次,因为,说是上次的证明时效不能超过45天。以防我在这45天内又犯罪了。

中国公章的数量我估计是很难统计出来的。但说是世界第一,估计不会有太多正常的人会提出反对意见。这催生了中国的刻章产业与印泥业。一段时间,临近政府与商业区都有刻章的门店。一些刻章人在一盏小台灯下雕琢,吹毛求疵的工匠精神,已经与工艺美术大师的称号相距不远了。现在据说一律改为电脑制作,果然这些临街的店铺在大城市都少见了。估计多半是转到网上接活了。

但是把事务挪到网上去办，并不见得就方便了。只要章的供需两旺，百姓还是被网罗其中。比如无犯罪记录、学历证明等业务多起来了。据说，很多犯罪分子混到人民群众中去了。前几年，组织部门组织查学历，据说真的查出一批学历作假的优秀干部。据说学历上的公章与钢印也有作假的。痛定之下，教育部搞了学信网这个大工程。学信网花了多少纳税人的钱不得而知。但是其弱智和霸道则是无出其右的。问题估计出在中国式招标里，那些友好与智慧的系统估计是敌不过强大的招标系统及其背后的"运作逻辑"的。中国式招标生动地解释了经济学中的"逆向选择"。

前几年我的一个族兄在大学城做保安，一日给我电话，说单位需要他出具无犯罪记录，他前几年有交通肇事罪（缓刑）的案底，保安也做不成了，只好打道回府，好在干农活暂不需要"好人证"，不过也说不准贫下中农如再成为"高尚身份"，那是估计又得需要证明了，还得翻三代。前一段时间，因一兼职单位需要，到学信网上开学历证明，摸索了好长时间，又是眨眼睛、又是亮身份证，还要输入验证码与形状怪异难辨的图形码，还要算复杂的数学题报答案才能一步步通关。系统的设计者特别脑残，好像就是为了刁难别人而设计，我几乎看到他阴坏的嘴脸。层层设卡，就是不让别人看到自己的学历的在线验证报告。最后半天才搞出那个带水印的证明。用一个证明去证明另一个证明，制度的设计者估计是数学学霸，或者是数学证明题曾是他的弱项，他仿佛有一种执念。盖章的门面消失了，无数需要盖章的需求却产生了，章竟然越盖越多。章似乎成了一个病毒，无法除尽，又像原上离离草，"更行更远还生"。

章的供需两旺，当事人被作为客体与事实，被各类公章证明与限制。当事人成了无语的旁观者。这种荒诞不经背后，是对当事人可以构建信任机制的完全不信任，或公民社会能力建设的中断与剥夺。公权力无孔不入，以剥夺后招致的公民社会自治能力招致弱化的后果，再反手强化继续剥夺的正当性与紧迫性。政府面对越来越繁复的社会信用事件，必然需要收集越来多与详尽的证据信息、素材。不特于公民与个体，原来妄想着企业能够承担社会责任的乡愿也破灭了，民营企业果然不堪重任，自律管理断难形成，这一实锤又成为政府强化监管的立论依据。资本家的道德化成了最近的热词。最近就有学者写文章比较我们的张南通与日本人松下幸之助，结果中国企业家，家国情怀完胜日人。

中国的企业家应该走那条路历史上多次讨论与纠正过。红顶商人、官商、儒商、奸商、买办的标签我们多的是。统战部的会议室里很多偶像还挂在墙上。有些则堆到角落里，隔着玻璃脸上落满灰尘。不过，过段时间说不定还是要挂上，用鸡毛掸子擦拭一下即可。从近期看来，资本背后的企业家急需政府的引导与帮扶。民企党组织的建立是有远见的。党委的那枚章作为前置程序，总可以管着一些重要的事情，防止资本家们犯浑。公民社会也是，民虽冠以"公"，实则私心太重，不可由之。这样公章之公就显得必要。那些嚷嚷着减少公章证明力的言谈，是脱离中国国情的愚见。公民与公章之间的证成关系还得继续，公章的网格化管理更加必要。至于何时还权于民，那端得要看公民社会的成熟程度，紧攥着公章的官人，要根据"自定义"的特色国情与阶段相机行事。半部中国史，明明地写着历代"一放就乱"的政治得失。

小公章、大学问呀！

发乎心，止于头

最近沪上的地铁里、楼道电梯里突然多了植发、防脱发的广告。三千烦恼丝不再是女人们的忧愁专利了。年轻银发男士似乎也不在少数。城市青年的发际线退守，而一个时代在前进。植发的技术在人为地调和着进退之间的紧张关系。

我一直自诩头发厚密，现在理发时也被建议焗油了。刚听此推销建议时还有点恼火，现在觉得倒是中肯之言。十年前原来当窗理云鬓时还企图拔掉长出的零星白发，现在终于放手了，因白发已"如恒河沙等无数"，终于理解古人"但愁云鬓改"的恐镜情绪了。焗油不妨一试。

头发是年齿的外在指数表征，因此被赋予超越头发的社会意义。皓首穷经说的是对学问用情之深之专，白头宫女话当年，似有曾经接近权力中心的自恋。英美法官戴银假发表示世事阅历丰富，足堪裁断人间事。以前在农村看社队组织的露天小庐剧，那些衣冠楚楚的权贵，一旦被打倒后，一定是褪去蟒袍，披头散发之际，配合着极速舞动的水袖，预示着俗世身份坠落后的惶恐或悲愤。不过伍子胥一夜白头，倒是救了自己一命。

岁月风霜雨雪，在打谷场的寒风中看戏的那个不谙世事的乡村少年，我如今不也是白发繁生了吗？"乱臣贼子"、"王侯将相与落难公子"折子戏据说还在家乡上演着，只是原来的几个在本地有名的男女演员已经过世许久了。他们在土垒的破旧戏台上被打落冠冕，随着琴师吱吱呀呀伴奏声舞动发束的悲鸣泣诉今犹在耳。他们是乡村的艺术家与民间历史的传道人呢！智慧潇洒如道教徒李白也会愁成"白发三千丈"。可见，世人都不能免俗。修仙修道只是试图构建一个屏蔽系统，隔绝着红尘以防侵扰满头乌丝。但是自心自性，本是发乎于内而表征于外的。至于那些和尚，不仅要决绝地净发剃度，而且还要远避山林，不与世间相联网，唯恐染尘埃。可见世间各色的强大穿透力，色空之战绵延千年而当不衰。最近，漫画家蔡志忠也在少林寺剃度了，终于尘埃落定。他尘缘得了，总算为华人世界贡献了几十本漫画，启迪红尘滚滚中人护心秀发之法。只是从今往后，我们就无从根据他那头柔软的发色探究他的人生本色了。

咖啡因、尼古丁与未病

　　这家起着个洋名儿的咖啡馆,我早晨总路过,经常坐下来喝一口,为一天的安排筹划一番。与很多烟男烟女,早上起来,顺手点根烟的功效一样。都市打工族,早晨上工非得需要这样一个起止符才能启动,类似听周扒皮的鸡叫。沪上这几年到处开着咖啡馆,打不死的小强"瑞幸"更是越打越多。都市男女许多喜欢扎堆在咖啡馆里,端起来,说些不着边际的话。咖啡馆是自由思想的产房,想是如此得名。国家原本提倡节育,如今鼓励肉体的多多生养,思想的节育措施是否当从咖啡馆抓起。

　　烟也是思想的催情剂,与咖啡类耳。其实,远在咖啡移种本邦前,中国人已食这人间烟火经年累月。中国的思想家、领袖与哲人、学者都是烟不离手。卷烟是思想者的标配,鲁迅先生自不必说。小时候春节总到镇上买领袖像张贴家里的土墙上。主席夹着一支烟,在庐山上的那幅画就很帅,谈笑间某反党集团就灰飞烟灭了。复旦王教授德峰于课堂上,香烟缭绕才能佳句频出。复旦毕竟是复旦,还能够容得下一支烟。不知王教授退役后,李教授、张教授的烟可否于课堂上继续飘扬?

　　烟和咖啡中的"因素"刺激大脑,产生思想甚或异端。咖啡因和尼古丁，据说在成分上是类似的，就是不让脑子停顿。吸烟有害健康，每个烟盒上都必须写句自我批评的"罪己诏"。但烟是明面上的弃儿，实是财政的宠儿。昨天读到黄永玉的采访录，他说沙龙与酒吧是西方思想与艺术的产房，我想咖啡馆也是，咖啡是创见的催生剂。而一支烟更适合在阳台明灭不定，或交头接耳。烟雾弥漫在私密的会所，多有小团伙的窃笑与暧昧的耳语，多半是没有激情的传播与生产。或能只产出带着未病的忧郁儿，多生反而无益。

我们小区楼下原来到处都是教培机构，"双减"后纷纷歇业，铁将军把门。有一家最近率先反正，我以为会诞生一间新咖啡馆，因为看到有个类似咖啡机一样的设备，心中窃喜，想着可小资一把，请朋友们就近聚会，点杯咖啡神侃，这个时代唯一不缺的是怪事以作谈资。昨天这家店装修结束，露出真身，原来是家棋牌室。连名字都不起，直接把门牌号翻过来，得名"391棋牌"，简单粗暴，却貌似开业即大吉。已经有几桌睡衣男女，点着烟，眯着眼，在一试身手了。前段时间在群里看到一篇雄文，说打麻将可预防甚至治愈忧郁症，老祖宗的兜里好东西真多，随便掏一点，就可以把世界顽疾治愈。西方有咖啡因，我们有麻将牌，倒也般配。

如今都市男女，这忧郁症困扰者不在少数。我有一个同学在教委系统，告诉我一个近年来高中生因忧郁症自杀的数字，这是中国人的另一条锁链。为治这个也会降临我的未病，我发明了一个自我娱乐的方子。当心情不好，或脑子不转时，喜欢看国产电影。现在电视里的电影与电视剧，阶级分明，吴京是红旗下的蛋。抗战剧满屏飘红。除了几部罕见好剧外，大多数剧看了开头就知道结尾，这年头"人人皆可成编剧"。"手撕鬼子"虽然不常有，但反动派的结局必定是悲催与羞辱的。"故事的结局是完美的，故事的结局是这样的，一定欢天喜地感动七仙女"。我想荧屏"苍茫茫大地真干净"，全是电影审查部门用心良苦，怕我们无法面对引进的欧美大片中复杂剧情与惹火镜头耗脑子、坏身子，也是治未病。

"宫斗剧"是中国官方荧屏里日日上的一道精神 FAST FOOD，不用费脑子，不用吃药也可防未病。宫斗剧里有一个角色，每每于用膳之际，为皇上逐一试吃每道菜，怕有人下毒，因为"总有刁民想害朕"。那个试菜官的职位我一度很眼热，因为可以吃到一些世间罕见的美味珍馐和飞禽走兽，虽九死而无憾。后来想一想，这种差事非亲贵或死忠者而不能委任的。所以，我只好呆在民间吃草。做不了皇上身边人，反倒可随便乱吃，至少可以苟全性命。咱不贪那份"刀口上舔血"的活计。

中西医结合医院似乎擅长治未病。可是未病之病从何说起？是未来无论何都必定遭遇的病，还是可以问卦卜辞，可以离家出走逃离一个不受欢迎的访客呢！疫情似乎又抬头，希望大家可"未病"，不要成为病之友人。体态轻盈地在春风里依依婷婷地走，相逢于杨柳堆烟处吧！

亡母的信仰

母亲是个极内向的人，特别担心给别人添麻烦。因为幼小的时候就失去父亲的庇护，一家在族里被欺凌日深，她性格里就累积了很多自卑的成分，不易打开心扉。

2006年查出癌症，医生告诉我是进展期。开刀后化疗，二年后医生就建议我们放弃继续治疗了。母亲也就知道时日无多，开始关心身后事，第一次和我聊起信仰。我的一个朋友住在附近的万科。夫妻俩信佛，在万科开了个书店，放着佛乐、点着一线佛香。母亲也认得他们，因为她有一段时间经常送我的端儿到店主处学围棋。我带母亲到书店去见他们，母亲听他讲佛，似乎无所得。后来，我就买了书店里一些佛教的碟片，回来放到录像机里让她看。陪她看过几集，是一群绝症患者互相鼓励帮扶、礼佛净心自救的故事，母亲依然无法遁入此门。

有一次母亲提出要信基督教。记得母亲年轻的时候，当时我大概六七岁，安徽农村的家庭地下教会似乎很流行。母亲当时只有30岁左右，也加入了地下教会的活动。但不是牵头人，是在村中一个张姓人家。白天我看到母亲与几个年龄一般的道友偷偷约着。到了晚上带着我聚齐到这张姓人家。她们怪怪地跪到一起，印象中都手扶着床,嘀嘀咕咕起来。我小小的记忆里,只觉得费解与神秘。

1980 年代,似乎基督教的信仰放开了许多。有些地方的农村还允许自建教堂。一处教堂在离我家约一公里的地方,竖着高高的十字架。遇到农闲时节,一些农村妇女扎着花花绿绿的头巾,结伴从长满野草的土路上,欢欢喜喜地去礼拜,像是赶集与过节。但是,母亲手头永远有做不完的事情,始终没有加入她们愉快的队伍。

佛教的录像断断续续地放,母亲终究没有佛缘。早年的基督教家庭聚会的记忆新鲜起来。我们陪她住院接受化疗,中间难得被释放回家的日子,就陪她在阳台上晒太阳。她和我聊起自己曾经的理想生活。她告诉我,多么希望能再有机会与她的姐妹们结伴走在去礼拜的路上。我为此,也祷告过,希望神可以给她这个神迹,这将是多么美好的事情呀。

但是神迹没有发生在我们身上。全家的热望、期盼以失败告终。医生告知我们母亲大概只有几个月的人世光阴了。叶落归根成了这个败局中仅有的选项。回到农村,送她回曾经出生、成长与组建家庭的地方,也将是接纳她安息的地方,是大不满结局中的小小圆满了。

辗转艰难地送她回到农村,同村与临近几个村的姐妹们闻讯赶来。她们此时已是基督徒,到母亲的身边安慰着她。用她们口中的神的语言教导她。看到虚弱的母亲会心地点头,我的心宽慰许多。后来,一段时间内,这些农村的基督教徒常来照顾母亲。在我家的老屋里,母亲遵照她们的引导,作认罪祷告。基督徒们还送了一台新的小收录机给到母亲,让她听一些预先录好的布道节目。母亲精神好的时候,会把椅子抬出来,在院子里听收音机。甚至有一段时间,可以在菜园里干些采摘活计时,收音机也常伴在身边。我心里感谢这些熟悉又陌生的乡村信徒,给了我母亲珍贵的人间晚照。我愿意相信这些爱原本就是来自天上,借着这些不通文字的灵灌溉母亲绝望、难舍的心灵。

母亲回到农村活的时日超过了医生的预设。到那最后的几天里,基督徒们劝说母亲接受洗礼。由于身体条件,她们用脸盆承满水,给她行了点水礼。那天,我永远记得母亲接受众人的祝福与最终的洗礼。

说实话,我不确信母亲是否在洗礼后能够被接入天堂的窄门。在母亲最终昏迷不醒的前一个晚上,夏天的深夜,我睡在临时支起的床上,陪夜。我们母子一起听着家中的那台收录机里持续放着的一个布道。我担心影响到她的休息,建议关掉。她坚持要听,只好顺着她。我听得不真切,问母亲是否听明白。她笑着告诉我,听得明明白白的,语气中甚至有点骄傲。记得她在听道的间隙问我,如果有来生,愿不愿意还做她的儿子,我说"当然愿意"。她似乎为这个回答高兴着。我们母子有这样安静的对话与谈心,我至今都觉得是巨大的福分。虽然,我永远失去了母亲,从此成了一个福德浅薄的人。但是,在如此的暗夜里,那个布道、那个收音机像是一道温暖的光。我是愿意相信母亲住到那样的光里。那光让她得着人世间无法的治愈。

银婚犹记初见时

今天是与夫人结婚25年的纪念日。说是银婚,我其实对这种定性的概念不甚理解。还有就是性格、星座与血型的关系之类,好像吉普赛人对此比较在行。看一些拉美的文学作品中,他们对事物之间的神秘联系的笃信令人惊奇。

但是25年毕竟是个不短的日子。确实值得纪念和感恩。我和小泽是经人介绍见面的,介绍人与岳母在一个单位工作,我当时工作的铜陵财经专科学校距离她们铜陵有色职业病防治所只隔一条马路。他们的病号饭油水和分量足。我们学校食堂的大锅饭相形见绌。我托了朋友的关系,混拿了一张职工饭卡,每天在饭点就骑上我的破自行车,手握搪瓷缸去混饭吃。打了饭就在职防所的中心池塘边吃。吃罢就在供病人休闲的这方池塘稍坐一下。记得洗碗时,油花飘满池塘,引来闲鱼无数。

当时,我一心正准备考研离开这个古铜都。原无计划找对象。这个后来成了成了我们婚姻红媒的热心人,与借我饭卡的朋友也熟悉。大家撺掇着我与未来的夫人见上一面。我记得第一见到她,是在我找约定地点的路上,我们相向而行,擦肩而过。她正值青春年少的花季。出生在一个家教极严的军医家庭,在我之前,也只是经人介绍与别的男子见过几次面，甚至尚算不得曾经恋爱过。

多年之后，她也说到当时擦肩而过时的感受，说感觉到一种命定的缘分与力量。对我的感觉也好。

我们第二年举行的婚礼也是极简单的。各方亲友办了几桌简单的酒席。我在附近的小红理发店平生第一次做了头发，穿着她帮我买的呢子西服，化了厚厚的郎妆。借了学校校长的皇冠牌汽车，把我的新娘接住到铜陵财专分给我们的 15 平方米的宿舍。宿舍的门窗上贴了大大的红喜字。

婚后 25 年里，我们过着平淡的生活，被时代的大小潮流推着前进、波折。1997 年端儿出生。1999 年我毕业后接全家落户上海。很快农村与父母告别田园，从安徽过来带孙子，三代同住。我们一起于 2008 年忍别母亲大人。

我的小泽，25 年后，已经步入半百。但一直是贴心忠诚的伴侣，端儿慈爱温柔的母亲，我父母眼中最可夸耀的儿媳。在与父母同住八年的日子，善待与尊重价值观念颇有差异的公婆，连私下的抱怨都不曾有过。上街时经常不自觉地挽着我母亲。这可能是母亲并不顺遂的人生中最觉安慰的事。夫人还是所有晚辈都最愿亲近的舅妈和姨娘。

25 年过后，恰似此刻的春深，花虽不再萌发，却开得从容。希望所有生命中邂逅的姻缘都安好，像命中注定的季节一样，从容轮回。

海内存爱玲

到常德公寓附近的一处酒店开会，偶遇千彩书坊。书坊干净，老式水牛皮座椅，民国风，兼卖咖啡，是个好去处。这个书店得地之便利，因为张爱玲曾经居住此幢楼上，于是卖的多是张爱玲的作品。我应景买了一本台版《色·戒》，说是爱玲百年纪念版，无删节，价格显贵，人民币 138 元。犹豫之后还是买下。

其实，张爱玲的小说年轻时断断续续读过，不对胃口，似菜未过五味，就离席。那是少年时的味蕾，总觉得她是南方人，写的东西似烹出的南方菜，不生猛。如今，人到中年，再读，味道便有些不同。不过，尚未热络到非要与她促膝夜谈的痴迷境地。到了点，我还是礼貌地欠身，把她置身在小客厅。她的细语与哀怨，抵不过一条瞌睡虫的勾引。

只是我却生出"鲁迅尚在"的联想，她这样一个墙角冷眼的灵猫一样的女人。如果不及时退到香港，离祸海外。在我们革命的时代风暴中，命运何如？也是个足以勾起谈兴的话题。一个女版的鲁迅？

不独张与鲁，我们每个人的聚散、存留命运多是偶然。一个人的小时代终究是不可选择的。我们只是被安放在国度、时代的大田地里，如一颗种子，大多数的时候，只能指望天气，天气就是命运。个人的命数不容更改。不多数人不是孙悟空，能得着机会进阎府执笔改命。

前段时间买了一本《说鬼》，知道鬼并不多恶，鬼亦有人性，如你的悲剧足够言说，鬼也是可以被打动，甚至会冒着开除编制的风险帮你进档案室改命数的（如派出所的户籍档案一般）。当然中国人的改命还有一法，就是可以延僧人超度，在庙里点一盏长明灯，孝子贤孙按照《药师经》之类的指南，念足多少往生经。或足数放掉多少龟鱼之类，据说也是可改亡灵命运的，脱胎做皇帝宰相不敢说，再世为人，甚至做个有房有车的中产，应不是难事。前段时间报载上海的黄浦江发现鳄鱼，不知道是否是被放生后回来报恩的，似乎是祥瑞之兆。

我们这个时代需要祥瑞鼓舞人心。大家逐渐对这个时代失却判断力，测不准。最近大家的士气都不高，只好读张爱玲、苏东坡、庄子等闲人隐者的书，意在开拓退世的一途，以防不测。也有真的准备亡命海外的富豪，把细软都收拾好了。

张爱玲如存海内，她这样的细皮嫩肉的。如何在洪流般的时代中自处呢？那些敏感的心灵与文字，说与谁听呢？只好收拾柔滑的睡袍，穿上工装裤或军装一起游行呐喊。或者站到台上，低着头，头发遮眼双眼呢？只是人非机器与无线频道，哪能切换自如呢！

眼下，这个时代倒确是个轰鸣的机器。力量很巨大，但是声音却并不均匀，像一个患了气喘病的人，半夜的鼾声近乎于咆哮，让人不安。

教书堂前听官声

昨天在家里整理杂物，居然找到一张普通话水平测试证书。想不到还有这种技能，妈妈再也不用担心我的普通话了。

普通话证书是教师的必备资格起于何时不太清楚。我 2005 年博士毕业到学校做老师，好像没有这个上岗要求。但是已经有了教师资格证的若干考试。记得在延安路华山路的高校事务中心内举行的。对于博士毕业的教师候选人似乎有礼遇。只要通过色盲色弱的测试，其他政治理论考试一律豁免，包括普通话考试和心理健康测试。可能是因当时博士毕业愿意执教者不多，且都已经博士毕业，心理应该没有问题。普通话的要求也不严格。特别是在大学的课堂上，南腔北调似乎更能广博大学生的见闻，所谓大学之大在于大师。

印象中大师的普通话均不标准。汪曾祺回忆诸位大师在西南联大的教学经历。沈从文与他交谊最深，但是汪先生不为老师讳。从文先生湘音最重，课堂讲授并非所长，偏偏又担任讲授作小说的课程。课堂也无精致提纲计划，汪先生从他的课堂上最得益的一句话就是"贴着人物写，"这话沈老师不断重复。闻一多似乎虽然口音也重，但是讲授《诗经》等篇大受学生欢迎，闻老师用乡音读古诗歌,自己总陶醉其中,经常在诗中走神,梦回那尔雅时代,久久才回过神来。众生也被感染其中。他的讲课颇受欢迎,惊动其他高校、坊间市民也慕名来蹭课。

可见,当时无普通话证书,也无妨。教学者非热爱不能致力传播并与人分享知识也。自然科学与社会科学者,果能得所授学科之精妙之美者,定能是一个好老师。

沈从文晚年曾经受哈佛大学的邀请,作了一场访问或演讲,年齿不再雄健,口音似乎更重,普通话证书也没补上。但是,听者屏息,享受这位粉红文学家的娓娓道来,令听者观者为之动容。

当然我的意见并不是一定要废除这普通话证书。只是道与术不可弄错。近年来隔几年就搞标准化评估一次。打分细化如CPA审计报表。这种工厂式的思路目标是培养标准版的工技人才。而真正的人才应该是有个性与多样化的。就像花园里的花朵,如果只有一种规格尺寸和颜色,其状必然像是插满塑料花。最近,北大的一个教授,谈他在上海选拔学生时的感受,就是学霸几乎是一个模子里刻画出来的,言谈举止成熟得可怕。

高校对教师的规训也在抵制个性化。但高等教育不同于义务教育阶段,应该选拔吸引以教育与科学研究为志业者。同时,应尊重各高校自由与特色,一方面尊重高校的差异化;另一方面鼓励学生的多样化发展,总之,教育难以批量化,高校百花齐放才好。首先应尊重闻一多课堂出神的自由。除还归自由外,应给予教书先生们物质保障,确保教书先生们没有稻粮之忧。中国有如此多通过高考选拔的可造之材,与苦苦担当贫贱不移的教师队伍。二战期间,国难当头偏于一隅的西南联大,尚能出世界级人才。量中国如今国力之盛,数倍于彼时,有好的制度与自由保障,中国的高等教育必能大发展。这几年高等教育,重规范细节自不错,但总觉得没有抓到点子上。近闻,中国人民大学、兰州大学等学校已经宣布退出以后世界大学排名江湖,不知背景为何? 无论自愿还是被动,脱钩的后果是难以估量的。应该切实尊重教育规律,融入世界开放的潮流,方为最上策。

这几天新一轮中国高校在世界的排名结果也出来了,几家欢喜几家忧。但总觉得哪里出了问题。

一院秋落又见君：序《陈家院子》

慧谷兄半夜给我布置任务，嘱我为他的新著《陈家院子》写个序。钱锺书吃蛋不必见鸡的比喻，是推脱俗客的遁词，写序当然要见作者。第二天我就领命去见这位作者。在中山公园龙之梦的一间咖啡馆里，他为我点了杯热咖啡，自己端的是冷咖。对坐一聊就是三个小时，谈他写作的缘起，书中内外，总不离他的白驹镇。他计划为白驹镇出一套书，先前已经出了一本，是改编作家陈贻林的长篇小说《白驹镇》。他甚至说，自己入错行了，早应该做个作家啥的。因为喜欢文字，不应在金融圈里耗时多年。我理解这是他对这本《陈家院子》的文字及其意义真的在乎了。他在嘱咐我写序言时，倒是一反顺序，把自己写的《后记》发给我了。后记重申他此番写作的"成就感"。如今这个迷乱的时代，成就感如此难得。因为成就终究是属于他人的，成就感不是。如真身舍利，虽穷极一生，得果位者稀矣

本书的作者陈慧谷，我们是几十年师友。他在陆家嘴担任证券公司总裁时，我是他的部下。他的证券公司文化意味少见的浓厚，我曾经一度在公司内刊上骗了不少稿费。不过发稿费的方式只能用来买书报销，有点强迫交易的味道。工作之外，我们因为共

同的文人气味,成了朋友。他的家人我应该多见过。但是《陈家院子》一遍读下,对他的院中家人更多识了一层,对他的文字也有了更多的共情。他与我共负担着一样的终生憾事,就是母亲的早逝。我们的母亲都姓张,都罹患恶疾早逝。《陈家院子》回忆亡母的文字不仅是首篇,也占据很大的篇幅,足见母亲在他心中的分量。如今文字既成,他说终于卸下了压在心里的大石头。而我的石头分明还在,重重的,让我抬不起落笔的手。2008 年后的十年内,我像个已经有裂纹的瓷碗,脆弱不堪,虽然外表也不光鲜,只是不为外人道也。不过,岁月终究会抚平,近两年,我已经不会天天思念我可怜的母亲了。虽然冷不丁想起,恍如隔世,心如刀割,有几次在地铁里差点失态嚎出,一任泪眼婆娑,好在正值疫情,口罩遮面,不至于惊吓到对面的地铁客。

我母亲 58 岁癌症不治,于 2008 年暑假去世。我当时已经从慧谷兄任总裁的第一证券离职到上海对外经贸大学法学院任教。母亲最后的日子正值暑假,似乎是对我的体谅,不用劳烦请假之累。因为母亲最怕给别人添麻烦,甚至自己的儿子。我坐长途汽车多次往返于无为与上海之间,尽了陪侍在侧的一点孝道。所以,我理解陈慧谷为慈母的早逝的难以释怀。《陈家院子》首篇《漫野的油菜花为母亲绽放》写了作者的母亲,那位白驹学校的张老师温柔、贤淑与负重的一生。张老师既是母亲,也是作者的启蒙老师。这种身份的重叠很令我羡慕。我的母亲与他的母亲,甚至天下的所有中国母亲一样,愿意为孩子付出一切。只是我的母亲没有文化,对我们姐弟三人的教育,特别是文化课的教育无法着力。到现在犹记我们姐弟抱怨她无法为我们答疑时,她一脸的为难与愧疚。

如今我们的母亲都安息了。《陈家院子》里写道,"如今,很苦很累很顺很美的母亲安卧在油菜丛之中,漫野的油菜花最为普通,与母亲很相宜，劳碌劳累了一辈子的母亲终于可以放松心情，好好歇息了"。我母亲小小的坟茔，选在她生前日日劳作的那块承包地里。春夏之季，也总会被漫野的油菜花包围，平凡但热烈。那块伤心地，让我每次回家都忍不住张望，但是又轻易不敢靠近。我和作者都是如此的可怜呀，虽然都是母亲的骄傲。我情愿是孽子，换取她的健在。我的所谓成就从此不值一提，因为我失去了母亲，在她终于可以享福的年纪。我们家乡无为，有句令人心伤的俗谚，"宁死当官的老子，不死讨饭的娘"。当然，这句上天给的选择题，真意只是极言母亲的重要。人生何由我们做主，"但愿人长久"，"此事古难全"。母亲失去后，我们只剩下父亲，怎忍心究竟这句厚此薄彼的谚语呢！

《陈家院子》里的父亲，早年是个白驹镇上烧饼店的"短暂的少东家"。革命的热情，让他熄了陈家院中的炉火，把热情投注到新社会，积极投身对自己身份与家产的革命。主动献出家产，并自己的青春，与父亲的责任。只身远赴数十公里之外的供销社，一去数十年，偶尔回家履行父亲的责任。书里父亲的形象陡然生硬起来，如果说母亲的形象是温婉的话。父亲的耿直、不善表达，急于管束的严厉与不近情，让儿子一度难以与其亲近。甚至丧偶、退休后，与子女之间相处开始也不尽融洽。《陈家院子》的文字里一开篇充满了作为儿子的遗憾、歉意。

其实，中国式的父子关系，即使在我这个年龄段，也少有现代更年轻一辈父子之间的平等与融洽的。因为，中国传统伦理与道德范式里，父亲的形象是被预设与规范的，严父慈母。由是导致"每个父亲心里都住着一个小小的暴君"，其实父亲本身也不愿如此。父亲与儿子之家的家父主义，是中国文化的深层结构使然，也强化与印合了中国文化甚至政治的同构格局。但是，亲情与血缘的生命力毕竟可以超越强加的社会性,《人生共岁月一色:父亲陈铭追忆》,写到 2015 年在高铁出差的路上接到家中急电,知道父亲将不久于人世,"自母亲去世后,我第一次有这样一种来自心底的呼喊,不,不,父亲不能走,他可是支撑这个家庭的最后的存在啊。"善良家父的种种,瞬间填平了过往的一切不是、不解。我读过北岛写他与父亲,感触也很深。年轻的时候父亲对北岛恨铁不成钢,经常对他吼叫甚至大打出手,甚至当着北岛那些狐朋狗友,所谓文学爱好者面也会如此。这深深刺疼了北岛,以至于父子关系僵到冰点,同在屋檐下,打冷战不说话。其间互相折磨的痛苦不足为外人道也。北岛的父亲退休后来到了美国,投奔他的"孽子"。父亲成了老人,锋芒收去,父子异位,对北岛百依百顺,关系终于和解。弥留之际,北岛惊诧于一向不善于表达情感的父亲,留给儿子的最后一句话,竟然是"我爱你",读来让我们这些人子无法不为之动容。陈总的父亲晚年我见过数面,是在他们闵行万科的家里。虽然话不多,但是对儿子的爱与信任,让他终于柔和了许多。如今,《陈家院子》里的"少东家"终于与妻子可以形影不离了,不用担荷时代强加给他的许多负担和烦劳。

《陈家院子》里的人真实、可亲。因为作者只是为了记录,直而不隐,读来可信,可感。我们透过如此的文字,熟悉了作者的家人:随遇而安不与人争的二叔,交友广泛的大哥,听信招工传言,早早辍学却到苦寒之地战天斗地的姐姐慧琳。陈家人的院子里,天井中,明灭着这一家人半个多世纪的记忆与斑驳光影。其实,这一家人的小院里,盛着这个时代的不幸、希望与叹息,那些忙碌、疲惫但是依然渴望的身影,何尝不是我们自己呢?读罢,似乎我们都住进自己的陈家院子里,在老井边打水,在天井里筛谷物。推开吱吱呀呀的门,听见白驹镇上的鸡鸣。晨起赶集的乡民在石板路上,影影绰绰地走来。千年的白驹古镇，又迎来了它平凡的一天。

陈家院子坐落的白驹镇，是作者的根。我注意到，一段时间陈总甚至把自己的笔名改成了白驹。其实，一个人的一生终究无法离开自己的故乡，虽然尽可跨越江海。莫言的高密，沈从文的湘西，苏童的香椿街，他们笔下的人物都借着文字，活在在故乡的土地上，走街串巷。身在异国他乡，同乡人甚至不用凭借无改的乡音，一个不经意的动作，与似曾相识的儿时模样，故乡日月浸染的肤色，就能帮你找到同为漂泊的异客。然后，可以临街坐下，共同重构故乡的记忆之城。

《陈家院子》还记录了一个加拿大游子陈荫庭对故乡白驹镇的回望和寻根之旅。陈荫庭与陈慧谷，两个白驹人竟然在加拿大相识，真是缘分命定。我想作者虽然经常需要往返去到海外的那个家，但回望的眼从没离开他的白驹镇，离开他的陈家院子。

在中山公园龙之梦的咖啡时间里，陈总说，他的陈家院子，已经重新装修了一下，设了一个纪念他母亲张老师的图书馆对外开放。张老师是语文老师，想必会满意儿子的贴心之举。院子还辟了一方茶室，会定期举办一些戏曲讲座之类的公益演出。白驹人多愿意进来串门，坐坐停停。我也与作者约好，待《陈家院子》正式出版后，也去陈家院子坐坐。他的白驹镇三面环湖，那湖的名字也甚美好，叫串场河，盐场的场，千年不息。

捉蝇难于虎

休息日，在阳台上翻书。贪恋中秋后的习习凉风，打开久未开启的纱窗。老婆喝止不及，一只苍蝇已越界侵入屋内。

这小苍蝇像个不速又极自信的客，不受欢迎却执意到户审访。面容可憎却翻飞似蝶，姿势妖娆。一登堂入室，便从客厅、餐桌到厨房，逐物经停，好奇心大。尤对食物充满趣味，对早晨的餐点，中午准备的美食亲自放下身子，问切检验。摇头摆尾，嗡嗡不息，指手画脚。像职业品菜师一般，非亲啖不敢品头论足。被它临幸过的食物，我们是不敢再分一杯羹了。只好检出或倒掉，甚是可惜可恼。老婆于是严厉限令我定期清除这厮，否则家中今天估计难有宁日。我作为家主，要自觉切身承担起擅自开放门户的过错。安静的休息日，美味的中午餐，大好局面被一个苍蝇破坏，我难辞其咎。开窗与苍蝇是一对矛盾，犹如泼水与孩子。开放不一定有利，闭关可防苍蝇袭扰，真不是毫无道理的胡说。这样浅显的道理，倒是一只苍蝇教给我，苍蝇亦可为师乎？真是个荒谬的时代，而荒谬一语源语出加缪或卡夫卡，如有责任，也不在我。

驱赶苍蝇的责任无可辩驳地落到我的手上。家中未备那称手的苍蝇拍。我随手执一把青罗小扇追逐这个"流蝇"。眼见得苍蝇稍息某处,便奔过去瞄准目标狠命地敲打,但可惜扇总虚发。苍蝇对大山压顶之势不为所动。一把好端端的绘着满山青黛的扇子几乎骨折。老婆令我放下扇子,递我一本厚书来砸。苍蝇原来不读书,不吃这一套,越发嚣张。甚至敢返身迎面顶撞我。我越笨拙,苍蝇便越敏捷。苍蝇动静得宜,深谙敌疲我扰的心法,此时,我是苍蝇复眼里一个可笑的人类,恼羞成怒,气喘吁吁。苍蝇或临空高蹈,或隐秘某角落小憩,出入于无人之境,灵活自如,犹如得到各国星链暗里相助的乌军。我传统奔袭的老套路劳而无功,自取其辱。

说实话,中国的苍蝇确实在国际同类中狡猾异常。我在美国北卡,租了一年教堂山某处寓所的一楼,房子挨着一处草坪,一到夏天,苍蝇出奇的多。只是美帝的苍蝇品种未经驯化改良,动作缓慢,稍一恐吓招呼,就累的停在纱窗上集体休息。这种自我目标暴露简直就是送死,应该送到中国学习游击战。于是,愚蠢的美国苍蝇被我肆意屠杀,纷纷落马。我离开美国的时候,纱窗与墙上留下斑斑血点,算是为美国人民除了害。不过在中美关系不善的情况下,是否因此被网络愤青们诬为资敌罪,也未可知。从此番美国实地考察回来,倒获得了一点文化心得:在中美综合力量对比中,我国苍蝇至少扳回了一局。

回到国内的恼人现场,苍蝇依然在我的领空横冲直撞,太过狡猾。总不能在家中现买捕蝇笼或粘蝇纸?我已技穷,它也无半点找个台阶,自行离境的打算。看来这只来者不善者,估计与那个美国议长老妇人一样,铁了心是要在是非之地过夜,且准备与我们共进晚餐甚至早餐。

但想想这苍蝇虽然令人讨厌,也至不害我性命。且愿意与我们共处一室,共进餐饮,证明有继续交好的善意。我暗下决心,如果它侥幸落入我手,虽然还是要处以极刑,但要配上一张干净的卫生纸,包裹它小小的肉身,再冲入马桶,给予一场体面的海葬。

美食无端

最近家乡无为的一个文学爱好者群在征文。读了好几篇文字,写的都是无为美食,可见味蕾与乡愁是最为纠缠的。我一直以为《舌尖上的中国》是最好的统战材料,海外游子看完这部文案与色诱俱佳的片,很少不兴鲈鱼之思,不作循香归故园之想。虽然思量之后不一定真会说走就走。

中国是个古老与广博的国度,半部历史都是饥饿,但不妨碍每个小地方都有自己的传统美食。而几乎每个美食之后都伴着一个动人的传说。或是为至亲孝道所制,或是节臣烈妇所赏,或是纪念故人。其实这些传说多半不稽,只为这些美食添一吃的借口耳。

绿豆糕与著名的无为板鸭则是我们无为人共同的美食密码。家乡美食不止一次让我有"家在无为,久作沪江旅,不如归去"的考量。但羁绊之事很多,只好撰文寄相思。在我准备写一篇无为美食记忆的文字之际,正值端午,远在重庆大学作教授的瑞城兄,似乎有感应,发来一张无为襄安制的绿豆糕来,绿豆糕确实也是我们儿时无为人端午节的最爱。

今年上海的端午节是在疫情封闭期间过的。大家没有兴致,绿豆糕当然不可能有。物业有心,给每个门洞挂了一把艾草,我们才知道端午到了,我们过了个只有艾草的端午节日。据说艾草有种种妙用,自可洁净空气有防疫之功,不得而知。我们农村的端午前后,艾草繁盛于野,四处可见,气息也并不宜人,平时没人注意。到端午那天这杂草因为节日的恩宠和历史的加持,湿漉漉的,带着神秘的意蕴被我们割回。很多讲究的家庭还要特意用红色的丝带结起来,斜挂在门上。

端午节是我们农村仅次于春节的大节日,是因为水系繁多的无为,农人们每年都是要竞龙舟的。端午虽"午",却起自早晨,我们的端午节里龙舟的鼓点声激活了清晨锅中粽子腾起的清香和绿豆糕的油光甜糯。咸鸭蛋流溢的赤黄则像这幅《美食端午》的一笔浓彩,更是不可缺少的。

母亲是个节俭得近乎吝啬的人。她日日田间劳动,还要在贫瘠中维持着一家 5 口人的生计,接受来自我们不更事的抱怨与任性,真是难为她了。我们的抱怨估计不止一次伤过她的心。

贫穷使我们被迫成了蔬食主义者。饭桌上永远是茄子、空心菜与小青菜,菜籽油炒一下,最多涂上一点猪油就算是荤腥了。幸亏祖先为我们设置了端午、春节一类的节日。节日终于站到我们这一边,母亲不能马虎对待。端午前的一个月就去菜园的湿地边采了粽叶,梳理、压实,泡在水中备着包粽子之用。糯米也是产自家稻田。鸭蛋是取自晃晃悠悠的鸭子的屁股之下。这些端午的美食都是自产自足,不另外化钱。只有绿豆糕需要到父亲到十里外的镇上花钱买回,油纸里堆着几层方方正正的,中间点着红,包在一个纸盒里。纸盒外又缠着一根染成红色的打成十字花的粗棉线。绿豆糕像是一个需要特别邀请的天外来客。没有它的到来,整个端午美食的宴会就缺了重头戏。

端午的中午,母亲会破天荒地差我去对门的大妈家切半斤无为板鸭。无为板鸭远近闻名。正宗的当然是县城的马家燕家。当时通往县城的直达马路尚未开通,去一趟颇费周折,农村人也不可能为这口舌之乐进城的。否则会招致败家的指责。但是,板鸭的名气和诱惑力实在太大。很多乡间的厨师偷艺成功也可以供应乡村版的低配板鸭。

我们本家大妈,因势开过一间板鸭铺。大妈是我堂伯伯家的婶娘,家中并不富裕,但从未见下地劳动过,这实属少见。在农村妇女眼里,很是被人讥讽为好吃懒做者。但,她似乎志不在田地,而是被耽误的美食家和乡间厨艺达人,一旦远近有红白喜事,她得着信息都自告奋勇地去义务帮厨,从切菜配菜,后来逐步升为主理。看她在东家摆开的院落里,扎着围腰忙碌着,指挥着一班妇人们洗菜,切菜,热气腾腾地装盘,亲自送到前院的喧嚷的酒席上,当有人夸她的菜味后,非常高兴,总算找回了一点久违的自信。在宾客尽欢之后,主人会把一些剩菜客气地赠送给她,带回权作酬劳。我的那几个堂兄弟,因为这个远农事喜庖厨的娘亲,经常可以吃到一些美味,比我们家餐桌上永远的一水绿色更显得色彩斑斓,足以让我们艳羡不已。大妈后来顺势自立门户,短暂地开了这家板鸭店。这于一辈子只在田里讨生活的乡下,真是个勇敢的举动。她的店主打板鸭,外加卤菜。每每放学经过她一应俱全的小店,我心里忍不住好奇,平时平凡的大妈,何时何地习得此般手艺,不输于县城名厨。板鸭做的有模有样,切得整齐,最后一道工序是撒上细碎的白蒜末,浇上特制的卤水。兼营的卤菜最常见的是猪肝、大肠与黄豆干子。卤干子斜竖刀割成网格状,松而不断,也很美味。她家的小熟食店,在中午或临近傍晚,就有前邻后舍的人慕名来买。端午这样的大节日,甚至要排队。于此时,大妈熟练地取出板鸭,按照顾客的指示,切下板鸭的某个身段,因为每个部位价格是不一的。过一杆已经被油浸润的小盘秤，尾巴翘起来，报出斤两，再饶几块坚实的卤猪肝，宾主尽欢。空气中都飘着八角香料与盐卤的味道，犹在耳目。我家与她家近在咫尺，不仅免费享受香气，每天收摊后，大妈会馈赠我们卖剩的干子和鸭架之类。我们这些饥饿馋虫，得了这间店不少实惠。

可惜，大妈的卤菜铺只开了不到一年。因为，农村人的购买力毕竟有限。如果不是家中来客人，一律从菜园里来到菜园里去，日常哪肯费钱买切卤菜，大妈也不善于促销。邻村陆续冒出的几家竞争者，又抢走了本不多的客源。所以那间乡村熟食店的生意在起初的一段红火后，逐渐平淡起来。大妈后来又生了病，一直在吃中药。农村人家没有秘密，她甚至生怕别人不知道似的，经常一早就把滤尽后的中药渣倒在大家必经的路口。农村有去病的习俗，希望每个踏到药渣的人，一路散开，也可以把病带散到远方，病就可以很快消失、除尽。但是好像事与愿违，大妈病的坐实又赶走了一批不坚定的客人，因为满脸油光的肥壮的人才是厨师的健康证，虽然她的板鸭的手艺并不坏。她的那间熟食店，像主人的病一样继续不温不火。直到后来一天竟卖不掉一只板鸭，最后只好关张了事。

去年春节回家，知道大妈走了，结束了她默默无闻的一生。但是，那儿时熟悉的板鸭香气与短暂热闹过的乡间熟食店却没有在我的记忆里断绝。不知疫情何时结束，我可以回去重温一趟端午的美食之旅。听说，这几年端午的河道里又恢复起龙舟竞渡了。只是船上扎着毛巾的后生，已是我儿子一般年龄的人。我应知这似水年华，本是无法追回的。

不当猫意

　　猫比狗神秘，总在长考。在我的印象里，似乎不近人情，很难亲热。

　　今天在体育公园门口，等人。一只流浪猫对我出乎寻常地热情，呜呜叫着，多次亲近我，围着我绕圈。细看，是个残疾猫，一只脚残疾，折断弯曲，提着伤腿跛行。看样子，不是先天的，应该是被人类所伤。猫遇到伤害，无处伸冤，被人遗弃，还能再对我所代表的人类表现出信任，让我顿生惭愧。

　　我们农村人对狗的感情胜过猫。狗可看家护院，在人前殷勤献功立业。猫虽然专业是抓老鼠。但是鼠害似乎是公共危机，养了自家的猫干的是集体的活，农民便觉得养猫不划算。各家养猫的积极性不如养狗。记得有一次，村中的猫生了一大堆小猫，但无人上门领养。姐姐与一帮爱心女生用书包偷偷背了猫仔，乘课间不备，偷偷塞到邻村其他女同学的书包中，有点摊派和责成收养的意思。女生回到家中，才发现拳头大的猫仔，楚楚可怜。父母嘴上虽然怪着女生多事，但多半会顺势留下这条猫命，结下这份孽缘。家中有猫，对鼠至少是个震慑。于是，这些被强行寄养的猫就这样离开母亲，在新的人家怯生生地长大，长成家庭的一员。但是，因为总得不到狗类的宠爱。于是一直溜着墙根走路，更不敢攀比狗的跋扈。平时靠捕鼠为生，但是鼠猖獗如故。让人越发怀疑猫在偷懒。鱼的美味应该是远胜过鼠的吧？猫的偷腥实在是娘胎里带来的遗传，怪不得它。猫经常偷进农家的厨房，被发现后，后面跟着主人追打、诅咒，猫嘴里不依不饶地叼着一只小鱼。委屈、哀怨，躲到僻静处，吃下这盗来之食。犯此过错，从此更不受主人待见。但是又不敢负气离家出走，沦为流浪猫。好歹顶了个家猫的名头。在我的印象中，猫近乎一个受气的小媳妇一般，地位低于名头，只能吃些饭后的残羹鱼骨之类。在农村，很少看到主人抱过一次猫。猫也自觉疏远主人。很少看到一只猫，狗一般，自觉自愿地随主人出门的。

我这个农村人进城后，发现很多猫装扮入时，被贵妇与爱猫者抱在怀里亲昵。很是替这些幸运猫高兴。同时，总想起农村里的苦难、永无出头之日的猫类，替他们感受到命运的不公。只是命运岂是可以选择的呢！人犹如此，况猫乎？

初夏说蚊

"阴阴夏木转黄鹂",夏日的树比春天越发葱茏了。今年整个春天都被疫情所误,只好"春花留待来年会"。初夏是造物的馈赠,但造物也在这大美好里添了些不愉快。蚊子就是被派来扰袭与警醒的飞行使者,目的是让我们知道虽然形势大好,千万不能忘记阶级斗争。

与蚊斗,其乐也穷。人与蚊子缠斗的历史估计长于一切野生动物的驯服史。当然,结果是人类的惨败,每每于自己的血泊中总哀叹蚊子的顽强与不驯。看过一个高倍显微镜下的吮血蚊子的精密构造,直叹息这天敌的完美,远胜过一切人类巨资打造的攻击飞机。无论是美式还是苏式,一遇蚊子,立显粗鄙与潦草。千百年来,蚊子敢于叫板人类凭的就是这一身行头。我们虽败犹荣。

夏日的蚊子喜欢斗人,你一坐下,就有蚊子围着你纠缠不休。闭户也无济于事,无论你竖起如何细密的纱窗,坚壁清野,蚊子也总能贴身成功。白天与人周旋似还只是演习,晚上才是她的正班大戏。它们甚至无师自通地贯彻敌疲我扰的战术方针。人类白天武装整齐,道貌岸然,不好下手。到了僵息的夜晚,白白的身子,卸下白日的层层包装,暗夜来袭,人困马乏后的玉体横陈,为蚊子摆出一道道热气腾腾的美宴。弱水三千,蚊只取一管饮。不过倒听闻过,在一些偏远的边外苦地,蚊子有如斗大,人会被蚊子抬走,不辨真假。蚊子与人类的纠缠,也是生计所迫,生养后代所需也。我们蚊子得手后,只留下一个唇印,虽然奇痒,刻一个十字架,祈祷一番就可缓解。

蚊子喜欢堂吃,不尚取回食用,是典型的及时行乐者。蚂蚁才喜欢搬来搬去,喜外卖而不堂食,还好储存食物,有点类似勤劳的中国人。蚊子率性,不见血不罢休,虽有毙命之险也不惜为生存而战,像二战快完败的日本神风攻击队,将愚蠢冒充刚烈。

夏日的闺房里混进数只蚊子,与人共处一室,肌肤相亲,日日皮肉厮磨,真是人类的噩梦。依我浅见,蚊子最恼人之处,不在于他的嗜血,而是怪它虚伪的武德。蚊子暗中来吃一口我们也就罢了,我们不会真与他们算账,这点血我们出得起,以身饲蚊也可算得遵佛训和动物权益主义者的美德。尤其令人厌烦的在于每于进食之前,她总要嗡嗡不停,像是宣战,又像是警车的开路鸣笛,很是嚣张。它们临空侦查,拉起警报,卧榻之人哪能安睡。须打起精神,时刻提防,或循声挥舞手臂,用力驱赶。蚊给点薄面,暂时顺风而逃。耳根里只清静一会,那架精密的嗜血机器就又来空袭。驱赶、开灯多半徒劳。与人斗其乐无穷。蚊子似乎乐在其中。

蚊子是隐身和迷藏的高手,或者明明白白地在你看得见却够不着天花角落,小憩,或者磨她的锐利口器。人类为对付蚊子,发明了花露水与蚊香。香露花浓,这种讨好的陷阱,除把自己搞得晕头转向,蚊子却不为所动。等香氛散尽,蚊子复又活跃,甚至更添她的功力,更是蓄意报复。床上人,决议亲手铲除以绝后患。人类在黑暗中开始应战,与它斗智斗勇。它嗡嗡着由远及近,不必急着打扰,最好诱惑她,等它自以为得手,放下战斗支架,停稳身体,伸出"油管"时果断出手。且应以如来神掌的姿势，掌掴下来，不惜用力自扇脸面。那蚊子是否在巴掌之中丧命，就看手中是否会捻到它的小小尸身。那身子之小，又让你的感知难以确认，耳畔似乎还留有它的余响或是她的挽歌。如果将信将疑之际，那余响变得真切，甚至已经闯入你的头皮、毛发，发出杂草扰动的声音，说明刚才的还击失手了，你与她孽缘未尽，战斗还得继续，甚至直到东方既白。有人似乎不招蚊子，而我等却深得各种蚊子的青睐。估计是血型的问题，或有种万能输血者，可供通吃。这和爱情似乎很相似，有些人总是命犯桃花。你在爱恨纠缠中，死去活来，而同屋同榻者，却能了却尘缘。八字不合，没有桃花运程，反乐得逍遥。是非得失，唯心而已。

我们安徽无为农村，河道水系发达，村庄被水环保，夏日蚊子滋生繁多。实土夯就的土墙容易开裂，木门又多虚阔，对蚊子可以说是自由港。蚊子随便出入家中，与人杂处，毫不当自己是外人。农村孩子到处玩耍，卫生意识又不强，很招惹蚊子。被蚊子叮咬的地方再经手抓，常发炎红肿，状似小桃，最后还会化脓。奇痒难受，又碰不得，实在是种夏天的苦痛煎熬。父母终于看不下去，放下手中的农活，陪着到赤脚医生处配药涂上或直接割开，着实可怜，一旁的父母更是伤在心上。为对付这些小敌人，蚊香之类既费钱又效果不大，蚊子蚊帐、蒲扇这种传统工具管用许多。夏夜来临，父母不忍孩子受蚊虫侵扰，早早就把蚊帐打扫干净，专等孩子们疯玩之后累了，拥入帐中避蚊安息。只是，帐子本身密合不好，甚至有破洞，开合之际蚊子更是顺势而入。在这样的夜晚，白日辛苦劳作的父母还得摇着蒲扇帮孩子们驱赶蚊虫。孩子们在父母自己也困得不成调的哼唱声里，安然入睡。在父母的强大庇护下，蚊子无计可施，徒呼奈何。早晨我们睡饱了，在罗帐中醒来，父母都已经出门劳作去了。只见得几只疲倦、瘦弱的蚊子，粘在蚊帐的角落，战战兢兢，被人类的父母彻底征服，只希望找个缝夺路而逃。蚊子完败于人家挚爱，也是虽败犹荣。

朵云依旧

朵云书院居然要预约，上海中心 52 层，有人接引而上。这些酷炫操作，很是令一班访客男女在电梯里就按捺不住一股兴奋。电梯门一开，就冲将出来，于是看到那朵人工白棉编造的云，浮在入口处招摇。让人想到日本门店柜台上常见的金色招财猫，频频抢起那只招揽客户的手，"来呀来呀"，红着眼，一幅财迷心窍的样子。

不过书店里的书确实不错。品种全，版本好，让人对中国出版业的凋零重新泛起一丝希望。我在豆瓣专区，买了一本三岛由纪夫的自传体作品《太阳与铁》，作为阅读他的进阶与入门。类似我到城市游玩，总先到当地超市买份土特产，并一份地图，或者在旅馆里预读本地宣传小册。阅读作品，先从读人开始，大抵不错。

朵云书院恰到好处位于上海中心这处"上海之巅"的 52 层，人人算是云中客。上海之巅的一个设计特色是每层都有圈凌空俯瞰城市的宽平台。这是此楼的美国设计师告诉我的。我去年一段时间因公多次到他的办公室，总路过这家朵云而未入。此时，春日，近黄昏的下午，隔着条黄浦江，满眼都是闪亮的玻璃建筑，互相比肩。殖民时代兴建的建筑在这些现代建筑面前矮了一大截，露出守旧者的怯懦。保留的石库门上海民居填充其间,缓解着彼此的冲突。

朵云辟了这个观景区卖咖啡饮品。作为营业区,非消费不可入,门口站了一个高大的守门人,拦住贪恋楼台景致却不肯付费的人。我终于钻到一个空子,虚心地踅进去。此时,夕阳从云里脱出来,已经弱了势头,止不住坠落。天际已露出近黄昏的一点征兆,无限好。夕阳下该是车水马龙赶回家的路况,这个城市的某个普通的安详夜晚来临。天涯共此夕阳,此刻,我却为刚刚发生的远方突如其来的战事,以及无数生灵的不安。前几天,媒体上看到乌东地区的人带着家人逃亡。照片中父母满脸愁容,小孩却在跑动嬉闹。战争之下,生命、尊严、财富像沙子般随意流逝,无足轻重。孩子是没有远见的智者。

朵云的客人们在兴奋地与上海夕阳合影,年轻帅气,端着咖啡。面对时代的轮盘指针,幸运与不幸,一念之间。何妨选一本书读,混在这些青春的人群中享受当下呢! 在朵云的半空中,我只能作如此想吧? 这个世界曾经有股理想主义,而如今强人当道,露出糟糕的原形。

在朵云遭遇的三岛居然是法律系的学生,让我顿增亲切之感。他后来 35 岁自裁,读他的文学传记,知道实际上他也是战争后遗症的患者。活在末日的阴影中而无法自拔。文学终究是阴柔的,甚至无用的。在蛮力的战争面前,文学像一个哭泣的无用女子,只会令人生厌。谁又会关心一个哀号的无足轻重的女子呢? 在朵云之下,我为这偷生的苟安生出一丝惭愧。

三岛写他在东京大轰炸期间难得的幸福和满足。因为不用为失业焦虑(因无需就业),不用为法律考试而担忧,住在自己小小的文学梦的城堡里。离乱和战争可以成为放弃一切责任、美好事物的借口,于是美好不再,而恶假各种之名泛滥成灾。三岛写大轰炸期间,"火焰在高座郡夜间的平原上映现出各种色彩,我宛如在观赏远方那如壮烈的死与毁灭的盛宴般的篝火"。战争期间,谁写过上海尽受日本的轰炸吗?是否也如篝火般?如今这篝火正在乌克兰人的眼里燃烧,与我们隔着一朵云的距离。

登高对此,不必漫嗟荣辱。和平和庸常是凡尘的智慧,愿智慧常有、常伴我们及后代。在我眼里,此时朵云里外的客人们都是历史轮盘赌局的幸运儿。有此斜阳可赏,虽然需要付费。面容姣好的女子,把朵云的满屋子的华章作为拍照的背景,终究是好的。精神与肉体,美好的事物互相映现,强于战争的篝火。

我注意到,三岛的作品集陈列柜子上莫名其妙放了一个瓷猪。并贴了一张保护猪的"警示"贴:"这是极其贵重的物品,打碎赔偿"。于我,做一只和平年代被如此保护的猪,有书可读,就很美。

鱼可赏更可兼得

仲裁委一楼领事咖啡馆的金鱼,漂亮优雅。我经常点一杯拿铁,陪这些鱼坐一会才去开庭。我参加的庭审都是些理财纠纷。坐堂,看一些体面的人为财产滋生出种种恩怨。从起初的交好盟约,到交恶后对簿公堂,搬出种种细节,打印出厚厚的微信聊天记录,以资证供。这是个一言一行都已经很难被忘却的时代。

据说鱼是健忘的,记忆只有数秒。8楼的是是非非,一楼的鱼浑然不觉,这些色彩斑斓的金鱼,在袖珍的水草箱中的灵动令人羡慕。在透明的水中,鱼接近飞翔,像空中滑翔的鸟。鱼能此轻盈,估计是遇事即忘,心无挂碍,所以入了庄子的逍遥游境。

金鱼的品种繁多,一些景点布有偌大的金鱼池,比附着杭州的"花港观鱼"。观鱼不能空手,不带点礼物,鱼是不肯露面的。金鱼池之一侧,必有一处专卖鱼食的,算是专营。因为园中不允许游客向鱼胡乱投面包屑、巧克力等美食。理由是担心鱼会营养不良、中毒或卡脖子而亡。其实,鱼未必作如此想,但是没有办法,人类的理由鱼参与不了意见。顾客也没法参与意见,不能带食物入场据说是"国际惯例"。一包鱼食由是并不便宜,虽被强卖,但是可以戏鱼,其乐也无价,故门庭如市。

眼前这些金鱼不同于大脑袋突眼睛的那种,而形似菜市场的鲤鱼,只是遍体红色,说是锦鲤。我们往日的年历画上常见一个招财童子吃力地抱着的就是这种,这鲤鱼还可大力地跳过龙门,总之很合中国文化中的彩头。鱼食卖得快,投喂的人多,这些金鱼就不再翩翩,倒是大腹便便。但是一遇投食,还是毫不餍足,泼踏着水花,扎堆争抢,相互倾轧,完全没有金鱼儿本有的闲适。估计也是健忘症的遗祸,就像被告席上的贪官与喜欢敛财的人,不知道拿了多少钱,似乎永不会收手。可见,健忘有时不尽是一个值得赞美的品格。

据说金鱼不合人吃,不知何故?因此,这些金鱼与锦鲤,在我的眼里不是真正的鱼类。哪有鱼只可观而不可食的道理呢?鱼被国人硬列入吉祥物,"年年有鱼"当然是祈盼着食无忧,鱼扎实地是可入席的一道荤菜。长江边的人靠江吃江,河汊密布,叉鱼、钓鱼、网鱼、竭泽而渔,都是得鱼的手段,可劳而获,鱼是穷苦人的天然活路。这些得鱼的经历我都经历过,也顶有趣味,与城里人逗赏金鱼美美与共。

我们家几乎可以算作渔户。父亲在田间之余,大量的辛劳花在得鱼这一副业。农闲或一天劳作后,常去网鱼,母亲则天不亮去镇上卖鱼来补贴家用。我们家从鱼上没有得到富足,但是温饱算是保留了,卖鱼交学费,孩子就没有辍学。鱼对我有鱼水恩情。家中为得鱼,投资也不小,渔船、鱼叉一应具备。记忆中家里土墙上到处挂满了各个规格尺寸的网。长江近年禁补,是因为一些贪心的渔户用强电打鱼,破坏了千百年来鱼和渔之间的平衡。因为一般渔户,多贯彻"童叟无欺"的惯例,网口过分细密的渔民会被同行看不起。因为如此断子绝孙等做法也断了大家的财路,放养小鱼符合朴素的经济学原理。况且,细小的鱼只好喂猫,不值得费力气捕上岸。

渔网的材料一般是结实的塑料丝线或不容易腐烂的尼龙丝，有韧性。不同尺寸的鱼进不同的网，疏而不漏。当然也有大鱼破网逃脱的，大鱼留给我们一个脸盘大的窟窿，上面还鲜艳地留下他百般挣脱留下的几枚硕大逆鳞，让人忍不住想象鱼的壮硕、肥美。我们唏嘘着，退而结网，一边赞叹这大鱼的顽强和侥幸。

我们少年时，作业不多玩具少，但是大自然确是最好的游乐场。钓鱼是农村孩子人人常行的一桩乐事。用一个废旧本子或书上抠下来的订书钉，弯曲过来勾搭上一粒饭就可钓到一尾尾小鱼，一会儿就可得十几条，折一枝柳条或捡一根稻草，串回家交给母亲，晚上的一道鱼菜就准备好了。如此，也算是为家庭出了一份力，也让我们的野外玩耍多了一份理直气壮的借口。多有斩获后，父母会给几分钱到供销社买回几个真正的鱼钩。这些鱼钩不负众望，果然可以牢靠地钓些可以卖钱的大鱼，我甚至用土蛤蟆为饵，钓到过几条面露凶光的黑鱼，颇为得意。黑鱼在镇上容易卖出钱，因为手术病人和月子中的人喜欢买黑鱼滋补伤口。黑鱼专吃鱼苗，钓上黑鱼，也算是为鱼除害的义举呢！

叉鱼则是需要耐心和技巧、力量，鱼叉的柄是一整条粗毛竹，梢头那带倒刺的生铁叉重达数斤，孩子很难称手。父亲是此间老手，家门口的一面湖，一些出奇的大鱼卧虎藏龙地潜在深渊。它们偶尔放肆自大，近岸浮游，我们就报告给父亲，他回家偷偷取那把九股钢叉，候在这条大鱼出没之处，伺机果断出击。我们初中时，有一节物理光学的课程，就是以水中之鱼演示光的折射误差。父亲从未上过一天学，却也深谙此物理学定律，屡屡辨得那鱼的幻影与真身，可见读书并不是知识的唯一来源。至今还记得，父亲的钢叉刺穿了大鱼，鱼甚至可以拖着父亲跑行数步，直至力竭被抬出水面。我想如果父亲读到《老人与海》，多少对海明威这个外国老人有份同行之间的会心与理解。父亲并不立即把那条用力摇着尾巴的大鱼从鱼叉上取下，而是得意地握着鱼叉，挑着那犹在挣扎的猎物回家，引来乡邻围观、艳羡，我跟在队伍里最为得意。当然父亲也有失手的时候，一叉不中，这条大鱼就不再会露面，像是一个云游的仙人，自此"只在此山中，水深不知处"。

鱼平时是这片湖的主人，捕鱼者要用各种技艺向他们讨生活。平时湖深不见底，鱼也见首不见尾，有股子神秘与傲娇。鱼貌似悠闲、健忘与无心机，但是在水中却极其灵敏，一遇不善者，立即摇尾遁逃，偌大的湖里，不知所终。一会再复出水面，像是反过来戏弄你。没有渔具和经验者，只好望湖兴叹，徒羡鱼耳。不过农村几年一次总要清塘，这是鱼的绝唱和大小鱼儿的宿命。定期清塘一是捕鱼，更是清淤。鱼塘被人承包的，承包人到期得向村集体交账，此轮承包结束，抓阄以后，还要换一家承包人，他要重新购入鱼苗投入湖中，养上几年。水中的光景毕竟琢磨不透，如果遇到水灾，饲养的鱼逃之夭夭，获得自由，而养鱼人的账就不好交代了。

清塘的日子一般都排在年关，家家户户指望着分鱼过年。清塘之前要放鞭炮，像是为竭泽而渔向河鱼赔罪，更多是丰收的祈愿。红红火火的一顿鞭炮后，父亲与其他几个邻村雇来的鱼把式就要摇船下湖，用他们的各式渔网扫荡一番。各处深深浅浅地下网，一遍之后各条渔船汇总一下，就可估摸出大致的收成。网罗之后，再用几根水泵彻夜轰鸣地排水，放干鱼塘，找出漏网之鱼。这时候正值我们的寒假，我们这些乡野少年，尚未见过大江大海，眼界小。在我们心里，这面家门口的湖，如此广袤、深邃，大人们防止我们落水编造的传说更增添了她的神秘，现在终于要露出庐山真面目了，真是令人兴奋。几日后，水终于慢慢被抽干，有股真相大白于天下的感觉。一些谁家沉入水底的农具，漂流的衣服，甚至以为失窃的物件都能从湖底失而复得，而平时不可测的湖，竟然露出平凡的样子，有点丰盈满溢消散后的惨淡，湖底像狼藉的战场，让人生出一丝失望。当然，大人们关注的重点总是鱼儿的丰歉，乡民们齐上阵，都卷起腿脚，穿上胶鞋，涌入塘泥中，拎起各式桶具拣获陷入沼泽中的鱼儿。偌大的湖底，人们散落各处，不时有发现宝藏的惊叫，寒冷的节气里有了一种久违的集体娱乐的氛围。平时严肃古板的人，也为彼此身上的满脸满身的黑泥、花脸而幽默、快活起来。那些自作聪明的大鱼，像是兵败的将军，穿上普通士兵的服装，钻头蒙混到融融的淤泥里，也被我们揪将出来。那条父亲失手的鱼，身上还依稀带着从鱼叉下侥幸逃脱的伤口，在一处残余的水窝里，束手就擒，似乎心有不甘地挣扎。

鱼丰收后，大家集聚到打谷场上，大大小小的鱼凑成大致均等的份，估堆分鱼。过年了，这些鱼正好派上用场，或煮或腌，足可吃上一个正月。开春过后，湖水又平复如初，鱼的全部离场让湖有一种人去楼空的惆怅，相忘于江湖。过几日，一些新鲜懵懂，眉目不清的细鱼又要被投进去，这又将是他们的新家，在这美丽新世界里，长大。与我们相依为命，他们在水里，我们在岸上。

书中自有

　　下午在线参会三个小时。实在坚持不住,隐身退出,线下出去走走透气,却又走到距家不远处的西西弗书店。书店似乎是我们这些书虫的唯一皈依之地。

　　周六,买书看书的人不少。西西弗的招牌处树立了他的一番雄心:"参与构成本地精神生活"。但是,从我浏览的书架上品类来看,这个雄心落空的概率比较大。或者说,我希望这样的雄心最好落空为好,否则本地精神生活的前景堪忧。这个七宝西西弗所售尽是机场水准的读物。插科打诨、相面、话术与情商教程、捕风捉影之类以书的名义占满整个书架。满脸皱纹的王阳明成了新时代的哲学花魁,到处是他的文治武功。《一本书读懂整个西方》,还有几本半小时漫画中国的速成版,世界被迫丧失了应有的复杂性。浮躁的时代,人们希望获得秘籍,成功学的伶牙俐齿像速效救心丹,可以立竿见影与药到病除,两厢情愿。几个高僧在书封皮上作一脸佛系的微笑,《断舍离》教你《一切都是最好的安排》。年代久远的秦皇汉武、唐宗宋祖的惊艳故事被后人们尽情演绎。他们在故事里已面目全非,但却无力申辩。

　　我直为几个正席地认真读书的少年郎感到悲哀。他们正津津有味地咽下这一口口方便面。那些健全少年筋骨与心智的美食被谁秘密藏起来了呢？我的几个搞出版的朋友说，如今书的出版不是件简单的事，层层把关，唯恐有漏网之鱼毒害下一代。这使我想到河豚，境外的书是美味的河豚吗？我以前认识一个做河豚的师傅，河豚的美味引动很多食客冒着生命危险去偷食。"佛跳墙"是一道菜，极言美味的色诱，河豚美味让心有不甘者"翻墙"。跳墙和翻墙都是危险动作，不值得鼓励。

可怜希见一本好书，几何大师丘成桐的传记，《人生几何》，一个好的书名，也是一个好的问题。在价值稀缺的时代，人生几何的设问显得多余。精神生活终比不上及时行乐的耽美。下到一楼，一片维多利亚的秘密即将揭晓。杨幂的丝袜长腿不无诱惑。但是买春又不可行，有朝阳大妈暗中替我们的节操操碎着心。于是只留空想：世界当下似乎最好，有吃有喝。当作如是观。

河豚被驱逐出境，过江的鲫鱼充斥书肆和坊间。沪上地铁里有好几处七猫免费阅读 APP，口气大，让你"免费看书 100 年"，类似公益图书馆。且这种变相的祝寿文案不错，中国人如今吃喝不愁，平均寿命大增，100 年可期。不过细看七猫推出的"七猫必读榜"，作者和书名听起来就不咋的。排在第一的是姑苏小七的《神医毒妃不好惹》，紧随其后的是竹子不哭的《夫人总想气我》。师小生的《万界钱庄我掌管》。说实话，我对七猫的观感从此崩塌。它将这些良莠不齐的书作为必读榜单竭力推荐给较少阅读资源的读者，他公益之名的猫尾巴终于露出来了。

阅读的品味是一个民族精神气质的写照。如果我们的年轻人因此奉七猫书目为必读，那就令人担忧了。劣质的精神食粮培养养不出理性、独立的公民。如果我们的学生看的是宫斗剧，读的七猫读物，享受着《小时代》，成人后，那中国文化中有毒的部分就刮骨不掉了。

　　一个缺乏广泛和深入阅读的民族，也是无法获得别人的尊重。单线思维，缺乏逻辑也会造成盲从、狭隘与不宽容的品格。知识、见解在这个匝道上与品格关联起来。眼界不宽的人往往固执地活在自己的世界和价值观里"不以为然"。

　　书中自有黄金屋，书中也有误人灵命的红颜，戴着一副致命画皮。

余也从文

前几天是沈从文先生的诞辰日,网上有很多纪念从文先生的文章。我觉得最了解他的还是汪曾祺先生。汪先生把他的沈老师概定为一个"抒情的人道主义者",真是"知师莫如徒"。我作为他们的室外弟子也是深以为然。深以为然这样的人生是值得的。

我少年时就读沈从文的书,引为精神上的弟兄,不管不顾年龄的差距。汪先生的书则见识得晚,但是一见如故。开始是买各个出版社的单册,就也有重买的。因为各个册子有些文章按照不同主题反复编入。后来索性整套地买来读。

三年前放下学院院长的小职务,一下子人轻快了许多,时间归了自己。在往返城区的地铁上,随手写些随笔、杂文之类。那时我刚到同济,有一天同事江立敏教授联系我。问我是否愿意与他同赴高邮汪先生的纪念馆,因为这个馆是他设计完成的。他在微信里读到我的几篇随性的文字,说读出了汪先生的味道。说实话,我觉得特别高兴。

我的文学只是业余,没有汪先生的家学传承。汪先生自西南联大上了从文先生的课。课后又真的经常"入室",成了无话不谈的师友,成为昆明家庭文学沙龙的常客,又可以吃张师母烧的菜,自然得了他沈老师的真传。我出身微末，少年时乡村刚刚除"四旧"，连残存的几个和尚道士的经卷，私塾先生的旧章都自毁殆尽。少年时除了几本课本，几乎无书可读，于是就更加营养不良。但是，对文学的喜爱则是不能否认的。特别喜欢沈先生、汪先生的作品，就像一个食客，总偏重一种菜系和口味，这看上去没有来由，其实是气味相投。得到"有汪先生的一点样子"的认同，似乎也由此与沈先生沾上了点边。就如同一个家庭宴会上，厨娘的菜被夸可比肩皇城得月楼的大师傅。或者我们乡村一个戏班子里的那个张疤子，人们说她的眉目与唱腔有点梅老板的味道。

张疤子本是个地道的庄户农家女子，却没来由地喜欢扮戏。背着家人跟着戏班子野跑，从龙套和打杂开始。忙完戏班里的活，就喜欢抱着旧本子，自己学唱《霸王别姬》、《四郎探母》之类。后来就真的上了台，再后来居然就成了本县内的旦角头牌。梅老板的称誉，她估计是担待不起的。估计我们这个乡村中的听众，没有几个人亲见过梅老板，顶多在破旧的半导体里听过梅老板的一点声音。这声音的磁带估计也时代久远，浑浊不清。但是，梅老板的光荣漏一丁点就足以给这个乡村戏人一点鼓励和信心。在偏僻的农村，在临时搭建的舞台上，大家就依稀见到一丝梅派传人的身影。

农村平时是远离艺术的。大家一年到头忙忙碌碌，多数光景还糊不上一家嘴。但是，红白喜事或者祈雨谢神的特殊日子，就要搞一场公共活动表达决心或诚意。请戏班子唱戏，大家都比较赞成，当然有时也请露天电影队。这些公共艺术事件都在一处，就是平时的打谷场。

张疤子到我们村搭台唱戏，是震动远近的重大事件。连一向内向，只务农活的母亲，都早早息了工，洗好脸，穿上半新的衣服，早早唤上她的几个小儿女到已搭了戏台的打谷场上候等。我注意到张疤子的咿咿呀呀的悲唱中，全场鸦雀无声，大家似乎都入了戏。我发现母亲过早有了皱纹的眼角依稀有泪。

我的文字不及沈、汪先生百一。就是那个张疤子，我也是羡慕万分的。一个人的文字或唱腔能够感动一群人。一起共情与抒情，觉生出人道的美好，就够了。

那个张疤子应该已经过世了。我曾在她谢下涂抹不匀、过分夸张的贵妃妆后，到后台偷偷看她。发现她脸上并无明显的疤痕。但何故得了这个不雅的艺名呢！农村熟悉她的老人也已多已过世，这个不重要的掌故估计最终隐入烟尘无人能解了吧。

从文先生晚年回到他的凤凰城，被招待听傩戏。听说他也动了情，但是不好当众落泪，偷偷折回屋里，抹完泪再出来听戏。我也还记得台上张疤子的声音，虽然已经模糊了。那声音没有灌成磁带，但是也不妨，至今还印在台下黑压压一群人的心里吧。

冬江待渡

2021 年最后一天,跟家人坐柴油轮渡到大通对岸的和悦洲短游。看介绍,才知道这个江心洲原来的乳名叫荷叶洲。因为在长江之中,形似一叶荷叶。此处近九华圣地,有传说是泰国王子到九华,路过桐城时将藕山踩断漂流此处生成荷叶洲。江南山水秀甲天下,除了藕山,还有浮山、潜山、司空山,佛教二祖、三祖均设座这些山中。

和悦洲是后来更名的,因为此处水路商贸繁荣,有司将荷叶洲改成"和悦洲",取商人之道宜"和颜悦色"之意,所谓和气生财。和悦洲的繁荣如今不再,居民凋零,原来准备投资打造成一个影视基地而未果。如今断壁残垣,倒有另一番怀旧价值。我们一行匆匆参观,但是也无多少可流连之处。码头上都是渡江兜售蔬菜的老者,坐免费渡船过江,把田里自种的蔬菜瓜果运到大通。二道贩子再转运到市镇各处菜场加价出售。这些留守沙洲的老人,在留守一种渐渐逝去的生活方式。中午午餐间隙,在一户本地人开的饭店周围随意走走。有一处简陋的土地庙,庙里牵了一个喇叭,循环播放着"南无阿弥陀佛"的佛乐。在这个年末的正午,这段安静的佛乐有股妩媚、摄人心魄的力量。我在想,九华近在咫尺。这个曾经繁华的沙洲,应该有很多徘徊的信男信女上岸下船。被如此的佛乐打动,从此心有所住。

下午时分,沙洲待渡,眼见得渡轮在彼岸的大通镇码头停泊,卖了货物的老人放下负担,换了一些银钱,陆续上船返程,但是船却不见启动。在此岸,待渡的人们在逐渐暗淡下的码头,随意走动,并不计较船时。浩荡的长江,因荷叶洲横亘漂浮,两岸隔江相望,在此处似乎娴静停息下来。年末,只有几艘不宽大的船行在狭窄的江道上,不急不缓。一种神奇的力量降服了我惯于焦急的心。我也在江边退潮的沙地上温顺地坐下。脚边细沙延入江底,被这岁末的阳光吹净,闪烁着金属的光芒。古铜官山自汉朝就设立官办铜矿和金矿。长江之水可以濯我衣。2021 年最后一日的江水漾浪过来,缓缓地,像母亲的手在安抚着。最后一日,山河无恙,细小的风很美。历史的云,依旧卷扬。长江,波澜不惊,她惯看过多少秋月春风呀!

我因为一场必然来临的等待,才第一次如此靠近她。久久凝视,看她清澈的水,看她转瞬浑浊的泪。手划过波纹,聆听她的哀伤、病痛与坚强。第一次,如此亲近,仿佛触摸到母亲河几千年的荣辱,唐宋元明的渡船、战舰与流离,在她的怀里突突地驶过。她的河床藏有多少秘密。她的耳畔听过多少文人的吟咏。每一段长江水都漂浮着诗书画卷吧?就在我此刻身处的和悦州,李白的《铜官乐》越江而来,杜牧《池州清溪》携流而去。长江在此玉带流芳。

2021 年的最后一日,层叠的历史像岸边层层的沙线,堆砌,复又消融,中国的经纬故事娓娓道来。第一次,我感受到自己过于嫌弃的出离,我为自己的曾经的不孝泪流满面,一场积蓄已久的哭诉。我忘了,我一直是长江魂牵梦绕的儿子呀!

渡船缓缓靠岸,马达的突突里,没有人注意到我那没有拭净的泪痕。我是母亲娇惯的长子,我白日的泪痕总打湿母亲的夜。而她的心事和哀伤,我却从未真正走进。

公元 2021 最后的夕阳,在江面沉落起伏,人类的 2022 很快来临。

苏格拉底的猪

聪明的苏格拉底与快乐的猪，曾经是道伦理学的难题，好在一般也没得选。因为，苏格拉底的聪明不容凡人选获，他的自愿赴死更不是我等可以学会的。而作为猪，究竟是与快乐无缘的。猪的快乐，是人类不负责任的臆测。但是，随着宰杀技术的成熟，听说猪是听着缓缓的音乐被偷偷刺了一针而倒毙，也有说是用一股极强电流把它击杀。总之，猪没有再受贪婪人类强加而来的最后一茬罪。

楼下有家闽南猪角店，大卖猪脚饭，生意似乎不错。我下班日日路过此店，总见到门口的那两只招揽生意的黑白小猪。憨态可掬可掬地为店主招揽食客。喜欢这两只猪很久了，对他们的致敬莫过于进店吃一顿。果然美味，近日常去与这两只猪私会，"把手言欢"。它的猪手（脚）给人朋友般的温暖。

为感恩它的以身饲我，买了一本王小波的《一只特立独行的猪》。小波羡慕那只雄猪的自由，因为它挣脱了阉割的手术，又不羡慕同类被规训后盲从的安全。这只猪的自由的获得，是在野地里长回獠牙，自食其力，自由恋爱。

但是，一只抛弃编制内实惠的猪，多少是需要勇气的。如今笼子越发扎实,这只苏格拉底附体的猪所残存的壮志也未必能酬了。很多年前,黄安的《新鸳鸯蝴蝶梦》一句歌词,很能安慰决计只热爱凡尘的俗人,"在人间已是癫,何苦要上青天"。何苦呢?"不如温柔同眠"。大多数猪估计也是听懂了,何苦呢?那丛林的野蛮究竟是落后与前现代主义的,是人类解放了我们呢!给我们免于饥饿的恩宠。猪被招安后,堕落得最快,不求猫狗的宠爱,只要粗茶淡饭,猪草伺候,吃饱喝足就可长膘。很少有离经叛道的逆行,吃了就睡,不敢离猪圈太远。你已很少在乡间的路上看到一只准备远行的猪了。

我虽然在悲叹"特立独行的猪"的消失。但是我忍不住欢喜猪,是因为我和它曾经荣辱与共。我小时候经常到田野里打猪草。水草丰美多汁,可以"绿"我衣。我负担着一大捆猪草,从晨雾或余晖中回来,猪队友们闻香识主人,一路奔突而来,圆拱的猪嘴争碰一起,发出愉快的喷喷声。猪虽贪婪,但是在吃的问题上,只争不斗,尚有底线。

秋冬天百草衰败,猪就改吃点稻糠。麦麸于它简直就是牙祭大餐了。过年的时候,母亲着我写副"五谷丰登"或"丰收"的毛笔字贴在猪圈上。可这猪圈刚刚失去了主角。因为年前杀猪,所得的猪肉要趁着年关到集市上卖出好价钱,好回笼一年养猪的投资。此时,或猪去笼空,或只余下一只惊魂未定的小猪在撑台面。所兆的丰年端得依靠这个失孤者的苗壮成长与周年后的牺牲。似乎是为表达人类的一番歉意,大人在除夕年饭前,叫我们送些米饭菜蔬和成的泡饭一类的食物给寒风中蜷缩角落的猪仔,它在人类的鞭炮声中,糊涂着吃这顿意外的美食,也算是过了个年。

猪背负了太多的骂名,其实也是人托猪言事。猪已经人畜无害,是已经改造好的同志。至于它是否快乐,恐无人真正关心过。

纸面红旗

2021 年将过去，网上到处是辞旧的气氛，手机里的一些 APP 倒是细心地替人细数牛年记忆，还给我们定制颁发几面励志祝福的锦旗。好像我们的日常本身就是一场荣誉。这种红旗以前一般多见于基层派出所、医院诊所，上书"拾金不昧"、"妙手回春"之类的赞誉。体制内的单位也在年终评奖评先，获得荣誉集体的，也发给红旗，写着"几等奖"、"先进集体"云云。因为是集体奖，多挂在单位的走廊或会客室里。

奖状证书是发给个人，则可以带回家显摆，上面也经常印着红旗，就是用矛头挑着几面红旗，穗重重垂落的那种。我小学成绩平平，初中才开始得过几次"三好学生"奖状。纸厚实，撒着碎金的黄底，书写黑字，下面烘托的也是几面分列招展的红旗，"特发此状，以资鼓励"。母亲过年时特意帮我们贴到堂屋里，几年下来，蔚然成景。一排排的奖状，红旗飘飘，农村的土屋里顿时洋溢出骄傲、昂扬的气氛，仿佛与时代洪流有了涓涓联络。家里来了亲戚，自然要参观这方荣誉墙，免不了表扬一番。母亲得到了不少安慰，红旗与写着他儿子名字的奖状给她苦闷的生活带来新的希望与憧憬。在农村，奖状稀少的孩子很多早早就认清了命运的嘴脸，辍学，止损。我家的红旗奖状,则坚定了父母支持我们继续上学的决心。

　　但是,大家都明白,农村孩子读书终究是一场赔付率极高的赌博。考不上大学的秀才,高不成低不就。损失了学费不说,"文不能测字,武不能当兵"。如果还像我那几个落榜的表亲一样,近视后还日日夹着厚眼镜,躲在家里被当作反面案例,背后遭人举例。而早早辍学的孩子,已经拜师学成了瓦匠木匠等一身手艺,很快出了师,被请到乡里各处的新建瓦屋工地上挣钱。香烟夹在耳朵上,竣工后主人家的红包自然不可少,还可以坐在酒席上喝得耳醰脸热。家里已经在为这些小伙伴们张罗一桩婚事了。过了几年,这些昔日的同年怀里抱着个吵闹挣脱的娃,他们自己稚气未脱的脸,也被生活过早地催熟了。

　　初中毕业,最好的尖子学生去读免费的师范生,早早捧上了铁饭碗。除此之外,还有一个可以吃公家饭的途径是去某个遥远的地方当志愿兵。过了这村,就剩下读高中这个前途未卜的店了。我后来考上县城高中,在外住宿,加上学费,家里实际上已无力负担,接近破产。父母那几年到处厚着脸,向本也不宽的亲友调剂借钱。或者临时卖掉点口粮换回流动资金应付每个月的伙食和学杂。其实,农民在"剪刀差"的政策框定之下,即使不考虑自然灾害,农业生产的回报率与利润率已经被压至最低。所以,才有普遍的撂荒、进城及大面积的辍学。这是中国工业化和城镇化中,"三农"付出的代价。而这些学子的群相和个体命运却被大大地剪辑,混入红旗猎猎的纪录片中,无暇辨析。

　　父母由于我和弟弟读高中,负债经营所累积的债务,直到我工作多年后才一起帮着还清。我们其实没有理由指责农民的眼光狭隘和乡村少年的不思进取。直到 1990 年代初,对农村家庭来说,供孩子读书博一个渺茫的大学机会,确实是个需要理性计量的投资经济学难题。

父母在生活维艰时其实也动过让我辍学跟着村里人进城打工赚钱的心思。记得母亲有次偷偷请了一个算命先生上门，测定我的"书堂之份"，很遗憾答案竟然是否定的。预言此子不可能高中大学，跃入龙门的惊险一跳照例失败。得此讯，母亲大失所望，付了一笔算命钱却买来了这样的一份负面报告。满墙的几面红旗像是一场纸糊的骗局，一时间敌不过算命先生的红嘴白牙与斩钉截铁的算定。她几日内忧心忡忡，在我们追问之下，才把这致命预判事件与噩耗告诉我们。

当然，父母最后没有听那算力平平的大师的建议，继续借钱供我们读书，估计，是那满墙的猎猎红旗拯救了我。

去病

　　我的一个安徽亲戚，疑似患了一种终生难以去除的病。慕名转院到了上海大医院，抽了四管柱子的血，回家等确切消息。我帮忙联系了专家，从专家的口中才听说这个病的厉害，世界对此病尚无良策，只好束手。被视为"不死的癌症"，终生服药不说，存活率虽然不低，但那是平均数，是在一帮不幸的病人间求和、加权后得出的。具体到我这个亲戚，就要参加这个数字游戏，抽一场命运的生死签。好在今天答案出来了，是虚惊一场。我从她释放的眼泪里，重新理解了"如释重负"。

　　疾病是一个重负，本身轻盈的人被突然加上的额外负担困在屋里。病人不喜欢出门，坛坛罐罐的药需要定时饮下，出门大费周章。药是你请来帮助消灾的客人，总不能怠慢，只好陪在屋里伺候，陪到天荒地老，反客为主，何时走也无从知晓，只好听之任之，且剂量越发庞大。生老病死是佛教里的苦厄，是一剂刻意让人厌世的药方。但，世间人多贪图光电露影的性命，虽生如蚁亦如是。现代医学发达，不可攻克的疾病似乎少了许多。但是造化弄人，总制造出新的业障难为人。医学攻克不了的，越发凶恶，变本加厉。不幸遭遇这些顽疾者，只好徒乎哀哉。被缠绵的病网罗住，陷入身体里匿名对手的围攻,虽是至亲也爱莫能助,无法下场替换哪怕片刻安宁。这些无法根除的厉害病预后普遍不好,虽然有药,也只是维持会,胜算就不敢说了。

今天在地铁的电视健康普及节目里,一个医生在教泌尿系统疾病患者如何根据自己尿液的颜色,按照复杂的教程喝水。此病后,喝水这样简单习得的事都不能自如,多喝少喝,早喝晚喝都不行,病像一个很难伺候的暴君,横竖得罪不起。失眠病,也是其中一种,人类的脑袋电源竟无法关机。那个砍了别人脑袋的顾诚,曾经写过一句诗"简单的并不容易",说的真好,好好睡一觉这样简单的事,如今越发不容易了。患病后,身体里某个器官,突然亮起红灯,像车子的仪表盘似的,原来一直没有意识到还有这样一个需要善待的器具,他终于不堪重负,"从空到有",开始跳出来委屈抱怨,闪烁而不能轻易平息、消除。器官自己有病,却害大家集体承担。

病的痛苦只能病友自己咀嚼。地铁上的视频节目里,这个泌尿科医生年轻帅气,估计他从来没有真正体会到所治疗病人的烦恼。疾病对他来说只是一种书本上得到的,靠别人痛苦累计出来的知识和技能。"医者父母心",原意是希望医者能够与病人共情,其实过分共情会影响专业的治疗。我倒是愿意理解"医者父母心"是希望医生可以充当一个病人可以全然倾诉的对象,在苦难绝望中有且只有父母才肯持续借出一副臂膀。

冯至是研究里尔克的专家,也写过一首诗,我少年时读到过,其中有一句"寂寞是一条蛇,静静地没有言语"。我认为,疾病特别像一条蛇,一个被疾病缠住的人,毋宁说是被蛇所啮咬,只有寂寞长情陪伴,更有恐惧与黑暗中隐隐的盼望,复又绝望。在《圣经》里,蛇就是败坏的象征,也是人类现世"疾病"的诱因。只是国际卫生组织却要用一根恐怖的蛇杖作为标志,令人不解。

我一个朋友患了几种慢性病,整夜无法安睡,半夜作了一首诗,发给我:"慢病催人老,孤枕醒客长",他用病换回的这几句话,更让人可怜。

小日常：小茶几、小枕头

昨天亲自安装小茶几一个，以后窝在阳台看书，书和咖啡杯就不用搁在地上了。

我去年还安装过一个宜家买回来的大书橱，带玻璃门的那种。折腾了一下午，腰酸背痛。除了铰链没安好导致闭合不严外，基本属于可交付的合格品，比较得意。只是耗时半天，不断拆卸重装，如果在实行计件工资的厂里，我估计是不能拿到足额工资的。

我发现一个规律，我不能先看说明书，要先摸索，发现问题再看说明书，否则容易懵圈。黑白折页说明书，标明复杂的步骤和编号，大小不一的零配件散落一地，像复杂的几何题待解。我的数学一直不好，勉强及格。这种安装与解题类似之处还在于，整个安装成功，就是所有的零件均有去处，没有一颗闲置。恰到好处。我们应该记得一道复杂的方程式与几何题，答案的简洁与图形平衡几乎喻示了正确的红勾。如果答案拖了一串串小数点，约等于散落在地的螺母、螺帽。家具虽然勉强立起来，但是很快就吱吱呀呀地抱怨自己的不舒服多半是解错了题。让手艺人汗颜，像做错了事，生了个带病的孩子。

我动手能力也差，而父亲却是乡里的能工巧匠。小时候，盖房子、上梁、编草鞋、做桑木扁担、织渔网与补胶鞋的技术活样样在行，邻居遇到技术难题都涌到我家求教这个生产队长。我却没有遗传到他的禀赋。

动手能力非常重要，君子学生们应多动手。动手可以培养逻辑、系统性认知与细节处理，对科学原理、工艺优化也能从中体悟。更能培养对别人劳动成果的尊重。记得 2016 年陪校长访问加拿大一个应用技术大学。他们校方特意带我们参观学生的毕业设计作品展示馆。很令人印象深刻，就是学生不能画图交作业了事，必须从车床上手动制作出来一件实物。在动手中方发现纸面描绘与现实落地的诸多障碍，才会改进理念，掌握其中细节之处。纸上得来终觉浅。这种教育理念，不知道我们的职业教育贯彻如何？

今天带了个小枕头，到单位小沙发上午睡用。中午一直头搁在沙发沿上，似上断头台。几天下来，脖子扭歪，得了落枕病，却因压根儿无枕可落。在上海这样的大城市，午睡是种奢侈。因为大家谋生地离家太远，中午只好趴在桌子上打会睡相不佳的盹。如果有打鼾的习惯，在低密狭小的办公区就形同公害。有小办公室的小领导，可以短暂闭关，冒着落枕之虞和衣与沙发同眠一会。大领导以前有套间，甚至有床。如今鲜见。办公室的床容易滋生腐败与不满，属于清理整顿之列。也是一件干群关系缓和的好事。如今群众酣睡在侧，岂容领导卧榻！

小城市工作的人多半可以回家吃饭。饭后可小憩，再骑一辆车，神清气爽地去上班。我在铜陵这样的三线城市工作过，如今也有很多朋友在。迟一点也无妨，自然可以睡得从容安定。一个小城市人的脸上有一种饱睡后的透亮与闲适。这是上海这样拼命争夺国际一线城市的上班族脸上稀缺的。都市丽人的妆自然就要厚一些。

我多年前陪领导到东北出差，到一个省政府公干，已过下午上班时间，很多处室的办公室却无人值守。好大一会儿才有喧闹声从电梯处传来，原来公务员们方从各自官邸午睡后回衙门。我们赶紧迎上去，他们还是不急，再拿着大玻璃杯到水房泡回一壶正山小种，坐定，呷一口，才收公文。我心眼里佩服他们的笃定，羡慕他们的差事。确实，急不得。

闲暇最好，午睡最美。

谋面与揩油

　　一早起来洗漱，进城开会。周末打车出奇顺利，看到上海流畅可爱的一面。今天有雾，出租车里望去，海市蜃楼一般。一个个建筑浮出其间。想我在海上波荡已 25 年，瀛洲海客，苍茫之间出入风波里，竟生发出一些感慨。25 年了，对这个城市才慢慢有了一些感情。因为我看到那些熟悉的楼宇，有我出没的身影。我承认我是个恋旧的人，很难移情别恋。我的家乡是我深情所系，虽然只有 23 年。48 年如一梦，此生虽在堪惊。

　　担心迟到，早晨没来得及吃一口饭。好在路上通畅，我有时间从容就近吃个早餐。会议地点旁边有个名为"申梦·上荷"的饭店吸引了我，因为它门口有个极度自信的招牌"不好吃的就免单"。想想以前有些不良的食客，临结账时故意把一根头发放到餐食里，最后成功赖账。"不好吃就免单"似乎更会怂恿这样的食客。因为好吃就像审美，是舌头上的主观，各有所爱。不过我想，这个牌子没有收掉，如今这样的赖子已经不多，或者这个招牌之后是极端的美味，让有心赖账的人都不好意思。

　　我慕名走进，发现居然有早餐提供。正考虑点啥？一个店员端着碗面在为难地说，"阿姨啥时候到呢？面会软掉的。阿姨一直喜欢吃硬面的"。我见状，自告奋勇接盘，说可以把这碗面赏赐我吗？店员看我心诚如此，高兴地说"太好了"。顺手把面丢给我。我坐下来吃这碗面，美味。店员对一个男子说，"阿姨来了再下"。这个男子朝我点头示意。我回以微笑，并开玩笑："阿姨不会怪我夺了她的这口面吧?"。话音未落，这个男子的老伴就到了。阿姨的面正落在我的虎口中。

老夫妻是这家面店的常客，每天早上过来吃面，我沾了光，她帮我挑的这份鸡蛋青椒面果然美味。阿姨听我的口音，猜我是南京人。因为他们夫妻原来就是南京人。二十年前随子女到了上海。南京的口音与我们安徽无为很接近，都属江淮官话。

两位老面友与我隔座闲聊，我的时间也宽裕。虽然只有一面之缘，却感觉与他们相识相知很久。知道我沪上 25 年的经历，更激发出他们的谈兴便猜我的年龄，我以为他们会从"青"发落。没想到阿姨听说我 48 岁后，掩不住同情地说，"你在上海打拼真不容易，老得像 50 好几的人呀！"

她的那碗我虎口夺食的面，正卡在我的咽喉里，上下不得。老阿姨果然是老阿姨，且吃硬不吃软。

人到中年，才读懂很多诗词，理解了"晓镜但愁云鬓改"的愁绪和恐慌，不独女人所患。因为要出镜，昨天晚上还特意理了发。是一头乌云的小伙子帮我剪，他年纪轻轻，官居此店的首席，娴熟地挥舞利刃在我的头上、后脑勺处作业。有一份与他这个年龄段甚至这个时代稀缺的耐心和安静，只专心工作，不似其他理发师夸夸其谈，也不推销理发店的其他服务。临收官，我央求他，顺手帮我剪除那几根顽强不屈的白发。他细致地用他的小剪刀随手挑剪几根，很快罢手，用手拨乱示范给我看，说太多了，无法剪尽寒枝。此时理发店的刺眼灯光下，更多的白发张牙舞爪，越发挑衅，像一度潜伏的无数义勇，已得到举旗易帜的指令，按捺不住。我的城头上已蓄积着乾坤黑白颠倒之势，不可挡。

理发店的小妹强烈建议我行焗油术。我是万不愿意揩这份油的。

衰残的肉身

史铁生作品读过不少，他一生都在追问灵与肉，人生的终结意义。他这个敏感的灵魂因为被嫁接了一个衰残的身体，他的拷问是躬身参与，投入其中，不是普通意义上置身事外的旁观、探讨。

今天在朋友圈里也看到残联主席张海迪的一段讨论精神与肉体的意义的讲话视频，应该是一个采访。她说，她肉体上没有一刻快乐。但是依然要好好活着，因为还有精神。她同样是以一个参与者的方式进入灵与肉的斗争，遍体鳞伤犹不能逃脱生命价值的拷问。病人与所有不幸者的体悟是宝贵的，他们在替我们肉体健全者深入绝望之际探索。他们无有援助，以身犯难，孤独与绝望伴随他们的日常。那些短暂的高光和荣耀之后，他们复被交于漫长的折磨之手，无尽的痛苦缠绵而来，不可阻挡，接近地狱一般。他们在炼狱中呐喊出的血悟与忠告，足以令我等苟安平凡的生灵动容。

司马迁在著名的《报任安书》中，借着友人的书信向我们揭开了自己身体残缺后的羞辱，书信的最后也是借着必会公之于众的书信文本把痛苦的意义升华起来，向世人显露心志。其实真实的历史中，司马迁多次考虑自杀，不愿苟活。身体的痛苦与精神的打击对这样一位敏感灵魂来说,如果说把精神的价值放到"苦其心智,劳其筋骨""而天降大任"天平上计量后,终不坠其志,是缘于他巨大的历史勇气和优于常人的睿智的话,我觉得我们可能忽视了他此在的痛苦折磨,而显得过于轻佻与"事不关己"。

肉体残缺其实很多时候对精神也是致命摧残的。肉体衰残者精神多半不佳,抑郁自杀者不在少数。由于人的本体是肉身的,肉体的欢愉式的酒神精才是生命乐趣的最初意义。物质是决定性的,我们对精神胜利法上的过度推崇和提升,某种意义上是对生灵肉体价值的一种漠视,对苦难和悲壮的美化和戏剧性其实是极其危险的。当然,史铁生、张海迪与司马迁,他们别无选择。或者说,他们被命运之神选择和操弄之下,通过内置的巨大的精神能力的提升才跃过地狱绝望的峡谷,替我们惊险一跳。但不能期盼更多的人铤而走险,并推而广之,再从中免费检获精神之果,放在典籍里炫耀故国的文明。更不能就此轻贱他们独自承受的艰难。他们往往已无力承受,我们要尊重他们的软弱,因为这软弱是他们配得的。当然,他们的精神意义可以鼓励暗夜里苦难的灵魂与绝望的疼痛。那只是他们汪洋眼泪之后,作为副产品的一滴盐。放在世间,充作一味药,偶尔治愈,像一道光。

他们与《旧约》中的亚布拉罕的献祭还不一样。亚布拉罕是自由和自愿的。而这些苦难同胞的残缺是不容商量的。他们几乎是被逼迫的。我甚至想隔空与司马迁作一场夫子恳谈。如果一切重来,司马又当如何,还会逆鳞为李将军进言吗?说实话,这种穿越的假设及其答案,都是主观的和后知后觉的。或者说,即使我们假设把自己代入其中,答案也是没有深度和客观的。我们可能会陷于一种口号式的价值偏好而已。我们是幸运与肤浅的旁观者,最多是个敏捷聪慧的游艺者。

《约伯记》是圣经中我读的比较多的一章。约伯的遭遇寓意苦难中依然应有的顺服与盼望。但是，问题是如果抽离掉信仰的确信，那最终的痊愈和救赎，在没有超越的中国文化情境下，痛苦渡船所指何向呢？而正由于此，那残缺肉体所承载的精神之塔才更岌岌可危，虽然也令人感佩，但那种旁观者的感佩，价值又有几何呢？特别是在价值多元的当下。他们终究是孤独无援的。

曾经我开车送一位学术大家回家。他著作等身，学术声誉隆。但不幸患有极其严重的腰突症，求医无数，日夜不得片刻安宁。停车等一个红灯，他羡慕地看着人行道上跑着的几个菜场买菜回来步履轻盈的同年老者。他说，如果可以换，我愿意做一个扫地的钟点工，只要腰健如初。我无法回答，只好诺诺，红灯过后，车子重新发动，我们陷入沉默。

年齿半百应自知

去年疫情之后，即到门口的牙医店洗牙。洗牙人告诉我某颗牙有洞。当时不以为意。一直拖了好几个月。最近家里人不断有人牙疼，还付出不菲的费用往返拔牙、补牙，整天龇牙咧嘴，正常吃喝都受影响。于是，不知是否心理作怪，这几天我的牙齿也开始不适。似乎那个小洞已经漏风，蛀虫们正在没日没夜地动我根基。又如羊圈的门户，没及时补上，狼正破圈而入，白吃我的羔羊（皓齿）。牙疼虽未实际降临，我基于亡羊之虑的整体安全观的"补牢"行动迅疾启动。今天上午终于到门口这家牙医所为一诊断。虽没历经大风大浪，毕竟牙关50，年齿半百应自知。

这家店系民营，不进医保，须自费，但是优于各个公办牙防所之处，除了场所亮堂与整洁之外，就是不用排队。我以为人间最烦恼的事，是坐在医院的冰冷的铁椅子上盯着屏幕，等着叫号。这么多年来，我陪过无数的农村老家亲戚在各大医院里寻医就诊。见惯了底层国人仅有的一点尊严，在拥挤嘈杂的医院里最后被剥夺殆尽。连带他们从牙缝里抠出来的微少积蓄。

牙疼据说不算病，这多半是乡间穷人们的想法。在我小时候的农村，经常看到捂着牙齿的"假"病人，或者露出红红牙床的小老人。病在他们身上，却算不得病人，不能理直气壮地息工病休，还得咬紧牙关硬挺着，别人对他们要命的疼难有同感。

印象中农村人的牙几乎很少有好的。男子一到中年，便是一口烟熏牙。女人也好不到哪里去。老年人早早地豁口瘪嘴，也没听过谁去治牙，县城里牙医也是从来没有见闻。英语课上读到DENTIST，老师说这个职业在外国收入颇丰，一段时间很是令我不解。我甚至担心他们生意的稀落，像我眼前老人们的牙齿。

但是，牙齿实在是顶重要的。相当于足球队里的守门员。唇亡之后，病从口入的危险就不远人了。人唯一不能咬紧的就是牙关。牙齿的坚硬也成为身体硬朗与否的指针。贩卖牲口的经验被应用到人口的检验。西方电影里奴隶市场中，买奴的主人老爷总要细细检查"商品"的牙口。中国的佣人命运好于奴隶，但是也是要注意她（他）的牙口。再则，中国文化与中医理论里，牙齿也是肾气与守财能力的显性指标，说牙齿不固，容易漏财。做生意的人最忌讳。账房先生按此应该武装到牙齿的。

父亲是农民，一辈子与土地为伴，却有一口罕见的好牙。此次清明回去看他，偷看到他漂亮的牙齿依旧，几乎与他年轻时无异。牙齿是这个农民的傲人之处，他 30 岁左右拍过一张黑白大头照，年轻的父亲很精神，头上戴着一顶当时常见的军人便帽，特意露出他的精致牙齿，炫富一般。父亲今年 74 岁，尚能全副真牙吃饭，这在农村的同龄人中也是罕见。父亲的好牙估计与他认真的刷牙有关。他小时候总督促并纠正我的刷牙。对刷牙我总想偷懒，加上家里牙刷舍不得买新的，刷到脱毛，或整个倒伏于把柄，我多是胡乱应付了事。但是每日刷牙的习惯始终不曾荒废。想来父亲是我的最早牙医呢！

但是牙齿不固身体就虚的判断也不尽然正确，就像很多多金的人牙齿也并不见得好，最后干脆满口装上让人觊觎的真金牙齿，闪烁其词。至于电影《大鸿米店》里的五龙硬是敲掉满嘴的好牙，装上金牙，则另当别论。还有一个例子就在我身边，我的老岳丈今年95，身体也很硬朗。此次清明回乡，他不借拐杖与他人扶持，跟我们一起出远门祭祖郊游，他倒是一副假牙，据说60岁左右牙齿就脱落殆尽。

　　我的牙齿似乎是遗传了父亲。今天医生给出了好牙的评价，原先的担心放下了，很是庆幸。至少不用捂着嘴听医生的叫号。当然，我也希望像岳父一样长寿。希望大家都兼得好牙口与长寿。"廉颇虽老，尚能饭"。牙好，胃口好，吃嘛嘛香！如此顶好不是？

临车知鱼乐

今天起点站罕见没捞着座位。原来还想捡漏，窜了几个车厢发现见缝插针的机会都没有了，"撞了个大家一早出门的大日子"。主席说"早已森严壁垒，更加众志成城"。站客与坐客似乎在两厢对峙。

第二站，拥上的人更多。我们首站客的座位梦就这样被彻底稀释了。

第三站，下得人几乎没有。却又是一拨新客推搡着进来，与我们这些老鱼拥在一个池塘里。

池塘鱼的稠密一个极端情形，我在杜克大学 ROSE 花园里见识过。估计是美禁捕令的严格执行。美国钓鱼需要持证上岗，鱼得到美国法律的保护，生命权高出中国同类许多。这些多多生养、发福的美国鱼们，在水里已经连转身的空间都没有，身体叠在一起，情形稍好于罐头里的沙丁鱼。我虽没有庄子的智慧，都能明明感受到这些鱼的烦恼。始觉得紧密团结并不时时是件好事体。

不过，事情总有例外，也有歌颂密接者。我一个住房很阔大的朋友。他就很羡慕两居室之类的拥挤住屋。说他们家的三个人散落在数层的大型别墅里，每次吃饭都要拨各自房间的分机号，应答之后才能集结开饭，为此甚是烦恼。我非庄子，不辨他之苦乐真伪。

上海现在乘车状况已然改善太多。光地铁就有近 20 条，游走在地下，像青筋暴露的血管在皮肉之下伸展，运送着劳动者们奔突至城市的各个角落。我以 20 余年上海的通勤经验和苦楚，最有理由进行此番忆苦思甜。2000 年住宜山路通勤到金陵路外滩讨生活。每天一早需要挤 251 路公交车。这车亲民，从长宁的仙霞路到黄浦区的新开河外滩只要 1.5 元的车价，这条"胡志明小道"曲曲折折，蜿蜒穿过上海的好几个区县，好像特意收集无数的小站上一早就昂首盼望的"沙丁鱼"。罐头的铁门总是鼓胀着，像暴食者的合不拢的嘴，但是还不能住口。胸口挂着发票夹与帆布零钱袋的售票员与司机呼叫着乘客"往里走往里走"，配合着完成一次次地填压动作。门关不拢时，司机就下了他的宝座，咬牙切齿地关门。车子好不容易起身，四十岁上下的女售票员伸长着手接找票资。因为那时好像还没有流行交通卡。好心的乘客接力传递凑起来的一把零碎纸硬币，乘务员再扯出几张花花绿绿的小票原路传递回去。很多人要拿这些小票粘上浆糊到单位报销的。

乘务员兼报站名，到站后执一面红旗，伸出手使劲捶打车身，提醒上下车的人。门稍一开，新客义无反顾地拉扯着门塞进来。站在中间需要下车的人，犁一样拼命地铲开一条血路下车。上车时可能还修得体面，下车后一律衣衫不整。在破旧的水泥墩站台上，从罐子里逃出来的沙丁鱼，需要好一会才能缓过神来，复活后再急急地向东家的方向赶去。我这尾小鱼，有一段时间天天坐这趟 251，空调车是很多年以后的事了。这种常温车，因为挤满了热气腾腾的人，冬抱团取暖不是一件恶事。只是夏天，如此紧密团结，每个人都是一架散热器，肌肤相亲、荣辱与共，气味相投，滋味真不好受。

除了佩服这每日辛勤的上班族、售票员与司机以外，还佩服的一种人，就是在如此恶劣环境下，坚持扒窃作业的圣手。非业务精良纯熟臻于化境，不敢在此无法针插的地方下手取物，还能得手而身退。有一次，一个家伙终于不幸失手。被一个乘客发现，他就被堵在人民群众的池塘中无法动弹。司机一脚油门，直接把车子开到派出所。人民群众的团结力量不容小视。

我虽备尝紧密团结之苦，也有难得有阔气的奢侈时刻。最阔的乘车经历是 2003 年非典最凶险的期间，坐九号线往返浦东浦西之间，有几次车厢里只我一个人，几乎是专列，在咣咣当当的行进中，我似一条鱼只身误入硕大的鱼缸，感受着寂寞与豪横。

沉默的金子

最近读了篇苏童《沉默的人》，讲他自己如何从沉默的人变成"健谈的人"。我决不属于苏童所说的沉默的人，而属于他遭遇的健谈者中"热情过度"的人。总结我半生说出去的话，如泼出去的水，不可计数，所幸大多湮没不闻，且多辞不达意，值得记取藏于名山以待后人者几乎没有。我的话多，却不作数，不像领导"一句顶一万句"，否则我就为害甚矣。小时候我的文盲父亲一直试图教我如何日后跻身领导阶层的办法。当时农村号召"克己复礼"，学孔，要讷于言。后来又批林批孔，"大鸣大放"后很多人出事。父亲就要我以后少说多看，"凡事不开口，神仙难下手"，意在言多必失。

可是，我却未尊祖训，只要一群人在一起，话头话尾全是我。我与人是自来熟，见到谁都愿意多聊聊。人生如寄，相遇不容易。于是，在火车高铁机场，农村田间地头，各色人等我都愿意聊，有的从陌路人成了同道好友。我在单位也还有些人缘，同事中也有几个无话不谈的好朋友。而家里人却看不到我的好，责怪我话多。他们曾经开玩笑说我前生定是个哑巴，上辈子压下的话这辈子要逮着机会说完。我弟弟的岳母曾经在上海我家暂住求医。一段时间病愈打道回府后给了我一个评价：人是个好人，就是话太多。我估计这个亲戚此生遭此报应,上辈子与我那个哑巴前世定有纠缠。

农村人讥讽话痨"话多如烂草"。烂草是我们农村水稻秸秆经水泡之后的腐败形态,全无用场。我们老家还有一种讥讽不会沉默的人叫"碎米嘴",就是像小鸡啄米一样,话一遍遍重三倒四地说。我的姑丈就是这样的人。可怜我的那几个姑表姐表哥最终驯服于这个父亲,大概不是出于对唠叨言语内容的信服与遵守,而是厌烦于他"碎米嘴"的不厌其烦。现在想起我的姑丈,眼前总是一幅《乌鸡啄米图》,他在点头点脑地对着家人唠叨他的处世良言。

在中国社会里,好男儿的一个处世哲学就是惜言如金,讳莫如深。我对此却不大以为然也。我觉得长了嘴巴就是要讲话的。打开彼此的话匣子,坦诚地交流,诉说各自的人生百态,不是挺好的事吗? 其实,"事无不可对人言",美好的言述会打破沉默的隔膜。别人就赞扬苏童的健谈,他在《沉默的人》中说,"这种喜悦酷似一只雏鸟刚刚学会飞翔的喜悦,是的,是鸟就必须飞翔,是一个健康的人就必须说话,这就是生活。"

苏童作为小说家,其实是最难沉默的人。他小说里的角色替他说尽千言万语,人间百态,真是羡慕他。我原来的理想是做个记者,行万里路见一路关山岁月,编新闻写稿子。只是现在的记者需遵守的新闻严苛纪律,我也就不适合了。目前"庶几近乎"地担任着可以靠讲话养活自己的教书先生。觉得教师职业也挺好,可以有理由请一帮学生坐下耐着性子听我唠叨,每月还能因此领到一点活命钱,这个生意很划算。每年学期结束的自我评价,都不敢妄称优秀,觉得已然占了大便宜,合格就好。我虽然喜欢讲课,但是从没有得天下英才以教之的自信与勇气,总怕误人子弟,怕同学们被我天马行空的讲课耽误。每次课后,如有人告诉我有所收获,我就如释重负。多年下来,才慢慢增添了作教书先生的自信。甚至有一次毕业典礼上还得到一束献花,让我受宠若惊,一个大男人拿着一束花总觉得不习惯。

最近有几个老师课堂上"满嘴跑火车"丢了饭碗。看来,教师职业这个铁饭碗也会让自己给说破的,祖训看来还不可丢。我下辈子不知道会不会变回哑巴?

之禾书行

　　九号线合川路站，出 2 号口 50 米即见之禾空间。书店环境与内容一流，所售的书甚至令我恢复了你汉语出版界的信心。感佩在当下，有眼光和责任心编辑的殊为不易。可惜，店内连我在内只有顾客两人。形同大厨精心制作的美味宴请，赏光者寥寥，实体书店之艰难可见。

　　看到米斯特拉尔的译者王永年的誊抄手稿。让我想起很多年前经常读这个智利女诗人的诗集。说实话，我已经忘记了这个诺奖诗人及曾品尝过她爱情至上主义诗之纯美。如今，这样的诗是多么不合时宜又更加被人们迫切地需要呀！

　　中国也是诗歌传统悠长的国度。《长安三万里》大热天热播后更是引发盛唐诗兴，诗人倍出是时代繁荣的标志，还是逃遁避世的苗头，不能不察。

　　最近重读鲁迅，比之以前只见于课本里与先贤祠中，更能理解他及前辈知识分子的使命与作为个体的彷徨。在他之前，梁启超、严复一辈，救亡图存之际的使命担当明确。到了鲁迅，国民性的反思让他陷入困惑，答案不再明确。国民性是文明的基因，是明知不可为之后苟且生活的智慧，还是穷人的面相，一阔就变？

中国历经 30 年市场经济改革，物质经济小有成功，是不是就到了开庆祝大会的时候，启蒙是不是已经不再必要，"中特"自可取代与应对"西风东渐"？但温饱之后，制度与精神层面何去何从，也是与自己周旋关切的大问题，绕不过去的。鲁迅的国民性病理及病症好像并没有"阔起来"之后就自动痊愈了。我们在埋头走路之后，抬起头来，迷茫并不稍减。

在之禾买了两本书，《读书有道》第一篇居然就是讲沈从文，有他绵中有劲道的书法。他走了与鲁迅不同的路，人道主义的路线。不过据说他一直在反思"国民性的原因"，他走的路比鲁迅长，活得也久一点。看到新中国建设后很长一段时间的得失。据汪曾祺说，沈把马、毛的全集读过不下一遍，估计所悟更有可读之处。鲁迅这个最硬的脊梁毕竟没有经受过新国度的压力测试。

之禾书店里有大幅的译者王永年与他的"镜像"博尔赫斯的宣传画，提醒读者别忘了挖井人与接引者。翻译者是文化、文明、文字之间的桥梁，居功至伟。书店的玻璃橱窗里也有一份王先生对博氏的诗歌誊写稿，字工整、干净，有股我们这个时代欠缺的虔敬感。

博尔赫斯的《探讨别集》第一篇竟然探讨秦始皇的修长城与焚书。读了一遍，不知所云，大意是说这个效法黄帝的始皇，始于一切要照他的意志重新来过。修长城自然可攘外。焚书则是归零之前中国人的记忆，有点类似一个人重新格式化自己的电脑。攘外与安内始终是个性感的话题。希望不久的将来不要在中国重演。

有机会邀几个朋友再去之禾淘书。这满屋好书，是一代学人对中国国运、人情世道的理解和探讨。如今，任性高谈阔论似不合时宜了，在自家客厅谈自家的事，还是被允许的吧？

发现之禾空间一楼居然还有自己的食堂，看来兼顾了肚皮和脑壳。吃饱了饭之后，上得楼来读书，多听听别人言说未必是件坏事。

果然如此

家门口的水果店，换了主人。几天闭户装修，昨天终于展露新颜，正式迎客。客不远来，就是我们这些居民。较原来的家庭夫妻老婆店不同，现在此地加入了一家连锁。看名字是个不著名的小连锁品牌，但至少是个正规军，有了番号。服务员统一装束。水果摆放整齐，个个姿色饱满，身价自然也是不菲。原来的价码都是用黑色水笔潦草地写在不规则的白色泡沫板上，果品就显得寒酸不自信。人靠衣裳，果品及很多人间名物都需要灯光。

原来的夫妻老婆店生意似乎不差。这家面位置好，夹在两个住户集中的小区的进出口要冲处，居民下班都会顺手买一些，提在手上，特别是周末，以免空手而返。听妻子说，他们的水果价格低于几步之遥的华联超市一大截。我倒没有特意比较，只做"大自然的搬运工"。

夫妻老婆店里的夫妻也是有内政外交之分工。老婆称重收银，老公跑进跑出，进货之后兼内卫之责。在我的印象里，夏天的时候这个男主人总光着上身，用一把厚重的木柄重刀狠狠地削甘蔗，大力地截断、装袋，后面的甘蔗站成一座小森林，好像永远削不尽，面前砍下的蔗之皮根已然堆积如山。他叼着烟，见客人进来，睐着烟熏的眼睛看客，手中的刀倒锐利有光。我们的水果采购，就在这样一种无言的威逼中默默进行着，一班人于讨价还价之际还不自觉地回头偷看门口紧要位置那个削甘蔗的男主人。他让我想起《水浒》里蒋门神，只是水果门神的婆子了无颜色。甘蔗男甘于没有蒋的艳福，当然也无他的大恶。

女店主最喜欢露骨地恭维顾客以利营销。于我，她常年的话术就是"大老板，一看就有钱"。我只好把她的恭维看成是一种祝福，也不忍教她"人不可以貌相"的古训。

疫情期间，这间夫妻档的水果店居然有渠道供应水果。只是极贵，有一次突破重重包围送达我家，拆开一看，竟有半数腐败。一贯忍气吞声的我们，终于在微信群购团里向他们吐出怨气。搭腔的似乎是那女店主，令我们上传图片，一顿交涉后才答应按不良率退款。我似乎又感受到那个执刀男店主的冷眼和寒光，好在隔着屏幕，网络是法外之地。

新店开张，大家都蜂拥到这家新店。门口堆甘蔗的地方如今摆满了清一色喜庆的花篮。似乎换了人间，大家莫名有股被解放的感觉。"莫名我就喜欢你，深深地爱上你"。喜欢与嫌恨都没甚来由。

昨天新店开张，到店的一个老邻，于水果挑选之际嘟囔着说到前度旧店，"挣了许多钱，不知道跑到哪里去了"？这问出了大家的心声。但那家不算友好的水果店，毕竟陪伴我们有了七八年，疫情期间也不中断。我们应努力寻找他们曾经的施惠。对新店，则应谨慎乐观以待。旧的不去，新的不来。但嫌弃旧的，不是喜欢新的理由。我们总在新旧之间用力过猛。

果然如此。

河边的卡夫卡

　　黄昏是一天的尾巴，像临近下班的人，希望时间加速，早早交班。方才还是绯红的云，从卡夫卡的世界里再抬眼已转成惨白，失色快得让人心生挫折，想到自己的青春。

　　水面暗得更快，方才还随风的柳枝也突然静止了。夜在准备自己的剧场。

　　秋蝉却还未退场，依然不明就里地鸣叫，像不和谐的强行闯入的单调乐器。

　　一些体型不佳的锻炼者开始陆续出现在公园的跑道上，约好似的，黄昏是他们的专场。这些运动者的姿势都不标准，甩手投足很大力，似乎有满腔怨气。他们在与自己过分多余的脂肪、顽固的食欲和不良的习惯甚至祖先隐约的基因徒劳抗争。每天定时定点的强迫运动是现代人自设的劳役和刑罚，我替他们感到一丝难受。

　　我喜欢在水边读卡夫卡，连自己也不知道这种阅读偏好的原因。上次读的是《变形记》，这次是《沉思》。薄薄的书，大可以在天际完全黑暗之前读完。一架飞机从不远处的机场出发，尾翼上的灯已经点亮，载着一群陌生人，赌气逃难似的。其实，他们对自己即将置身的万米高空的危险全无把控，厄运往往突如其来。话说回来,谨慎未必比任性更有好结果。地面的黑暗已经不可避免地降临,云层之上却还是白昼。

水面彻底暗下来,还有微微的细纹在颠覆与波动,像精于诱惑者堆着笑的脸。几支短租的小游船,只容两三个人脚踩划行的那种,还漂在湖心,不肯上岸。其中一只竟然还驶过绿树严掩的拐弯处,一下子被黑暗吞没了,从岸上人的视线里消失,进入另一个世界。他们的消失至少是自觉自愿的,这一点聊可安慰。

以为不再打扰我阅读的蚊虫得着水气升腾的暗湿讯息重新亲近我,发出嗡嗡的声音。那飞机也远飞成一个黑点,嗡嗡的。我在卡夫卡与无名的蚊虫之间,选择投降。还有几页没有读完。

天已经完全暗下来了。岸边的一切都只剩下轮廓。黑夜让人感到安全。大家陷入彼此不能看见的平等境地,黑暗让人平等。可惜,这样的安宁随着路灯一个个亮起,被逐个击破。路灯挨个亮起的声音听起来像微弱的子弹声,大家松懈的面庞重新收紧。

岸边伸出的大石块,在路灯的惨白照射下,像一个个巨大的史前动物的牙齿。跑步人的身影重叠、投射、纠缠在地面上,一会儿巨大无比,甚至映到本已经与陆地混淆一起的湖面上,一会儿又压缩得很粗短。让人对自己也捉摸不定地陌生起来。影子成了异己。

还有几页的卡夫卡只好带回家。像深夜里跟着一个很熟悉但又仍陌生的人去寻找可以歇脚的地方。

旧巢新城各自珍

家门口附近的几个建筑开始撤掉简易围遮的隔板。脚手架下，工人们在奋力向外扔木条、压弯的铝合金、一块块不规则的混凝土块。像病人快出院见人了。绷带、绑腿与医用胶布、沾着黄色脓液与黑血块的医废扔在病床周围。不远处，一辆已经发动的垃圾清运车，喘着粗气待命。

还记得原来这个地方是一片绿地与一个廉价旅馆。大多数附近的人估计已经忘了这个场景，其实也只是半年前的事。那个廉价宾馆的早上，经常可以看到一些年轻的女孩子趿拉着日本木屐一般的拖鞋，睡眼惺忪地走出大门。廉价宾馆与豪华宾馆的一个重要区别就是没有金属转门、宽阔的落客平台和台阶可以缓冲或稍加掩饰。这些径直走入日光的女孩，眼睛更加眯缝。她们总喜欢挎一个细圆金属环织就的背带小包。只是小包的纽扣在这样的清晨不再金光闪闪。他们是昨天嘈杂夜场的精灵。

廉价宾馆旁边一侧的绿地上还有露珠。一些年纪大的男性已经在执杆钓鱼了，心不在焉的样子，愿者上钩。这是上海普通人的早晨，是郊区的"老破小"。

这是个喜新厌旧的时代，新的建筑以进步、城市更新和青春之歌般宣示自己的优势和主权。

上海市中心也有老破小，像光鲜城市的一块块补丁。我在城里虹口东大名路写字楼里供职的几年，中午饭后没事喜欢一个人在周围瞎溜达。稍远的地方则骑哈啰单车。附近几处老小区都已准备拆掉重建，到处拉着"早一日搬家，早一日安居"这样的红底白字条幅。墙上则是用红色石灰笔涂写的斗大血红的"拆"字，像是古代斩立决的朱批。彼时还算财大气粗的开发商是城市的金主和领导的座上宾，气势非凡，随处画圈，决意要将这一大片的"老破小"斩草除根。拆迁办就设在其间，里面永远吵吵闹闹的。居委会里戴着红袖章的文身男出入其间，专事维稳说和，规劝签署合同。上海这几年，"老破小"地段能列入拆迁计划的，算是喜事。得着拆迁款，放一场爆竹，就收拾停当，早早到郊区的动迁安置房重启余生，甚至还移民到附近江浙小城颐养天年。旧弄堂里的逼仄人生随着城市新建筑不可遏制的成长而纷落合离。大家松了一口气似的，了无留念。

近几年恒大、碧桂园之类的开发商也是奄奄一息。斩立决的快意与攻城略地的武功无钱执行，只好羁押秋后再说。这一大片待改造的旧区于是缓死，窗户被水泥封上，补丁变成伤疤。只余几只猫缩在墙角，守护着前主人们曾经的记忆。透过弄堂口的锁死的铁栅栏向深处看去，丢弃的杂物和废旧作业本等纸屑在地上堆积，无力地滚动。我甚至看到阳台上有一些没有收走的内衣、工作服，夹在铁丝晒衣架上，随风招摇。

中国大多数城市已经被建筑挤满，留下的街道日益狭窄，像被斑块堵塞的血管。只好曲张，向空中和地下发展，人们发明了心脏搭桥的高架路和盾构掘进术。但每天依然有无数的脚手架到处矗立，像病房里挂水的支架。已经无家可归的城里人躺在床上，看着自己花钱购置的药水一点一滴进入自己,成为自己的一部分,无法摆脱。病房从不缺病人,城市自己制造建筑,给自己添堵,这是无法摆脱的循环症。

夜晚降临,新起的一幢幢高楼,无数的方格窗户暗哑,只有零星几点灯光。热热闹闹的房地大戏像一场失败的婚姻。无言的日子,得过且过,骑虎难下。

在野的宰府

在一个刚行耳部手术者的眼里,世界总是不平的,摇摇晃晃,头重脚轻。耳是世界的平衡器,非眼力所能及,耳听为实。

得耳疾者最吃亏。系暗疾,外面看不出,得不到病人应得的同情、礼遇。上周术后没几日藏着耳疾与朋友吃饭,酒不敢喝,菜只能慢咀。一反常态,不敢高谈,席间对一切大是大非事,没主张,只诺诺,不敢稍辩。朋友怪罪,我只好指指耳,说其中有病。他们不相信,手机调出病历单,始将信。不过还是怪我太低调,说应该缠块大纱布以彰吾病。

著名的耳病患者我所知的,中外各有贝多芬与陈寅恪二人。贝多芬耳聋居然继续做音乐家,看来心里早已与《命运》周旋。陈先生的耳朵本不坏,后来被红卫兵高分贝的喇叭给震破了。陈先生最后只能夫唱妇随,口述著作了。疫情期间被堵在家里,读陈与唐(筼)的诗本合集,满纸写满眼盲耳背以后的痛楚。诗虽工,不忍读。

病在自己身上,别人代替不了。只能侧问,但多答非所问。也怪不得答病者,病只可亲历而不可言传。病友之间却易成知己,他们因病分享着身体损坏与精神困境之下的一点奥秘,非外人所能道也。经常在医院的一方天井院子里，日头好的时候，可见统一病号制服的病友三五扎堆窃窃，情同闺蜜与发小。

病是究竟天问的学费。只是这学费没有人愿意主动交，就像农村人家的租子，没见人欢天喜地上缴的。但是，最终总颗粒不敢私。医院的收费大厅总是人满为患，刷卡付钞，敢讨还价者鲜矣！怕只怕医院拒收。

其实人生过半，零零碎碎的，病总来犯。车辆般需保养或大修才好行世。以后的日子在病。即使青春好花枝，良辰美景赏心乐事，古人说四并之合终究是难的。人生真正得意的日子少得可怜。心病、身病，大病小病，旧病新病，才下眉头却上心头。一年到头，细细盘算下来，无病无灾的山中宰相日子少之又少。所以一旦有，须尽欢。

这耳朵的病不可小看。出门要戴顶帽子，防风入耳。穿安踏之类的软底鞋，以防失足。睡觉需全覆盖防咳嗽气恼耳神。再震破刚补上去的耳鼓那就偃旗了。耳病之下，身体的所有部位都要听命于小小耳朵。像一个本不受待见的家中小儿，因为病被难得地宠爱与重视。儿时我们甚至暗自希望得病，这样平时总苦脸以对的父母终于露出埋藏的爱意，兄弟姐妹手足之间也颇多承让。

不过还是希望耳病能够尽好。全须全尾多好。宠爱操于施宠者之手，得失全凭别人一念之间，得看别人脸色。而病之离弃，全在自己。山中自做宰相好，不需仰望别人的鼻息。中国唐诗宋词儒道释论，吃了苦头的朝中宰相都希望做山中宰相。"梦中邯郸道，又来走这遭"。宦海浮沉，人生如梦。只是，说说写写而已的宰相多，临了真正愿意真到山里无病无灾做宰相的又很少。都愿意带病工作，带病提拔，死而后已。所以朝中宰相鱼贯如宫娥，山中宰府却只落山雀。看来，大家都病得不轻。

人有病,天知否?

秋深了,希望耳能复聪,山中清泉可洗吾耳。有诗为证:

桂花无人扫,
假期梦留香。
遵医坐窗静,
居屋绝远方。
偶然接道友,
谢酒菜根尝。
不敢高阔论,
恐惊耳内伤。
稍作脑目眩,
翻书卧牙床。
厚衣防鼻泗,
喘咳悠口张。
十全本天赐,
手欠自添伤。
半百难言弃,
修为重开光。

因风飞过蔷薇

　　谷雨之后,离春天转身离去的日子就暗暗趋近了。黄庭坚的"春去何处谁知,除非问取黄鹂",写到了蔷薇。于谷雨后的沪上,樱与海棠都从枝头逝去,院墙处攀缘的蔷薇几乎是替我们挽留这春天的最后一种花了。

　　蔷薇实在是美。旧上海有一首《蔷薇处处开》的舞池金曲,不知醉倒多少时代动荡之际的多情儿女。而新政权之后,这样的靡靡之音也与蔷薇一样被革去了性命。现在的上海,蔷薇似乎不多见。取而代之的是高大单调的法国梧桐,一到春夏之交,就四处飘扬着恼人的丝絮。也正是这样,在某个拐角处,一丛蔷薇的出现,才让人惊喜,忍不住驻足欣赏。蔷薇不凭香气诱人,但经得起你近观端详,她花朵圆润细致,妍红或浅白,托付在绿叶中。离开叶的护持,蔷薇没有郁金香、日本樱花这样的独自登场的勇气,却有无意争芳的从容与洒脱。若要得到蔷薇花的爱,还得爱屋及乌地延及她的荆条。她的多刺让人不敢亵玩,由是蔷薇自有股野性,比月季比玫瑰多了几分妖妍。她的刺可不是摆设,贸然采摘,她定会扎破你盗花的手。除非你甘愿如此,无怨无悔。

　　蔷薇性本喜水,在我们乡下,临近水边都会有一丛丛不经意开放的蔷薇。因为水边无篱墙可以攀缘,她们多长得不高大。矮小的一丛丛,散落在乡间的小路上。在农家的杂院里,蔷薇就可扶着墙,腾空长得高,开得密,把满眼的热烈递过墙头,送给墙外匆匆的行人看。有了这满眼的红绿,让破败的房子与多半潦倒的生活,有了起色似的。让渐行渐远的行人停下来,抬头环顾这满眼满耳的春光,心里泛起一股生命莫名的惆怅。

谷雨过后,一场小雨后,春深一层,江南的空气焕然一新。蔷薇的带雨,不像梨花一般的凄美,更多的是欢欣。蔷薇在微风中招招摇摇,彼此点头,说着无人能解的花语,懂她的估计只有黄庭坚笔下那只因风飞过的黄鹂吧。

某个不经意的日子,在水边与篱墙之下,你看到蔷薇的落英已染红了一方绿水,或薄薄一地。枝头只剩深绿,你才知道蔷薇也已悄然离去。她的未及招呼的离去终究让人平添了春终流逝的伤感,与没有"与之俱"的追悔。宋诗中黄鹂也停止了它的雀跃与百啭,若有所思,一思千年。

"孟夏草木长",也是另一种美好,只是失了蔷薇。

第二辑　居自在

七宝教外别传

"启英"与"启音"幼儿园

七宝现在估计还算是上海的郊区吧？虽然发展得不错，终归不是中心城区。就像中国还应算是发展中国家吧。七宝老街连着一条新镇路，有座七宝教寺。七宝寺口开在新镇路的正中。寺庙左右有两所名字近似的幼儿园，一"启音"，一"启英"。我从城里办事回来，总路过。

"启音"幼儿园的校名是七宝寺的主持明旸法师题的，鎏金铜字。这是上海的一所聋哑学校。教学楼顶，也横着一排大的鎏金铜字："积极融入主流社会"，一副唯恐人不知的急迫，昭告天下。隔着围墙的铁栏杆，发现这个幼儿园内居然有一座不小的园林，有亭榭，草木繁盛，四季都有可观赏之处。这在上海的幼儿园里是罕见的，寸土寸金的大上海，即使在市郊，也算得上奢侈了。学校很安静，一切都有种小心翼翼的感觉。很少看到有孩子甚至老师光顾这个园林。空园林，也就总是默默的，花自开自落，一年四季。

周末的时候，家长来接孩子回家。没有隔壁的"启英"幼儿园的喧闹与欢乐。"启音"比"启英"的同龄孩子面上似乎成熟许多，家长牵着他们幼小的手,默默上车,默默离开。"启英"的幼儿园孩子就会缠着爸爸妈妈去这个已经很繁荣的郊区大商场转转,附近就是向晚就灯火通明的七宝老街,很多人过来消磨周末,热闹得很。

又听说,"启英"幼儿园是上海的一所顶好的幼儿园。要托关系才能入园,大多数都能上附近的民强小学,这又是小学中的名校。启英的教室内外,色彩明快许多。今天看到它已经挂上国庆的红旗,随风招摇。电子屏幕上紧跟着潮流,翻着"喜迎二十大,欢度国庆节"的耀眼字幕。

我在想,挨着古寺的这两座幼儿园,为何叫几乎一样的名字,一对同胞但性格或命运迥异的兄弟似的。七宝古寺每天的撞钟,希望能祝福他们,特别是"启音"的孩子们,虽然他们会听不到。

理发店里的狐狸怨

理发店如今不单纯是理发店,一楼理发,美容美体按摩消费则要更上层楼。二楼一面墙做成了水幕,时间久了,倒是生出一层绿苔,绿波荡漾。

所有美容院不安心只 Haircut,称呼自己为沙龙。打着医疗美容的擦边球,祛斑、塑形。沙龙满墙美女的 S 型身材与紧致极致诱惑顾客转头,再对照观看镜子里的自己,岁月风霜绕过谁。

这个店甚至把男女的折旧率与换算系数残酷地挂到墙上:"50岁男人是极品,而 50 的女人是散装"。"打败狐狸精的最好办法是自己成为狐狸精"。在这种攻心术之下,很多女顾客被半推半就地拿下。办卡,充进不菲的预付款,就像往复仇的枪膛里拼命压满子弹。美容院是秘密复仇训练所,子弹所向是某个魅影浮现的狐狸精。

一些神仙水之类的护肤品与冻龄霜液，也是本店特供，李姐、高姐，娜姐也买下，不带走。高高低低，一排排簇拥在美容店的柜子里，聚光灯下，主人们的名字写上，似庙宇的神秘供奉。顾客的名字与心事簇拥在一起，似乎有了一种荣辱与共的团契。

只是，这些名字多半不是真名，是常客的称呼而已，对付真正狐狸精的法术与效果估计就会打折扣。

易主的面店

楼下那个常去的那个裕兴面店，最近换了老板。

新老板听口音就是北方人，应该是家里一帮亲戚盘下店来，合伙经营。北方人经营苏州的面店，天生八字不合。原来的店员都一色着绍兴乌篷船女那种蜡染蓝衣服，戴着手帕头巾，很有仪式感。服装与仪式的价值在于引发文化意义上的联想。江南水乡的打扮，颇让食客疑似是在苏州的观前街，或者阊门一带吃着地道的吴越面，面就吃得出道地的味。现在店员着装则不作要求，便衣。那个貌似老板的人，执一计算器在就餐区的一个空位子上，摊开一堆粉、白杂色的单据算账。估计数字总对不拢，机器大声喊着“归零、归零”，“二十五加三十”。还是对不拢，只好呼喝送餐的某位亲戚伙计，让他过来面前解释。这个伙计，向顾客急急下手中吃力拿捏着的大肉面，奔向老板复命。那丢在客人前的汤面荡漾得厉害，几乎泼出。原来送面有个木托盘，上面有一叠整洁的纸巾，并附送的一碟小菜蔬。绿叶菜是烫熟的，可食也可观，盎然春色。顾客可以加到面里，添一缕江南的绿的。如今也统统省了。

一个小姨子模样的人，在自家的店里很自得。嘴里咂吧着从厨房案板上踅摸来的一个鸭块，端着托盘哼着小调子，边收拾着离座顾客的残羹。

原先的老板很少出来露面，都在后厨一线，督战。偶尔见他出来，头发一丝不苟。轻轻走过，碰到顾客的眼，还一个善意的微笑，算是致意。上凌晨早班的服务员，如忘了在家吃饭。赶紧打尖着急吃几口面店里的福利面，也是自觉躲到一侧角落里的。这个面店主营早晚场，中午顾客稀落的时候，店员都闭户勤于今天擦拭，所以一直窗明几净，整洁、安静，与现在的喧闹、凌乱不同。这顿江南的面，总觉着不地道了。

我埋头吃完这次告别面，寻思着要再去他处面试觅食了。

我的体育公园：兼记中秋月

　　白露日,体育公园的一种树上结了纽结成麻花一样的红果子。体育公园里大概有数千种草木,有些区域还挂上介绍草木的牌子,名字及科属、习性等,可惜我对草木的名字总记不确切。"不识园中草木名,无妨荷柳易色身"。各个季节,这个规模不小的园子总是繁盛,热闹。现在正是中秋前后几日,荷叶接天碧地,荷花却衰残了。睡莲的气势也稍减,大王莲就来接应。大王莲的花开得坚实,艳丽与挺拔,不像水生花常有的柔弱。我小时候,常入已经有寒意的水塘里去采它的果实。它的果实,我们家乡名之鸡扎果。剥开多刺的果子,就得到"鸡头米",可以补充我们匮乏的食物。后来上学后,才知道它芡实的学名。鸡扎果深埋在水底的土里,需要扎一个猛子下去才能取到。手总被扎得生疼,但是我们乐此不疲。因为,几十个硕大的果子剥出的米,足可盛一个小脸盘,母亲可以杂在米中煮饭。

　　体育公园里秋深了,于大王莲及芡实,我却只愿是个岸上的观赏者了。一入深秋,这座园子的树上枝头花褪去后,树桠间露出秘密的果实。在所有的季节里,我偏爱秋天的园子。白露后几日,月圆了,人们抬头寻望,算算日子,中秋正就来了。

昨天晚上,与妻子携手去体育公园赏月。体育公园早就有很多人等着那轮月亮爬上来。很多人居然搭了帐篷。孩子们围着草坪咿咿呀呀地撒欢,我们席地而坐,秋风习习,白天绿树浓荫,在弱弱的几盏灯光下,重重叠叠似山。月亮终于在公园树林稀松的一个豁口露出来,它是今晚的主角,一出场,大家甚至有屏息以观的庄严,压制不住的心头的赞叹。"千年云和月,相看竟不同",今年更是如此。疫情期间的折磨,让人们越发珍惜自由、陪伴与不能再熟视无睹的种种美好。往后的日子,且行且珍惜。

东坡居士是写月的高手,据说有百首之多。最打动人心者,"月有阴晴圆缺,人有悲欢离合"。一个月亮,多少别种心思。"放下心头事,但望月边人",这两句小诗从我心头涌上时,妻子正在凝神拍这轮满月,发到微信群与家人分享呢!东坡的诗词近年来颇受人们喜爱,不独中秋的月。东坡的诗词自宋以来,慰藉了多少国人的灵魂。让我们在美好中看到无常,也在无常中看到婵娟。今晚的气氛是欢乐的,我不愿听到他词里催人落泪的玉笛在月下岸边吹起那《水调》之音。

体育公园一进门口挂了好几个奖状之类的铭牌。但是,我觉得是多余的。大家都愿意来,就是最好的肯定。就像一个熟人或亲人,人们只会记得他的种种好,至于头衔,那是给别人看的。体育公园是以体育为主题,所以休息日的一早就有健身爱好者进园来。各展所长,各施其法,跑步健身的人有武装整齐的,装备和体型,跑姿一看就是专业的。也有像我这样的跑者,行头不整,一看就是散兵游勇,跑跑走走。园中有湖,是人工湖,得了一个好听的名字"绣带湖"。临湖有一方露台,类似于放喷泉音乐和小剧场。常年被一队踢踏舞者占据,领头的是一个30岁不到的女子,一袭白衣裤,头上扎着红色的带子,束拢着长发。劲动的音乐一起,身体随之舞动起来,与韵律融为一体,真是有一种健康欢乐的美。骨干两三人,大多数都是跟着学的。"能够学成这样舞蹈,真是令人羡慕"。估计是这样的内心向往激励他们,每天都来。这个小队伍风雨无阻,让那块长期闲置的水泥空地灵动起来,仿佛坚硬的大地也获得了流动的节奏。

公园想必是音乐初学者的最佳练功场。有几个过了退休年纪的人,买了萨克斯、黑管之类的西洋乐器,从头学起,只合在公园练习。因为,没有经受不住的邻居前来投诉。这种西洋玩意,在没有纯熟驾驭之前,声音必然不足听,虽一个屋檐下的家人也难消受这个过程。有个老人独占了公园一侧的木亭子,背对别人,自顾自地吹拉弹唱。不过几个月下来,声音已经不再刺耳,经过的人不用再加快脚步了。另有个吹笛子的人,也是初学者,进步飞快。半年下来,已经可以对着一本厚厚的乐谱吹出好几首婉转的民族乐,他有近十根长短粗细不同的笛子,很专业的样子。他的奏乐已经可以吸引几个听众,隔着不远,坐着,听音看景。这个玉笛圣手,有次与他攀谈,才知道他退休前是个伞兵。他演奏的间隙,说到兴奋处,站起来,向我示范,巨大的伞落地后自己如何顺势站稳不倒。他年轻时就喜欢音乐,如今犹为晚矣。

体育公园正门口,一个师傅开了一个太极剑道的班,已近十年。除了疫情,风雨无阻,每天不见间断。班的规模不大,差不多十人,站成两排。学员各个年龄阶段都有。一问,也不设快慢班,随到随学。师傅教得认真,一招一式地,学员不敢偷懒。一些年纪大的初学者,起始很羞涩、笨拙地比划,一时不得要领。老师,着黑衣,灯笼裤,不苟言笑,下场,抬手压背,纠正。

这个零乱的班级,一个星期下来,竟然规划整齐了。举手迈足,多少像个样子,这老师了得。学员们始坚定了决心,褪下杂乱的衣服,着子女或家人帮买了绵柔的练功服。一排排中式布纽扣,宽大,洒脱。望上去,小班级的番号又严整了许多。

我曾试探着问过功课进度与学费等,老师与新收的一个女弟子热情相邀,我差点就报了名。但是,想想每天须一早练功,不论寒暑。我尚存自知之明,懒散得很,估计不能坚持,遂作罢。

这个女弟子算来至少坚持练功超过一年了,因为每次一早去公园,总能见到她,总见她目不旁视,认真练功。疫情期间,公园关张好一段时间。甫一结束,这个小班又马上满血复活。一段时间不见,这个差点与我同期的女同学,功力已然大增,眉宇于剑挥之际已有女侠之风。招式娴熟,腿脚柔韧,剑光所及直逼她的严师了。老师有时闲下来喝杯茶,旁边的学员就跟着这位副导师继续练。端茶的老师眼里全是他的这位得意女弟子。

等我气喘吁吁跑步折返,路过这群剑客。大师姐更是与师父给一群围观者示范,意在招揽学员也未可知。二人俱是玄衣飘飘,剑光闪闪,惹得看客自觉地鼓掌赞叹。看来他们师徒也快修成正果了。我这个不才的辍学者,怕被他们认出,急急拉宽了脸上的口罩,匆匆躲过。

体育公园里有一片湿地,湖上湿地连着一座九曲桥。水中四季夏日的荷花外,有千屈草、花菖蒲、紫叶美人蕉次第开着。秋冬萧瑟时,总还有水葱、花叶芦苇。春天花朵繁盛的时候,一些阿姨年纪的人,穿着旗袍,打着红纸伞,摆出姿势,以花景,用手机互相拍照。虽然,光阴逝去,希望长久地留住美好。

应该没有多少比我熟悉这座公园的人了。除了一班能干的园丁、保安之外,我有段时间,每天下午都过来读书、散步。几乎走遍了它每个角落。估计满园的草木应该熟悉我这个似乎无所事事的中年人。不像别人一样忙碌,能来日日与他们相会。因为,公园也并不总是热闹的。除了休息日，平常早晨的晨练结束后，年轻人都要急急地上班。9：00 之后，偌大的公园空下来，散在这个公园里多是退休的老人了。有的选一处亭子打纸牌，有的吃力地举着照相机寻美景。体育公园，随着他们的动作一下子缓下来了。有几个老者，估计是鳏寡者，总是一个人呆呆地坐在园中林荫道边的椅子上，在白天也会沉沉睡去，头不舒服地歪在一边，让人心疼又不忍唤醒。他在梦乡里，追忆似水年华吧。有时候被水鸟的叫声唤醒，慢慢睁开浑浊的眼，公园已是暮色时分。

体育公园一早就开的，因为很多人早早就来。我是得着地利之便，也经常早来会这位老朋友。露水还没褪去，路灯和地灯还没熄，昏黄似罩着层雾，朦朦胧胧的。劳累的公园刚刚睡醒，我就来敲它的门。很快，我这个老朋友的喧闹与平常的一天又要开始了。方圆几里内的人们总惦记着来这。它辛劳但总不寂寞。

家住七宝

　　七宝镇的微信公众号,每篇文章都有 10 万＋的阅读量。平时,很少有人关注。此番流量涨粉,盖是拜疫情所赐。因为七宝的核酸大筛的信息都是在这个公众号上发出。有点弄巧成拙的感觉。

　　每次筛完,可以领到一张印有七宝传说的卡片。制作比较精美,我领回来正好可以作书签之用。七宝的名字得名于此处有七件宝贝。包括金字莲花经书、氽来钟、飞来佛等。但是,常态核酸之下,七件宝贝明显是不够的。

　　七宝华友菜场,每天上午开,中午消毒一个小时,关闭。疫情初定后第一次和老婆一起去。我喜欢逛菜场,胜过逛商场,不知为何?这个季节的菜场,桃子是当红花旦。桃多情,容易受伤。有人喜欢硬桃,有人喜欢挑软的捏。摊主在白色泡沫上,歪歪扭扭地替桃出头,"请不要捏,捏伤带走",非诚勿扰。很多人更忍不住一试软硬,大不了带桃回家。人人都愿意交个桃花运。天热,洋葱剥了皮,干净利索。但是,人却不敢碰了,因为脱了旧皮囊的葱,味道冲,沾上手,一般人招架不住。

　　菜场里卖肉的摊位那个女屠夫一直坚守菜场,告诉我已经干了二十年了。手里那把刀,在红白相间的一垛肉身里游走。说此生只能操这皮肉生意,否则只能干扫地僧的活。女摊主叹了一口气。世间法与佛法,皆因没有办法。

菜场进口有家紫燕百味鸡,我常去。其实是白斩鸡,被美化成了燕子,紫燕飞入寻常百姓家。紫燕百味如今又添鹅。鹅被烧炸成通体金黄,已非所愿。又为了娱目人类,硬要于尾部插一朵花,让他"肛上开花",已经涉嫌侮辱尸体罪了。

七宝有个天主堂街,天住堂街得名于此处的天主堂,远道的天主被世俗的卖鱼、早点与补轮胎的小商贩的吵闹日夜围困,消磨。已显破败,黯然神伤。中国人是一个注重俗务的民族,暂不需要天主。但是天主对面的七宝教寺却生意兴隆。中国人偏心佛祖。

终于推门进了七宝街面上的这家"东台鱼汤面"馆。鱼汤面的绝活端在这大火慢炖的鱼汤。鱼汤是载体,核心,可配一切天下美食。60岁上下的夫妻店主,东台人,店面干净,人也清爽。每个台桌上镇玻璃,下压《东台日报》一份。告诉若我到东台不喝鱼汤,类似于好汉到了北京,不爬长城。其妹夫在东台经营鱼汤馆大获成功。他们得到鱼汤真传,在上海跟儿子带孙子,兼营这间鱼汤馆。惜上海人对这东台鱼汤不热衷。好在攒了几个回头客,勉强度日。但是功夫不敢含糊应付。

我热衷于看店里关于东台鱼汤的传说。又是一个从宫中出来的御厨流落民间,民间才有鱼汤之福。乾隆皇帝老儿的御膳房真是人才济济呀。做皇上终究是好的。光这吃穿用度,胜却人间无数。

女店主对家乡无限热爱,告诉我东台的若干景点。上海有车到东台,吃着鱼汤面,走走范(仲淹)公堤,在黄海公园走走,何不东台游!我观这女店主可做东台市府驻沪办主任。人才毕竟在人间，宫中不识。

疫情初定，一家三口喜欢下馆子。七宝万科商家基本恢复。食肆各有特色，各类美食斗艳。吃完以后再逛，觉得刚才作了错误的选择，又无法更改，饱腹英文径直称为 Full，意思是已经腾不出空间，到了脖子。

饭店门口招呼的人，看不出我的小肚鸡肠，误识宰相腹，热情招呼。儿子说，对一个开饭店的人最大的伤害，就是告诉他 I am full。斯言诚哉！但也须坦诚相告，肚子不会说谎。

好在，我们总有 empty 的时候。前天与一帮朋友在七宝万科吃饭，说到粮食危机。席间一朋友贡献了一个洞见，他说粮食危机基本源于人祸，浮夸、信息阻断让民众误判，导致缺乏预防与应对。民众的嘴巴可以跟着说谎，肚子长期 Empty，却不能不诚实。

疫情期间，居然也有人 empty 的怪事。原因就是在于信息的扭曲，计划的无序。只能倚靠政府配给。我们七宝前后发过 6 次菜。在上海各街镇中，居于中位。菜不见得好，但是聊胜于无。如果镇上的大人不大发慈悲给我们发菜，被封禁在家里，我真是会饿肚子的。如此倒提醒我们，荒谬并未远离，饿死失节的事随时会发生。

我们村在"三年自然灾害"期间饿死十余人，而据说三年的收成并不坏。我的微信公众号上写过一篇《稻花香里说灾年》算是对这些一辈子生产粮食者竟饿死在丰收季节里的纪念。为了不应忘却，也为了不要再有千万人饿毙的悲剧发生在我们国人的身上。

希望，这种忧虑是一个吃饱了撑着的人（FULLMAN）的妄语吧。或者希望那是一句空话（EMPTY）。

我的菜场达人

今天陪老婆下午菜市场买菜。下午 4：45，菜市场处于一天最混沌的状态：懒散中的紧张，晚市比午市更活跃。馄饨铺的女老板用一个竹片就可娴熟地包裹出毫厘不差的馄饨家族。馄饨从她手下生出，排排坐，像过几日就开学的新生，规规矩矩，背手坐在座位上：一面干净潮湿的小纱布。这女子的娴熟恰似课本里那"卖油翁"。眼不看，全仗手熟耳。她甚至高于"卖油翁"，因她还支起手机追剧。我从手机漏出的声音，高度怀疑她与我追的都是近期孙红雷主演的《扫黑风暴》。桂冠"就是好吃"的专卖店小老板也是我喜欢的菜场达人。他卖加工完善的半成品菜品。局促的门脸罕见的干净。他头发清爽，堆着笑招呼过客。店铺里摆着文竹、虎皮兰等盆景。知道这个家伙是个讲究的主。他的卖品如他一般干净，令人放心。孩子喜欢吃他家的鱼片。今天照例买了两大片。

这些人是我生活中的偶像。我总自叹弗如，我只合躲到学校，作一两篇无甚意义的文章。我正在接受自己的平庸。

时隔四年搬回七宝刚一个月，陪老婆到菜市场几次。无为老乡的姐妹蔬菜铺只剩下妹妹一人了。一问，妹妹告诉我姐姐回无为陪孩子读书了。孩子不是上海户籍，这个男孩以前总在妈妈的菜摊周围与一帮菜场儿女嬉闹。胖胖的，也不见他做过作业。问他妈，知道他在七宝的一个农民工子弟学校读二年级。父母凌晨去批发市场提蔬菜，然后天一亮的早市又出摊。顾不上这个小老乡的学习。妈妈愁他的学习，但没有办法。

姐妹摊如今只剩下妹妹一人支应着。一问才知道姐夫大前年得了癌症很快就去世了。姐姐伤心之下，带着那胖孩子回无为老家了。我记得她这个丈夫，这个菜摊后默默的男人。似乎从没听他言语，任由自家女人咋咋呼呼地招揽过客。他只管为客人装菜、过电子秤、收银。知道我是无为人，总在他摊上买菜。每次都足足地秤给我蔬菜。临了，给我的那束葱都茂盛于他人。现在不需要收银，顾客扬起手机扫码付费，我想如果他没有病去，如今就少了一个劳累。他估计是累病的，他和平庸的我同龄，属牛。希望那个儿子记得他这个早逝的父亲。

菜场水产区也有一对安徽老乡夫妻老婆店。主营活鲈鱼、梭子蟹和竹节虾。我搬回来后，第一次到这个华友菜场，去他的地盘看他。他还在，没大变化。他一下子认出我，知道我这个老乡主顾搬回来了，很高兴。他瘦小的妻子直夸自己的虾好。我和老婆于是提出要买一些。男人从水中捞出活蹦乱跳的虾。虾子在袋子里依然跳跃不停。他的虾子果然是康健的。我注意到他的手被水泡得惨白，几乎露出指关节的骨头。问他为何不学她妻子戴个塑料手套，他的妻子埋怨道，"他嫌烦"。男人比我小两岁，知道我是大学生，说后悔自己没好好读书，所以日夜与虾兵蟹将为伴。我倒不觉得他的境况有何不妥？靠那双手养家，也挺好。

另外一个蔬菜摊主就始终没再见到。他曾经向我们发火，原因是我们挑了他的蔬菜后，发现隔壁摊位的更新鲜，于是毁约，转投他主。他拎着我们的蔬菜准备过秤，我们"背信弃义"，他的手愣在空中，然后就吼我们，且面露凶相，最后被他老婆劝住。我始注意到他断了一只手臂，齐根断的。估计担心影响生意，总刻意用一件衣服搭着，徒劳地掩饰他空空荡荡的左臂。他的心情不好我可以理解。但是我们以后就绕着他的摊位走。他看到我们，露出尴尬神色，低下头，用一只手整理起摊位上堆得高高的莴笋、水芹。他的生意估计不好，因为按照这个时段，正常的摊位，菜堆已经削减下来。他的摊位光顾者不多，卖不动一早从批发市场兑回的蔬菜，他面露焦急，让人难受。但是，我们始终没有勇气再走到他的摊前。

旧居新颜无故人

回迁七宝后，在装修一新的老屋里住两个晚上。去超市买日用品、到楼下理了个"总监"级头发。到处走走，像是中概股回归A股的路演。发现5年里留下的熟人不多了，有几个还"相逢应不识"。公园门口教太极拳的师傅，又募了一批招式生硬的新学员，自己也老了不少，时光只解催人老，太极援手也枉然。

原来对面马路拐角处有一家名字甚好的"姝丽咖啡"，是我会友谈事的地方，点一杯咖啡或简餐。如今"佳人不在"，换成一个儿童编程班，一群望子成龙的父母陪着孩子们在秘密学习着编程术。据说教师都是交大清华的高材生。他们对外宣传说是放弃了高科技公司的收入，毅然投身耽误下一代的工作并逼走了我的姝丽。上海的地铁与显眼处的广告经常见到这些时代骄子执教各种高考培训班的广告。我担心这些眼睛小小的，一脸俗气，似乎只擅长做考卷的学霸如何培养出下一代。

原来一家卖黑猪肉的土产店与清真面馆也无处寻踪。土猪店的主打特色是一款来自安徽六安的黑毛猪，肉质不错，就是皮太厚，可做皮鞋。当然皮厚才能证明饲养周期是足月的，不是短期速成班毕业的。清真面馆是回民一家开的，也卖盖浇饭。吃得次数多了,大概理清了五六个男女店员之间的关系,就是汉人所谓的连襟关系。他们一直戴着白帽子,女的穿着黑袍。他们的孩子在附近的汉人学校上学。但似乎打闹玩耍的时间居多,很少像其他汉人店里的孩子都低头在一块凳子上做着作业。因此,孩子脸上倒是有孩子的单纯与英气在。印象中他们不咋与顾客搭话,没事的时候都兀自站着。而旁边汉人的店显得嘈杂,或大声放着音响,或空下来的女店员咬着耳根一脸提防着讲话。这家清真馆的羊肉特别好吃,薄如蝉翼。如果觉得不够,再加一点钱再买,那个体态丰硕的女店主同样用小碟子托着几个蝉翼给我,对我的抱怨也不回应。这个店的羊肉是我吃过的最正宗的,价格贵也可接受。这家店后来听说是被关的。闵行有段时间整顿回民店,说他们没有卫生许可证,房东也就不敢出租给这一家回民了。除了羊肉正宗外,总记得男主人的白帽子很漂亮,且白得耀眼,无形中让食客对这里的卫生放心许多。

今天早上等公交车,一个 70 岁上下的妇人急急地在寻找某个地方。跟着他的一个年轻人说,"5 年了,肯定拆了"。老妇人似不信,腿脚灵便地拉开步子,远远地找去。我的公交车还没来,看着他们折返,应该是年轻人的断言被验证了,那个妇人还是一脸不信,喃喃地说着含混不清的话,步子也迟滞下来。5 年,在这个日新月异的时代,有时可以抵上弹指几十年呢!"萧瑟秋风今又是,换了人间"。

搬迁的日子碰巧是建党一百周年,七宝这块地方也从以前的准农村发展成了如今的城市副中心,也是换了人间。我在党,起早入城要现场参加一百年庆典。起了个大早,家门口早点铺开了门却没"早点"开张,灶没醒、在通电,店员也没睡醒的样子,说只有隔夜的冷豆浆。谢绝后,只好空着肚子乘地下铁。街道也没醒透,商场门口看门的保安在开大铁门,哗啦啦地拉着长铁链子。

朝阳已隐约露头,路上好几拨年轻男女,嬉闹着走过。穿着野性、暴露。嘴里叼着烟,瘦削、苍白。男子穿着劣质的白衬衫与过于锃亮的皮鞋。女孩黑色的蕾丝裙子与浓重的眼影。他们像白昼与黑夜的分界线与守夜人。一会儿在街道热闹起来后,他们估计要拉上厚重的窗帘沉沉睡去。

12 号线七莘路上盖的印象城当然也没开。我从未去过,没啥印象。估计与其他的 MALL 没啥区别。吴中路上的万象城倒是去过多次,确实是包罗万象,吃喝玩乐俱有,像一个迷宫。但也就是一个个商家的店面拼盘,像简单组装的玩具。大而无当,千篇一律。初见时的一点迷意很快消失,像拆除的玩具零件,撒了一地。迷是一种接近诗与远方的精神状态,可惜如今现实容不得半点迷。我们是唯物的,万象、印象,着相,不想,挺好的。

太阳出来了,夜的黑彻底褪去。我却乘上了地下铁,在黑暗中前进。

回迁碎记

昨天搬家，重回收拾一新的七宝旧居。没看老皇历，我率领老伴与小儿，加上滴滴货运兄弟，四个人一起协力，很快完美收工。下午在房子里内务整理，就像一个新朋友彼此开始熟悉。书重新上架，新冰箱启用。还终于用上咖啡机了，是一个阔绰的亲戚所送。外国玩意没中文，只好请上门师傅示范，好在我们总算学会了操作，以后喝咖啡可以不求人了。也算是一件本领，混不下去了，可以摆摊子卖咖啡糊口。

决定松江的房子"另有安排"，宜养老。年初装修完工后，我们就经常赶去新居开窗通风，日常用度的东西就顺便从旧家整理带过去。一些喜欢的小摆件就从旧家撤走带过去，"喜新厌旧"。三个人经常畅想到七宝的新生活，其实七宝也不是市中心，但是这几年已经自称副中心了。购物、交通比松江确实方便许多，离地铁9、12号线近。特别是我，以后来往单位地铁的单程就可节约30分钟，这也是我们搬家的主要原因。LP也是为我着想，才加快着搬家的各项准备。今天最后一批搬运是冰箱中的吃食，今晚准备在新屋造火生饭了。在我们家乡，新屋第一顿饭是要请亲戚、邻居一起过来"礼祭灶神"。现在不讲究这些了，城市的煤气灶似乎没有灶神容身之所。过去多是土灶，白石灰的灶沿和台上还画有灶神像。冰箱储存的茶叶、灵芝孢子粉之类东西多半过期或不堪再用，只好扔掉。为贪婪无度而惭愧，减法生活，知易行难。每到一个景区或景点，我几乎都被营销人员们拿下。耳根软加上贪婪、轻信。我们这种猎物才鼎盛了景点的土产专门店，也是一种缘吗？

来回倒腾之下，旧居一下子支离破碎，然后开始空巢起来了。去年我们开始装修新房子的时候，旧房子就似乎要脾气给我们看了。一些好用的电器突然坏掉，墙上的挂钩掉下。其实，知道是旧居不舍我们别居他处。房子一不常住，就显得老态。今天早上，一直对新居充满期待的老婆，站在我们一起生活近8年的老屋客厅，恋恋地环顾，说又舍不得了。8年的生活、回忆仿佛一时间密集地涌上眉头、心头，一时无法理清与割舍。老屋为我们遮风挡雨，像一个老人，也为我们保存着记忆的老照片。如今狠心弃置，我们一大段的生活也就慢慢烟散了。人们安慰自己说，天下没有不散的宴席。也没有永久的家吗？

帮我们搬家的滴滴货运真心便宜，20余公里价格只要70元，平时不过问油盐钱的儿子都感觉到过于便宜。除去平台抽水，一单下来司机估计只有40元左右的收入。贴上自己的油钱与车辆折旧，跑这一趟只拿到30元的辛苦钱。所以，不另外给费用，司机当然不愿意再好心替东家搬大件、沉重的东西。记得前段日子，网络上闹得比较凶的货拉拉租车女跳车致死案。我觉得大致可以还原各自的矛盾心态，舍不得花钱与着急完工而抄近道。因彼此不信任而引发惨案。这次我就主动请纹身哥提供搬运服务，他欣然同意，并报价50，我也欣然同意。搬家是喜事，就是不干活，遇到道喜的街坊邻居都要敬上一支香烟，如今也该给发个红包不是？

今天来的滴滴货运兄弟的车小且破。又遇到下雨，他艰难地扳动刮雨器，前途才明朗一会。车子一路抖得厉害，我坐副驾驶谨慎押车并兼任 GPS、安全监督员。上车不久就开聊，得知他是山东人，注意到他手上青龙白虎缠绕。问他刺青时疼不疼，他说针针入肉，如何不疼。他甘领刺配之苦，我乱猜或有如下原因：失恋或遭遇其他人生巨大失意。或者是黑龙会之类的图腾标记。或许我车上坐的是昔日的风云人物呢？

印象中黑社会中人都喜欢大面积纹身。殴斗和密谋多在热气蒸腾的澡堂，九纹龙之类的英雄穿梭其间，且最好膘肥体壮且有大肚腩才更合景。胡歌在《南方车站的聚会》里演一个杀人逃犯，他的帅气形象成了败笔。再加上普通话不普通的美女桂纶镁，简直把一部好端端的黑社会大剧给搞成《廊桥造梦》，好在有我小胡子廖凡邪性加入，多少挽救了点票房。

也感谢这个滴滴师傅，搬家的缘分也是多年修来的。他干活干净利落，不辞辛苦。事完拿了钱后，就点火发动他的小车子，奔赴下一场搬家，像一个勤劳的工蚁，也在靠着年轻的体力养着自己的家呢？昨天对面一家正好要搬走，来了一辆大车。不知道要搬到哪里？人生来来往往的，搬来搬去，聚散离合，像一场流水席，我们也只好如此。东坡先生说"此事古难全"。苏先生一辈子也是搬来搬去的。

来时，坐在滴滴车纹身兄弟的身旁时，看着外面的雨，我又胡诌了两句诗，聊以纪念我们的回迁："乔迁遇新雨、别枝两处发"。算是自己给自己的祝福吧！

沪上陋室记

在上海第一个家是位于长宁仙霞西路的北新泾小区。1999年研究生刚毕业,把儿子从农村父母处接过来。农村父母最终还是放下不下孙子,决定母亲陪着一同先来。父亲待最后一茬农活忙完,家中匆匆安顿一下,也很快赶到了上海。一家人聚齐在这个简易的楼房里,好歹算是有了落脚之处。这个房子还是上海的大姨姐托了朋友介绍给我们租住的,四楼,毛胚的两室一厅。记得每月租金四百块,不含水电,说是因熟人介绍给了折扣。家中真正的是"家徒四壁"。前一个租户,匆匆撤走,一片狼藉。只记得不知何故卧室里留下一块猩红的人造绒的地毯。四壁都是白石灰粉,一靠上去就被"洗白",家中人人都是狼狈的"白衣骑士"。

那时没有类似于淘宝这样的网络提供二手货的信息,只好循着电线杆、墙壁上的广告信息,联系上卖主买了一些饭桌、碗柜之类二手家具。好歹是个读书人,从学校搬回的书需要一个书橱。我从隔壁小区一家买来,记得成交价是 99 元,就是一般公家单位常见的那种四栏无门的木格文件柜。自己作搬运工,一路背背停停,下楼上楼,终于给那些陪伴我的书也找到了安顿之所。又到附近的煤气站交了押金，买回一钢瓶的气，家中就可点火做饭了。甚至我们还在家中接待了好几拨同学、老乡。不过有一次，就暴露了我们承办接待任务的能力是有限的。客人围着吃饭的桌子，是那种用简易支架撑起的胶合板圆桌，不堪重压，竟然瘫痪倒地，满桌子的饭菜、碗筷破撒一地。场面十分尴尬，不过都是熟人，似乎也不以为意。重新支起来，下午饭后，继续让它戴罪立功，充当起娱乐的牌桌了。

我和老婆每天早早离家分头上班，父母在家照看着二岁的端儿，解决了我们的后顾之忧。但是他们的忧无人能解。他们像被猛然被关进笼中的鸟，远离熟悉的环境，到了这个人地生疏之地。父亲住不惯，就老是提出想回去，母亲虽以孙子为由主动劝阻着父亲，但是，她自己何尝不烦闷呢。这个毛胚的房子，一段时间连个消遣的电视机都没有。现在想想，我们那时没有太多顾及父母的真实感受，也很少给予安慰，好像父母的无条件付出是理所应当似的。

家中也无电话，接打电话都要到小区门口的小卖铺。记得小卖铺的主人是个年轻妇人，比较和善，很喜欢端儿，连带着对我父母也很热情，没有上海本地人莫名的优越感和对外地乡下人的鄙夷。我有时就从单位电话到她那里，她帮忙在楼下喊父母下来接，也不收费。我在家时，需要回单位或朋友的 CALL 机，也是到小卖部用她家电话。顺便照顾她生意买点东西，算是对她的友善给予的小小回馈。

记得父亲那时患了急性腰椎间盘突出症，是来沪之前急着抢农活挑重担在湿地上溜滑所致。我带他到华山医院，医生说需要开刀。父亲坚决拒绝，主要是担心高昂的医药费。农民被排除在医保体系之外，天价的医疗费使得农民天然地抵触现代医疗及医疗观念，反过来加剧他们的贫穷。我们只好就在陋室附近的仙霞路上找到一个私人诊所，那个东北大汉医生，用了野蛮的踩背的方法，居然就给医治好了。真是谢天谢地。父亲腰好了以后，就想找个活做，说不能坐吃山空。有一次走过一个自行车棚，特羡慕那个看自行车棚的老人，其实，父亲当时也只有 51 岁，觉得在上海能有一份工作就很好。我刚刚毕业，也无人际关系，只好口头上答应托人试试。

我们平时休息日，也会带着一家老小去闹市区逛逛商店。古北家乐福去过好几次，父母似乎为琳琅满目的商品所震撼，羡慕之余也有点自豪，因为儿子居然在上海这样的大城市扎下根来。稍远一点的地方，母亲就不很愿意，因为她有很严重的晕车症，我只好骑车驮着她去。记得有一次停在商场外新买的自行车被人撬走了。母亲帮着我焦急地到处找，至今犹记得她满眼都是自责之情。

这个家的地点虽偏远、简陋，倒也有一个值得肯定的地方，就是离西郊动物园很近。我们全家多次去玩过。带孙子走去动物园，父母每次都心情大好。他们也难得饶有趣味地观看老虎狮子这些农村难得一见的猛兽。我想，与儿孙同住、同游的一点天伦之乐，或许就成了父母克服重重困难，在这个简陋的居所忍受孤寂的最大动力吧！

再别洞泾

　　我热爱的洞泾,这个小镇的田野、植物与我家乡无为气候很类似,那些花花草草就像从家乡过来,陪伴我这寄居沪上漂泊的灵魂。因到附近的大学城上班,2016 年全家搬过来。在四年里我以跑步的名义,足迹遍及她灵魂的各个角落。小镇以朴素的四季收容我、安慰我。她没有上海市中心的浮华,不比隔壁的泗泾随便就列出几个本土的文人巨匠。但他也雄心万丈,扬言要建成科创小镇,可惜至今尚未见到要发达的迹象,依旧被松江的其他几个镇甩落在后面。我倒是希望那些不切实的理想不要为难她。安好便是,狂飙的时代弄潮儿不独缺这一处。洞泾镇骨子里似乎就是散漫的,跟不上这个捉急的时代。

　　我家的后阳台居高可见一大块被征农地,却又征而不用前后四年之久。肥黑的土地一直袒露着,不知道该何去何从,只好长满杂草应付。一说建大卖场,一说建人工智能基地。好歹不久之后,被勤劳的洞泾人以"先占先得"的规则临时又整回成了一块块菜园,偷偷摸摸地结成四季的果实。我家马路一侧外阳台正对面的一块近半亩地,被一对老年夫妻打理得几无杂草,干干净净,沟陇整整齐齐。在整个地块里,堪称最佳,像是张贴在学习园地里的模范作业本。我经常坐在阳台上,近乎崇拜地看他们有条不紊地梳理地块,老俩口透着神定气闲的气象。各季的秧苗在他们的手下愉快地生长,像是得遇明主、知恩图报,收成总是最为丰满。有一次跑步路过,终与他们有了个照面,那个老妇人与她一个姐妹模样的人摆起田间地头的摊位来,有路过的人问价时,竟有些羞涩的样子。他们一定是托尔斯泰的中国偶像,是大地上真正的精灵。半年前这块荒地突然就开工了。之前大家竟猜的传闻终于落实,围墙上贴出的规划公告与图示,建的是安置房。不知道哪些需要安置的人会来和我们作邻居呢?告示一出,不几天后的一个傍晚一下子来了数十辆力大如牛的巨型绿漆土方车,摆出一副挑灯夜战的架势,不露自威地就有了大会战的阵仗。老年夫妻的示范田,不容分说地被挖掘机抹去。托尔斯泰的田地不存,他只好流亡。

镇中心的"阿婆店"是我们全家经常光顾的地方。该店的"优势学科"是鱼菜。"阿婆大鱼头"出场,场面很壮观。两个壮小伙用挂红花的担子,抬起盛着大鱼头的热气蒸腾的大铁锅,前边领着一个伙计,为已经与被热豆腐簇拥,温柔宠爱着的鱼头铜锣鸣金开道,一路吆喝着礼送到客人的桌边。当此时,我甚至在想,作为一只普通的鱼,能如此为食客们牺牲,也算是备极哀荣了。前几日再去,旧戏照做、锣鼓喧天地送鱼出场,竟又推出"勾魂鱼"这一"创新课程"。古装剧中,所有的镇上都隐着传奇人物,这个"阿婆"肯定不同凡响。

洞泾镇的主干道长兴路过了三联河就改了名。洞业路、洞薛路、洞舟路与洞凯路,围成一个混杂着各色企业组成的毫无主题的工业园区。这些路名,感觉像农村多子女家庭,随便地起了个好养活的名字。每天早晨上工时间,散落在洞泾镇方圆附近群租屋里的打工男女一下子都从劳累的酣睡中醒来,像敬业的群鸟唤醒了小镇。大家蜂拥着,鸣着各种型号的电动车涌过那座承着重压的三联河桥,奔向园区内各自的工厂,打卡、上班。直到夜幕降临,街头的灯光相继亮起,他们又像夜晚飞动的精灵涌进工厂区里标着家乡名字的餐馆,浓烈的菜肴上来后,点上一支廉价的啤酒享有难得的自由时光。或与有情人相约灯火阑珊处,甚至干脆住进对面的时租宾馆。酒饭之后,三五好友吆喝着组起一场家乡规则的牌局。这些来自五湖四海的青年男女在上海的城市边缘生活着,也曾被路上宏大的时代奋斗进的标语偶尔激动过,但终究明白自己只是飘零的过客。在长假期里,家乡的子女短暂地过来探亲,挤在狭小的租屋里。暑热的街上就经常看到这些孩子穿了刚买的新衣新鞋,不协调地走过这个城郊的街道,与他们的父母若即若离。这些漂泊无根的打工人,与故乡与祖先的坟茔也疏远了。在日当祭奠的某个晚上,在镇外偏远农田的桥洞下,总有零落的几个人跪地燃着纸钱,火光明灭之处,一张张暗红、摇曳的脸,似乎在喃喃自语。

工业园区边上疫情期间新开张了一个平价超市。超市的假想客就是工厂区的人。各种"粉丝"(Fans)、"土糖",以土法取胜,简单、原始、价格低廉、品牌杂乱,是线下版的"拼多多"。有一款巨型"抱抱粮"装着大号薯片,以"治愈"为销售策略。在半人高的"抱抱粮"袋子上可以读到如下精彩文案:"如果你一天都很沮丧,心情很不好。不要抱怨,过来抱抱我"。在这个"爱拼才会赢"的时代丛林,这款大到必须搂抱才能食的"抱抱粮",其对远乡人治愈的功能离获颁"精神文明奖"相去不远了。

陈丹青曾说"中国人的信仰就是活下去",其实吃喝是这个民族的头等大事。人多势众,又超级分配不公,离乡的打工者"活着"尤其不易。"治愈系列"始于吃喝又终于对"吃喝"的超越,上升到精神层级了。江小白系列酒,在洞泾这样的郊区小镇也卖得也很好。酒质平平,不能与贵胄茅台比肩,热销估计端赖得那一句句直击人心的"江边独白",猜中了谁家心事?

至若春和景明,田野中草地泛青,岸边柳枝蓄势吐绿。牛年春节假期刚过,沪上郊区洞泾镇这个工业园区也陆续开工了。冷清了半月的街道一下又活起来了。像是池塘因着一尾尾鱼重新游回,变得丰富与活泛。以河南、安徽、陕西地名为招牌的早点铺、特色餐厅大部分已经开张,为还没从家乡春节氛围回神的兄弟们准备着一日的食粮。日头充沛,工厂集体宿舍的不锈钢窗户里嵌满了长途跋涉的鞋子与衣服,一路风尘仆仆后方才尘埃落定。

这个小镇远离大都市,过了元宵节商场音箱里还在大声放着"恭喜恭喜你"的歌。平时,路边商店小虎队与邓丽君开足音量地为郊区的工装男女献歌。与十公里外的国际大都市总慢一个节拍,像是在刻意怀旧,但这些守旧的歌倒给人岁月安定的感觉。傍晚时分,三联河桥一侧的刺槐树下,本地乡下老太们自会随地摆放一溜从新开垦的菜地里采摘的菜蔬,卖给下班拐过的人们。买主刚从工厂流水线上下班,懒得从助动车上下来,只需指点一下,老太们便殷勤挑选、称秤、装袋,递上大大的微信或支付宝码即可。一声"支付宝到账",银货两讫后,助动车们便一溜烟绝尘而去。这新鲜的菜蔬是老太太们自力更生的来源,也成就了附近廉租房里自制的晚餐。

开春后,小镇的街上又有了一点新景致。街尾新开了一家梧桐咖啡馆。以后年轻男女工人们也可以模仿着市区星巴客里面的时尚都市男女,点一杯拿铁或摩卡,约着意中人浪漫一番。我还发现,那个经营得不错的炒货店老板,如今在门上新挂了个鸟笼,在工作的间隙逗逗那只并不名贵的黄家雀,一副和谐安逸的景象。

疫情初定,早点铺前人们不再拥挤,安静地、间隔着排着队,也是一种新气象。

沪上这个不起眼的小镇,也在迎接自己的春天了。不负花期,街道边随意栽种的一些不知名的树,很快也会满眼繁华。只是我又因工作的原因,迁居别处,不过定记得常回来看看,洞泾,一枝一叶总关情。

七宝古镇

七宝是个神奇的地方，据说是因天外飞来七件宝贝而得名。七宝中学远在这个郊外，但是闻名沪上。七宝千年古镇说是北宋遗存，古镇进门就树了这个牌坊。我将信将疑，古镇离北宋久远了，无从查考。七宝镇上的特色羊肉、炸臭豆腐与中间染着一点红的方糕值得买来堂吃或热在嘴边，边走边吃。吃小吃的场景感很重要，欠缺了闹腾与扎堆，小吃的味道便失却了一大半。临着河浜照例有一座桥，桥头照例有一个江南细瓦白墙的饭店。饭店照例标配一面菱形的红底黄字旗幡，随风招摇，引着游人呼朋唤友地落座。伙计用一把陈旧的铜壶沏一壶绿茶。喝一口茶，客人才算是落定，缓着走累的身子像是到了家。七宝老饭店的羊肉与大鱼头是经典的名菜，放在菜谱的显著位置，占了整整一页，是店里的主打。客人于是照例点上。

桥的另一侧，估计是以前停船放货的码头，有一个古戏台，也是江南小镇的标配。戏台上不时演着一折折王侯将相、落难书生的古戏。戏文多半不新鲜，台下的观众甚至也能哼唱，也就更容易入戏。

这个江南古镇有座教寺，法相庄严，占地开阔。从熙攘的闹市拐到这，耳根突然清静，像是进入了另一个世界。连嬉闹的孩子都收起声，听从父母的训诫，高高抬脚，生怕踩到大殿的门槛。七宝的九层佛塔远近可见。塔角有风铃，似乎警觉着，保一方平安。在夜晚，值守的塔，周身穿戴的彩灯亮起，更是金碧辉煌。

镇上有个布店。店员用一把木尺与白粉饼按照顾客报出的长宽数字"嗤嗤"地扯出一块布。城里这样卖布匹的店不多见了。光顾的客人都是些老年妇人，还留着傍身的女红技艺。买得匹布回来，自己动手裁剪成衣，比商店里买回的更贴体。还有一座酱园，如今只留下一个巨大的"酱"字，黑黑地写在一面白墙上。过去，专事银钱兑换与融通的典当行，也成了遗存。当铺里塑了几个蜡人穿扮成伙计，演绎着当年典当的营生。鲁迅在《百草园》的当铺里换回的几枚可怜银钱，让我们把当铺与凄惨的家道中落永久地捆在一起，估计中间误解不少。古镇的后街，七宝寺的斜对面，有几处经营祭品与香烛的店面。门口的一块板上介绍着可兼营诵经、超度的业务。柜子上堆着花花绿绿的逼真的纸钱，面额惊人。地上更是如山高的黄道纸，据说可烧作亡人的衣服与布匹。店里工作人员并不招呼人，枯坐在柜子后面，善男信女过来，在香火钱上不会讨价还价。店员照例指着价格牌、收钱入账，依然眼神空洞，不辨喜怒。

七宝镇上的名人当属张充仁，他是民国时期的雕塑家。在巴黎时为邓小平做过一尊雕塑。齐白石的雕像他也做了一尊。这几尊雕像也奠定了他的位置。现在七宝镇上有个他的纪念馆，内中述说着这个小镇张姓名人的事功。只是需要买票，我始终没有进去过。

江南水乡的古镇几乎是一个范式。临水而建，饭店、古戏台都是不可或缺的元素。这些元素串联起凡俗人一生的需求。更因为交通不便，小镇上的人打定主意，一辈子不离开小镇。小镇上的某处老槐树见惯了一代代人的婚丧嫁娶，像是古戏台上的自编自演的老剧本。熟悉的石板街道，熟悉的店铺与掌柜，因为熟悉，而生出安定的感觉，变化不常有，虽然也会被外面的世界半推着走，步子到底是慢腾腾的。

如今的七宝发达起来。万科与宝龙广场打造了一种全新的商圈业态。但是，古镇并没有失色，依然人气满满。人们估计希望在这个遗存的古镇里找到一些失去久远的东西吧。

沪上陋室又记

虹口的蔷薇里，我的一个短暂的居所，今天来和它最后告别了。来把一些私人物品取走，就交还回去。租住了一年有余，原准备作为过渡房住上几年，都在虹口，离新单位近，不用日日从市区往返松江。

但计划得太好，真正住下，交通还是大问题。我曾经坐门口残疾人开的电瓶三轮车，风驰电掣到地铁3、4号线，这些车辆其实没有营运证，但是残疾人士，警察不好惹。残疾人司机还告诉我不同片区警察执法的尺度，他们总是很精明地周旋。但是，我在车上，看他们快速穿过车流人海，还是会胆战心惊。

蔷薇里位于虹口区虹湾路，小区名字与路名都很美丽，但已属郊区，与宝山接壤，郊区的乱表现在到处是工地，饮食与购物配套比市区差的太多，很不方便。刚住进来时，物业的师傅就提醒我们，夜里有运煤的火车从吴淞口过来，果然，我们每天半夜都被那列火车惊醒，那列车鸣着笛震山响地长长地驶过，全然不顾半夜会惊起居民的酣梦。不过，估计习惯了以后，就当是城市中心外滩那座报时的大钟吧。

虹湾里是区级公租房，给我们这些租户的价格也不低。房屋高近 35 层，内部装修和设备材料，一看就知道是照着最低配置来的。插头几次就从墙壁里脱出来。住进来时，床和席梦思似乎是新，就买了褥子铺盖垫上，但是几日之后，竟腰酸背痛，颈部肌肉多日酸疼，抬不起头来。遇到雨天，外墙的水就渗透进来。墙壁斑斑点点，像幅水墨画没有霉味就好了，至少空荡荡的墙壁不再留白。

虽说是装修好的房子，真正是家徒四壁。

我们原是准备住上一年半载的。于是，从宜家买了冰箱洗衣机之类，我还亲手按照宜家的图纸安装了几个柜子。对我这种动手和读图能力较差的人来说，真是不易，足足整了大半天，柜子总算站起来了。但是柜门的铰链似不服帖，只好随他去了。老婆选了窗帘、台布与坐垫，让单调的房间有了色彩。水壶、锅碗瓢盆配齐后，甚至开过几次火。似乎有了家的感觉。

但是交通实在不便，周围配套太不好，方圆之内都是工地。周末除了枯坐家中，也无处可去。住户则两极分化，20、30 岁的年轻人与 60、70 岁的老人居多。每每晚上九十点钟下班回来，看到一些老人经常聚在小区中间一处凉亭里下棋或聊天。亭子里昏暗的灯光下，老人们聊天的声音很大，经常为台湾是否武力回归、与美国是否立即开战的事情大声辩论。小区里的晒衣区有一大片的不锈钢栏杆，晴天的时候，晒满了各家的被单衣服，特别壮观，倒给人一种久违的集体生活的情趣。

有一次，看到三三两两的居民提着小菜走过。知道附近应该有个菜场。去过一次，印象深刻的倒是旁边一处门脸不大的水果店，挂着"国际水果基地"的牌子，觉得老板肯定是个有前途的水果商人。离这个菜场不远，过了高境路，就是宝山地界了。高境镇有个戒毒所就在菜场斜对面。深院高墙，好像还有铁丝网，想想其中的病人的日子估计不会好过。

短暂的相住，似乎都不满意。就像一场婚姻，冷静期后觉得不合之处太多。所以，12 月份终于下定决心退租。想想，这么多年来，住过的房子，除了旅馆之外，也有好几处。或闹市、或市郊，或舒适或不便，但是都是收留我们这些天涯旅人，至少可以遮风挡雨。

谨以此文，向蔷薇里告别。

第三辑　忆吾乡

蟹自故乡来

一早陪夫人到菜场买蟹，中秋须有蟹。今年的梭子蟹大丰收，价格就较往年贱。寻常人家也可经常买来清蒸，佐以葱段与姜片。梭子蟹的膏不鲜，但肥厚。适合我们这些怕烦的食客，易上手。梭子蟹也适合炒着吃，配上年糕，既可口也有年年高的彩头。我看今年菜场中梭子蟹与大闸蟹平分这中秋之色。

摊主是我小同乡，今天和她矮小的老婆为蟹忙得团团转，说为备货一夜没睡。他红着眼睛为顾客选蟹，女主人则负责捆绑蟹将。需捆绑的当然是不驯服的大闸蟹，而梭子蟹呆板，似乎对自己的命运不抱怨，随遇而安。女摊主的牙口好，一根根粗麻线一口咬断、收结。我劝她还是用剪刀。我有个亲戚，年轻时夸自己可以咬断大绑铁丝，年老牙齿松动只能勉强对付一块豆腐。对我的忠言，矮小的摊主只好笑笑，依然咬牙切齿地忙活。

待出售的大闸蟹男女有别地摆出来，且按照蟹的分量在玻璃格子里区隔开来。这样的分别心，当然只是为了顾客快速区分与选购，减少顾客"安能辨我是雄雌"的困扰。其实，顾客可凭蟹的背面那个胎记可轻易辨别公母，比辨别月兔的性别容易许多。公蟹遭嫌弃只好自贬身价。螃蟹不忘初心，停留在母系社会。动物界普遍是母贵妻荣,与人类不属。

螃蟹这个物种,进入汉人的食谱只是晚近。大美食家袁枚在《随园食谱》里并不推荐吃蟹,不知其故。我们小时候随父亲捕鱼,网中缠上几只蟹,也多是随手遣返入湖的。否则,这蟹在鱼笼子里呼呼地爬,不懈地越狱,很让人心烦。当然大闸蟹不比寻常蟹类,味道鲜美,如今又配合了中秋"和谐"的元素,身份贵重起来,每次车子经过阳澄湖服务区,服务区一年四季都在卖大闸蟹。偌大的湖面,似乎都潜藏着这种横行的蟹将。但是,估计难以填平中国人的口腹。全国各地一时间都在卖阳澄湖蟹。我们家乡的安徽巢湖也产蟹,但是名气起不来。各地的养殖户改从阳澄湖买来蟹苗,悉心培养。前几日回无为,离家很近的一个螃蟹养殖基地,居然树了个院士工作站的大牌子。请了几个蟹院士坐镇,也真是难为他们了。

现在的蟹都是批量生产,速成班,随手可得可买。而失了野蟹的美味,野味之美在于它的稀缺、在于意外与野趣。我最美好的"蟹逅"是 30 多年前。1987 年高一时,父母终于下决心推掉土墙造砖墙。我家的土墙草屋在村子里已经很碍眼。但是窑厂的红砖买不起,只好自己利用农闲脱土胚,再设土窑烧砖。土窑的火不能断,夜晚需值班并随时添火。当时也是秋日,月白露重。一日轮到我和同村的大舅值班后半夜。夜深人静,寄存着一家砖墙瓦屋希望的土窑热气蒸腾。明月当空,但我终抵不住睡意,在土窑一侧沉沉睡去,舅舅脱下他的单衣铺在我身下。夜里 4—5 点,舅舅始唤醒我。陪他在土窑四周火孔和窑顶巡查时,发现挑灯之下的窑顶,有好几只螃蟹选到此处静卧,许是水中苦寒,贪这股热气。我和大舅也是手忙脚乱,围追堵截,相互配合着,最后悉数抓到这几只蟹。这个意外的乐趣和收获成了我们一段时间兴奋的谈资,甚至超过了中午野蟹的鲜美。

记得那也是中秋前后的日子，临湖的土窑上空一轮明月。秋虫的阵阵低鸣，秋草劲长，村落难得的静。大舅平时木讷，不善言辞。我们一起值守是我和他讲话、独处时间最多、最长的一次。犹记得窑内的火光照在他与年龄明显不符的脸上。他与我合捕几位不速之蟹时的手舞足蹈和欢笑更是生平难得一见。只两年后，我的这位同村的舅舅被查出绝症，匆匆离世，也让我第一次尝识到死亡的意味。

唯愿所有人安好和彼此珍重，无论生人还是亡灵，"料得年年断肠处，明月夜，短松冈"。

我山有枝大爷

偶然在一个新诗排行榜里,看到"山有枝"的几首诗,在排行榜里靠前的位置。仔细一看,山有枝者,我大爷倪宏才也。倪宏才与我父亲是堂兄弟。他如今起了个山有枝的艺名,着实让我吃惊不小。已经快 60 岁了,停留在我的印象中多少有点木讷的大爷,居然公开了几首爱情诗歌,更是出我所料。我大爷还是我大爷吗?

倪宏才不仅是我大爷,还是我比邻而居的邻居。农村比邻而居的几乎都是一个族谱里的人。我小时候偶尔听到父亲的埋怨,大意是我的祖父懦弱,分家选宅基地时不会争。所以我家的祖屋局限于前后父亲几个堂兄的屋子之间。前无堂后无院,夏天又不通风。

大爷的房子挨在我家后门,临湖,算是湖景房。但是,一样贫穷,所谓湖景房,其实也无甚好处。在我们安徽无为,唯一不缺的就是这所谓的湖景。平时供人养鱼、行船,但是水涝时更多。湖给人的印象并不友好。

我这同宗的大爷,是我长辈,长我一轮。我记事时他已在读初中,与我们也很少一起玩耍,因年龄与辈份横亘我们这叔侄之间。只记得他一回家就钻到他家低矮的茅屋里,在昏暗的光线里温功课。有时候站在后门，看我们几个孩子顽皮，投以善意的微笑。他的成绩平平，虽然关在小黑屋里眼睛都坏了。总眯着，有一天架起了一副眼镜，怪怪的，这在当时的农村足以成为别人的笑柄。加上他学业并不顺坦，在新河镇上那所很少有人得中的中学读二年制的高中。偶尔假期回来，眼睛的度数更深了。在他父亲的严苛与苦逼中读着高中。也很少见他扎堆说话，路遇熟人招呼，稍稍抬头致意。估计是眼神不好，不辨对方身份，回应得敷衍，不热情。于是，嘲笑变成了对他的普遍指责与生气，认为他不懂事，读书不好也就罢了，竟不顾长幼的礼数。

他高中后，又在家庭和乡民的不信任中复读了两年。最后考上了安庆财经学校。在当时已很不简单了。他们全家多少昂起了头。

他成了公家人，暑假从中专学校回来。母亲就要我把平时不会的题目攒着去请教他。因为父母不识字，家族里出了这个中专生，堪任榜样与老师。近朱者，我说不定也能考上公家人呢！四十年前的某天，记得遵母命，我带着皱巴巴的课本，踩着我们两家土屋之间的几块垫脚石，去大爷家请教。他家的屋子还是黑乎乎的，光线总不见好。我不记得有没有请益具体的题目，倒好奇他手中所读何书。他的回答令我至今犹记，他说在研究无为县名的来历。并告诉我曹操曾欲屯兵此地，后发现湖泊众多。曹兵不习水。又发现山势不险。颓然慨叹"此乃无为之地也"。我这个小学生直佩服他的博学与钻研。执着这样一个无用的知识，觉得仿佛这才是知识分子该有的样子。大爷果然不类于此间乡野村夫。他们只图温饱，为生计所迫，哪里会管顾"无为"这个我们世代生于斯的地名由来呢！

他几年中专后毕业，托了省城的一个亲戚，分到巢湖水泥厂。

这个水泥厂一度是我们巢湖的有名企业。福利好，水泥紧俏。听说，北京人民大会堂的水泥就是这个厂所产。他按照专业又进了财务科，手里管理着海量的公家钱，在农民的眼里已是非凡人物。

公家人大爷平时也不总回来。家里的房子也没有大修。只是换成了砖基，没有那些摆阔的人家争建夸张、大而不实的瓦屋。临湖的房子还是小小的。依旧只有两间。大爷春节雷打不动地回来。眼睛也未见好转。唯一的变化，不能再推辞，频繁受邀成了春节人家的座上宾。饭后经不住别人的邀请，小赌一番。我们农村春节正月几日，政府实行短暂的宽纵，对麻将与牌九之类的赌博娱乐活动，睁一只眼闭一只眼。干部们也会亲自上场，与民同乐。饭后的牌九麻将也是吾乡招待客人的常见规格礼遇。大爷的出席很让大家兴奋。因为他带回的钱总是簇新的一沓，是从银行里刚取出。这样艳丽厚实的钞票，很是刺激农村赌徒们的欲望。赢这个城里来的财神爷的钱比穷苦兄弟之间皱巴巴的零和博弈更有均贫富的正当性。

听说财神大爷善长股票和麻将，但是入乡随俗，只行牌九。牌九比麻将比较适合农民。麻将的缠绵与繁琐多见于心机深邃者。牌九立杆见影、快意恩仇更能激起农人的赌性与斗志。大爷在春节的酒宴之后，带着不胜的酒意被半推半就，入了农人们刀磨霍霍的又一鸿门宴，其状近似绑架，很是令人替他捏把汗。他眼神不好，身材矮小，酒态满脸。旁边放着他崭新的"老人头"，作为他担任庄家的资本。他并不熟练地掷骰子，摸牌，亮牌。围在桌子边的农民赌客，此时眼里满是兴奋的光芒，像一群夏日嗜血的蚊子。善于炒股的大爷，就像一个武术圣手，终敌不过一番乱拳相加，几个回合下来后，大爷的那垛钞票日渐浅薄起来，淹没在一片找零回来的硬币、毛票之间，实力庞大的队形转眼一片残兵败将。大爷的崭新大钞落入桌子四方的豪强手里。我看到他眼里强忍的沮丧与不甘。

大爷赌场失意,情场收获了一个黄姓的大婶。一次过年带回来,黄婶是水泥厂的工人,算是大爷的同事。她人生得端正,却朴实无华,一看就是过日子的人。与我们这些宗亲人家,天生有缘似的,自来熟,很快就与我母亲、姐姐一帮女眷亲密无间,打成一片。大婶的到来,让平时走动不勤的倪家人一下子亲热起来。也是有了大婶之后,春节期间,大爷在牌场上的豪放就收敛许多。但抹不开面子,还是得上牌九桌,但是不再担任庄家。适度参与,小赌怡情,设置止损线,差不多就离席。一个贤惠的妻子破了精心的赌局。

大爷后来做到了巢湖水泥厂的财务部长,很是令宗族的人骄傲。包产到户后,农村的生活有点起色。各家都要翻盖瓦屋,都希望用上著名的巢湖水泥。同村的人于是都托着我父亲,去给他这个堂兄弟打招呼,按批发价到厂现拿水泥。巢湖水泥牌子大了,市场上假货很多,价格参差不齐。父亲的面子被看重,据说父亲在大爷高考介绍信和政审上出过力。因当时,村上的干部曾有意刁难。财务部长,对我父亲给予的恩情似乎一反财务规则不行折旧处理。大爷对来自家乡的请托总亲自出面,事情当然办得顺利。家乡人又一次沾上了大爷的光。我们农村的房子上都涂上了货真价实的水泥,比别处的房子牢靠了许多。

后来我也漂泊外地,与大爷见面的机会越来越少了。听说巢湖水泥厂被海螺集团合并了,财务部长的位置被人替换掉了,许了他一个有名无实的闲职。他的父亲去世后,更是很少见回来了。那几间临湖但矮小的房子空置着多年,因为没人维修,去年我回家时,看到已经坍塌了。农村宅基地新政,基地上没有户口者,不能重建。听说我父亲和大爷主动联系过宅基地的事情。大爷不能无家可归。大爷提出我们同宗几家可以把宅基地整合一片,合资建一幢高楼房。特意说要征求我这个侄子的意见。我想,如果计划成真,父亲和大爷一代的分家而居,就又可以恢复成一户大姓人家了,也挺好。

看了他参赛的几首诗,满有真情实感。他虽然是财务出身,整日与枯燥的数字为伴,好像并不妨碍到他的诗意生活,人内心的诗意终是庸常生活所磨灭不了的。我记得某一年的诺贝尔文学奖得主也是个会计。卡夫卡明面上也是个保险公司小职员。我这个无为大爷咋就不能是诗人吗? 虽然生活是坚硬的,甚至夹杂着无力与不幸,但是人人还是可以是诗人,为曾经的生活,爱人,为需要盘整的成功与遗憾,为已经无法追回的擦肩而过的爱情,而永葆一颗柔韧的心,诗之、歌之。《可可托海的牧羊人》应该是大爷所喜爱的吧? 他的这首《致恋人》似乎也是纪念某一段擦肩而过的爱情。另外,他为何要用山有枝这个笔名。这些无用而有趣的疑问,下次见面时一定要请他解惑。

自行人生

苏童写过一篇散文,写他自己在南京的林荫道下骑凤凰自行车,很是享受,"大抵近似厅局级待遇"。后来,南京的林荫道因市政毁掉不少,他骑车的待遇与感受估计降到了县处级,但是还是喜欢骑车。要知道,80 年代,他胯下的凤凰牌自行车确是名牌。甚至县城婚礼上也当得拿得出手的嫁妆。凤凰身上还有霞披装饰呢?还有一个名牌是飞鸽。也作为中美之间蜜月期的礼物,送给过老布什。我 1996 年结婚时,二姨子送给她妹妹陪嫁的礼物就是一辆白鸽自行车。我们的婚礼由是升格为国际级了。可惜,这份国宾档的自行车不久被大盗偷走,小白鸽不知飞入何家。

自行车被盗的比例不低。我记得上海在 1996 年前后还搞过偷车大整治。交警拦住骑车人,要求出具自行车购置发票和完税证明,以证明是你原配。一段时间,还挺困扰到我们这些早不知道发票放到哪里的粗心人。况且,我们很多自行车确实是私相买卖的,甚至直接从修车铺买。卖主得自何人,有无正规发票,也懒得去管。有一次我就在市中心被警察逮住。推着车尾随警察去交罚款的路上,又有其他同类嫌犯被他逮到。他像一个没有经验的羊倌,随着羊群的扩大,他显然无法对付这些群情激愤的推着自行的"群羊",一时间推推搡搡,吵吵闹闹。我斗胆趁着近乎失控的场面,骑车,夺路而逃。好在警察没有追来,我侥幸逃脱。可见,当时偷车之盛,已经成了治安事件。为防止失窃,居民区、学校与公园里都有一个规模不小的自行车棚。自行车雇了专人看护。

看自行车棚的活,对进城打工的人是个不错的选择。经常见到一家人在车棚里起居生活,甚至生火做饭吃住都在车棚里。2000 年,我研究生毕业,父母到上海来帮我带孩子。一辈子劳作的父亲过不惯无所事事的日子,曾经在小区地下停车棚担任过一年看自行车的工作。24 小时值守,中途还要与一个余姓的同事轮班一次。偶尔我就代替母亲给他送饭,儿子正好从幼儿园回来,我们一起在爷爷工作的乌泱乌泱的整齐排放的自行车库里参观、嬉闹。他无忧的声音久久回响,犹在耳际。

2013 年得到一个机会,第一次到中国台北开个学术会议。走在忠孝东路,惊叹于台湾同胞上班时的电车洪流,各色头盔下是一样的华人面孔。车流汇成这个民族另类政治生态下的芸芸众生相。当时大陆的景象则是上班高峰期,绿灯翻转后,一样的自行车流。各种品牌、颜色的自行车载着一个时代的喧嚣,叮叮当当地,急急地驶向充满希望的未来。这几年电动车开始在中国的城市流行起来,一样的车轮滚滚。只到去年公安才颁行了"一车一盔"。台湾忠孝东路的头盔一幕在大陆重演。车上的上班族,驮着一个家庭的生计,一个时代的重负,负重前行。只是如今两岸关系不比往昔,希望他们不要承受过多的对立与不安,甚至灾难。

在大陆经济腾飞之前,拥有私家汽车是多数人所不敢奢望。自行车与我们形影不离,见证了一个时代的变迁。自行车的身份于是尊贵,价格也不菲。在院子里用破布擦拭自行车成了电影中的经典桥段。我们这些 1970 代出生的人,也都亲手修过自行车。

双腿夹着车龙头校准,为链条上油。能干的家庭男主,则是座位改装可以载百余斤的重物,前杠加个简易的儿童座可以接送孩子上下学。这些载重自行车,支架宽大扎实,停得稳当。在父亲的庇护下,铁甲的战车一路光影跳跃,撒下欢声笑语。

修车铺与自行车棚不知不觉,在上海这样的城市慢慢消失。如今摩拜、哈罗这种单车横亘进时代的洪流中。单车确实方便了市民出行。特别是短途办事,扫码开锁,跨上马一溜烟就到了办事的地。甩蹬下车,锁定,扬长而去。早晨往往 7:00 不到,地铁站已经单车集结了,重重阻阻,行人无处插脚。哈罗单车的服务商前来清淤,其他青、橙、黄各色一任其便。像没人管的淘气孩子。自家孩子自家抱。

前一段时间都是衣服上印着"网格员"的黑衣人干这些搬运工的活。绝对体力活,就是把这些扎堆的车再发配回鞍马稀落的原籍地段,起到城市高峰期调剂的作用。最近天气热,我们这地段的这些苦力活就落到一对兄妹模样的人身上。愁眉苦脸的,搬小山一样扎推的单车。最密集的时候,车到目的地,骑车人甚至找不到一条缝把车停摆。有些人就把车子横竖乱停,甚至倒在地上,堵住行道,惹得行人骂骂咧咧地绕道。对于共享单车,却没有享受大家共同的珍惜,没有了自行车时代主人的自珍。

我现在也喜欢用共享单车。之前在这个城市,我买过好几辆自行车。至今还有一辆弃在自行车库里,早忘了它的存在。以前的几辆命运也各异。其中有一辆新买的单车,在长宁附近的一家超市买杯饮料的功夫,经停不到十分钟居然被偷走了。出来只见地上躺着那把几乎完好无损的车锁。像被打晕后解除武装的守卫。我忘了丢车之失,打心底佩服这窃车贼的专业能力。如今有哈啰单车,自行车行业纷纷停产或转型高档车型。偷车贼估计也只好转行。可惜了我的那个冤家,报废了那满腹才华手艺,又在哪里公干发财呢?

　　苏童有"车官"之乐,我却有几次车失前蹄的草民之哀。记得高中时,有一次自县城骑车回家取东西。往返 30 里地,乡间的路总是坑坑洼洼,骑在上面犹如行进在波涛中的船,起起伏伏。人在座位上,有时差点被震脱扶手。记得过一座坡度不小的水泥桥,不愿下车推行,凭着一股蛮劲冲上去。怎奈,技不遂愿,龙头控制不住,偏转,竟然直冲到河里。好在河并不深,我很是喝了一顿河水,狼狈不堪地从水草的苦命纠缠中,拼力把这辆沉重的大家伙拖到岸边,随意清洗一下车身与自己身上的河泥,湿着身子,在已经有寒意的秋风中,重新翻身上车,驾着这辆老旧的自行车瑟瑟发抖地回去县城的学校去也。

我的小荷塘

小时候,家里拥有一块池塘。不是刚刚挖土得到的那种新塘,有股经年池塘的陈旧。有股恰到好处的腐土味。河沿枝蔓繁复,塘里四季不空。夏季,盛满了荷。

江南的荷,田田、密密。风雨来了,它们就演绎莲动、摇曳。雨稍息,我喜欢出来,站在浅浅的塘沿,看那枚圆润的雨滴,在愈发翠绿的荷叶上大珠小珠地聚,然后泄散在荷塘里,一声回响,一圈涟漪。当然,涟漪多半是想象出来的,因为荷叶恰到好处地遮住了,像一面满绘荷叶与荷花的屏风,让人想象那屏后的风物。

这面荷塘,自有股让人安静的力量。暑假,夏天午后,我喜欢一个人到荷塘边,伸手采一枝荷叶垫在身下,小坐一会。阴气与荷香阵阵袭来,暑气消磨。一尾尾鱼,在荷遮蔽的水廊下浅游。小小的鳞片,闪烁其光,斑斑点点,落到叶涩涩的背,与一个少年的脸面上。我非鱼,此时,岂可不会鱼之乐!

这面荷塘,现在想来,简直就是乡间学生的自然主义课堂。李白与一班猛游江南的文人笔下采莲女的迷离与眼明,我们还未到识此滋味的年纪,毕竟不是纵马的游冶郎。但是,语文课上的那几句"江南叶田田","鱼游荷叶东"的诗句,毕竟囫囵吞枣地种进心里了。我荷塘边的早读，也在替这此千年前的诗人们转达咏赞他们的寄情之物。朱自清的《荷塘月色》也是我们的必读。只是，月色在农村并不珍贵，我的那片小荷塘盛不下太多月色，月的光只在塘沿，荷叶稀疏的地方偷偷露着一角。蛙鸣稍息，跳过，一弯碎月漾起。

我们家的这片不大的荷塘，也没见过大人们去采过莲，倒是一任荷花粉白地开放，没有功利，任其自由。在我的眼里，荷花甚至比桃花更能让人感受生命的伤逝。从小荷才露的羞，只过了几日的盛。荷花便打开了她的莲座，露出黄蕊丝丝，让我们受教了孕育与呵护的母性。莲蓬的果实饱满之日，也是荷花败落时。我们照旧也不采莲蓬，一切顺其自然。

秋兴了。荷塘萧条下来。荷花褪去，原来壮硕多刺的荷杆折断，衰黄的残荷依托在水面上。此时，秋风吹皱的细波推荡着它们，盛夏的记忆，短暂但真实。

那闪烁的鱼收了光芒，伴着一季的荷，已经长大了，此刻潜入鱼塘深处。坐在荷叶下的蛙与树头的蝉先后停了它们的工。人间已惊秋。一副胜过所有画家工笔的残荷，摆在我少年的眼里。

我的荷塘，小小的，恰到好处。多年后，我看到过洞庭湖那类万亩荷塘，过于广大，压迫，终难以亲近，毕竟不属于我。

水患犹记

　　近期网络刷屏,全是河南郑州等地遭遇水患的讯息。我前一段时间刚去郑州出差,住的地方距离著名的黄河委不远,在农业路上。看到此次水灾画面和报道,知道那一带也大水漫漶了,令人忧心。其实,这几年城市防洪减灾之类的投入不小,而与之相比,农村由于基础设施不足,资讯与救援的困难更应得到关注。好在,已看到有识之士呼吁大家关心河南广大农村地区的灾情。

　　河南与我们安徽一样,都是农业大省,历史上也都屡遭水灾。前段时间读高建群的小说《大平原》,小说开篇就描述了花园口黄河决堤后百姓的流离失所和饿殍遍野。我们老家无为属于历史上的淮泛区。多年前记得在某一个人家的书架上读到过一本《淮泛区灾情实录》,记录多地水患惨状。最触目惊心者当属"易子而食"。

　　我的家乡无为位于长江北岸边,河汊密布。在我的记忆里每年汛期,大大小小的水患总是光顾我们,使得这个平时的鱼米之乡成为水乡泽国。水患之下,平时一片片已经抽穗待熟的稻田被按到水下。当然,除非决堤,水势是慢慢涨起的。刚开始,水稻总还有一截露头,像一个溺水人的头发,几天暴雨之后,很快就没顶不见了。平时熟悉的农村道路,开始还可以凭着印象摸水趟过去,很快无舟楫就不能出门半步。好在我们同村家家户户都有一只小船。父亲划着小船,从广播喇叭与辗转中收集各种汛情的消息。大家特别担心长江决堤,或政府决定选我们作为泄洪地。如果只是内涝尚不至于家毁人亡。父亲的心情随着水情的变化阴晴不定。因为如果长江决堤或遭遇泄洪,他就要早作打算,随时要把家人与一点点粮食装到船上,还要去央告、投靠地势高的亲戚。

我们这些不识愁滋味的孩子,倒不觉水情的可怕。甚至有点没心没肺的兴奋。平时平淡无味的乡村生活此时有了水患混乱带来的刺激。首先,学校已经淹没,可以不用去上学。即使校园还可勉强摆几张书桌,也没老师来上课督学。他们已经自顾不暇,乡村代课老师多是高考失意来兼课补贴家用,没有公粮可吃,种地才是他们的主业。这些类似新疆农垦兵团的人,亦文亦武,总是才下讲台就到田头。大水除了让我们可以名正言顺地不用课业之外,还可以有一段不短时间的口腹之乐。因为时刻准备着搬离,家禽要抓紧宰杀,它们是不适合上我们的诺亚方舟的。所以,我们能够狠狠地每日都有平时难得一遇的大餐,日日有荤腥,餐餐具鸡黍。这种不得已的及时行乐大受我们欢迎。我们酒足饭饱之后,正好倒头便睡,听不见父母的忧虑和夜半的长吁短叹。我们无事可做之际,就划船已是一片汪洋之上撒网捕鱼。此时,各家先前承包和看护甚紧的私家鱼塘已然化为共产,任我等捕捞。每每网到小鱼塘中不多见的大鱼,这种意外之财让我们有点"旧时堂前燕,飞入寻常百姓家"之确幸。更有秩序崩坏,产权不清后的革命乐趣。

水面一望无际,平时熟悉的景物悉数被水抹杀,让人顿感陌生。我和同船弟弟经常于往来江湖捕鱼之际,猜想着我们的船正悬于某个熟悉之处,因为尚有几棵大树的枝丫露出水面,像是海上的灯塔标定着方位。水上到处漂浮着破碎的家具、落木和蛇鼠的尸体。动物生态破坏,水退后病虫害往往加剧。我们经常会看到蛇紧张地缠在一块浮木上,投向我们一副无助的眼神,全然没了平时的矫捷和执着。水患当前,人畜无间,同是天涯沦落。

自我记事起,长江大堤从未决堤过,乡民们一致将此功劳归于伟人毛主席。他们说主席曾在视察长江大堤时开了金口,说是"百年大堤"。主席作为熟悉中国历史的伟人,当然知道长江大堤的重要。长江大堤之下,除了万亩良田,还有合肥等若干重要城市,非同小可。主席亲临和重视,当地政府每年要投巨大人力物力于长江此段。其实长江行到安徽段,江面平缓也不宽。南北两岸平时来往便利,著名的荻港和黑沙洲就设有载客的渡船。前段时间建党百年,14 岁无为人马毛姐因其驾渡江第一船,往来两岸 15 次运送解放军横渡而再度成为新时代人物,可见江面并不十分宽阔。毛主席接见她时不仅开金口赐名,且题赠"好好学习,天天向上"之玉言以资勉励。我们江边人近乎迷信地相信主席的金口玉言可保平安。其实,每年冬天农闲,本地农民都要自带干粮被征夫到坝上加固防波堤。伟人的金口玉言也需要农民的劳动去捍卫才能成为真理。

长江没有决堤全凭主席护佑。但是,因内涝被迫举家转移者我就亲历过几次。水已封门,且有继续上涨之势,不得已,平时养着下蛋和招待客人的鸡鸭被紧急宰杀,我们因祸得福。鸡鸭鱼肉下肚,仅存的粮食和被子装上船,我们投靠嫁到隔壁乡的姑妈家。他们村子建于高处,甚至都没有多少积水,《圣经》在描述末日时,也说住在高处的人有福了。我们羡慕着有福的亲戚,因为这种短暂的投靠,我倒得了机会与我的姑表兄妹们欢实地玩过几天。我的姑表兄是姑妈家的独子,是我小学的同班同学,成绩不佳但是人却豪爽,异常欢喜我这个同窗的到来。我们一起到瓜田里偷瓜,在他们尚且清澈的湖水里野游,一时间乐不思蜀,忘了水深火热的家乡。我直把杭州作汴州,做了一回偏安的赵构,也是苦中的一点乐趣。其实姑父一家孩子也多,住房本来拥挤,除了地势高,其他条件也不好于我们多少。贫贱亲戚关系也只能承受短暂的接济,时间一长,关系就脆弱不堪。一贯自尊和勤劳的父母其实哪里忍受得了如此寄人篱下和无所事事。待探得家乡的水位稍一回落,路和庄稼露出水面,就立马告别姑父母一家打道回府。去从头收拾那水患肆虐后的凄惨田园。回家来,水虽退去,庄稼在水中浸泡时间太长,全部倒伏,绝收已成定局,需马上抓住农时寻机补种。母亲则在菜园里栽种一些速成的蔬菜以应三餐之急。因为水患过后,连野菜也不复存留,而且接着迅速就是干旱。农民在灾患面前,不会怨天尤人。公家无法指望不说,还要考虑如何对付乡里很快上门催讨各类农业提留和农业税的人。水患之后乡民们以土地般的朴实和热诚重整河山。苦虽苦矣,但田野间很快又充满他们忙碌和充满希望的身影,毕竟有一家老小的嘴巴。他们通过无声的行动教育我应该坚强和自尊。

印象中 1991 年安徽的大水尤其厉害,长江一处大堤险情不断,几次几乎酿成决堤。队上下来命令,每家需出壮丁一名上埂参加抗洪抢险。当时,正值暑假,我刚刚从安徽大学放假回来,全家商量后让我充作壮丁。一是我已 18 岁,已算成年。更重要的原因是父亲需要留下,以便准备随时整体搬迁。我和队上的一帮壮丁自备铁锹、干粮、咸菜等物,开拔到抗洪前线。好在有三叔和表哥同往,父母多少放心许多。记得我们被安排在堤沿之下的一户人家,这家人负责为我们提供落脚和生活的便利,算是政府征用,有无补贴我不得而知。刚一到这户人家,就遭遇家中小女主的嫌弃。因为,这是个新起的半截砖瓦新房,媳妇刚过门,屋里收拾得比较干净,门上还贴了鲜红的"双喜字"。我们这群防洪的壮丁鸠占了她的雀巢,小媳妇一时自然难以接受我们。但是我们需要在她家里生火造饭,洗澡晾衣,晚上还要打地铺睡在她堂屋里。她总是早早地吃好饭,轮到我们开饭时间,她已把碗筷藏起来了,我们经常只好就着铁锅胡乱吃一顿。我们实在给她添了不少麻烦,村子的几个年轻后生还经常与她嬉皮笑脸。乘她不注意,还偷她家的一点剩菜拌到自己饭碗里。我看她有一段时间已经出于愤怒了。好端端的新婚燕尔被我们这些每天泥水满身的壮丁们给搅和了,还无处申诉。

我们白天要取土、担土到大堤上夯实加固河坝,晚上还要领着任务打手电分段排查有无漏水点和险情。村子里的人念我好歹是个大学生,给了我很多照顾,算是对知识分子的尊重。允我只需用铁锹往筐中填土,不用往返担土。担土所耗体力甚巨,非日常训练到肩膀有厚茧者不能胜任。除了分给好的工种外,对我最大的礼遇就是晚上睡觉时,让我睡到小媳妇家白天吃饭的那张八仙桌面上,不用睡在堂屋潮湿阴冷的地面上。我们除了日日劳作之苦外,最不能忍受的是吃水和晚上的蚊虫叮咬。水灾当前,外面雨水不住,所取的河水自然污浊不清。每日大家用明矾置入水中以澄清;蚊虫之害就难以避免,好在大家过于劳累,一着地就睡熟了,也就任蚊子在身而不自知了。因为雨水天气,蚊子丛生,前赴后继,也是消灭不尽的。

这样的抢险工作持续了半个月左右,某日气象预报和政府公告,说水患洪峰已越过此界,我们这个壮丁队伍终于可以解散回家了。记得临走时，村子里的几个勤快人把小媳妇家的房子好歹归置了一番，还把余下的口粮之类留给她们一家，算是为我们居住期间的实实在在的打扰赔个不是。我这个假壮丁，经历了如此历练，倒真的壮实了许多。

苦夏谈蝉

这几天苦暑，云却大美。平时拥挤糊涂的建筑却明朗起来。人们一边挥汗如雨，一边欢喜赞叹，拍照发图。大自然对我们的给予和限制都有其辩证法。

在城市的郊区，林密处，蝉声大噪，好像是配合着苦暑。缺了蝉声，暑便不暑了。而城市中心，大家似乎听不到蝉声，估计一是水泥森林中白石先生的蝉无枝可依；或许也有，只是车声、人声嘈杂着，市井人无心听蝉罢了。

白石先生善画蝉，似乎是在炫他的蝉翼之薄。总觉得他画中那只蝉很孤独，像是捉来供人奚落的战俘，了无生气。如蒙放归树林，那尾蝉必立马复活，率性嘶鸣于正午之后的树梢。于暑天，人们往往只闻蝉声，难见蝉影。远远举目观听，似乎是一直哑巴的树突然有了声腺，蝉赋树以新的生命。树则供给蝉栖息与营养。蝉与树在暑天是相依为命的。

蝉是不随便示人的，声远播而身隐，且隐于闹市，这便有了几分真正的禅意。这些隐士原来更是隐于地下的。出梅后随着暑的节气近了，农村打谷的场基上，始露出无数不易注意的细孔，就知道隐士们不久就要出山了。我们捡一根细树枝，小心挖掘，不能伤及于地下温室修炼中的柔软蝉蛹。需细细地从洞的外缘剔土，像考古队员一样，生怕伤及文物。洞开之际，每每有斩获，那洞中蜷缩着披软甲的蝉蛹，像被拉开窗帘，阳光刺入，它极不情愿地被我们从洞府的床上早早拖起来，尚扭捏着。经常我们也会扑空，蝉走洞空，我怀疑是这些蝉布下的无数疑冢，以戏耍我们这些顽童。

没有被我们叨扰的蝉蛹算准出关的日子，趁着清晨破土而出，拖着盔甲爬到一棵树上，撑褪蝉壳。金蝉脱壳的武术招式要完之后，留下个空壳，真身遁去。我们小心捡拾蝉壳，发现那爪子还牢牢地勾进树皮，可见脱壳的用力与艰难。这些蝉衣都被匆匆遗在树的显眼处，不高，我们这些小孩踮脚即可取。蝉似乎在以德报怨，体谅我们这些捣乱分子。小心翼翼取下，不能碰碎。待积累到数十只，将一包蝉壳卖与摇着鼓的货郎担子，帮母亲换回顶针、线头或做布鞋衬口的松紧片。后来听说这蝉衣，其实还是一味中药，只是至今不知道所治何病。

得了蝉壳，我们就着剩勇再追真身。往往于午后，田野烈日炎炎，乡野一片蝉声，农人躲在屋里午睡，也是鼾声如雷。在这样的交响乐中，我们执自制的长竹竿，杆头要套个细密的网兜，循声捕蝉。我们靠近鸣蝉，蝉的复眼也就发现了我们。一时间，交响的局部突然暗哑。彼此在紧张的静默中试探。如果此时贸然举杆，结局就是蝉扑扇着那对翼再攀高枝，或逃逸到树林深处。蝉飞起的声音很大，有时候还恶意地花洒一点它的遗尿到我们的头脑上。我们气恼之际，发现白石画中那若有若无的蝉翼原来是必不可少的强劲。我们对屡屡的扑空并不气馁，因为总有一尾攀附在高枝的蝉陶醉于自己忘情的歌唱，而陷落于我们降下的天网。于此时，网中落难的飞将鼓动着翼作徒劳地挣扎。其鸣也哀，惊起好一阵蝉飞他处。我们才发现，小小的树枝上潜伏者竟如此之多，真是折服这些天生的隐身高手。与蛮黑的蝉相比，我们更喜欢捕获绿蝉。她冷绿的蝉翼，虽然不是透明的，但包裹着绿蚕一样柔嫩的蝉身，让我们这些顽皮的乡间野童对她竟有一股绿野仙女的尊重。

诗人说"居高声自远，非是藉秋风"，似乎赞美秋天的蝉。其实蝉是当不起这样的远见卓识和地位高远的歌颂。它只是枝头的欢闹者。美丽的鸟闹着春的枝头，所谓"红杏枝头春意闹"。而苦暑之际，需要蝉来当值而已，"蝉鸣树逾静"。

秋意渐浓，蝉声逐渐稀落。直到凋零万物的秋霜起，尚有几只蝉在坚持树鸣，它们不忍就匆匆送走你我一年的盛夏光年。我总记得，耳畔习惯的蝉声久违数日之后，就发现树上就有了几只死蝉，那曾经热情震动鸣叫的腹腔已经染了一道道朽绿，而那破损的蝉翼僵直在身体的两侧，像破旧的战袍。蝉静默在树枝，显然已经亡去一段时日了。但依然屹立，像一尊阵亡人的雕像。

蝉安息了它的工，苦暑乃去。

历史的铜陵渡口

2020年阳历年末，自南宁飞回安徽老家与亲人们守岁。先到岳父母所在的铜陵，然后过江到无为老家。我的假期都是在长江的两岸穿梭。铜陵给了我第一份工作，还有招我做女婿，儿子的出生地也在铜陵。铜陵是我的第二故乡应无可争议。这个长江边的二三线城市，自汉代就已设铜官，李白多次吟游到此，写下"我爱铜官乐，千年未拟还"的诗句。

铜陵老火车站原来业务繁忙，一列列火车，扬眉吐气运着矿石和铜原料往返矿山与铜厂之间。如今，据说铜已经开采殆尽，目前已不行火车，被开辟成一处休闲广场。2020年最后一天，有人在此组织了一场拔河比赛。参加的人似乎不少，一个个跃跃欲试，市民们要把更多的幸运与祝福从鼠年拔入牛年，希望"鼠"疫不再，牛气冲天。

假期到市郊天门镇的菜地里拔萝卜。铜陵此地的萝卜最适合烹饪江鲜，而大院生姜作为烹饪食材更是远近闻名。萝卜与生姜共享这片土地，只是萝卜被生姜盖了风头，"养在深闺人未识"，只好内循环单独惠及本地人，也不错。铜陵本地人常去大通镇采购河鲜，配合萝卜成就一道名菜。大通镇是长江边的驰名小镇，长江在此处拐弯。江心中浮出一大片"和悦州",风水宝地里住户密集，人丁繁盛，与大通镇隔着滚滚长江遥遥相望。此处航道吃水深，河流也平稳，大通正好就顺势成为长江中段的著名码头与集散地。附近优质矿产经此码头，得以沿江运达上下游。煤炭和矿石贸易带动大通自古繁华，大通就像开埠后许多中国其他临湖海的城市，被攀比为"小上海"。孙中山就曾经去和悦州演讲，估计孙先生也曾渡船到大通上岸。基督教在此也设立一个规模不小的教堂，与镇上的本土佛寺构造了"超越"此生的可能路径。

孙中山作为基督徒，应该没有选择一游九华吧？大通去佛教名山九华山只有约 40 华里的路程。乘人力车，只需半个小时就可入九华所在的池州地界。大通镇就有名为"小九华"的大士阁，九华山的拜谒者经此打前站。僧人与远道香客们于此中途停顿，就更添了大通的烟火气。经水陆取道大通的善男信女，星聚于斯，带来五湖四海的乡音、习俗，也带着他们的重重心事，但不想"更与何人说"。

疫情期间，偶然在"电影分享会"的公众号里，找到一个讲述上个世纪 90 年代经营大通镇和悦州之间渡船人的纪录片《渡口》。时长近 10 小时的片子，我居然被深深吸引，一口气看完。片中跟随着忠诚的镜头，主人公生活过的铜陵市及大通镇一个个街景，在影像中还原，使我这个铜陵人也惊忆起自己随风而去的芳华。1992 年暑假前后，为办毕业报到手续，在老汽车站几十人混睡过价格低廉的大通铺。入职以后，感动于铜陵的雕塑之多，骑着自行车为一组组铜雕写过蹩脚的组诗。如今，市井日新月异，那些建筑和标志大多已经不复存在。纪录片像是一种招魂的仪式，影子似乎触手可及，但终于明白只是镜花水月。"青山止不住，毕竟东流去"。

　　这个纪录片的制作者就是铜陵本地人，虽在外地供职，但在近20年的时间里，每年节假日回到故乡，用他那简易的录影设备录制大通镇的周姓、贺姓两家摆渡人的日常琐事。轮渡经营失败后的老贺经常光着上身为家人烧饭。周家出事那天，制作者也在现场，记录到现场的叹息、嘈杂与瞬间成为孤儿的孩子躲在镜头后的一脸茫然。同乡投入的情感经过近20年的酝酿，剪辑成史诗级的作品，获得广泛的国际声誉。两个长江边最最普通家庭生活，恰恰因其近乎残酷的真实，冲击着观影者的情感闸门。这些完全真实的记录胶卷，就像被挖掘出的考古标本，校正着宏大叙事的官方话语体系的误导与偏差。在官媒与教科书所营造的历史叙事中，群众总是被湮没在伟大人物与政策洪流投射的巨影之下，而成了旁观者或可有可无的注脚。其实，鲜活众生的日常才是大地真正的精灵，他们与一山一水联通，与四季之轮回遥感，该是中国历史的真正主角。

　　老贺与老周两家经营渡船，帮助江心的人往返大通古镇与和悦州之间，无数的长江两岸的人得以朝拜九华，寄托祝福。而他们自己的命运却并不通顺，只有30岁左右的周姓夫妻是因冬天船滑双双落水不救；老贺则是在营运不顺后，在家帮闲；老婆外出开出租车，他壮志未酬，在四十岁上下被查出癌症，半年后就匆匆离世。这两位大通渡船人留下年幼的儿子，无心读书，早早辍学，在岁月的波涛中挣扎，一读职校一参军。进入社会后，一做保安，一任厨师。工作也不称心，但好歹自食其力，估计老贺与老周有灵，也没有指望他们太多。如无意外，他们就像他们的父辈一样，在社会底层默默无闻，最后也与父辈一样化为长江上的一朵朵浪花，照旧拍打着大通镇熙熙攘攘的岸堤。

　　我从无为到铜陵工作也是90年代初的时候，正好见证了纪录片的那段历史。在铜陵与芜湖的长江大桥建成之前,我是从长江上另一处的江心洲,一个叫黑沙州的地方坐船往返铜陵的,在长江的渡口和江上见惯了《渡口》中的摆渡人。他们私人经营着一只船,往往是全家出动,夫妻档经营着这个风餐露宿的水上生计。吃住都在船上,看到他们的锅碗堆砌的厨房与花花绿绿的被子塞在船的一角。我只是对他们的生活有点好奇而已,并没有特别关注过,更不曾动过为他们记录的念头。而这个《渡口》的制作者,靠着一种莫名的感动,二十年如一日坚持如影随行的拍摄。在影像中,刚开始主人公似乎不好意思面对镜头,但很快在彼此的乡音中,便忘记了镜头的存在,让记录自然无碍,完全像是时光倒流后的日常,琐碎但珍贵,珍贵到没有一个镜头是多余的。这种情感融合的亲密无间,仿佛"制作者"消失,让位给时光机的自动工作。希望有机会专程去拜访这位时代的记录者,表达对这位同乡人的敬意。全因他有心为这座长江边的故乡小镇作传,让老周、老贺这样的乡亲平凡但真实的生命赢得了世界的眼光与尊重。如今铜陵段的长江上已建起的二座巍峨的公铁一体桥,据说和悦州的居民全被迁离,偌大的江心州已被开发成文旅景点。公家气派的轮船快捷往返,没有人再需要周家、贺家这样的摆渡人了。

纪录片的最后,这个制作人陪摆渡人两家已成年的儿子寻访故地,祭扫老周和老贺。只是时隔多年,孩子们站在老屋前,似乎对他们的父辈以及曾经江上往来的记忆已模糊殆尽。长江东逝水,浪花淘尽英雄,短短二十年就冲刷干净属于平凡人的记忆。好在有《渡口》替我们顽强记录下来。好在鲈鱼、萝卜堪烩一锅美味,待游子顺江而归,虽然繁华不再,总可以收拾起旧庭院,把酒临风一番吧?

犬友记

前几日，回无为农村看老人。距上次不过几个月，原来那条叫阿黄的狗据说被邻村的一个狠人打死了，他是杀狗犯，可惜无法追究。家里来了一只新狗，不是旧相识阿黄。

我偶尔回农村，印象中阿黄不易亲近，与人少交流，总是默默独处，有点自闭症，所以也不太招人喜欢。但是据父亲说，它的履职却无可挑剔。遇着生人路过，立即大声叫着，并做出随时出击的姿态。在农村，主人听到狗狗异样的叫声，多会出来看看究竟。当然，大多数时候是访客和友人。当着生客的面，主人总要训斥一下狗，这是表达歉意并欢迎的另一种方式。狗挨了训，代人受过，不委屈。躲到主人身后摇着尾巴，也与客人不打不相识地和解了。

狗的主要职责是值夜班，阻吓偷鸡的黄鼠狼。时代虽然日新月异，黄鼠狼爱鸡的初心不改。有狗儿的日夜当值，黄鼠狼拜年的伪装就无法得逞。虽然鸡犬不宁，鸡与狗也会交手。不过矛盾属于人民内部，可调和，对外一致。

阿黄被歹人所害后不几日的一天早上，一个亲戚又送来这只，替代不幸的阿黄。家中不能一日无狗。过来方几日，尚无名。喜欢起名的老婆，给它一个洋气的名字：雷克。估计是雷克萨斯的简称。她有计划买雷克萨斯的某款新车。我们也曾冲动之下养了一只狗,狗随车姓,家人呼为别克,那是我们买的第一辆车。如今,车换了,狗也早已被我们这家没有耐心的主人送予别人。

在家几天,见了它就喊它"雷克"。希望它记住自己这个名字。两天训练似乎有效,从刚开始的一脸懵逼,到后来似有所动。但两天之后的昨天,车辆催发,终不见雷克的身影。估计它对这款车的名字不甚满意。

阿黄的惨死,让我想起儿时亲密相伴数年的那只犬友。说是我的犬友,绝不是妄语。在农村,狗绝对是家庭一员。除了黄鼠狼之外,晚上出动的还有更为狡猾的天下盗贼,也非家犬无以防范。盗贼往往后半夜动手,此际风高月斜,劳碌的村民正好眠,盗贼往往顺走摆在户外的农具或在鱼塘下网偷鱼。

一只深得信任与警觉的狗狗足以让主人放心睡去。如果狗儿偶尔贪睡,家中失窃,狗儿便免不了主人好一顿的埋怨。此时,狗儿也就自责不已,蹲在角落里发出哀怨之声,眼睛里充满愧疚,令人不忍再加指责。狗更非圣贤,孰能无过。

我这只板凳大友,记得是我生日那天,父亲特意从一户刚刚狗妈妈下了崽的人家捉过来给我的,算是礼物。它是一条公狗,身材矮小,但身宽,毛杂着黑白,敦实的像一只板凳。我们应该没有给它取一个正经的名字,或许有但我忘了。多半是没有,因为我们之间其实不需要名字,这样方便我凭着性子随意唤它各种名号。它总归知道我们是密友,也总是随叫随应。这种"名可名非常名"的实践,也觉有趣。

狗在白日的主要工作,就是对我长情的陪伴。好像受到重托,履行父亲生日的祝福,它几乎总与我形影不离。陪我走在上学的路上,放学时分,它也往往掐准时间,早早等在村口。夏天午睡时,则陪侍在凉床之侧。它睡着的样子特别萌,四只脚舒服地伸展重叠,除偶尔被地上的蚂蚁近身困扰外,总体它的睡眠是安适的。休息好了,精神头饱足,它特别喜欢陪着它小主人随处乱跑。我也喜欢狗伴在身边,有它作保镖和前后开道,一时风光不少。农忙时,狗还与我们一起下田,在田间四处转转,感受农家劳作的艰辛与丰收的喜悦。我们出远门,则不能带上狗,需要它们履行留守处的工作。"多情自古伤离别",狗在我们需要出远门的早晨,早早起来,围在远行人身边,不知所措。待我们在晨雾中出门上路,它会一直陪我们走出村庄很远。长亭外的某处,是分离的歧路。在大人的呵斥下,它也还断断续续,远远跟着。我们越走越远,看到它停在路边,朝我们张望。好长一段时间后,才无望地转过身,独自走回家履职去也。

我这只板凳狗最重感情,每每我从长长短短的外出日子回来,尚在一里之外,就瞧见它这个小友熟悉的身影。一路飞跃着冲过来,扑上身。还不守人畜的礼数,用舌头亲我的脸。凉凉的舌头蹭在我的脸上,也没感觉突兀与冒犯。当然,免不了大人对它如此僭越的一顿训斥。不过小主人归来带给它的狂喜,让它对这些训斥毫不在意。板凳狗一番热情操作过后,愉快地前面带路。算着我的步伐,走走停停,一路等我。似乎生怕我又要远行。

这只板凳狗与我们一同生活数年。在我离家上高中后,见面的次数就少了。我每次匆匆离家和回家,它总摇着尾巴围过来。它逐渐适应了与我的聚少离多。我长成少年的模样,它则不成比例加速老去。聚散之间,它的欢喜和哀伤如故,只是身体随着年龄迟重了许多,不再有往日的热烈。偶尔不经意间瞥见它,发现它浑浊的眼睛在注视我,只是眼里有很多的不解。外面的世界、岁月和生活的压力,横亘其间,疏远了我们,也没收了我们以前的亲密与恣意。它的毛也不再黑亮，落得越来越多，到处都是。免不了讨嫌甚至遭呵斥之后，它总知趣地走开，到一个暗的角落里伏下身子，让人不易察觉它的存在。只在午饭时现身，将就着吃点主人扔的骨头之类。已无力与其他护食的鸡犬争食。似乎胃口也差了许多，不像以前牙齿咬得骨头咔咔脆响。简单吃罢，复又缩回它的角落，昏昏欲睡。

我有一年高中回家取伙食费。奇怪一直没见到我的板凳狗。起初没在意，后来问起，母亲告诉我它好几日都不见了。很可能被狠心的冬日打狗人用药捞走了。临近冬日，吾乡打狗人特别猖獗。屋外寒风朔朔，主人睡得死，打狗人用一块肉包着药丸诱惑户外值夜的狗上钩。被抓获的狗最后是被卖给镇上的狗肉店，热气腾腾的狗肉火锅是我们当地镇上有产者的一道名菜。

我不愿意相信母亲的这个悲观判断。因为始终没有板凳确切的消息。寻思着，板凳一直精明，应不会中偷狗人的招术。所以我总幻想着某一日它突然安静地回来，照旧阴在那个属于它的角落。有几次，我甚至听到它的声音，但最终都不是。这样的盼望持续了一年，幻想终归破灭了。我虽然早有准备。但是，这种不辞而别的失踪留给人的创伤最大、思念最浓，因为你再没有机会去弥补曾经的过失和忽视。后来，随着学业的压力，琐事扑面，我也慢慢淡忘了曾经朝夕与共的这位犬友。

只是，自此以后，我与狗类的情感几乎被掏空了。与板凳狗的友谊无法重燃和复制，后面陆续经历了几任家犬，但都是泛泛的，始终没有了此前亲密的感情。我与犬友的尘缘似乎因为板凳狗的失踪，彻底了结了。

兔年正月日记

今年除夕在上海过的。年三十一早，隔壁邻居上小学的那个男孩看我在阳台晒太阳，羞涩地把他写的一首春节贺诗送给我，希望我雅正，估计这个主意出自他的父母。去年的疫情有一个好的副产品就是让近邻真的亲近起来。

他们知道我是个读书人，认定多少会有些学问，希望我能对他们儿子的庆春诗，给提提意见，我倒是有点受宠若惊了。这孩子的诗第一句最好，"一年之欢在春节"，确实如此。广大群众有理由在春节停下所有劳作，吃喝玩乐。孩子尤其如此，我们这些外环的人还被恩准燃放烟花。孩子这首诗里的"一束烟花开新年"。我们确实在当天晚上燃放了很多烟花。

初一

大年初一回到无为。天气好，村书记陪我在村子里走走。作为美丽乡村示范村，第一期基本建成，确实旧貌换新颜。铺了柏油路，建了停车场，甚至公共厕所。前后的水塘还彻底疏浚，准备种满池荷花。墙壁上请了画工画满了乡愁。以前小学、初中的坑坑洼洼的泥路，已经修成红色的塑胶路，直直的通向乡公所的治地。

我们的学校附近以前有供销社、储蓄所外加一个车床轰隆隆的加工厂，那对于我们这些孩子代表的是现代文明，充满着新奇。储蓄所我很少光顾，因为我家几乎总是卯吃寅粮，哪里还有钱储蓄。如今车床厂也不在了。只余供销社，这里我经常光顾，被父母派遣来买盐。记得盐粒粗大，供销社里的员工要从一个很深的盐窖里用一个长长的生铁铲取出，倒在盘称上称量，然后用废旧报纸包好给我们。如今这间濒临废旧的供销社被重新布置了一下，玻璃柜台里收集了一些旧钟表，旧烟盒等，勉强拼凑了一点当年的影子。

张恺帆是我们村的名人，此次他的故居作为美丽乡村建设的重头戏。张恺帆于安徽省副省长的职位上，三年自然灾害期间开仓放粮，拯救无数饥民却触犯龙颜，旋被解职禁闭于安徽淮北，达数百日。《毛泽东选集》对彭德怀、张恺帆质疑亩产万斤神话的妄议都有批示。这批示似天王塔，镇压敢于直言不从者。好在"总有春秋玉尺量"，张先生后得到平反，在安徽省政协主席任上离休。

他之前与柔石等革命诸君子也坐过国民党的龙华水牢，写过一首"龙华千古仰高风，壮士身亡志未穷。墙外桃花墙内血，一般鲜艳一般红"的诗句。如今，这诗句还镌刻在上海龙华历史纪念馆的墙壁上。

我们村的这个"壮士"，始终有历史观，对人民忠诚。关键时刻敢于坚持真理，令人佩服。凯帆先生还是著名书法家，"古井贡酒"作为安徽名酒，就是请他写的品名。我前天看春晚，看到古井集团居得赞助头功，也就看到他题写的四个字，字如其人，刚正不阿。据说古井集团有意赞助在我们村建纪念馆并他的塑像。我觉是感恩的美意，成与不成都无妨，张先生的事迹已然构成了春秋丰碑一座，在人们的心里。凯帆先生在无为一直被称为"张青天"。

我的老友刘传铭教授，在1962年凯帆先生平反前后，时任《安徽日报》记者,向我讲,他曾写过一篇对凯帆先生的采访文稿《虽是瓦片人,不做墙头草》。说凯帆先生经此罢官与囚禁风波,人瘦得似瓦片一般单薄,不复再是"壮士"。这篇立场鲜明的文章据说不能发表,可见历史的裁度并不总是如真尺子一样确定,全凭尺子执在谁的手里。

昨天读他旧居壁上的《下放劳动途中》,感佩系之,学写一首以寄怀。

> 信史玉尺裁度,
> 丹血曾染龙华。
> 宁舍瓦当身碎,
> 不作墙头阁下。

初二

我们入选美丽乡村与张恺帆应该有关系。在我们农村还建有一个停车场,旁边是一个很有徽派建筑特征的公共厕所。可我发现厕所的门却被锁了起来。听说是防备农民用皮管或干脆手提肩扛把自来水无限量接回家,这样可以省掉自家的自来水费。河沿栽种的花草也在夜里被百姓们挖回自家房屋前后种养。

我家紧挨着的一所废旧的旧屋子里人们进进出出,好不热闹。一问才知道是我小学时的一个同学在组织牌九赌博。组织者负责邀赌并安排赌场各项事宜,包括茶水甚至饮食供应,当然他可以抽水。我的这个同学经常不满意这样的幕后角色,也会亲自下场作庄家,据说牌面一场输赢数十万元。他雇了一个亲戚在维持场地,望风以防警察来抓,并兼营热水提供。据说一杯普通热水可以卖50元人民币。自来水烧一把就有如此可观利润,世所罕见。

晚上,乡民们的鞭炮与冲天雷之类会放一整夜,让整个乡村陷入无眠的躁动中。在凄厉呼啸的爆竹声中,我们的家乡让我熟悉又陌生。

初三

携老婆到高中女同学家做客。这个能干的女同学亲自部署,亲自主事把家乡的旧房子修旧如新,又扩了个大院子,令我心动。此番前来,也有观摩之意。

一帮无为一中高中同学,吃吃闹闹到晚上 8:30,复又驱车到 LP 的主场铜陵。LP 一直在路上数落我在无为耽搁时间太长(原定下午就到她铜陵地盘)。今天我是他家的老女婿过年回门。

昨天在落成新居的女同学席上,说在安徽很多地方,新女婿上门必须吃(到)一个大鸡腿,外加硕大肉丸子若干,穷时可以白糯米元宵替代。大鸡腿意则可以走四方,圆子意为圆满。

我觉得这种待移的风俗,有其用意。一则营造了女方家境富裕的外观;另一方面,女婿有如此食量,身体估计也不错,相当于对送上门的女婿进行了一场暗暗的体检。

不过,在普遍饥馑的时代,新女婿对这种优待是热烈欢迎的。背后的用意不必在意。而在如今,新女婿们则视此为畏途,心里叫苦不迭也未可知。但是,这盘堆积如山的食物在前,须得当这岳父母及众人面,毫不含糊一口气吃掉,除了证明其野蛮体质外,实在能看出对女方的决心,胜过简单张口就来的海誓山盟。虽也是张口,却更是敏行。

农村的很多善良风俗在"移风易俗"的大运动中不幸被误杀。就像一个生疏田地业务的人,常常会把小麦苗当成杂草除掉一样。如今似乎又在抢救国故,但是据我的经验,拔出的小麦苗很难再插回去,因为那根须已经断了。文化的庚续也不是凭一时意兴就又可以生机勃勃的。

至于新女婿上门的这个习俗,我好像就没经历过。今天作为老女婿是否需要声讨回来,我终究有点自不量力之感。我的岳父岳母估计也不忍再无谓相逼了吧?

初四

昨日与家人自铜陵驱车一个小时即达池州平天湖风景区。湖平如天镜,云浮水上。红梅点珠,柳虽寒,已露春意思。杜牧曾居池州刺史,平天湖附近就有牧之路。李白也曾神游秋浦(今贵池),为之做诗十余首。秋浦河为平天湖之源头,而长江则又为秋浦河之母亲河。如此生生不息,根系繁衍千年,生民犹如此。

皖南风景佳处还有石台等多处未及赏游。好在来日方长,闲暇凭人意,烦劳自移开。昨日返程之际,在湖桥之上看一阵白鹭长飞,似自唐宋飞临而来。江南如此好景不容辜负,不必等衰年再倚杖芒鞋。年尚50,正可循李白句,践牧之履,纵情皖南山水,岂不快哉!

> 一池平天州际开,
> 齐山塔影牵入怀。
> 最是临湖翠屏柳,
> 梅红与报春意来。

初七

烟花过后,满地碎屑。春节这种无忧无虑,非诚勿扰的绚烂日子去得也烟花一样快。转眼打工人又得急急地捡起半截工作。春节其实还没有过去,应该到正月十五,农村人吃过元宵,年才算过完。可是城里人总是很着急,总是"双抢"一样。总以为撸起袖子就能抢到东西。

我袖子撸得慢一些,在老家多捱了一天。希望能够避开回沪高峰。可是依然昨天堵堵停停,原来只有 4 小时的车程,开了 8 个小时。因为路上你追我赶,小车祸不断。所谓"朝发夕至""欲速不达"。

何如新村与旧民?

近期岳父大人身体不适,夫人担心 93 岁的老人,要我陪她回安徽看看。我抱着日历,几番运筹组合,开辟出完整的三天,像是在杂草丛生中理出一片空地,再加上周六、周日,成就了这次省亲之旅。出发前两日,岳母又来电说,老人已无大碍,我寻思着取消行程。因为,空地虽成,杂草仍在。但既已经磨着嘴皮子借来了时间,再还回去也不合适。硬着头皮驱车上路,但心却还是不定的。

车子过了湖州,行程过了三分之一,始不再犹豫。因为,再折过去,不是技术上不可能,而是心理上不接受了。借来的钱就大胆用,甚至挥霍一把,其实也无妨。大不了,成为老赖逃废债务,回到安徽老家,作回山野村夫也挺好。每日,山泉煮茶,林下读自己喜欢的书,一举了却近 30 年的海上尘缘。这些尘缘网络,似是蜘蛛网,自己每日爬来爬去,不过图个饱腹而已。其实,这些网线本也不甚牢固,徒染灰尘,不要也罢。

很多年前,读弘一的《索性做了和尚》,很受震撼甚至鼓舞。也动过出家的念头,有段时间甚至日日读经。如今,几十年过去,依旧还是个碌碌无为的蜘蛛。我这个无为人"误入尘网中"中,未来数十年估计也难再逃出,无法折回,一任无为。世人大多如此,被各种琐事牵扯，走不脱。然后自欺，赋予当下各种高级意义。也是一种逼出来应急的智慧。大家都约定俗成，不说破，像一个君子协定。

弘一修的是律宗，待几甚严。《索性做了和尚》里几乎通篇都是"罪几诏"。狠斗自己一闪念的"不洁"，整天骂自己不像话。而我们俗人不敢骂自己，都是互相表扬，其实才是真不像话。但是，既然已打入俗人一册，不像话又何妨呢？所谓俗不可耐。

到铜陵与岳父母住了几日，见老人身体健康无碍。我们就放心地到下一站，60 公里外的无为农村。前段时间，得到消息，我们张家村入选美丽乡村建设名单，真是让我惊喜之后复诧异。更增加了退休后回老家居住的想法。新农村建成之后，定是白墙红瓦，小河流水，柳岸莺啼。队上的干部是我家亲戚，知道我回来，书记队长全套班子都过来我家商量新农村建设诸般工作。因为前几年家乡筹款造路，我也出过力。如今，新农村建设我更愿意提提意见。当然，也没有更多高明之处，无非是应从整体规划，注意预算和发动大家。大队的领导同志随即感叹工作不易，资金是一方面，关键是很多村民的工作很难做通，比如杂树、弃置不用的老屋也不允拆除，类似城市中的"钉子户"，这样一来，新农村就难以按时建起来。新农村的计划和标准里，据说还要建统一的化粪池和停车场、休闲步道之类，途径的农户则漫天要价。而政府拨款有限，需要村民自筹很大部分，否则新农村还可能烂尾。但是摸底之后，村民们也响应自筹者寥寥。我觉得确实不像话，但是也没办法。

新农村需要新民。梁任公早就提出新民才是中国的希望，其次是制度，再次是器物。听队上干部说，农民们却热衷于修谱之类，出资豪横。修土地庙也是容易募捐成功，可见新民不易。西人说，新瓶旧酒，何如新村与旧民？农村似乎是时代的被动者，被城市中的概念推着走,农民成了旁观者。过去一些有志者,如梁漱溟等在农村推动改革,虽有起色,但都像是实验室技术,无法推广。如今乡村振兴成了国家战略,新农村的文化建设却比基础设施要难得多,希望有识者虑及此点。如果有更多的文化人下乡,情况不知是否会好转? 其实只需从弘一处借一点决心即可。

节气刚刚出梅入暑,临近傍晚,暑热始收,我们这个普通的村庄,这个已列入示范名单的农村,显露出她自然的一面。夕阳晚照,穹天之下,芳草遍野直至天际。颇有一番弘一的《送别》的意境:"问君此去几时来,来时莫徘徊"。一切在变化,又似乎在顽强地抵挡变化。我也学写了一首无名的小诗,记录一个乡村巨变前的日常片段。希望我可以定定心心地回来。

> 湖平停舟楫,风静绿萍开。
>
> 鸡犬草荫乐,闲鱼莲下徘。
>
> 野梨劝树低,莲动似人来。
>
> 田荒遗冬瓜,或可消暑热。
>
> 丝瓠戴黄花,落落圣女栽。
>
> 葵花恋晚照,芝麻正节节。
>
> 迢迢远行路、殷殷待君归。

冬生

　　冬生是我无为老家的张倪村人，住在村子中间，我家住西头，比我小 12 岁。他父亲是我的舅辈，当然这种舅舅就是种称谓，谈不上亲戚关系。因为我父母同村，张倪村子里的人不姓张，就姓倪。农村的亲戚数不清，总是沾亲带故。

　　张冬生小时候我们只知道他叫"冬冬"，是不是冬天出生的，我也不记得了。我想应该是的，因为没有人会故意选一个这样冷的名字。此次看到他参选江西省"最美基层民警"，才知道他的大名。网络上投票，像一场海选，我当然投票给他，况且其他人我也不认识。我其实对这种投票的公平性一直存疑。但是，看了候选人栏目里张冬生的事迹后，倒让我为他高兴。作为乡党与有荣焉。

　　张冬生的父母是比较本分的庄稼人，几乎天天在地里。因为他家的几块地与我家相邻。我们的父母经常隔着陇，杵着锄头在油菜初长成的旱地里，于劳动的间隙里透一口气聊天。那时刚刚包产到户，脱离了人民公社的管束，农民近乎是一种"自由"职业。不用再集体喊号子上工下工，可以择时随性而作。当然，这种自由让勤劳与懒惰人之间的光景拉开了差距。因为很多混集体的懒人，就无法再行滥竽充数之计。庄稼地就像学生的作业本，良莠不齐之下,"草盛豆苗稀"者,年底收成自然不如张冬生父母这样精于劳作者。父辈一代,尚未遭遇荒谬的计划生育。子女多,死靠几块责任田只能勉强糊口。勤劳者还需在平时辛苦的主业之外,经营一份副业。我父亲忙完田里的活,半夜再去野水塘里捕鱼,母亲一早赶集就到镇上去卖鱼。我们几个孩子在父母日夜劳作下才没有辍学。张冬生的父亲也有个副业,印象中就是帮人家定制竹篮子与小凳子之类。他手巧,有耐心,要价公允。这个副业也支撑起这个庆余之家儿子冬生的学业。

后来进城务工的风尚刮到农村,农民的心思慢慢不在田里了。农家弟子相继到南京、北京、上海等大城市打工,撂荒的地越来越多了。原来承包后一度燃起的热情,在农业税提留与越来越贱的谷物双重压迫之下,渐渐熄灭。整齐干净的田亩,疏于侍弄,逐渐被旺盛生命力的野草侵占。这些草秆往往长有半人高,让人不能再涉足。我偶尔回家,也不能从陇上与田间走过。后来"村村通"之后,更没有人到农田里去。那些曾经热闹,禾苗秀美的方块天地成了无主之地。我甚至能听到土地哀伤无助地叹息。

张冬生的父亲不像其他家庭那样马上外出打工。起初是决意守着农民的本分,安心打理那几亩田。他家的几块田被撂荒者的几块田渐渐包围过来,像一场注定败北的战局。张冬生父亲终于也在儿子大学毕业后的那年,像大多数农民一样,向城镇化的时代潮流缴械投降。搬到远在赣州城里,跟着儿子张冬生同住。

我工作以后,听说张冬生学习不错,是村子里他们一批唯一有希望上大学的。后来果然考上了赣州医学院,读的是心理学一科。这都是我偶尔回农村耳里得到的信息。后又听说说他没有当医生,却当了一名交警。大家为他惋惜,又听说没家庭背景,只好去马路执勤。我也疑惑于他的去处与选择。因为,马路警察是辛苦活。虽然也是警察,境遇好于进不了编制的辅警和特勤保安。但是稍有门路的家庭是不愿意孩子过这种野外毒日头下的风雨人生的。

记得 2016 年左右,家乡的五叔发来一条链接与视频。告诉说张冬生上电视了,在北京领到公安部的重要奖励。我循着这个信息,关注了他。看到他扎根交警岗位,帮扶马路老人,义务接引孩子的事迹,当地百姓对他风评很好。我也大受感动,我想这一切或与他善良朴实父亲的言传身教不无关系。

看他的事迹介绍里,虽然身着警服,但儿时的模样依稀还活脱着。孩提时代,他总是跟在两个姐姐身后,两个姐姐受父母之托作为保护者。虽然这是农村重男轻女的遗风,她们确实也深爱着这个矮胖稍黑,憨态的冬生弟弟。冬生与我们年龄相差 10 多岁,一般我们不爱搭理这个年龄段的孩子。但是,有一次他吵吵嚷着执意要加入我们的躲猫猫、抓特务的游戏。我们只好应付,胡乱给他一份可有可无的站岗放哨差事。我们"大人们"斗智斗勇,热闹非凡之际,他被晾在一边,无人问津。月上中天,游戏曲终人散之际,大家各自回家,也没有人通知他"撤岗"。我回头,犹记得,他小小的身子还站在岗位上认真地放哨执勤。所以,如今我也相信关于他作为"最美基层民警"的宣传事迹是真实的可靠的。

此次无论他当选与否,我都为这个踏实的同村人骄傲。我想得着机会,去赣州看望一下他的父亲,我的舅辈。舅辈人中很多都过世了。剩下的都随着子女住到各处,不易相见,不像以前那样在凋敝的张倪村,抬头就可远远亲热喊一声,他们则报之以温暖一笑。

一晃 30 年多年过去了。冬生今年 36,我 48。他的父亲,我的这个张姓舅舅也该 70 左右了吧?

逐蜂蜜行

　　进城参加学生论文答辩,坐 10 号线江湾路站回,地铁走廊上,灯箱里定期更换的广告通报着这个烟火气的海上城市的风尚。今天广告突然飞来满眼的蜂,是为一款汪氏蜂蜜所制作。这个 50 年的老养蜂人,于广告文案里自述其得道秘笈:"先是怕蜇,然后是不怕蜇,最后到欢迎蜇"。

　　不过我的印象中蜜蜂不会主动蜇人,一直忙于花丛。不似住在树上作窝的土蜂,一旦被冒犯,那是一定群起而攻人的。我小时候捣过蜂窝,被一群土蜂不依不饶地追出很远。最终被蜇得猪头猪脑。得到的意外福利就是赖在家里不用上学。被土蜂所蜇,乡间无药,大人也不认为是啥大事,循着古老的智慧,就用蜜蜂的蜜来消肿,所以,被涂抹很快恢复人形后,对蜜蜂多了一层感激,当然也就不好继续躲在家里了。在我们小学的课本里,蜜蜂简直就是劳模转世,天天忙碌,最后蜂蜜却被养蜂人掳走,"为谁辛苦为谁忙",这样拉阶级仇恨的话语,颇让我们为蜜蜂抱打不平,兼着就对养蜂人有一股偏见。

　　小时候油菜花满眼金黄盛开之际,我们这个原来不起眼的乡村,像突然蒙受造物主的宠爱一般,一下子陷入花的海洋。我们家乡无为可是油菜产油大县，菜籽油属于经济作物，换回来的钱远高于水稻。而收成的丰歉有赖于小小蜜蜂的忙碌。蜜蜂穿梭，满耳嗡嗡声更让花海获得律动，田间满是这可爱小飞将的丰盛生命之音。养蜂人逐蜂而来。赶着大篷车，或撑着一只大木船，车里船上多是一层层叠起来的方形蜂箱。养蜂人在我们小村庄的临水的一处空地上搭起油毡棚房，摆开方方的蜂箱，生起炉子。在农家 6 月的某天，这些陌生人，就这样住下来了。蓝色的炊烟与金黄油菜袅袅地融为一体，开始了他们新一段养蜂的生活。简易的棚房地上摆着一场溜蜂箱，养蜂人的被褥塞在角落里，晚上需要打地铺，看护蜂箱，与蜂同住。我们经常在放学回家的路上，特意绕道去看养蜂人收蜜。他们戴着手套，小心地抽出一屉，用一个大罐子接住流下的金黄透亮的蜜。他们戴着一只大斗笠，上面罩着密密的纱网只需护住头部，虽然勇敢于我们，但也怕蜇。因为，有数只恋战的蜜蜂显然不满意他们的巧取豪夺，围着他们抗议示威。但是他们顶盔贯甲，小小蜜蜂难耐其何？养蜂人动作笨拙，像个拆弹专家一样，小心翼翼。在养蜂人手中抽出的密集的蜂房里，我们一面赞叹智慧蜜蜂营造的六角精美蜂巢，还一面在蜂聚的家庭中寻找那只养尊处优却极具威仪的蜂王呢！

他们这些外乡人一住下来就是个把月，很自觉，非请从不进村。但经过一段时间的比邻而居后，大家还是熟悉起来。大人们有时候也过来，与歇了工的养蜂夫妇一家闲聊。互相递送几只卷烟后，顺便用一个玻璃杯打点最新鲜的蜂蜜，回去化在一个大暖水瓶里，供一家人消暑润喉，有时兑水几次，温热的蜜味犹存。养蜂夫妇此时已经脱下大头罩，露出四处漂泊风餐露宿的脸，老实巴交的样子。与村民们谈论着今年的收成。眼见得我们的菜花稀落，结出菜籽的雏形，便计划过几日随蜜蜂一起搬离，南迁赶到另一处菜花始盛开,蜂浪蝶舞的新所在,继续他们逐蜂而居的生计。一如草原人被牵向另一片水草丰美。

终于在某个太阳刚出山的清晨,我们穿过油菜花地,上学的路上湿漉漉的花粉打黄了我们的衣袖。但养蜂人却不知何时挥袖离去了。他们曾经驻扎的地方已经空空荡荡。这些养蜂人带走了属于我们的一段好奇、欢乐与甜蜜。一段时间后上学的路上我们的心也空空荡荡着。估摸他们天蒙蒙亮就行船走了。不好进村招呼叨扰,像来时一样,连夜捆扎起小山一样的家当和蜂箱,行船到另一水穷处,一样油菜花漫天,紫云英星落的某处江南乡村。那里一定很快就也有光着脚的好奇少年,围着他们,看翻飞的蜜蜂酿出金黄的甜蜜。

阿桃

昨天听到阿桃死在工地的消息时,我正在参加学校的研究生预答辩。一个加纳的学生在黑乎乎的视频里说着不流畅的英语,加上中非之间的网路卡顿,体验很差。

阿红是他的哥哥,辗转找到我的手机号。我出了会议室,他说自己的弟弟没了,自己正在赶往出事工地的路上。阿红应该已经是 50 岁的人了,因为记得在村子里我一直称他阿红哥。他们是我的族兄。阿桃也是虚 50 左右。

阿桃没了,我少年时代的一个朋友没了,死在离家不远的巢湖的房地产工地上。他是土方工,夹在土方车之间,说是被两台作业的挖掘机的巨手先后击中,当场不救。

我在电话里安慰了阿红。已是中年的他急急地拜托我一定要帮他,声音倒是镇静。他说没敢告诉家中老母,作为家里的长子处理此事。我答应帮他找一个经验丰富的当地律师。我所能做的,如此之少。

回到答辩现场,那个非洲学生,还在视频里若隐若现地陈述着,他远在天边,在讲一个原产地规则的法律问题。

我在座位上,感到一种莫名的荒诞与悲伤,眼泪始终没有流出来。我想,我有义务写一篇小文字纪念一下阿桃。因为他是如此的渺小与不值一提,除了我,没有人会为他写一点文字。在草草的丧事后,大家很快都会将他遗忘。就像沙滩上的脚印,被海水轻易地就抹去了,就好像他从不存在。

阿桃在村子里似乎一直是被调侃的对象,因为经常会做一些不靠谱的事。著名之一就是小时候有一次竟用开水为家中的小鸭子洗澡,鸭子熟死后,他也被父母打得不轻。

当然,他是机灵的,不会站着不动被父母惩罚。父母追打,孩子绕着村子跑的大戏隔三差五就上演一次。这种大戏,我们这些淘气男孩轮番着成为主角。棍棒之下我们渐渐长大,也没有多少悲伤与羞愧。

少年阿桃另外一件事发生于 1991 年安徽大水时节。到了征夫集体上工出发时,他们全家居然还在破桌子前慢悠悠地喝红薯稀饭。队上干部怒不可遏,训斥与恐吓阿桃的父母。据说一向嘻嘻哈哈的阿桃当场与干部们急了眼,大打出手。

最后当然是桌子被掀翻,阿桃全家三口男丁悉数被征调上埂。按惯例,是可以留一人在家以备破圩的。在埂上劳动间隙,阿桃告诉我们,干部实在太嚣张,要抓他叔叔出夫。他叔叔精神不很正常,单身,与他们住在一起。阿桃也有血性的一面呢!

阿桃是我的同班同学,一般年龄相仿的孩子都在公社所在地上小学、初中。因为只有一个班,经过留级、插班、并班的"重组",最后所有的同村人都有了同年之谊。

同班同学阿桃,学习成绩不好,耍着小聪明,喜欢捉弄女同学,包括往女同学的书包里放别人家刚产下的小猫小狗。把女同学的板凳突然抽掉以及把她们的书包藏起来。到现在,我的眼前还可以浮现他在女同学盘问之下,故作镇定的样子。

印象中他小学没有毕业就退学了，似乎不是读书的材料。以后在我上学的路上就经常看到他随着父母下地。总隔着父母远远的，不情愿的样子。

他在常规职业之外，似乎还干一些下黄鳝笼子与打青蛙的兼职，补贴着家用。到我们放学之际，又经常在夕阳下看到他矮小的身子几乎淹没在他担着的一串串黄鳝笼子里，慢慢地移动到水田里。

后来，他的哥哥阿红因家里托到合肥的一位领导级别的亲戚，到了一个大厂做起了厨师。阿桃有时候串门到我家，还骄傲地谈及哥哥的近况，说是有转正的机会。

阿红离公家人的铁饭碗只有一步之遥了，好长一段时间里，同村人都暗暗羡慕着他们兄弟俩。

后来我离开家，到县城上高中去了。见到阿桃的机会就少了。寒暑假里偶尔遇到或听到他的消息。

上大学后，也偶尔遇到，他也慢慢长成青年的模样，只是个头不见长。我遵照父母的嘱咐，随身带着烟，路上递烟给他时，他竟露出诚惶诚恐的样子。

我毕业工作以后回家次数也少了，我们见面更少了。听说他到南京、北京的工地上打工。后来结婚生子，还是常年出去打工。他的两个孩子则留在村子里，在我们曾经的学校就近上着学。

春节时阿桃都回来的，只要知道我在家，都会主动过来我家寒暄几句。他手里总拎着一个大大的玻璃杯，里面浸着长长的猴魁，嘴里照例歪叼着一支烟。

阿桃偶尔也会与我开玩笑，说着到上海投奔我的话。我是他的族弟，我感受到他真的以我为傲。后来，记得大约5、6年前，暑假高考放榜的那段时间，他突然给我电话，是替高考上线的孩子征求我的意见。在他们的眼里,我是从那个的小村子走出来的人,在上海的大学里担任着教授、院长,意见总归是比他自己高明许多。

昨天晚上回来上网,满屏都是马来多纳突然去世的报道和纪念活动。世界各地的媒体都在回放着这个"上帝之手"的精彩进球。而这一天,我的兄弟阿桃默默地走了,没声没响。

今天早上在地铁里,阿红又给我电话,说出对方赔偿的数字。这笔钱代替了阿桃,成了这个世界与他最后一次实在的联系。从此,他就要早早地睡到村头那片杂草疯长的集体墓地里,与包括我可怜的母亲在内的亲人们,陆续聚拢在一起,谈谈"生前身后事"了。

今天回家的地铁里读到车厢扶手上那首《看见麦子在废墟上站立》,我就想阿桃就像一枚麦穗,不幸过早地落在家乡的田里,暗黑的田地收容了他,那乡间他熟悉的春风,还有老母的泪也始终唤不醒他了。

养我性命的稻子

　　最近可高兴的事不少。其中一件是办公楼下发现了一家吃饭的好去处，"谷田稻香"，于是欣然去吃米。如今菜肴丰富的时代，米饭回归主角。米虽然一直是南方汉人的主食，但是一度只能配享盛宴。在宴会尾声，店员照例问道，是否需要主食？可供选择的主食包括面条、点心和米饭。刚刚已经吃罢满桌珍馐的食客，往往是不要主食的。主食一时间成了无足轻重的配角。

　　如今米饭重新夺回角色。五常大米成了好米饭的代名词，上海平民超市里的大米都似乎转着弯在和一个叫五常的地方套近乎。我跟风吃了几袋之后，也没有惊艳的口感，多半是吃了几年高价假五常耳。这种自欺欺人的事，过一段时间就会有新花样，我们都是责无旁贷地中招。其实，五常在东北具体哪个嘎哒我还真没翻过地图。多年前，有个外语学院的同事到牡丹江学院搞交流。他的同学已经混到了市政府高层。私人设宴招待，他得着机会吃了一次真正的五常大米。他回来告诉我，该米美味十足，不用配菜即可吃上几碗而不能停箸。当时的口感让他回来后几个月内都无法下咽自家的余粮，如此"喜新厌旧"，差点酿成了家庭内部矛盾呢。我听罢当场被震撼到了，悔不知人间竟有如此好稻粱。想有机会尝一口,以慰平生之志,但是又担心熬不了"由奢返简"的痛苦。日日啖此五常者,就类似一款流行于欧美高阶人士之间的毒品,据说只要日日供应,也似乎无碍。但是一旦断供,那后果将是极严重的。心里还寻思着,坊间听闻,但凡高官遭遇看押留置,很快就配合了调查,是不是被停了五常特供?五常的不寻常又平添了几分。

如今"谷田稻香"进入寻常百姓家了,真是庶民的胜利呀!今天中午花巨款 39 元买了一份套餐。服务员履行开锅仪式后,饭香扑面,似乎是对我这个世代农耕种稻的农家子弟久违的致敬。口味确实不错,却也没到感天动地的程度。是米变了还是人变了?还是那个外语学院文学家同事添了过多的作料呢?其实,有一点无常的想象总还是好的。

今天吃罢后,环顾之下,这个"谷田稻香"店的地面上真的刻着几只青蛙,却是金色的,也不会叫。前几年上海的超市里确实也卖过天价的稻蛙米。广告词上写的是不打农药,所以,蛙儿乐于周旋其中,抓虫除害,贴身服务于稻谷,于稻田中,蛙声阵阵以兆丰年。这些文案和故事不知又动了多少中产的钱袋。中产阶级对美好生活的向往本不是新诱饵,不过倒是让人们把青蛙变成了时代新宠儿。我们小学课本上青蛙就是益虫,好像专吃灰蛾、蚱蜢之类的害虫。古诗词里也早已定性,"稻花香里说丰年"、"青草堂前处处蛙"。只是青蛙没承想一夜成名,成了市场经济的吉祥物。

其实蛙声一片时,稻谷刚刚还是未分株的青苗,更谈不上丰收。需再过数十日,稻花新发,白白的青香才暗香浮动于空气中,喻示收成在望。我们家经营着 7 亩包产到户的水稻田。每于稻花初扬之际,父亲就日日巡查田间,摘下一穗揉搓查看以辨虚实。他总喜欢把这枝稻花横隔在嘴边,似乎在咀嚼田间地头为之劳作的味道。我也学着样，抽一支含着。此时，茎还嫩绿，叶还没有锯齿，像一个婴幼儿，轻盈美好。她们经过农人的一轮轮汗水浇灌，插秧、除草、施肥，终于初长成。如今抗过病虫害和旱情，昂然、簇新、勃发于希望的田野。虽然，他们离成熟的低头尚有一段时光，但是前途已然光明，胜券在握。

父亲是农业能手，在包产到户前，还担任过好几年的生产队长。在农忙时节，要吆喝着农友上工。但是，大集体的稻谷是不幸的，农民全情投入的积极性很小。包产到户后，农民与稻谷的感情才真正被激发出来。打下的粮食终于进了自家的粮仓。不过打下的粮食需交公粮，就是廉价地卖给国家以交承包租金。安徽籍总理李克强的北大博士论文就是写"二元经济"的剪刀差，农民低价出售粮食确实是对城市和工业的补贴，是另一种税收。以稻谷抵充税款的安排直到前几年才被另一个安徽人胡锦涛废除，对农民真的是善莫大焉。除了公粮之外，地方政府还有各种提留统筹费也需要缴稻谷以支付。各项征扣之后，刚打回入库的家家户户的粮仓的腰围迅速缩小。家家户户屋里的粮仓除了一年的口粮之外，还要经常担到集市上，换回调剂家用的热钱。稻谷是农民的性命之粮，是农民的硬通货。早逝的诗人海子也是我安庆的乡党，写了一句诗"养我性命的麦子"，我觉得稻子其实写入此诗更恰当。他移情麦子的原因不得而知，如今似乎更"婉转无人能解"了。

蛙声一停息，小暑之后，稻谷在夜间的月光下开始哗哗地成熟。再一场烈阳与暴雨之后，扬花的稻子陡然成熟，一副成人的身段了。农历7月，天大晴、云高远，苍穹之下，是满眼黄金刺眼的稻浪。那幅著名的梵高《播种者》中散出黄金般的种子如今成倍地获得回馈，农民，这些大地的精灵，虽不通文墨，也能感受到大自然神秘的轮回。在暑期的"双抢"之季，我与父母在田里日夜劳作，有时为了赶在雨天之前收上粮食,还曾在月光之下挥动镰刀。稻谷收割的时节,偌大的农村,到处是农业机械滚动的声音,到处是挑担者负荷的身影,平时的空旷的晒谷场上铺满了黄澄澄的稻谷,要在烈日下翻晒。大家都明白,这稻谷的一大部很快就像无名的婴儿被强行送走。但是,农民出于对自己辛勤劳动的尊重,对土地的尊重,依然珍贵着每一粒粮食。从打谷场的裂缝里,从收割完的田野里,不让一粒粮食丢下。我们这些孩子在田地灌水复耕之前,就成为油画中的《拾穗者》,猫着腰,捡拾起一根根稻谷。一束束挽在手里,像是找回失散几日的兄弟。

新粮打下,乡里的碾米房突然就忙碌起来。新米入锅,早餐的香气,足以把我们这些睡懒觉的孩子早早唤醒。品头茬新米是农民唯一享受的特权,他们当然是配得的。父母一辈子种植稻谷,后来也种小麦与油菜。因为,油菜似乎经济性高于水稻。但是水稻给人的安定与踏实始终是不可替代的。父母对这个世界的贡献就像默默无闻的稻子一样,实在、踏实、无华,但是不应被忽视。他们亲手培植,打出与交给国家的稻谷总可百吨计吧。我一直为父母一样的农民们自豪着。他们为稻粱谋,为自己,也为苍生。

养你我性命的稻子呀!

蛙

　　买了一本书,有鬼君写的《见鬼》。今天,阳光灿烂,但是气温陡降,行人躲在屋里。我偏冒着一口寒风出来。昨天刚理完头发,于此鬼天气,简直是形同失去一顶天然的帽子,活见鬼地头皮发紧。

　　建投书店里经常有些演出活动的宣传卡,是一种缩小版的海报,制作得用心。每次买书,我都会取一张,作书签。《给一个未出生孩子的信》是个舞台剧,"孩子来到这个世界,这本身就是个冒险,你准备好了吗?"。不懂这个设问对象是谁? 问题和信估计是发给未出生的孩子。关键是孩子也没有决定权呀? 收信人应是孩子的生身父母,或者计生干部。莫言在《蛙》里面写的主角是一个接生者。原型是自己的一个姑母,拥有孩子可否来这个世界的决定权。她的这个姑母,晚年常常为自己行的无数引产手术而忏悔。《蛙》似乎也是写给"未出生孩子的信"。读过一篇访谈录,知道莫言也为自己人丁不旺而抱憾终生,他好像只有一个女儿。

　　蛙自然是子孙众多的。初夏的池塘甚至秧田里,一群群蝌蚪摇尾游动。我们学校课本上当时就有一篇文章,写小蝌蚪找妈妈。

我们眼里的小蝌蚪就好像在集体寻亲，一副失魂落魄的样子。蝌蚪黑乎乎的一片，头重脚轻，动作缓慢。我们临水，只需一个舀子就可捞上数十只。回家养到清水里，蝌蚪越发的黑亮。换了陌生的环境，也未见得它们慌乱，依然我行我素地摇尾游行。初时好玩，一会就腻味了，倒还记得把他们重新释放回池塘里，让他们继续找妈妈。只是遭遇此劫它们，与家中的兄弟姐妹大概就永久失联了。蛙在少数民族的图腾里确实是"多子多福的象征"，前段时间到龙岩看到苗族的铜鼓，蛙攀缘四周。只是苦难迷信的中国人多子倒未必真多福，但断人子孙确实罪过。所以，我们一般不伤害课文中无辜可爱的小蝌蚪。

但是，对鸟类却犯过罪孽。鸟宿屋檐下，燕子比较尊贵，在屋里高高的梁上结窝。农村盖房子，上大梁是关键。往往举行庆祝上梁的仪式。每家的梁的中间要提前专门铆了一块枝形老铁，预备着燕子来衔木结窝。老铁处又特意缠了块红布，专待巧燕飞入寻常百姓家。在我们农村的习俗里家燕是喜气的象征。燕子与农人一样，整日忙忙碌碌，同处一个屋檐下生活，似是家人，所以对燕子，我们这些野孩子也还讲些礼数，所谓爱屋及燕是也。麻雀之类则不受待见，估计是整日唧唧喳喳，且总争食我们的稻谷，一段时间又被政府打入四害之列。麻雀就只好识趣，委屈在我们的屋檐下安家。农忙时节，无课业，无聊，就自架云梯，到屋檐下摸出几颗温热的鸟蛋，有时候还能摸到几个刚出生的黄口小鸟，他们赤裸着身体，恐惧地在小窝里闪躲。护犊情深的准爸妈，左右飞旋不去，凄厉叫喊，令我们感到恐惧。麻雀父母的哀告和怒气，往往见效。我们虽然不甚情愿，多半也是"凤还其巢"。但是印象中也曾有坏蛋之举。看到那些已经有星星生命的散蛋从高处坠于地上，或者我们这些蛮族将新生的幼鸟俘虏而去时,鸟妈妈的叫声中充满绝望,言犹在耳。真是一桩罪过。

　　《圣经》上说,"愿多多生养,布满这地"。欢迎你们来到——致未出生的孩子们。

爱莲新说话旧花

搬回七宝，七宝的朋友们邀请参加数场宴请。盱眙小龙虾，七宝白切鸡和羊肉端到面前，我这朵白莲花瞬间露出原形。为了防止几天过午不食的瘦身成果毁于一旦，今天一旦就挣扎着起来，搞了一场准跑步。我的准跑步介于散步与跑步之间，我于准跑步中还要停下来赏美景、看人事、看荷花。发现"准"这个字特别有意思。当含混不清、似是非是之际就用准字来淘糨糊。准将、准军事化管理、准博士等。读佛经，知道佛也没个准头，特别是时间和数量上，都是大而化之，读经的人不必较真。佛说实非佛说，垢净本无分，一切唯心造，一如莲花的出污泥。

体育公园的荷花水面很大，在上海的公园里比较少见，因此也吸引了不少爱莲的市民。这些荷花别来有恙，前几日台风"烟花"过境，出水荷花总算挺过去了。但经此番暴风骤雨，莲花一下子老了许多，紧致不再，败落散开，露出莲蓬的底座。结成果实，应该是喜悦的修成正果。但是，人们却一味哀悼莲花的失去。花成了莲的全部，其实不然。

体育公园在一池莲叶旁修了座莲亭，莲亭里免不了写些污泥不能染的条屏，倡导着官吏们向一池莲花学习，也不知效果如何？

过去大老爷的公堂、后堂上都喜欢挂些"两袖清风"、"允执厥中"之类自标风流的条幅。《爱莲说》里周敦颐告诫人们"莲花只可远观"。莲花可作中国廉洁文化的图腾。不仅政治家,佛家更喜欢以莲为案,禅宗有许多公案。南海观音总喜欢坐于莲花之上。小时候看《西游记》,红孩儿被诱骗坐到她的莲花宝座,那盘莲花突然变成利刃,这个桀骜不驯的少年英雄就此被收为一个平凡的童子,就此进入编制内沦落。红孩儿在莲花宝座上挣扎,鲜血淋淋之下,让我对这个孩子有诸多同情与不忍。红孩儿虽是不顾忠告亵玩莲花者,但惩罚似乎严苛了。小时候观影,区分不出红孩儿与哪吒这两个官二代。他们虽然身份有别,但在我们这些孩子的眼里,只是觉得可爱罢了。没有满腔的阶级仇恨。哪吒本就是藕合而成,相煎何太急?

莲亭外,每天总有一批老摄影爱好者扎堆儿,用各种长枪短炮热衷地拍荷花。那阵仗像是获准报道"小丫跑两会"的记者群。老人的设备看来不便宜,一个个老干部的派头,他们武装整齐,对镜框中的荷花指指点点,一群莫奈般的爱莲者。有一个不参与集体创作班的老记,一个人架着个大号长距地候着。问他所欲何为,小声答道,等那只蜻蜓落到眼前的荷花上。我睹那蜻蜓偏不配合,总是绕花三匝,却不落枝。似乎在磨那老人的性子。情急之下,我更愿意化身蜻蜓,遂了他的心愿。我被先磨走了,继续进行我的准跑步。也不知道《老人与蜻蜓》结局如何了。估计是有闲的老人取胜。蜻蜓总有需要休息打盹的时候,一如老虎。

莲花、莲子与藕都是同根生。爱莲者单爱莲花的妖娆,实在是过于偏心与夫子之道。王安忆写过一本不甚著名的小说《上种红菱下种藕》。莲花其实是种藕的副产品,种藕原实指望得藕,而不是莲花。农人在污泥之下抛种藕后,如果一直只开花,那就是灾难。黄永玉善诗画,于三年自然灾害时,尝以一画与一农妇换粮食,农妇不允,说画不能当饭吃。真是个智慧的农妇。

莲花落莲蓬才出,莲花与莲子也不可得兼。莲子好歹也是食物,不是只可远观的莲花。人们耽于荷花的粉美,莲子才是家庭主妇手里的消暑良品,配上绿豆百合,可清心,更可明目。莲蓬剥开,露出颗颗莲子。但是此时莲子还含包在一片绿意之中,再除去绿罗裳,才能露出白色的莲瓣,中间杂着颗苦涩的心。莲子采完,一场秋雨秋霜之后,荷残已无擎雨盖,藕就秘密结于污泥之下。与莲子比,藕才是农人心中真正的果实。藕节多而大,富含淀粉。杭州的藕粉最出名,我们小时候,本地的商店里也卖一种藕粉。包装盒上是蓬勃的莲塘和粉艳含苞的莲花。这藕粉是访病中亲戚的珍贵礼品,价格似乎也不低。江南荷塘多种莲,算是副业。每到秋深,天凉,到处都是挖藕人的忙碌身影。挖藕是绝对的体力活与技术活。要盘出一枝完整的长藕,需要在抽光水的泥塘里被污泥染遍全身,或者在深水里钻数个猛子才能功成。著名的美食节目《舌尖上的中国》有一节就拍了我们家乡无为老乡采藕的辛劳。夕阳之下,载着一船余晖和污泥缠身的藕,归来。污泥此时不能洗净,它比保鲜膜更有用。

我家老屋后有一亩多的池塘,从来也不打理。但一到夏天总是荷花繁盛、莲叶田田。我们总是忙忙碌碌为稻粱谋,没有赏荷的雅兴。日出而作,一任荷花尖尖才露,直到衰败。节气到了深秋,荷叶也倒伏在水面上,原先密密蓬勃的池塘一下子又萧瑟、简明起来,像一副泼墨的国画。但荷花对我们的无暇欣赏不以为意,不去纠问"年年知为谁生"。每到夏风习习,它们就又莲叶翻飞舞动,窃窃私语,密不透风,自得其乐。莲下鱼翔,鳞片在满塘的暗绿中闪过一缕亮光。出门遇雨,我们就顺手采一叶作伞,举过头顶。绿伞罗下,自得法界的清凉和平安。人与莲如此心照不宣就好。

我们长成少年,要离家奔一个似乎更好的前程。匆匆告别一亩池塘和满眼荷花。三十年后,再回来,池塘里已无一尾荷叶,更无半支莲花。空空荡荡,过去的岁月一般被抹得干干净净。突然想起,这个村庄原也是荷花围绕的,蛙在莲叶间矫健地跳跃,咕咚水响。如梦令,一场空思念。回乡定居后,还能复兴那儿时的画面否?难度估计不小。黄永玉酷爱莲,曾在居所的一方水面试种,总不成功,总结之下,始知道荷花对水土的要求极高,不易存活。我才知道儿时的那些荷其实是极难得的,是与我们修了几世的缘。归来的负心人,已不是那位少年郎,那些熟悉的人和物,似荷,似梦,也再寻不齐了。

一叶"粽"关情

端午节得吃粽子,还得有艾草相伴。昨天在超市买到了几枚真空武装的肉粽。菜市场的阿姨告诉我,艾草脱销了。据说已经卖到 5 元钱,依然一束难求。我们只好过一个没有艾草的端午节。对面的邻居家门口斜卧了一束艾草,他们的节日立马显得更正宗一些。特别在韩国的抢逼之下,邻居对端午文化的尊重已经可评爱国模范分子了。

江南的农村艾草随处可见。端午日父亲从田间劳动回来,随手用镰刀割上几棵,着我们这些孩子用红绳悬挂于门上。粽子也都是亲手制作。粽的叶子多从河边一处开阔的芦苇荡中采来。有些年月,我们村的芦苇荡尽长些"枫叶荻花秋瑟瑟"的窄叶芦苇,这种芦苇的长处似乎在芦花。芦花在深秋飘舞,像是春的柳絮。这种漫天飞扬、会思想、宜入诗的芦苇,于讲实惠的农人则百无一用。这种帕斯卡芦苇,叶细长窄小,硬脆且锯齿多,野性难驯,不适合包大粽子。我们只好到几里路外的二姨妈家去取粽叶。二姨妈家盛产一种大芦苇粽叶,质地柔软,不易开绽。有一年。父母差我去取,平时都是直接拿成品粽叶。那次被他们带着到芦苇荡中现场采摘,觉得有趣。芦苇长势厚密,赤脚下水择,执剪刀或干脆用手。

宽大的叶子要从枝丫处折取,成熟的芦苇叶根部都有一个年轮似的褙节儿。野生的芦苇叶需要处理才可用来包粽子。初择的芦苇叶,比较涩,表面灰白有绒毛。需要一片片修理剪裁、过水清洗、蒸煮再浸泡数日,待露出那股清香、清亮的熟绿之后,才算是正品了。此时,几十张规整、服帖的芦苇叶叠成一厚卷,阴干后,再顺手挽成一垛垛小髻状,可送给亲戚更可备货自用。

端午将至,农人家家户户在艾草的香味笼罩里包粽子。粽叶需再入水浸泡舒展,一片片润湿才好卷成菱状、填充进白白的水糯米,再用筷子摇匀压实。印象中母亲似乎不擅长包粽子,包的粽子笨拙。乡间漂亮的"粽子美人"应该是修长、圆润,身上捆绑的麻线少而收口简洁。母亲年年端午犯愁,好在有几个擅长的村妇愿意过来帮忙,姐姐也上阵助战。有时候大家干脆就合伙出米与粽叶,一起包出的成品均分即可。邻居一起包粽子,是儿时的一件乐事。邻家小孩在大人的其乐融融里,在粽叶已经透露的清香里,友情更近了一步。

大家咬牙切齿之下,结实的麻线已然捆绑扎实。一个个被绑缚的粽子堆进箩筐,只等与咸鸭蛋一起,在端午的早晨热气腾腾地揭幕一个传统节日,一个乡村不寻常的一日。母亲的作品就混在一群优秀作品中,良莠不齐地准备下锅了。

端午那天一早,整个村子里开锅的粽子的迷人香气四散蔓延。咸鸭蛋的红油流淌、翠绿的粽衣除去,熟白的糯米身材玲珑匀称毕现。用筷子插一颗,滚上一身红糖入口,端午的味道俱足。印象中,我们只有白粽子,最多米中夹了些赤豆,如今嘉兴、五芳斋著名的大肉粽当时没有见到过。估计,肉粽昂贵,也不易保存。农村人家的粽子除了过节应景之外,还要日常储备起来,一串串挂着,作为平常的吃食。孩子放学回家,没到饭点或是家中劳力饿乏,粽子简单蒸煮或也可直接冷吃,是饱含农家智慧的方便定食。如果是咸味的,就更适合带上几串,充实远行人的旅途了。粽子类似新疆人的馕饼和北方汉人傍在身边的馍,带着家乡的嘱咐与安慰。

节约的家庭,吃粽子时嘱咐家人要"轻解罗裳"。完整的粽叶洗后如新,还可再用。吃粽子的麻线也是不能剪的,也可再用一次。母亲的笨拙的粽子即使混在锅里,也是能分辨出来。我们有时候也难得地开她一次玩笑。不过她的粽子分量足,包裹扎实,数次入锅也不破裂。美虽不美,质量却是上乘的。

如今,在远离家乡的大城市里,只好买来真空包装的粽子,门上也没了艾草。家乡和母亲的味道消淡了许多。母亲走后,即使回到老家,摘来一样的芦苇叶,她那笨拙的粽子却再吃不上了。

在端午的粽子与艾草的气氛里,还要举行龙舟竞赛。其实农民估计也并不十分清楚原来包粽子与龙舟竞赛是为了挽救一个叫屈原的诗人于鱼腹。也从未见过谁家把辛辛苦苦包好的粽子扔到水里的。但是,用一个杆子挑着一串串粽子慰劳拼命竞渡的汉子倒是随处可见。这些龙舟竞赛要在临江的一处叫祁家大湖里举行。最热闹的时候,就有十余条龙舟在震天的鼓声里劈波斩浪。平时散漫的庄稼汉,勉强凑齐统一的白衬衣,扎着红头巾,团结在以村名命名的统一旗帜下,拼着一股劲,为荣誉而战。龙舟赛是除乡村打谷场上为重大的婚丧嫁娶而举办的社戏之外的另一场集体庆典。粽叶包裹的糯米粽最能扛饿和携带。粽子伴着端午的龙舟战士们转战乡间的各条大江大河,间接而虔诚地向端午的传统献出一番乡民的致敬。

被计划的生育

　　国家三孩政策出台的这两天，各种调侃，真是一时热闹。从几年前还是严格控制人口的宣传，一下子跳跃到配额大增，让生育这件大事，显得比较戏剧性。民众也只好以娱乐的方式表达不解。有感于生活不易，无力再养的忧虑者，也有错过最佳档期的遗憾吐槽人。总之，原本正常的公民生育安排，因为被计划的变化而一时泛起五味杂陈。

　　我属于遗憾人，如果早点出台多胎政策，肯定会至少养育两个孩子，一男一女成一个"好"字。可惜，因为吃着公家饭，又没有艺谋的财力，就随着大流，响应国家"一个孩子好"的政策，早早领了"独生子女光荣证"和"一孩生育证"。这两本红色的证书如今我还留着。上面盖着计生部门的章，但似乎也没派上啥用场。唯见领证后，长条的名目繁多的工资科目里有一份独生子女津贴，好像是5元钱，多少年都没涨过。如今还有没有，也没劳神注意。再说，这些津贴徒增心酸而已，好像是卖孩子得到的对价。

　　我估计有我这种遗憾的人不在少数，整整一代人承受这种政策带来的无穷遗憾。但是，大家似乎也没有因此痛心疾首。主要是这个一孩政策被执行的很公平。上到国家领导人，下到乡黎庶民,都是一胎。几乎没有例外,公平性掩盖了正当性的欠缺;另一方面,则是公民意识,我们一代深信国家反复宣传的计划生育的必要性,整天都被警告中国的人口红线,所以从公民义务出发,不给国家和人类添麻烦,成了一种自觉。城市,特别是吃财政饭的更是不敢违反这个一孩政策,否则就会立即丢掉所谓的铁饭碗。

农村重男轻女的观念更浓厚于城市,背后实有男劳力主持农田劳作的现实需求。一孩政策的执行上遇到巨大的阻力,农村就大于城市。农民失无可失,也没有饭碗在公家手中攥着。城乡政策执行其实是不全一样,有一些因地制宜的方便。比如,如果第一胎是女娃的,一般允许再试二胎。这个松动估计是当政者与顽强的农村"超生游击队"博弈后的妥协。80年代末,女娃二胎之后,就没有再生的机会。农村的避孕宣传和措施均不得力,为防止万一,就要求计划指标用完的妇女强行结扎。也有是男子替妻子到医院挨刀的,手术就是开刀扎住输精管。如不服从,或离家逃避,就有更严格的手段。我小时候跟着大人走亲戚。看到很多村子断壁残垣,知道某户违反计生政策,一心求子,坚持超生。到处躲避强行结扎。队上气不过,带人把房屋推倒予以惩罚,逼苦主现身并以儆效尤。所谓"一石二鸟"之策。我们的这些智慧都是先用到自己人身上。黄宏、宋丹丹的《超生游击队》以一种喜剧的方式记录了一代人的心酸与荒诞。

我们是平原地区,无法像《超生游击队》里的东北人远避山林。我们的超生者多潜伏在远房亲戚家里待产。一个村子里突然出现了一个孕相十足的新面孔,大家也多心知肚明。收留"游击队员"的家庭,也就更多一份小心。经常在午后阳光晴好的日子,看到陌生的待产妇,坐在后院墙根处的宽厚的板凳上出来放风。所幸,举报者甚少。农村人对待这种事,有朴素的是非观。况且,说不定自己的女儿和媳妇以后也会如此打游击呢！

记得八十年代，农村牛粪饼印记斑驳的土墙上写着措辞凌厉的标语："一胎上环，二胎坚决结扎"。"严禁超生，违者法办"。当然，也有温婉的安慰"女孩也能传后人"。勇敢的游击队员只要生下男娃，倒不愁户口、上学等事。出点钱请干部们饱吃一顿，再孝敬几包大前门烟，都是可以通融的。因为农村户口本身不值钱，娃娃上学的意愿也不积极。干部们抬头不见低头见，乐得顺水推舟。他们的松懈造福了许多幸福的家庭，如今细算下来，也是一件功德。

农村的妇女主任是国家计生策最底层的执行者。如果某个农村摊上了一个六亲不认的妇女主任，那就只好人丁不兴了。还听说过某村有已怀孕数月，小孩已经成形的，还要被妇女主任遣人抓去强行引产的。好在我们村的妇女主任是个通人情的女同志。读过初中，算是个文化人。我们村的妇女有福了。

但是也有不幸者。同村的一家，上一代英雄母亲生了 4 男 2 女，子女多，家更贫，远近无人肯嫁过来。只好用女娃换亲，抵消之下，还有两个没着落。无奈之下，只好托人贩子去更穷的山里买来一个媳妇，估计是岳西一带的大别山区。山区可耕种的平地少，我们这个鱼米之乡，虽同样是农村，但已是那里山民们艳羡的天堂了。人贩子对吾乡的夸好，一顿重彩涂抹之下，一些女孩将随他们偷偷逃离当成人生难得机遇。类似大饥荒时期大陆人的逃港。对未来憧憬的希望被当下的困苦无限放大。

人贩子留下人得钱走了。这个山里妹子初来我们村时只有不到二十岁。虽然穿得破烂，但青春的朝气毕竟遮不住。她最终嫁给这家的老二。老大 30 多岁了，只好被放弃加入村子里光棍一族了。这个老二平时看上去憨厚，还喜欢开个玩笑。但是在生男孩的思想上却有近乎病态的执拗。这个山里妹子，接连生了两个女孩之后，指标已然用尽。但是，那个男人显然并不死心。村干部上门要求采取绝育措施，甚至执行重罚，搞得他们一家更加凄惨。但是，他不为所动。一家人开始把这种厄运全部归因到这个外地女人身上。仿佛找到这个替罪羊之后，对她惩罚、辱骂与折磨，才能出了这口晦气并改变霉运。男人恶语相加与拳打脚踢的频度与日俱增。经常听到她绝望哀嚎的声音。虽"清官难断家务事"，但周围邻居都实在看不下去，出来劝架，但是在短暂的护佑和安慰后，很快还是把她还到家暴丈夫手中。安宁不几日又是旧戏重演。她被男人拦着，倒始终没有去结扎，后来似乎又凸着身体怀孕过一次，但是谁也没见到新生的孩子。多半是被男人一家溺毙了，这在计划生育指标珍贵的农村几乎是公开的秘密。

这个山里妹子在被折磨数年后，已经不复再有青春气息，其实年龄上只有 25—26 岁上下。有时候，在乡村的路上遇到她，她侧身让路，出于礼貌挤出的笑容也总有一抹无法根除的悲苦底色。她是随人贩子偷跑出来的，没有人知道她的娘家，更没有听说娘家人寻亲过来。她的霉运和无依无靠让她在村子里甚至没有一个来往谈心的人。后来，慢慢地有点喜怒无常，看到人总是先痴痴地笑。她两个女儿到了四五岁的年纪，竟然也都学着大家样疏远她，随着别人咒骂她为"疯子"。

她的屋子就在我家斜对面。记得初中时暑期的一个夏夜，我独自躺在凉床上乘凉。她忽然走过来，嗫嚅着央求我为她写一封信给娘家。但是在我问答之下，她却始终说不出地址所在。"你是读书人，有办法查吗？"我第一次离她如此之近。她眼神虽然恳切和痛苦，但是一会就杂进怪异的痴笑。感觉她在漫不经心地说着一件别人的事。我如何答复她的，现在记不真切了。只是记着她对了几句话后，许是担心被男人发现，被揪着头发再拖走，转身急急惶惶地离去。后来我把这个事情告诉了母亲。母亲坚决地阻止我帮她的企图。因为，如果这个事情让那一家人知道，他们肯定会骂上门来。他们一家在农村的蛮横是人人都怕招惹上身的。连妇女主任和乡干部也拿他们的不结扎没了办法。

我最后一次见到她，是在她求我写信未果的二年后。那个时候，她们家里人已经对她不闻不问了。她再怀上一个男娃的希望也已经断绝了。她经常出走多日不见，来去自便没人关心和过问。那天，我从县城的高中回来，在离家还有几里的路上看到她歪歪扭扭地走着。从我身边经过时，听她大声地与自己讲着话，估计也早就不认识我了。她极不顺遂的一生，遭遇的人和事总是对她不友善。生育的计划是造就她悲剧的无形力量，但她甚至无由申辩和质问。而我，也辜负了她的信任。我曾经是她抱有的一点希望：写上一封贴着邮票求援的信，娘家人过来接她回家。当然，这或许是她的单相思。我的冷漠似乎有可辩解之处，但也是间接的帮凶。

我隐约记得她的名字是叫"菊娣"，姓氏就不知道了。这个名字，如今估计更没有人再会记起了。

躺平的乞丐兄弟

  读过王安忆一篇不出名的小说。说一对男女总是到酒店蹭婚宴吃喝，临了还带走烟酒等礼物。当然，份子钱是不出的。这种伎俩总是得手，倒也吃得丰盛快活。他们是小偷、骗子还是乞丐呢？

  昔时，在我们农村，一些乞丐得知谁家娶亲嫁女，就上门讨喜钱。与王安忆的主人公不同，此际的丐帮却是公然本色出演，穿得尤其破烂。主人家不敢得罪，否则乞丐喊出一些咒骂和断子绝孙的预言，当时晦气不说，万一事后果然离婚或不育，那就要后悔一辈子。男女亲家还会为这个小气落下的后果互相埋怨。于是，在热热闹闹的农村婚礼群宴上，总见到几个丐帮人士远远地单开了一桌。主人殷勤招呼，心里压着火，赔着笑，丐帮若觉得不够尊重，还会故伎重演一番。除了婚礼，新屋落成、高考得中，这些贺喜的穷朋友们都如期出现。倒是在丧事或遭遇不幸时，他们从不来捣乱。他们也是讲究职业道德的。

  遇到灾荒年，农户陷入破产，没办法活下去就去做乞丐。好像也不觉得羞耻，觉得自然不过。总不能偷盗，乞讨并不违法，放下姿态，倚着别人家门户，说明苦楚缘由，那家人就让小孩捧一把米放到他的布袋子里，多少不讲究，是赠与是慈善，对孩子也是一种示范教育。遇到家中正在吃饭，乞丐希望熟饭而不要生米，也是可以理解的。一只缺口的破碗盛着，到树荫下折两根柳条就吃起来。吃完后再继续云游。常见一家人出来乞讨的，夫妻带着一个女孩，大大的眼睛，10岁左右，"把一点吧"？女孩有点怯，站在后面，一双不合脚的大人鞋，裂着边，沾了一路的泥。他们晚上住哪里呢？有一年，我们家发大水，庄稼全被淹。水退后，路才露出来。我们全家从收容我们的姑母家回来（姑母家地势高，没被淹），路上遇到村子里一帮熟人，集体赶着。问他们的去向。一个人轻松地说，"讨饭去"。我还是有点诧异，在我眼里，乞讨多少是个不光彩的事。而于他们，好像只是把曾经施舍出去的粮食，再去要回。乞讨确实担负着民间自发的调剂和相互救助的功能。只有一次，大人们都下到田里，安静的村子里一个乞丐不知何时靠到我家的门边。我在里屋，他叩着门上的环，算是提醒。我第一次以小主人的身份直面一个高大的乞丐。我捧出一把米给他，而这个乞丐并不就此离去，眼睛盯着我，示意我还不够。我有点慌，只好怯着再去捧足一把米，急急地倾入他的口袋。他看一下，丢下一个怪眼色，终于转身。

1996年到上海读研究生，住在位于沪上DOWNTOWN的淮海中路，有点炫目。刚去不久的某天，在街上被一个中年妇人拦住求助。说从外地到上海探亲，入沪即遭遇扒手，盘资悉数被窃。问我可否借一点钱给她买票到宝山找亲戚落脚。言辞恳切，让人无法不为其困境解囊。我给了几十元钱，还怕她迷路或再遇不测，亲自护送她上了陕西南路的地铁，始放心离去。路上她赌咒发誓，说回去后一定写信把钱还给我。送别她后，似乎回过神，觉得可能被诓了，因为她始终没有要我的邮政地址，夹在感谢信里的钱何从还起呢？不过我也不恼，佩服她的专业能力，认栽。我担心她在地铁里要笑出声来，我入她的戏太深了。这个演技绝佳的人，是乞丐还是行为艺术家呢？仿佛也分不清楚。

上海有段时间，在郊区或医院附近，总有一些僧人尼姑追着与佛有缘的人，免费送开过光的小佛像。只是天下从来没有免费的佛光，僧人尼姑没等幸运的居士走远，复又几步追上去，掏出寺庙大殿兴建的证明，向施主化缘。这几年沪上兴起另一种乞讨类别。在街角，立着几个山地骑行运动员打扮的人。顶盔冠甲，像舒马赫，来自某个方程式。白布标语摊在脚前。说是骑行全国，途中断炊，盼支持。让人不得不为这些热爱祖国大好河山的健将献上一点同情。还有见在地铁出入口或旅游集散地，跪着一个孩子，白布上写着原委：父亲重病或家中遭遇变故。旁边放着学生证、病历本和 X 光胶片等证据。甚至看到过一个大人直接躺平在地上，身上盖着老花布棉被，侧着头，一副病入膏肓的样子，急等着你的钱去救命呢！这简直是乞讨的活人秀，当然这些场面并不一定都是演文明剧。后来看了公安的报道，说这种营生养活了一帮人，形成了新的产业链。我们很多人都成了链上最下游的供应商。

上海地铁 12 号线提篮桥站，也有一个乞丐，我们经常碰面。一年里，他于早班时段准时出在地铁的出口处，迎堵着刚从地下乘坐扶梯重入光明世界的上工男女。一出地铁口，就见到他，总是伸出一只枯手拦住去路，"师傅，几钿钱有伐"，地道的沪语。疫情期一段时日他遁形不见，每次从地铁出来，倒觉得不习惯了。昨天他终于复出，估计一早就开张，得了某位恩公善女的几钿钱，已经买了许多吃食径自盘腿在出口处台阶上吃起来，投入得很，根本无视我们。他头发虽然还是凌乱，趿着那双破拖鞋。但是面色更好了。夏日潇潇绿荫之下，有股"济颠"活佛的洒脱神情。

美国的乞丐也不少见。他们在车子必经的路肩处，放一块 I'm hungry，或 homless 的牌子，等着车主丢几个 QUATERS。美国当地的朋友告诉我,这些人多是瘾君子。因为,美国的最低保障足以让无产阶级过活。我开车经过时,看他们倒是很自尊地站着,并不张口讨要。但也有例外,一次我在沃尔玛超市买东西,推购物车到停车场,一个黑人女子眼巴巴地向我要钱,我身处异邦,不知深浅,果断拒绝并迅速发动车子离开。老婆孩子为此好一顿数落我没有国际同情心云云。

上海前几年,在高速公路口也活跃着一批乞讨者。红灯一眨出,就冲到路中间等灯的车边,挨个敲着车窗讨路钱,或用一块抹布殷勤地帮车主擦拭车窗和后视镜。车主拗不过他们的执着与"冒险来到你身边"的勇气,只好低头翻找硬币。红灯突然翻绿,车子重新开动,情形很危急。而施主的硬币还没得着,他们就杂在车流中伸手追跑。这些乞丐应该向美国的同行学习一番,顾及自身安危先。不过我们的路肩都被绿化道所占,似乎没有给他们留下展业的场所,他们的工作条件亟待改善。最近上海的乞讨者,已经流行脖子上挂着一个大大的二维码了。与时俱进起来,终于胜出了美国同行。

沪上那个一度非常著名的沈姓乞丐,熟读诗书,引经据典,每每出惊人之语。一帮美女拥趸,供应俱全。像城市一帮财务自由后的善男信女合伙去西藏供养一位高僧、活佛。信众痴情的对价就是希望听到高僧的几句点化,足矣。这个沈老师霸屏热搜、头条很长一段时间,沪上男女们好像发现了一位末世圣贤、活佛。后来沈姓乞丐日子好过起来,剃发修面,成了正常人,准备走设堂讲学的路线。但他的鸡汤语录却一下子没人领情了。他不知所终后,魔都上海便失去了许多乐趣。大家落寞地从短暂的集体娱乐里抽回身,投入到眼前的生活,一时间没了诗和远方。

读陶渊明传,他在灾年光景也行乞过,但是并不妨碍他的诗和远方。陶贤估计是史上最有文化的乞讨者了。

稻花香里说灾年

　　去年就买过一本《袁隆平口述自传》，对他的生平有了大致的了解。他辞世后，读网上关于他家庭身世的文字，知道他父母相恋于我们安徽芜湖，觉得与他就亲近了一些。今天看到家乡的群里有一段袁老亲临无为指导水稻种植的影像。无为毕竟是水稻主产地，袁老到此田间指导也是意料之中。由是，我们家乡父老也得到袁老恩泽，让我越发亲近这位英雄。这种情感之下，也勾起我"稻花香里说灾年"的一番杂忆。

　　无为是鱼米之乡，但是三年自然灾害期间，即使根据官方的地方志记载，饿死者不下三十万人。其间原因，一是浮夸风下大量口粮外运，另一方面地方恶劣官员到处设卡禁止农民外乞自救。呜呼，一辈子种庄稼的人却死在"稻花香里"，真是荒唐透顶。小时候，爷爷辈的人总是在我们嘴边唠叨要爱惜粮食。谁要是没吃干净，总是遭到斥责。爷爷的碗总是干净见底。对他们恐惧之下的唠叨起初觉得烦。我们70后出生的人，虽然不能敞开肚皮吃饭，早晚稀饭中还夹杂着红薯，但是饿肚子的经历已经不多了。所以，对长辈们甚至在地下捡饭粒的事虽不会阻止，但多半不解。

　　稍长以后，在父辈们农闲"墙根'坐'谈会"中，耳朵总会捕捉到一些三年"自然灾害"中的种种惨状。就和袁老在一段谈话中谈到亲见饿殍一样。我们村子饿死者竟有十人以上。外公我从来没有见过,说是在他 50 岁上活活饿死。对于没有见过外公,我只有稍稍遗憾,毕竟没有一起共同生活的情感。倒是对乡人们述说到他饿死前不断大声喊"饿呀"的场面,听后每每总感到心悸与痛楚。其他同村饿死者,父亲一辈尚可一一对得上名字。只是当时生者都自顾不暇,不会有棺椁出殡之事。多半是草席一卷草草埋在那处兼是菜地的村公共坟场。我小时候,陪妈妈在那分给我家的一处小菜地上,担水浇园。看到一处处杂草覆盖的小鼓丘,母亲会告诉我是同村哪家的亡人。

长辈"墙根'坐'谈会"中,除了外公的事令我哀伤之外,另有两件事让人印象深刻。恶劣官员协同一批同村积极分子日夜看守收归公家的粮食。但是,也有勇敢者试图突出命运的重围自救,惜乎结局都不乐观。村中一个约 10 岁左右的孩子,半夜饥饿难耐,游泳过河到蚕豆地里剥吃生鲜蚕豆,过量之下,竟肠断暴死在蛙声阵阵的田垄间,第二天一早始被发现;另一则盗窃的故事,后来甚至被作为本地贡献的反面典型,训示灌输给其他地方的劳苦群众。也是发生在夜里,一个农民到队部偷刚收上来的稻谷。这些稻谷很快将准备解送外地。他脱下裤子,用自己的裤腿装满晒干的稻谷,脖子上骑着这两条粗重的"稻腿"泅渡回家。干稻谷吃水后,如巨石在肩。加之情绪高度惊恐,日日饥饿又体力不支,这个勇敢的普罗米修斯者竟然沉塘而亡。当时,如果被同村的积极分子举报发现,后果形同连坐,一家人都要遭殃。这个自决于人民的"窃黍者"当然不用再管这些荒唐透顶的"生前身后事"了。沉重的尸体被打捞起来后,也就草草埋到那个菜园墓地。陪母亲在那菜园,天阴晚下来之后,这块阴森的坟茔地,让一向不信神鬼的母亲都露出害怕的神情,总是牵着我快快地离去。那里面埋着她曾熟悉的饿死鬼呢！

当时集体吃公社，家中不能生火做饭。集体出工、集体学习、集体吃饭，民众不得行私。伙食按人头计数。村中有一家孩子病饿而死，家人不敢声张，一直冒领他的份额。终于被揭露后，又是一顿批斗。但是好歹集体的份饭被吃进肚子，也不好再让人家吐出来罢。我们村的张凯帆，早年参加革命，其时已是安徽省的副省长，回到安徽无为调查工作，发现如此惨状。不顾当时的中央政策，果断要求县政府开仓放粮。此善举真不知挽救了多少同乡人的生命。当然，很快惊动天听，被上头点名批评，也就搭上了自己的政治前途。后来平反后，担任安徽省政协主席一职。我们无为东乡受此恩惠者，称他为"张青天"。在无为甚至安徽省其他地区，介绍自己时，只要说出"张青天"的名号，就会获得一份额外的尊重。就像袁隆平之于安江人。一方水土养育了孝子，就像一粒好的种子，会造福当地。当然，同样的田地也会长杂草，我们农家称为"败子"。那就要除尽，否则贻害无穷。

包产到户之前，其实原来严苛变态的政策已经开始松动。允许农民有一小块土地自种自养水稻之类。一些地方以回销粮的形式允许农民购买，这些算是为原来的铁板一块的统合经济留了一口气。后来小岗村的农民才有勇敢的手印。其实，上层人士并不见得对荒谬的政策及其恶果视而不见，只是没有"张青天"式的担当和袁隆平对土地的忠诚而已。上面的松动与百姓的需求联动，否则后来"农车上书"的效果也未可知。

袁隆平当然居功至伟。但是，新的农艺和种子如果没有承包制这种生产机制和改革的配合，其效果也不会好。农地包产到户后，农民成为新种子应用的最大需求者，同样的土地，农民投入的是不一样的情感。我们家何时使用袁隆平产量倍增的新种子，我并不知道。父亲是农业能手。犁田、选种、育秧与田间农害维护，事事精心。其情绪也随几亩农地的长势而起起落落。经常看到他衔着一枚稻穗背着手巡视田间地头。每年秋收，收割、脱粒和抛晒之后秤出净重，亩产和一年收成的期末考试成绩就算出来了。虽然种子一样，家家户户的结果不尽一样，概因投入的汗水不一样，但好歹不再听到大家挨饿的消息了。这其中当然有袁老的功劳在，亩产明显提高了。

虽然有袁隆平的好种子，但是怎奈农业税重压，农民打出的自家粮食还被统购统销，种粮只落个肚皮圆，几乎无利可图。如遇水灾，农户都陷入欠债状态。粮食当时还不能算作商品，不能自由流通，只能按照确定的价格出卖给国家。记得我总是在交粮的日子，凌晨三四点模糊着睡眼跟着全家早起，父亲叔叔撑着船，要到很远的区公所，按照很低的价格交公粮。粮站和农资公司的工作人员，曾经是多少人羡慕的体面职业。他们在遮阳伞下，呼叫着烈日下排着长队的农民，把粮食担过来过磅。排到队前的农户，挤着笑脸，央求他们尽快开票，收下粮食。因为如果他们取样之后，嫌粮食不够干燥，你须得现场找块空地暴晒后再重新排队候场，直到他满意为止。如果当日要没轮上，就要划船回去明日再来。所以，几番折腾下来，农民只想早早换回一点收购款完成交粮任务了事。对于是否准称或扣两，也无力计较了。而这些粮食，在农村的田地和谷场上是如儿女们精贵，生怕遗漏一粒，如今就随便被拿走。父亲交过公粮后，怅然若失。大家撑着空空的船夜航回家，路上免不了自我解嘲复又唉声叹气。少不懂事的我，罕见地看到他手中拿到了一笔财富，就常常磨着父亲带我们去镇上的馆子里打牙祭。孰不知，买了来年播种的种子、化肥和农药后，那沓厚钞票立马就所剩无几了。尚且还要应付漫长一年里大大小小的生活花费呢。

这种剪刀差其实是农业对工业,农村对城市的补贴。同样安徽出身的李克强的博士论文就是以二元经济为题。农民辛辛苦苦从地里打上来的粮食舍不得廉价售公。有个别胆大的就打听私卖给粮食贩子的渠道。粮食贩子其实也是附近的头脑活络的乡民,嗅到了低买后高价黑市卖出的商机。这种智慧和行动当然是危险的,一个投机倒把的罪名就让买卖双方倾家荡产,家破人亡。当时政府在很多路口都设了卡子,日夜堵截和抓捕粮贩子。

农民对土地的复杂情感,在短短几十年的"三农"历史与中国经济的快速变迁里曲曲折折,并不是一粒种子的优良就能解决的。胡锦涛时代,农业税取消,但是农民种植的积极性并不见得提高多少。中国粮食开始大量依赖进口,国内粮价也上不去。国外规模经济、精细耕作与种子持续改良之下,亩产与人均产出远远高于我们。通过贸易进口而不再从农民处采购了。正好中国城镇化进程突然加快,种地无利的农民进城打工,世代耕作的农民成了身份模糊不清的"农民工"。在我们安徽无为,青壮农民很快奔到上海、南京、常州等地打工。风吹稻花香的陶渊明式的浪漫对他们不再有吸引力。农村只余留守者在村头日日守候。

在如今这个轰轰烈烈的大时代,村头那个凌乱的公共墓地,只有在清明和春节才热闹地燃起一点纸钱。新的一代一茬茬长大,多半跟着打工的父母长在城里,被长辈们半强制地领来祭扫这些无名的苦主。这些后人甚至没有兴趣记住那些"稻花香里灾荒事"。对那些饿死人匪夷所思的事件采取同样的匪夷所思的惊愕神情,似乎在听一个欠缺逻辑的外太空故事。但是,我总觉得,应该给这些亡人立一块碑。碑文写上点啥,我也说不好。只是防止几乎已近发生的轻易的遗忘,遗忘他们在夜晚难挨的饥饿中的恐慌、迷茫和苦苦挣扎,已经死亡时异样浮肿的身体、无法合拢的眼睛。

我的高中

疼痛的录取

1987年中考之后,也不知道何时放榜,自己的成绩一直不稳定,所以对最后录取哪所学校也不清楚。父母自然希望我上县一中或无中这样的好学校。但是好像也不是很在意。所以等待的日子也就谈不上焦急。

其实回顾一下我的小小个人历史,考取无为一中农村班是改变我这地道农村娃的关键一步。因为当时无为作为人口大县,教育质量并不高。孩子只有上了一中和无为中学才有高考录取的希望。上次一个档次的镇上中学主要是混个文凭好参军,第一年录取几乎闻所未闻。我长辈里几个小叔叔没能走到县城,在镇上读了两年书后(两年制)都折回农村。读了个高中,没有名份,高不成低不就的,对农活的生疏不说,没事还恋恋地翻看书本,这在农村近乎是一种"自丑不觉"的矫情。苦于农活的艰辛,考试失利者自然妄想着复读,但常常遭到家人的讥讽与坚决反对。我一个表哥,成绩原也不错,在我们陡沟镇的高中班拼命努力,最后搞成严重近视回到农村。这些在镇上中学失利的人成了家里投考的亏本生意与反面案例,在人后被挖掘加工,加剧了其他农村娃早早辍学的现象。

在暑假的某一天,我在家中扫地,弟弟与我嬉闹。他拿一把大锹,与我这个扫地僧学着《少林寺》里的镜头格斗起来。一不小心,锋利的农具划破了我的虎口部位,一时间鲜血直流。难得在家的母亲见状大惊,以为弄坏了手筋,这样真就残废了,后果自然比中考失利更为严重。她忙乱着不知从哪儿搞了一点云南白药,胡乱地堆到伤口处,急急地搀着我到一公里外的乡卫生所查看、治疗。我倒不以为意,伤口一时间也不觉疼痛。

好在农忙时节锋利无比的农具怜惜我,离手筋只有厘米之遥。有惊无险之后,在经过我的初中学校的路上,班主任老师告诉我,我被无为一中的农村班录取了,全乡只有我一人。母亲自然高兴异常,一方面可以在家族中自豪一番,说不定将来这个孩子还可跳出农村,"甩掉大锹把子"。于我,刚刚开始体会到虎口处袭来的巨疼,也尝到了初获成功的喜悦。那道伤口现在还显目地在我的手上,母亲大人如今却不在了。

我一直觉得自己是个福德浅薄的人,每一个微小的成功,总是要付出相当的代价才可。细算下来,有时候当成功来临之际,我就开始担忧,哪里的亏损就要发生。而且几乎经常就是如此,上天对我似乎是严格的。我的录取并远赴几十公里之外的安徽无为县第一中学读书,确实开启了我广阔的人生之路。虽然,伴随的也有更多的坎坷,但是不负少年游。

军学兵

我们这届高中两个农村班,算是尖子班。其他还有两个平行班,招的是县城弟子,俗称"城市班",入学的分数差我们一大截。

农村班在学习上有优越感，也是无为一中与隔壁同样是重点中学的无为中学竞争的王牌。但是，我们从农村上来的孩子，初入县城花花世界，内外都显得土气。城里的同学们与我们几乎没有来往，像是有根无形的界线亘在中间。我们班上的女生穿着打扮也没邻班洋气。隔壁班的女孩开始也不待见我们，"学业稍逊"的隔壁男生则敌意甚浓，努力地负担其护花使者的角色。

我们进校后即参加了一个月的军训。军训期间，同学们编成连队，发给老式的草绿军装。学校一时间到处都是军用皮带扎腰的男女战士。学生兵每天在学校的大操场踢正步，搞队列。这些单调的训练很快令人心烦，好在还有实弹打靶训练与点雷管之类比较刺激的训练居中调节。一次点雷管时，一个同学的手被炸破，好在不严重。家长也没有找到学校。实弹射击最为好玩，县人武部给大家人手配发一只半自动步枪，带刺刀的那种。平时学习拼刺刀的步法和三点一线的射击技巧。最后考试时，每人十发子弹，印象中我的成绩不佳，几乎全部脱靶。因为，我在别人射击时忙着捡弹壳。轮到我时，一顿胡乱射击，成绩可想而知。

一个月的正式训练终于结束，在大操场上要汇报演出，成绩好的要选为标兵发言，或在队前掌旗。这些露脸的事我都没轮上。除了表现平平外，估计是我入学时刚满 14 岁，个头非常矮小，在村子里就被别人唤作"阿矮"。所以即使名字中有个兵字（三年后高考填志愿才自做主张改"兵"为"彬"），不仅进不了标兵的行列，怕是在队伍里也因形象欠佳拖后腿。现在忘了是组织上乐得我的请假离队，还是不符合标准压根儿就被劝退，反正我没有参加最后的汇报演出，我猜想前者的可能性较大。总之，我在其他战友们继续为重大的汇报演出刻苦训练时，坐上城东门的三轮载人车回到阔别一个月的父母家人身边。父母看到一个月后归来的儿子，自然高兴万分。杀鸡捞鱼,把他们最好的款待给我。自从上了无为一中这样的学校后,以前还偶尔打骂我的父亲待我和善尊重了许多。母亲更是骄傲万分,带着我下地,我则围着她数说着一个月里经历的城里新鲜事儿。

一周的"疗养"后返还学校。留守营的同学们说到汇报演出的盛况,据说县级领导在主席台上检阅他们整齐的队列和表演。这次汇报演出还拍成了录像在电视台上播放,同学们甚至第一次看到自己现身电视,兴奋不已。我心里才感到掉队的丝丝遗憾。我的一个月的军旅生涯总体是不合格的。

军训结束,文化课才开始。但是我们多数还穿着军装上学。因为这套军装质量特别好,远胜家中农村土裁缝的制衣。况且我们本身可以换洗的衣服就很少。大家都整天穿着军装,因住在一个集体宿舍,晒的军装经常拿错。于是经常看到大小号乱穿的散兵游勇,过于宽松或紧致地在校园里游荡。这些人不用问就知道是我们住校的农村班孩子。城市的学生一律走读,特别是城里的女娃,早就第一时间脱去"武装",换上色彩斑斓的"红妆"了。军训结束的夏季,这些城市班充满活力、裙裾翩然的女孩,颇让我们这些乡土学霸们心动情牵起来。大概在第二学年,开始听说几个大胆的农村班男生终于禁不住,发动追求这些城中女战友,但是结局似乎并不完美。好几个男孩为情所困,成绩下降很快,也没有牵手成功,他们的初恋就这样草草收场了。

苦口的班主任

军训之后,文化课刚开始之际。大家学习劲头一度高涨。比拼赶超蔚然成风。我甚至有四、五点钟就起来,在路灯下苦读的经历。一日我路灯夜读的先进事迹被一个起夜的校领导发现。还被作为这帮农村班新生"孺子可教"的证明在大会上表扬过一次。当然领导也没有问过我的名字,我成了一回无名英雄。

不过好景不长。像是闯王的农民军进城,纪律很快松弛。我们发现有很多乐子可寻。学校门口摊子铺老板很快与我们熟识,一些同学用近乎硬通货一样的一中饭菜票在瘦精的店主处折价消费。不远处的无为师范经常放电影,周末还有舞会。这些师范生都是中考拔头筹的人,优先录取拿到铁饭碗,暂可不必为高考忧虑。我们这些高中同学从晚自习的课堂上逃出,托着各自的同年混进去看电影。街巷里甚至开始有不正经的小录像厅。记得当时社会风气开放起来,我们正是好奇的年龄,公映的《老井》之类的电影中暧昧接吻的镜头足以让我们这些青春少年向往,观影后还可足足回味一段时间。这样的日子当然比苦读要享受与切近现实。况且,令人生畏的高考尚在三年之后。我们抱着及时行乐的态度挥霍着、潇洒着高中的光阴故事。

我们班主任是个不容亲近的人。与同学沟通不多,一段时间被我们的伎俩所欺骗。直到第一次期中摸底考试,才发现这些农村孩子功课已然荒废不少。于是急急地开始整顿班风。但是,似乎也不得法。记得在班上痛心疾首地把大家考进来的名次、成绩与最近糟糕的测试成绩对比。用《少林寺》最后一幕方丈问觉远的话,一个个点名,问道"如今能持否?"我们这些初尝人生潇洒滋味的酒肉和尚们对他这种无法深入灵魂深处的拷问"穿肠而过,充耳不闻"。班主任为我们着急,感到责任重大,但是对我们这些农村住宿生的真实想法与做法压根不了解,也没其他沟通渠道。于是采取了听墙根的方法来深入一线调研。高一时期,晚自习熄灯后大家回到宿舍,一天属于我们的休闲时光才真正开始。三十个人的宿舍里,众生百态毕现。有音乐爱好者卧床吹廉价口琴者,有几个刚刚醉心黑白围棋者,在手工制作的黑白棋盘里抓紧捉对厮杀,当然少不了几个帮闲围观者。有少数勤劳分子则精心洗刷刚买的白色球鞋或洗衣、做床(MAKE BED)。我在农村几乎不会洗衣,年龄长我几岁的叶同学热心帮洗过一段时间,后来在实在挨不下去才只好动手"捣衣"。

学校强制熄灯后,我们进入睡前神侃模式。主题无非是"城市班"那几个著名的女生种种、道听途说的某老师传闻与远在天边的国家大事。当时没有互联网,国家大事都是从校园广播与读报栏的《人民日报》中获取。在七嘴八舌的"夜话"时间里,大家躺在被窝里,自由地发言,也有乐得只作听众者。围绕女生的话题最为热烈,参与者众。我们甚至为几个女生起了花名,通过充分的交流,我们都圈定了各自中意的女生,像是八国联军划定势力范围一般,不容他人冒犯。这样充分的讨论,自然把我们所有的秘密都暴露给站在门外阴暗角落里正在执行田野调查任务的李班主任。有一次,估计是实在忍无可忍,他突然在我们热烈的当口开了腔。我至今记得暗黑中传来他熟悉的口音,"同学们,你们该睡觉了,明天再找你们"。其实,他是强压住恨铁不成钢的怒火,算账总得待天明。方才还阴阳怪气的同学们显然被居然在门外偷听的班主任近乎疯狂的举动吓坏了。热闹的俱乐部突然一下子鸦雀无声,每个人都像遭遇了突然的敌人摸营,掩耳盗铃地避难在脆弱的被窝里。并迅速大脑回放,新闻检查起刚才自己的放肆言论是否有出格之处,特别是涉及到班主任本人的部分,虽然已是无法撤回或重新编辑了。

但是第二天班主任的雷霆没有预想的那样大。他照旧还是苦口婆心的劝诫,也无新的手段。我们慢慢习惯了他的唠叨,只是在"夜话时分"多长个心眼。我一直好奇,老师在那个期中考试快临近的 11 月份,寒意初现的北方深夜为我们这群孩子站了多长时间。以后的日子里,他是否再操着心来过这群糊涂孩子的屋檐下。一晃三十余年过去了,答案也不再重要吧? 我们这个班最后高考不够理想。还有几个同学过早地与校外的社会青年牵扯到一起,在高二下学期学习应最用力之际,参与打架斗殴被开除。他们之前在课堂上经常溜号,参与社会青年的娱乐和派系斗争,打群架,争女孩。有一次寻仇的人手持自来水管等凶器,甚至打到我们的宿舍和课堂上。他们原来成绩排名靠前,头脑也聪明,却被青春时的义气和虚幻的英雄主义所误。我至今记得他们强装镇静,背着蛇皮口袋,装着来时的几件衣服与那套军训发下,已经洗成浅色的军装,还不忘带上疏于温习的课本走出校门口。我们同班同学目送着他们尚在茁壮发育的身影,渐行渐远。他们往往身心早熟,老师对青春期的孩子管教也不甚得法。远在农村父母平时沟通也少,即使在身边也无力去指导。他们背着一纸处分走向未知的社会,我们班的两个离校的同学,有一个后来做了卡车司机,一个自己到北京投奔亲友闯荡生意去了。我也因为一个同名同姓的坏分子一度成了学校的名人。因为,这个高我们一届的本家同学,被开除的通告贴在学校显眼的位置。

这几年每次回农村,听说到城里读书的家庭都要派人进城,陪太子读书。因为担心孩子沉迷于街头林立的游戏厅,或沾染其他的不良。这种陪读成了家庭的巨大负担,农地荒废不说,在城里还要赁屋置灶,又是一笔花费。这样沉重的负担全靠在上海、南京等大城市工地上拼命的父亲一双手苦力支撑。这种望子成龙的殷殷期盼后累积的焦虑与压力,于被监督与过分期待的孩子的发展也不全然有利。

三十余年前我们跌跌撞撞的青春沼泽,似乎还未成为坦途。

我们这些农村班孩子的故事或许有幸成为中国县域高中教育的一个案例。

饮食男女

高中都是长身体的关键时期,读书消耗也大。与划定势力范围、暗恋女同学相比,饮食男女头等大事自然是饮食,男女次之。

当时,一中的饭票是需要自家去当地镇上的粮站交粮后,再拿着盖着区公所红章的收粮单到学校食堂窗口,需配着一定的粮票换取1斤、5两、1两面额的一中饭票。菜票上则画着一颗白菜和一尾鱼,菜票是付现钱去窗口买的。软软的塑料菜饭票胜于纸票之处,在于不易毁损,对我们这些洗衣从不掏口袋的粗心男娃尤其合适。有时经常在洗后的衣服口袋里摸出一条鱼,或者一颗白菜,像是得了一笔"计划外收入"。如果在衣服里遗忘掉一张纸币,那纸币多半算是亏损。关于换饭票一节,其实一直不太懂,为何要用粮食来换饭票,是不是对我们农村班学生的一种特殊照顾政策,更忘了中间是否还有分量的火耗折扣,抑或对米的品种有要求。

当时一中的食堂似乎饭菜平平,没有几款美味值得记住。也许是因囊中羞涩,对红烧肉或著名的无为板鸭之类只能视而不见,也未可知。我即使到三年后上了省城合肥的安徽大学,也只敢在最便宜的菜品区点选,所以对大学的美味也没啥印象。所以,不能因为自己的记忆偏差错怪了可能摆在别处的美味。但即使有,也不是我们的菜。我们当时所处的年代,已经不用像父辈一样经常处于饥饿状态。到县城之前,三餐是有的,只是早晚稀饭,加点红薯混在其中。平时一律素菜,肉食只有在春节或家中来了客人才可见。

一中的早餐令我至今难以忘怀,倒不是它的美味,而是打饭时争夺的混乱和疯狂。由于早餐之后马上就是早课,短短时间里在狭小的单一窗口数百张口,嗷嗷待哺。于是几乎每天都要上演夺食大戏,根本没人排队,秩序大坏。无数处于发育期的小伙和姑娘呈放射状拼命挤向那个狭小的窗口,这种经历类似于十多年前火车站疯抢春运车票一般。只是,我们手中举的是各色各式的搪瓷缸。即使成功地从掌勺大师傅手中舀到二两稀饭,还得有本事护着这碗摇晃的物质食粮,冲出重围。我们经过数次摸索,学会了竞争的技巧,就是从侧面贴墙切进去,这样的巧力很轻易就掀翻了层层外围人群,迅速入驻窗口最近交易位置而得手。现在想起来,如此剧烈运动可以绰绰有余地折抵体育学分吧。

这种窗口所在的墙面都是黄沙和着水泥粗粝粉刷而成,我们军训发下的质量良好的黄军装也不禁如此磨砂。每每于窗口成功获得早晨的口粮后,还没来得及得意"一将功成万骨枯",往往多半泼洒出来,被烫到的人骂骂咧咧,但是于混战中已无法分别冤头债主。如此浪费了辛苦打到的早餐,估计上午的后半课程只好在饥饿中熬过。中餐状况略好于早餐的火抢,因为时间比较宽裕,可以错峰。此外,中餐是在另一处开阔处,窗口多。但是,插队和拥挤的现象也是常有发生。记得有个食堂师傅,个子高大,我们给他的诨名叫"大个子",每每于此混乱时刻,咬牙切齿,从内间出来,骂着"小狗日的"这类的难听的话,顺出一根粗长棍子,劈头打下,规整着扭曲的队伍。他总是叼着烟,凶巴巴的样子,不过专制之下,秩序确实井然起来。似乎在为他的成就得意。现在还记得,他常常转过身,弹掉积累的长长烟灰,喃喃地在整齐的队伍旁笑骂。每个中学都有这样的狠角色,对男生尤其严苛。我以前写的影评在《一一道来寻常事》里,电影《一一》里也有个教导主任,专门整男生。男生也会偶尔会对他们采取一点恶作剧式的报复措施,不过都是点到为止，维持着斗争中的平衡。我也没听说过"大个子"真正打伤过哪个同学。

早餐的混乱导致很多女生无法在学校买到吃的，家境好者可以出校门到街上去自费购买或用饭菜票换购，但是总归不能总如此对付。街上的早点铺未必就开得早。一段时间，不愿身犯险境的女娃只好托我们这些惯战的男生杀进重围帮买一口稀饭，如此也多少结下了不少"英雄救美"的战斗友谊。学校高层在我们高二的时候进行了改革，每个班派出一个生活委员，提前一日统计白面馍馍等大宗物资的订单，然后由各班生活委员集中买回分发。我们的生活委员是班上的黄同学，须早早的起来，否则有可能只能接受别的班挑剩下孬馍馍。好馍馍发的开，饱满松弹，差的馒头就像没长开的孩子，僵硬还味苦。可怜了我们的黄委员，在我们还酣睡的时候，起大早去食堂拎回一大长篮子的馒头回到大通铺似的住宿区。夏天还好，冬天的馒头一会就生硬。所以，需要尽快把大家叫醒，分发食用。赖床的同学，有时只好接受一枚篮子底部几枚发育不良者，揉着眼睛，骂骂咧咧地泡水聊以充饥。

学校的餐饮不佳，我们农村班学生经常趁回家之际带回易于保存的雪菜毛豆或雪菜肉丁之类丰富餐食。我的一个近亲表舅在师范学校读书，他是带薪教师，争取到一个到县城师范读书的机会，他经常周末回家。母亲是他表姐，每每得知他回城的日子，也托着带些炸咸鱼等易于保存的菜带给我。有一次带来的玻璃罐头瓶装的我最喜欢吃的毛豆肉丁。不幸的是，那个大肚子圆口罐头瓶在他自行车前筐里被震碎了，玻璃喳与菜混到一起。我不忍扔掉，挑掉玻璃喳再吃，但是终究没择干净，一块小玻璃喳划破了喉管，所幸化脓发炎后几日就痊愈了。为这个险事，母亲多年后还经常说起，后悔包装时应该选一个塑料瓶的。还有一次，母亲破天荒地到县城,好像是到鹅毛收购站卖鹅毛。无为县的羽毛球场收购鹅毛用来制作国家比赛用的羽毛球。母亲卖完鹅毛,就顺便送来几十枚煮鸡蛋和咸鸭蛋,还有粽子之类。她四处打听到我的教室,躲在教室外的那棵枝叶繁茂的梧桐树下,等我下课。恰被路过的其他老师发现,老师上前问过后,就敲窗示意我出来。我很惊讶,母亲把吃食交给我,就催我返回教室听课。至今想起来,犹在后悔,应该索性请假带她到县城走走。她患有严重的晕车毛病,因此几乎是非不得已而不坐车出远门的。她在那棵夏虫鸣叫的梧桐树下站了多久,我也不知道。她躲在树后,是担心我提前瞅见会让我不安心,影响到学业。母亲目不识丁但很聪明,只是没有机会进学堂读书,所以拼命支持几个孩子读书改变命运。她是怀着怎样的心情找到一中大门,踏进这个在她眼里陌生但神圣的学府。因为她满寄希望的儿子在这里修炼、长进,甚至会成为大学生,这个学府在她的眼里一定是不凡的。

一中的饭菜票类似美元硬通货,周围的居民经常拿饭菜票来食堂买大馍、熟菜之类。他们的饭菜票的来源一部分就是我们这些学生,用饭菜票折抵现钱在他们的铺面上消费。记得我遭遇过一次饭菜票被抢的经历。我们刚换买了一个月的饭菜票,怀揣着厚厚的一沓,在教室边上水泥乒乓台上打球。天色已晚,只有我和另外一个玩伴,恰于此时,来了社会上的一群小混混,拿着刀棍之类,以暂借之名,行胁迫之实,要求我们贡献饭菜票若干。我们虽然拼命解释求情,他们执意要"借"。估计我们换饭菜票时被他们侦知,一点不出血是不可能的。如果僵持,弄不好面临的就是更屈辱的搜身。如果不"融资融券"给他们,他们有可能在我们出校园时给以颜色?我们自愿交出了部分饭菜票,现在想起来尤其觉得屈辱,事后也没有向学校报告,因为报也没用。我们也怕惹来麻烦,他们则热衷于找这些远离父母庇护的农村班学生麻烦,因为知道我们周旋不起。我们班上的几个同学,估计也是因常被被欺负而转投其他帮派,寻求武力保护,不想最后却越陷越深,想回头已不可能,最后被开除出校。我当月孝敬这些家伙的亏空,也不好意思请家人再补,一则家中也不宽裕,供我读书已然吃力,更是怕他们徒劳担心,只好寅吃卯粮,节衣缩食,度过这个小小的时艰了。

记得有一年夏天,小伙伴们约着到校正门口的绣溪公园游泳消暑,竟然碰巧抓住了一条不小的鱼。但我们没烹饪设备,就送给上物理课的刘老师,刘老师比较慈爱,做好了鱼,请了我们几个献鱼的野人上她家吃鱼,真是意外的口腹之乐。

蚊子、牛虻与我的牛

题记：

在初夏的光阴里，
我愿意是一枚萌发的新叶，
躲在母亲丰满的怀里，心头。
我有大把少年的闲愁
看透绿蝉薄如的翼。
我也想继续睡回莲的浮梦里，
感应，一尾鱼的触碰。
要不，就出得墙头
作一丛故园的蔷薇。
缠住春天的背影。

春归何处呢？
我念着你的名字，
成了庄子的那片蝶
日日寻你在繁花的旧梦里。

蚊子随夏天来到。蚊子是夏天的一部分，没有蚊子似乎就没有完整的夏天。就像一个人，接受他（她）就得接受他（她）的缺点。蚊子近日对我猖狂进攻，上述诗歌无论如何是写不出来了。昨晚熄灯后，一只或数只蚊子开始了它们的工作模式。它们的工作似乎就是吸血、活着并繁衍后代，倒也简单，想到余华的《活着》。蚊子在我耳边环绕立体播音，似乎是明确宣战，比二战时的日本人及当下一干武术大师们更讲武德。在暗黑中，我循着它的声音，约摸着它进入了航空识别区，狠狠地挥手打去。自伤拳下，似乎没有探到它小小的尸身，或触到一滩自己的血。我想多半是失手了。但是还是抱着侥幸心理：我的掌风估计震晕了它也未可知。一会儿，我发现自己粗糙身体残留的几个柔嫩部位奇痒难耐，触之，有鼓包一块。不仅蚊子还健在，且已经得手了。我急着指甲印十字架于沦陷区，"好讨厌的感觉"却也不稍减。果然，一会，那只蚊子，又绕着我的头颅播放"公告与宣言"，蚊声里，更有一丝得意的挑逗。我愤然挑灯，让它无所遁形，只见到它的身影划过空中，矫小但敏捷，这只蚊子的战斗力处于爆棚时刻。我被蚊子搞得惺忪的眼环顾细察之下，还有一只悬停于远处吊顶一角。在中场休息？它们是一个编队吗？还是它压根就是主战机型，刚才划过眼前的只是它的僚机。我一时间，拿它们毫无办法。家中无蚊香可祭杀这些装备精良的家伙。蚊子虽小，但是，在放大镜下可是一台比人类所有飞行器完美百倍的超精密仪器。它滑翔与停机的姿势绝对可以用优美来形容。而我们这些人类似乎比它们高明不了多少。在它们的复眼里，我们只是一具热敏源。薄薄的皮肤下，潺潺流淌着热度正好的美味。

被蚊子叮咬之下，突然想到我儿时常伴我的那头牛。蚊子是人的克星，它们对付人类驾轻就熟。但是，蚊子的那管针对付牛皮就欠火候。我们家位于长江边,河道和水系丰富。夏天里,蚊子和苍蝇生长繁盛。人类好歹有蚊帐、蚊香护体。可怜了那些水牛,白天在水田中被鞭打。劳作之后,身上满是泥浆、汗水混杂,特别吸引一种嗜血的牛蝇群起而吮之。健壮如牛也无法应付这些肖小之辈,只好挥动尾巴驱赶。无奈鞭长莫及。这些流氓(牛蝇)体型大于普通苍蝇,黑头、绿身、凶狠,可怜的水牛站在那里,身体几乎全部暴露给他们,无法设防,只好听之任之。有时候,主人如果允许,它们会凫进水里,但是眼睛部位和露出水面的牛脊依然立满贪婪的牛蝇,它们于狂欢的盛宴里发出蛮族粗俗的噪音。牛不可能始终躲在水中,待它们起身离水之际。成群的牛虻迅速缠住它们腹下柔嫩之处。可怜了我的牛,还是只能挥着鬃尾徒劳驱赶。极难受时,也只能晃动一下身体或挪动一下身子,牛是优雅的,于此痛苦时时几乎不出一声。更显得这些蛮族们的粗俗。

我由于属牛,对牛本就有特别的情感。加上我经常带它出去放养,与它伴在一起的时光超过几乎所有人。所以就特别讨厌那些牛虻,见不得牛儿如此受辱,经常操起蝇拍,甚至亲手为他驱赶。牛虻贪婪异常,忘情吸血,没有蚊子的警觉。我护牛情深,一动手随便就拍死数十只这样的暴徒。它们应声落地,血溅开来,我这个"牯牛岭少年"满手是血,体会到一番报复与杀伐的快感。牛对我为难之际的出手相助,闪动大眼睛,牛头侧向我,似乎在致谢。但是,我对牛的护佑也是暂时的,不可能整夜守候。记得夏天的时候,父母会在牛棚里为牛点上一堆草,用草烟驱离蚊蝇之类。我们睡去了,在漫长的夏季,燥热潮湿的牛棚里,烟火灭烬之后,牛所遭遇的困苦,我们就无法知道了。

蚊子固然造成困扰,但是人类对付它们已经有无数手段。昨天我们家升级,用智能蓝光灭蚊灯。满屋都是蓝光,就像悟空划给唐僧的圈,蚊子终于吃不到我们的血肉了。如果当时有了灭蚊灯,是否对防治牛虻有用,不得而知。这头牛是与本族的几个叔叔家共用的大牲口。几家轮流照顾、喂食。但是,放牛的事却是由我承包。我成了地道的放牛娃。暑期放假与农闲时节,就牵着它到数里外的草滩放养。

我的这头牛非常温顺。我也不总是骑着它。在上坡或过小桥的时候都是牵着它。河的另一边,有芳草满地,我就要赶它下河一起游过去。即使是水牛,对下河也并不情愿,需要劝说和半强制。它不愿意时,就显出牛脾气,倔强地扭着头,抵触。有时候,牛还会贪恋路边别人家的禾苗与红薯秧之类,放牛娃也必须坚决制止。一方面是担心别人发现了会责骂,更重要的是担心庄稼刚打了剧毒农药。于此时,要用力牵走,牵牛绳的一端用一截短的圆木穿锁在牛鼻子上,它抵抗时,力气很大。但是,牛鼻子处是它的软肋。它最终还会听从我这个小主人的。

夏天草木繁盛,我们总能幸运地发现一块公共或荒置的田野,到处都是鲜嫩、深厚的绿草,间或点缀着丛丛小花。在这样大片花草之地,我就松下它的缰绳,任它自由美食。我则采一些紫云英之类,或高声呐喊几句刚习得的课文。更多的时候就是仰卧在草毯之上,手枕着夏天生机兴发、气味清新的野草,发呆。穹顶之上是变幻无端的云朵,舒展卷扬。自由的牛在饱食的间隙,也会停下来看着远方,若有所思。估计也早放下对我刚才的怒斥和用力牵扯的埋怨吧?它大大的长着深长睫毛的眼睛里能映出我儿时的样子:赤着脚,十岁左右的年纪。顽皮、懵懂,对未来浑然不知。

牛吃饱了,也会卧下身子,享受它难得的休息。临近午饭或晚饭时分,四野农家炊烟升起,我就要带它回去。我站在它的正面,稍一示意,它就低下头。让我蹬着它的弯弯的角爬上牛背。农村的牛是没有鞍的。它苦难的背主要是要驮着沉重的铧犁或宽幅的铁耙，在父亲夸张的鞭打、吆喝下，在一方又一方的农田里负重前行。它总是乐意驮着我这个小小主人的身体。在它厚实的背上，感受到它偶尔的欢快与调皮。

这头和我几乎日日相处，多次一起享受远行的牧牛，后来慢慢老去，不能下地干活了。我也忙于上学，在牛棚里也会偶尔照面，但彼此似乎也慢慢淡忘了我们独处的时光。牛贩子得到消息上门，希望买下这条牛，它的命运当然不是去养老，也不会是再被驱使着发挥余力。我们确实无力继续供养它。牛贩子给出的价格让我们这样的农民家庭无法拒绝。

我们在严冬的一天送别了它。它敏感地预见到离开家后被宰杀的宿命，大眼睛里储积着浑浊的泪。母亲还是哭出声来。父亲此时也有深深歉意，抚摸着它的头。最后一次，全家协力为它腿部的冻疮涂上油膏。牛贩子牵着它一瘸一拐地出村口，装上机动车，突突地远去。我终没有勇气与它说些告别的话。几十年过去了，它的形象在记忆里模糊不清了，但几乎永远深沉的眼神总无法忘记。而眼神后的内心即使是我这个与它最亲近的放牛娃，也从未想去了解。开篇这首初夏写的诗，就送给它吧。

初四谈大锅饭

大年初三,坐上我的九号地铁专列进城会友。

第一次原地过年,今天又破天荒地响应新华社"初三睡到饱"的号召,睡到九点。从除夕开始,就都是响应祖先的号召,吃罢浦东吃浦西。明天已经得着邀请,做客吃大户。想想又要过"衣来伸手、饭来张口、油瓶倒了不用扶"的日子真是好。于此时,脑壳里冷不丁蹦出一个"作威作福"的贬义词。可惜这种日子不常有,再过几天就要到头了。作为长期早起晚睡的苦逼中年,我应该没有拖时代的后腿(肉)。

与同样懒起的儿子早餐时,估计他也是感受到这几日的异常丰盛后的不安,问我人民公社食堂刚开张时的盛况。我坦言我只有道听父辈的间接言词证据。我辈晚矣,没有享受到红旗招展,各路社员扬着大号锅具,敞开肚皮吃的时代"狂欢"。人民公社食堂短暂疯狂后不久就人亡政息了。我在想,亩产万斤的神话,种了一辈子地的农民自己咋就信了呢?这集体的狂欢后面,估计是集体的自娱吧?中国人的悲喜剧一直担着世界戏剧史的重头戏。

人民公社期间,肉足饭饱之后,也举办过类似春晚这样的集体娱乐节目,农民们打着饱嗝、剔着牙齿里的肉丝,提前感受到共产主义的幸福眩晕。我一个很近的亲戚，在人民公社里，夫妻俩分别担任掌灶与样板戏队员，很是令我父母同辈们艳羡。即使到人民公社苦撑不下去了，他们才回到人民群众中来，但是一段时间彼此都难以吃到一个锅里，脱离困难群众后，再融合不易。人民公社的短暂疯狂后，便是真相败露的悲惨。河南、安徽这样的产粮大省据说饿死人却最多，我一直难以理解。我们无为县一地，地方志就记载饿死 30 万人。据说死亡之前的人也会有一丝幸福的眩晕的，飘飘忽忽。

如今，只准公社的烟囱冒烟，不准百姓点火的日子一去不复返了。天下没有免费的公餐，大锅饭其实并不好吃，比不上干部小灶的精细。那个时代，我们表扬干部用的是"同吃同住，与困难群众打成一片"。在读高中的时候，有一次溜到学校食堂后厨，看到掌勺师傅正抢着一把绑在大棍子上的巨型铲子在大锅里拼命搅动着我们千人的午餐。并用瓢子舀着粗盐泼洒进大锅之中。大师傅挥汗如雨，劳动人民的汗水趁势也化作盐卤无数。另有一次估计是起的早，师傅们错把一壶点灯的煤油倒到早餐之中。呕吐的学生群情激愤，校方最后破例免了我们早餐的钱。我们揩了一点油，好歹吃了一顿免费早餐。

所以，大锅饭还是少点好，众口难调。这几日对春晚的年度吐槽照例在进行中。春晚是国家美学的大锅饭，里面需要装的东西太多。火红盛世的赞美、疫情初定的自豪与万国来朝的热闹都要作为佐料倒到锅子里。此番下来，味道就不必强求了。吃喝玩乐的低级趣味是不能与伟光正的春晚相提并论的。

一干喜欢怀旧的群众于此时就回忆起上个世纪 90 年代春晚的意气风发。"改革春风吹满地，中国人民真争气"，1990 年代像是一锅清爽的汤底，只需年味的快乐即可。配料与染料大可不必，民众一年一次的春节联欢,纲常、路线不应牵扯进来。如此调子定将下来,即使还是集体娱乐的大锅饭,大家聚到一起,心思单纯地动筷子与嘴巴,才有真正的年味。否则,看春晚总不能嚷着要冲抵政治学习的工分吧!

公章左右

最近在单位跑着盖章的事，就是任职证明之类。前后半个月才通过 OA 系统的多轮审查。大数据系统显示在数个部门之间流转了六次，涉及人员近 30 人。期间感觉自己成了一只球，被大家在 OA 系统里踢来踢去。而且只闻人语，不见人身。欲诉无门，只能与流程对话，流程往往闪身绕过你，径自流向下一处，你连对话纠正的机会都没有。中国人其实都是踢球的高手，OA 也是竞技场。

红色的章，又称大印可不是随便盖的。好像代表着某种权威与信用。而钢印的凹凸有致之间，更透着不可挑战的刻板。章的形状，民国与清季似乎是长方形，字体繁复，但结构谨严，比较美观。新政权之后启用的公章则多为圆形。简体的汉字围着一颗五角星，但字与字之间却显得疏远。有国徽的章，则是最高等次，不露自威。也有尺寸，像是一种现代礼制，不可僭越。一个小衙门断不可刻一颗大章。章独处时似乎无碍，如果联章共同发文，其谬误与自大就显露无遗了。2001 年因公干需要去深圳。当时赴深圳特区，是要办特区通行证的。单位派了一个人随我去公安局办特区通行证。公安局的人看到我的同事拿出大章时，通过章的尺寸掂量出我们单位的级别。办事竟然特别顺利,公安人员甚至高看我一眼似的。让我好不得意一会,间接地瞥见权力的魅力。

管章的人的分量也是可以掂量出来的。一个单位的办公室主任必须是领导信任的人。最终用印环节,断不能失控。抢夺公章的事从庙堂到民间不断上演,让公章的看管更加不可轻视。当当网夺章事件后,法学界就出了好几篇关于公章内外效力的研究成果。

我发现盖章也是一个技术活,专业的盖章人,印泥着色均匀,五角星周正,一看就是正规的官家路数。

父母一辈,虽然偏在农村作为草民,但公权力与公章无所不在。记得长辈们参军、卖粮、外出都要公社或大队盖公章。甚至乞讨也要公章,以防被怀疑身份不明。前几年,上海的郊区经常行走一些化缘的假僧人与尼姑,为了取信于人,就先展示盖章的度牒,持证上岗的"出家人"倒卖"开光佛珠"之类来路不明、廉价的法界流通品。一些中老年妇女往往被他们顺利拿下。

到了我们这一辈似乎幸运许多,但也还是被一个个公章左右着。我平时第一次深刻领悟公章的威风,是得自我大学毕业分配的亲历与教训。毕业时东家明明已经录用,但是估计是系里与学校沟通不及时,以工作无着为由已把我的档案打回原籍。这样我要走改派的流程,到县里把档案重新取回,再从学校发到新单位。新单位只有调到我那份薄薄的档案才能走入编流程。那个暑假,我整日奔波在县城教委、档案部门、安大之间,央求着有司盖一个个公章,就像是取经的通关文牒。尤其着急的是无为县教委的那枚改派章就是不肯盖出,这样整个程序就无从启动,若再僵持数日,已经落定的用人单位大有毁约之势。果如此,我真的就可能成为无业游民。这于我们是万万承担不起的。贫困的家庭正指望着我这个长子回报家庭呢！父亲放下农活,陪着我一次次坐着三轮车进城倚门哀求,把学校的公文与东家的录用通知小心翼翼地呈上,但每次都碰壁而归。有几次,父亲与他们理论几句,倒是差点被那个不赖烦的人事股长赶将出来。最后还是托了一个亲戚,捉了几只鸡和一篮子鸡蛋送上,才换得了那枚小萝卜章胡乱地盖到纸上。凭着这个小小的印信我才能走向下一程,最终辗转拿到铜陵财经专科学校盖着公章的报到通知。那个炎热的暑假,我一个人折腾了近半个月,在县城、省城之间坐着各种交通工具奔波,看着盖章者的脸色,陪着小心,生怕从他们的嘴里冒出拒绝盖章的理由。当时没有电话,父母也不知道我在哪,半个月内没有音讯,估计他们整日在为我焦虑。我也不愿给他们平添烦恼。

半个月后,所有的公章集齐之后,住在铜陵汽车站的大通铺里,第二天忙着坐早班铜陵到无为的汽车,忙着回家向父母复命。他们看着我拿回的盖着公章的录用通知,欣慰我终于成了家中第一个公家人。我这个光荣的公家人的身份似乎靠那一枚枚或大或小猩红公章曲曲折折地造就,我像是终于集齐图章走向兑奖窗口的幸运儿,但是却无法高兴起来。我记得,待一切似乎落定后,在家中凉床上卧躺下来后竟头晕目眩,呕吐不止,实实地生了好几天的病。

明日醒时奈病何

今天在上班的地铁上，看到一只戴玉镯子的粗壮的女子的胳膊，于车子摇晃时腾出来拉住扶手。我和她都没有座位，所以挨看得真切。这是一双终日劳作的手，没有保养，也没有美甲。竟让我想起前年急病死在上海一家名头很大的医院里的二表姐的那只病手。

前年某天我在单位接到了大表姐的电话，说二表姐已经病得很重。症状是全身离奇肿胀，头部和脖子已经僵硬，整夜无法睡觉，只能靠大把安眠药。求我帮她联系上海的专家来救命。据说之前辗转北京、南京各类大大小小的诊所，听了各种秘方也踏实去执行，但病却不稍微减轻。想最后到上海我这里碰碰运气。

我并非医学专家，无非是凭着薄面央求医院的同学援手。待我联系好专家、病房的隔天早上，在医院的门口看到已经连夜由表姐夫陪着赶过来的我那位曾经活泼伙美丽的表姐，她曾经匀称饱满的脸已经严重膨大变形。我才知道问题的严重和他们全家的绝望，也隐隐感受传递过来的负担和压力。

表姐才52岁，她曾经是马鞍山钢铁公司的"铁花"呢！有一线女工人常见的干练和泼辣。我小时候经常跟着母亲坐烟尘滚滚的长途车,到她家寻求帮助,借钱或拿回破旧的工作服改成常服。印象中二表姐经常上夜班,睡到中午醒,仍然坐过来听我们的母亲讲体己的话。母亲说到恶劣的婆媳关系与难以想象的艰辛,二表姐也在一旁陪着流泪。记得她上班前换成一身工装后干练的样子。总是刀子嘴豆腐心地与我们讲话。她在几个表兄妹中,最喜欢到我们这些农村的亲戚家走动,不嫌弃农村的龌龊,所以与我们很熟悉。

如今这位二表姐,无助地跟在我的身后,走在科室铭牌林立迷宫般的医院,许久后终于到达我拜托的专家办公室时,她已经累得无法站稳。医生请她露出胳膊来看,这一场病就是始自这胳膊。我的大姨妈不知从何处得到一只玉镯,就转赠给女儿,要看着她当面戴到手上才满意。据说一开始就不合手,用了肥皂与润肤油之类才勉强上手。但勒得难受,手臂随即开始红肿。开始也未在意,后来更一发不可收拾,蔓延全身直至头颈部。如今她展示出来的手僵直得令人惊心,接近石化,敲起来硬梆梆的。我托的这位血管科已无法断定病因,马上请来其他各科专家来会诊。但一番检查下来,都摇头表示无计可施。

各科均无法收治,医生建议暂住回小旅馆,每天来门诊输液以观病情再图良策。我陪他们下楼,先回昨天临时租住的医院附近的小旅社。姐夫边走边谈到这段时间到处求医的希望和旋即而来的绝望。我们轮流搀扶二表姐。我搀扶的时候,免不了说些安慰的话。但是,她似乎已经听不进去了,像苦水填满的杯。竟然反问我可否帮她多弄点安眠药,她想自杀一了百了。我惊愕地听出她平静的死亡诉求后的苦笑,及内中一丝的自我解嘲。那个干练,偶尔与工人们粗鲁调笑的二十出头的轧钢女,在如此境地下依然保有坚强与洒脱。我另外觉得表姐尚有的一点安慰,就是表姐夫对她的耐心与温柔,那份危难之际相互扶持的情感是无法伪装的。表姐夫是他们轧钢组的同事。曾经的帅哥,经历过下岗与重新择业,如今也被岁月和生活的种种变故打倒。他边走边代她的可怜妻子对我一个劲地点头致谢,挤出过分卑微的表情。刚才在医院办公室,他顶着乱蓬蓬的头发向医生辞不达意地述说病情。医生因为是我托的熟人,压着性子听,最后终于打断他。姐夫显得很尴尬,回头看着我,大男人此时露出孩子般的委屈和不解。我听着他哀求的声音与颤抖的双腿,特别怕他会突然跪下,但又为我自己此刻出离的担心感到一丝羞耻。

到了住处,发现他们居然给我带来马鞍山的采石矶干子与胡玉美花生酱。其中一份托我转交给那位医生朋友。干子包装盒上印的采石矶公园是我到马鞍山常去的景点,二表姐有没有陪我们去过没有印象了。她大抵不喜欢这些文文乎乎的东西。采石矶干子确实是我们喜欢的食物,难得他们还记得。

当天离开后,我每天通过电话和微信问些情况。知道医生的医疗方案还不确定,对这个怪病一筹莫展。表姐夫每天陪着她到急诊室吊水而已。听出他们在电话里的重重焦虑,但是我也没有更好的办法,只好要求他们听医嘱。我一直没有去小旅馆看他们,甚至没有到急诊吊水的现场去陪护一次。我并没有忙到连这些时间也挤不出,只是一方面我觉得没有必要;更多的原因是我不愿意满耳再听他们的苦楚与抱怨。这么多年,家乡来上海找我安排看病的人真是不在少数。每一次的倾听都让我揪心,把我拉回苦难的回忆和农民在盛世的种种不堪,我更愿意相信电影《隐入烟尘》中中国农村的绝望与伤口正随着时代的进步在慢慢愈合。

大约是四五天后,我在南京西路石门路的一个露天咖啡馆等人。那天天气晴好,一些打扮入时的城市男女在喝下午茶。电话里传来表姐夫的哽咽声,说:"你姐姐走了"。说是正常挂水后一下子反应激烈,医院组织抢救也无法挽回。等我丢下所有事情赶到医院汇合的路上,姐夫告诉我他已经请医院安排救护车送表姐回家,说表姐尚存一口气在。按照习俗,家里人希望她能"活着"回到马鞍山的亲人身边。待我赶到医院时,到处打听,抬脚走过急诊科病区的走廊上躺满的病人。大厅里满眼更是挂着吊水袋的病人。大家都默默的,分明的嘈杂中却有股出奇的安静在。有几个老人赤身裸体躺在移动病床上,瘦得不成人形却睁大了眼睛,无人过问。中国底层百姓残存的一点生趣与尊严,最后在医院都被剥夺干净。我问急诊台的护士,她只告诉我确实有辆救护车拉着一个实际上已去世的病人走了。我想医院如此急急地送走她,倒是省了出死亡证明的各种麻烦,以及可能招致的医疗纠纷,毕竟人是在他们医院出事的。后来,自始至终表姐家都没有索赔的要求。他们的善良,我的不坚持与怕给熟人惹麻烦,让这个事情有了一个似乎安静的结尾。不知道二表姐是否赞许我们的做法。或者大家估计都累了,或者来之前本也没抱太大的希望。

　　二表姐的葬礼他们也没有通知我参加。这个悲伤的事情,我小心翼翼地不愿意去碰触,自我欺骗之下就好像没有发生过似的。但每次当我有事必须要到瞿溪路这家医院的附近,我都故意绕道,或硬着头皮走过。我眼前经常浮现他们在医院不远处的小旅馆楼下出租车扬招点,推搡着硬把大包的采石矶干子塞给我,再看着我上出租车。这位曾经在钢铁火炉前大力的手再也无法举起来,只有一双无助的眼目送这最后的永别。

冬秀阿姥

今年清明节回老家,村里的美丽乡村建设已经全面铺开。冬秀家那几间早已年久不支的破土屋已经被彻底推平,种上了一种我们农村不常见的花,被过分耀眼的白栅栏圈隔起来。一队队小学生执着红旗,是参观的队伍,他们嬉闹推搡着,围着冬秀故居的屋前屋后,指指点点。

我1987年到县城读高中后,与我这位姑姑就更少讲过话。以前几乎是"同在一个屋檐下",挨住得近。她家的矮草屋与我家后门只有真正的几步之遥。几块青石埋垫其间,这样雨天的时候我们两家走动就不用换胶鞋,直接踏石往返。前后门之间记得还有个青石碾子,是我们亲族之间秋收时节辗转共用的压谷农具。有一次,村里几个青壮人夸耀各自神力,就比赛谁可以单独举起这石碾,胜事的结果我早已淡忘,似乎在围观的人群中有冬秀姑姑,她于惊异中露出过微笑。印象中她很少笑,总是气乎乎的样子,不知为何?对周围的事总露出不屑。但是,她又分明没有任何不屑的资本。

她不受待见,家里人之间也是争吵多于和谐。在农村一切都是透明的,我们经常听到他们家人之间互相诅咒和侮辱的声音,家常便饭一般，当然也只好装作听不见。

我和冬秀在血缘上也比较近，我的爷爷与她的父亲是亲兄弟。我爷爷在家里排行不小但地位并不相称。在分宅基地时拿到的是中间一条，被夹在前后两个兄弟之间，不开阔，伸展不开，受气。冬秀的父亲，排行最小，但定居点却在村口开阔地带，斜对着邻村的一面湖。

村里无论老少，包括自己的子女，都喊冬秀的父亲"小老（平声）爷"。对这种长幼无序的称呼，小老爷总心满意足地接受。老村人穷，却异乎寻常地讲究辈分。辈分是一种秩序，不能乱。辈分高低当然也有实际用场，乡里乡亲间辈分低的人一般不敢冒犯长辈，辈分有军队军衔的制度功能呢！所以小老爷的平易近人让我们体会到了一丝不拘一格。小老爷膝下四个孩子，冬秀的姐姐哥哥之下，还拖个么妹。四姐弟都长我一辈，我都要称为阿姥与大爷。我们安徽沿江的农村是把姑姑喊为阿姥的。

冬秀阿姥大我十岁左右，如果没有自杀的意外，今年应该 60 岁了。我很难想象她 60 岁的模样。算起来她是在还不满 30 岁时就喝农药自杀的。我对她的记忆定格在她二十多岁的时候。身材微胖矮小但结实，从没看她穿过裙子之类，更多像一个男子。短发，小眼，大圆脸，脸色有股子高原红。

冬秀从来都是独来独往，几乎没有朋友。不像其他同龄女孩喜欢扎堆。因此她看上去总是行色匆匆，这样可以避免大家路遇之际的尴尬。在抬头不见低头见的农村，尤其如此。我一直不知道她如此孤立，是求之不得的结果，还是对她人总不屑后品尝到的苦果。在精神荒芜，人们自顾不暇的偏远乡野，如有一两个可以交心的朋友，她也不至于最后走上自戕的绝路。冬秀姑姑始终没有走入婚姻。农村人的婚姻多半无多少幸福可言，但是她若有这俗

世姻缘和子女的牵绊，可能就不会如此决然大口喝下那味刺激浓
烈的农药。

在冬秀二十大好几的年岁，家中就只剩下已经成了鳏夫的"小
老爷"父亲。前后的姐妹都已嫁人，弟弟也中专毕业脱离农村住到
城里了。女大不中留，冬秀在家里已然碍眼。农村人背后的闲话
也在压迫她。但她古怪的性格让媒人不敢上门。"小老爷"只好央
求我父母及家族中人，一心希望早早把她嫁出去。后来经别人牵
线，离我们不远地方的一个青年上了门。这个青年姓王，个头矮
小，来时穿着不合尺寸的新衣服。听母亲说这个青年家境更是贫
寒，母亲早亡。小王来过几次，但是好像很惧怕冬秀阿姆，冬秀从
没给过好脸色予他。背后，小老爷央求我母亲及一些女眷找过冬
秀，意在帮她辨明形势，无非是认清当下，自己年纪不小，条件也一
般，小王老实巴交安稳之类的劝辞。冬秀与我母亲之间平时话也
少，但是我母亲在家族里勤恳，农村公社业务上是骨干，还一度被
推选担任过生产女队长。冬秀对自己的这位堂嫂打心底是存有尊
重的。母亲为她的事也确实费心不少。我现在眼前还仿佛浮现，
在屋角，不善言辞的母亲的苦口婆心和冬秀难得的安静垂听的画
面。母亲的结束语和开场白好像总是"别孬了，小冬秀呀"。"孬"
在我们那，是傻的意思。

有段时间，从父母及长辈的谈话里漏出来，冬秀对自己的不婚
主张似乎不再坚持，听说两家还商量着到镇上扯衣服料子。甚至
传出冬秀与小王单独压过一次公社附近的机耕路的讯息。有几次
果然看到小王带着一个自家姐姐模样的人跟冬秀商量说话，只是
样子他们像是在一味乞求，冬秀依旧一副爱理不理的样子。这桩
婚事最后还是不了了之了。

错过这段姻缘后，冬秀的婚事就再也没有人提过。在当时的

农村,一个女人 30 岁还未婚,那铁定是要一辈子独身的。而女子独身本身就是古怪。这样一来更没女孩子敢与冬秀亲近了,生怕也染上嫁无可嫁的厄运。但冬秀自己反而释然了不少。有段时间经常还听到她嘴里吹着口哨,这在农村的女孩中也是闻所未闻的。小老爷听到她的口哨经常责骂她,她不理睬,甚至吹得更响亮。

冬秀算不上能干的人,对他们父女名下的那几亩薄地也不上心。经常很晚才下到田里,很早又收了工。虽然出力不勤,"草盛豆苗稀",但是好歹可以年年有收成。弟弟也已经成为公家人,逢年过节回来免不了送钱接济他们,所以,他们父女的日子较其他人家并不显得凄惶。偶尔,他们还可以割上半斤肥瘦相间的猪肉,矮小房子的烟囱经常有炒猪肉的香气飞入其他寻常百姓家。冬秀不婚配的憾事似乎并不如预料的那般可怕和严重。

冬秀对我的态度要好于村里其他孩子。估计是近邻加近亲,还可能因为我小时候嘴甜,经常老远地就亲热地喊她"阿姥"。她心情好的时候,还喊我的昵称"阿矮"。我上高中前个子一直短于同龄人。村里的人就顺势喊我"阿矮",我们也并不以为这样不好,反而觉得如此称呼,显得彼此之间不见外。冬秀看到我,眼里偶尔也泛出有难得一见的喜爱和温情。当时我小学四五年级,得到的奖状已经被母亲糊满一面土墙。她心里说不定还为她这个小侄子自豪过呢!

记得一个暑假,她特意邀请我和她一起出去"倒花生"。"倒花生"就是到别人家已经翻收完的花生地里捡拾别人遗落下的花生。我们村上的土地不适合种花生,只适合水稻和小麦。花生喜旱,需种在沙性土地里。"倒花生"需要出远门,去到数里之外的白卯等地。倒回来的花生供家里晒干,可以招待客人而不用花钱外购。我愉快地接受她罕见的热情相邀,一起结伴出发,带上小铁铲和一个布袋,开始了一场公私兼顾的小旅游。

在陌生而广阔的野外,我们体会到自由的快乐。每块别人家翻过的花生地都是我们任意驰骋的地盘。我后来到省城读大学,看过一幅西方的油画《拾穗者》,后来又了解基督教义里,有富人故意不将田地梳理干净以待穷人过来捡漏,实是行一种善意的慈善。我们乡间都是穷人,决没有如此美意,自家田里都耙梳得格外干净。但是,细心找寻,总有所获。最开心的是,我们偶尔发现整株的花生,因为被土块掩埋而没有被主人发现。我们从地里扯出长长的一串时,不亚于发现了大宝藏。我们欢快地大叫,声音传出很远。冬秀姑姑有个优点,就是从不偷别人家还没有收割的田里的花生。这也是对我的言传身教。她是大人,大半天下来,她的收获远胜于我,她也会匀些到我的布袋里。太阳西下之际,我们开始背着装满大半个背袋的土头土脑的花生回程。蹚河之际,她用手搀我过河。我注意到她的手短短小小的,但是很有力,让我有股安全感。路上我们欢欢笑笑,一到村口,她又变回那个寡言的冬秀,眼神露出不屑的样子。到我们村西头的屋子附近,她与我招呼也不打,匆匆钻回自己家里。我顿在门口好一会,才回过神来,为这短暂的友谊的突然终止而惋惜。第二天遇到她,她也会招呼我一声,但是全然没有了昨天的默契、温暖和自在。

我离家到县城读高中,回来的少。在高中的课本里读到许地山的《落花生》我就会想到冬秀姑姑与我的花生之谊。回来偶尔与她照面之际,她更加沉默,一样的行色匆匆。脸上的不屑变成了满不在乎。

后来听说冬秀开始热衷于赌博的事。估计也是因为她没有子女拖累的缘故。农闲时的苦闷和无聊让赌博在穷人间变得更有吸引力。很快这个女客于附近的几个乡村赌博场赢得了名气。农民虽然穷,但更容易孤注一掷。我有个亲戚是赌博专业户,家里的田地全部长满杂草,甚至漫过田埂。在四周别家梳理干净的田野里,像城中心繁华地段的烂尾楼一般扎眼。我的这位豪客亲戚穿戴大大好于我父亲这样的农民,他的行头是一件旧风衣,头发用香油打理抹顺,自有股风流的姿态在他的身上。

冬秀很快成了附近几处地下赌场的常客。这些赌场,虽说隐秘,干部们也是不管不顾的,甚至很多干部也经常与民同乐。赌博甚至是农村招待客人的一个手段。农村曾经有段时间搞过唱戏与政府识字班的文化活动,但是那里比得上牌九之类的赌博更接地气呢?冬秀姑姑的赌博爱好估计与她的父亲,那个小老爷的言传身教有关。小老爷的妻子早早去世,他就喜欢上了赌事。现在终于可以上阵父女兵了。眼见得他们经常一起出入赌场,半夜而归。我们睡在床上,凭他们路上的声调言语就可判断当日战况。如果欢声笑语,今天估计是"多头",如果默默地开门,那就定是在桌子上把钱输给对家,空空而归了。听说冬秀的赌风比较彪悍,比父亲凶。小老爷的赌风比较软弱,冬秀却敢于下大注,好在当时农村还没有赌场放贷人之类。冬秀好歹没有负债累累而至不能翻身。等到她再从农田里抠到一点本钱后,又可以重返赌场了。她哥哥的接济,估计悉数都转化成烟雾缭绕的乡村四方桌上的赌资了。

赌博的人身上有股子戾气和不祥的东西。我那个赌博专业户的亲戚,最后的下场是晚上酒醉后落水而死。冬秀的赌博也没有给她带来多少愉快和尊严。经常听到她与同为赌友的父亲在那个低矮小屋激烈地争吵。中间夹杂着诅咒和尖锐的声音。邻居们对此已经麻木和习以为常,也没有人敢去劝架,因为冬秀对所有上门劝架的人一律是不会给好脸色的。

他们家阴暗潮湿的屋子去光顾的人越来越少了。冬秀在人们的视线里变得断断续续的。甚至也不明白她在家，还是身在赌场，或者田里的某个地头。我偶尔回来，咫尺之遥，也很少碰到她。其实，可能她一个人正闷在屋子里。她家的窗户一直是木棍子格出来的，没有换成别人家的透亮玻璃窗。他们父女无力也无愿造新房，所以一直是早年夯土而成的矮小土屋。冬秀即使在家，从暗暗的窗户也看不出来。我怀疑她是有意为之的。

不知道是不是命运的安排，冬秀自杀的那天我竟然正好在家。记得是高二暑假开始之前的某个夏日，下着不小的雨我在家里又听到他们父女尖锐的争吵。小老爷的声音不大，但是满是嫌弃与刺人的诅咒，冬秀开始还跺脚针锋相对。一段时间后家里突然没有了声音，让人觉着怪异。不知道过了多长时间，雨似乎小一些，突然听到小老爷到里屋大声唤醒冬秀的声音，急促但却不慌张。一会就听到小老爷在门口大声喊叫着："冬秀喝药水了"。在淅淅沥沥的雨打中，苦主的声音并不凄惨，他的大声似乎只是在宣布一件事实，伴着一股命定的释然。我父亲和另外一侧比邻而居的四奶奶得着声音冲进他们家里屋，估计是摸到冬秀的睡床处，一会出来，说已经死了，身体都硬了。小老爷依旧没有多少悲伤，央我父亲到镇上的铺子为亡女买一口棺材。我父亲赶忙拿伞和接着他递过来的一把钱钞准备出门，我到现在还记得，小老爷冒着雨追出来，嘱咐父亲："买个最便宜的就行了"。

后来没有听说过冬秀举办过葬礼，"最便宜的棺材"包裹的身体如今葬在哪里，估计也没有多少人记得。我一直不能原谅我自己的是，我在冬秀走的那个雨天，自始至终一直没有走进她家低矮的小屋。冬秀应该知道"阿矮"是在家里的。

她的坟，我一定要找机会看看的。我能做的估计也只能如此。

凫水此生

　　今年清明回乡祭扫的时候,父亲不无自豪地告诉随行的儿孙们,有风水先生说爷爷奶奶合葬的墓地"发扬后代"。这些被发扬的后代的名字赫然碑列在册。我当然不会当面泼他冷水。爷爷1990年胃病去世后,我们这个普通的家庭像这个时代一样喜忧参半,爷爷那座朝向门口开阔河流的坟并没有多少荫及子孙。我们这些平凡的晚辈因为这个和平时代确实较爷爷人生顺遂了许多,至少最终免于饥馑。但生活的波折也都尝遍,无妄之灾也并没有全然幸免。

　　2008年奶奶去世后与爷爷合葬于此,因为爷爷去世时尚可土葬,所以长条的坟茔下还是木制的棺椁,而奶奶只能化作灰尘装在一只盒子里。墓的形制就类似一个龛位,他们勉强算是同冢而异穴。爷爷在世时就为自己准备了这份寿材,停放在堂屋里,我至今还记得那浓郁的桐油味道。晚年的爷爷只能干些看谷场,驱赶麻雀的轻巧活。夏日的太阳当空,我经常看到爷爷坐在屋檐下,门口的晒场上堆着儿子们从田地里打回的湿漉漉稻谷,他不时弹拉着一条粗麻绳,希望喝退贪嘴的麻雀。麻绳中间挂着一块红布,意在增强威吓的效果,很快也就被智慧的麻雀们识破。

　　爷爷的烟瘾极大。所以他难得的笑容是别人给他递烟的时候。先是谦让一番,只是这客套的假意过分明显。他接过别人的"大前门"、"佛子岭"这些我们安徽当地好烟,甚至偶尔还能接到带过滤嘴的香烟。这些好烟拿到手后,爷爷舍不得当场点燃陪吸。他照例架到耳朵上,从口袋中掏出自制的卷烟,就着别人的火柴点着。这些自制的烟简陋不堪,是他自己或央求别人到镇上买回烟丝,再匀裁出一块块纸片,在堂屋的大桌子上卷裹而成。虽比不上公家烟厂的机制,但是一番制作后,一排排码在桌子上的富足显然令他安心。他自制的烟都有一个歪歪扭扭的结口,样貌确实不佳,他总不好意思回敬别人,只好自珍。他与儿辈相处并不和睦,但同是"烟君子",每于互相递烟时竟有一股罕见的友情在烟雾袅袅中升腾。他们的不和睦一半是贫困潦倒的生活所致,一半也得弊于中国落后的亲亲尊尊的伦理规范。当时农村,父亲总要刻意摆出与子女疏离不苟言笑的样子。"多年父子成兄弟"会被人耻笑。

　　爷爷时候因何种病而致命并不确切。1990 年我刚到安徽大学报到,临走时他还能于病榻之际嘱咐我一番,一月不到就得到他病故的信,我忍不住嚎啕大哭一场。其实在来之前的整个暑假,他已经在鸭棚边的小屋里整夜发出惊人的咳嗽,赤脚医生还诊断出他的胃溃疡一类的胃病,因为已无法进食并有血便。胃溃疡在我们当地是一种普遍的病,爷爷长期在外放鸭,风餐露宿,饮食生冷,得这种折磨人的病更是自然。我的舅舅和母亲都是罹患胃病 60岁不到离世。爷爷去世时已经 76 岁,大家并没有觉得过分悲伤,病程期间,对他的病痛也没有应有的体谅和关怀。贫穷与自顾不暇钝化了人们之间的亲情。那时的农村人得病很少有进城检查的,既无力也无愿。只有几个土郎中看顾和倾听这些微贱生命的哀怨与苦楚。公社化以后,这些土郎中被收编进新政权的乡村赤脚医生序列,临时接受了一些西医的训练,农民虽然好歹被纳入了现代医疗体系,但是观念还在原地,对医院依然怀有农耕时代的恐惧与不信任。拖到远赴县城医院救治时往往已沉疴不起。即使到今天,在农人的眼里,自生自灭胜过到城市医院后的"竹篮打水"。

与爷爷相比,奶奶算是寿终正寝。没有致命的疾病,得年 80 有余。在生活条件如此差的农村,已算高寿。大家私下试图解释其中原因,说奶奶不用下地干活,且经常代表爷爷参加农村的婚丧嫁娶宴席,口福延年。这都是拜爷爷的鸭农身份所赐。确实,从我记事起,爷爷往往一早就赶着数百余只鸭子出去巡游觅食,太阳下山才撑着鸭船于余晖中漂浮而归。爷爷养的多是能产蛋的麻鸭,偶尔有绿鸭,后者身材高大一些,多出现在诗人笔下的绿波之中,但论起产蛋的主责主业估计不如温顺的麻鸭。麻鸭的绒毛还可充作羽绒,当然还有鸭蛋。

爷爷过着水上漂的日子,日日与鸭为伍,似乎遂了他不喜与人热络的性格。印象中他很少大声讲话,身材矮小喜欢安静地蹲在角落里,和善地抽烟,听人说话而几乎从不插话,最多礼节性地诺诺。与子女也少交流。甚至我的脑子里缺少她和奶奶一起出行的画面。奶奶身材瘦高,就像他们一起合葬的坟一样,并不般配。在农村,女人一般不坐宴席的,但是奶奶因为爷爷的缺席,经常代表家族主事。这点甚至成为她被不睦者横加指摘的"污点",加之奶奶也并不具有独立执政的能力与权威,在一族婚丧嫁娶、份子钱分摊、邻里纠纷处理中频频失策,滋生不少新怨旧恨。与我的母亲关系也不和,夹在中间最难受的自然是父亲。母亲也会候到爷爷难得在家的日子,上门当面"明白"爷爷,以求公道。有时候带上我这家中的长孙,以壮行色。爷爷总默默地听,恶恶地咒骂着奶奶。他如此不加审问就站到母亲一边,让母亲得了不少宽慰,她用衣角揩干眼泪后,拉着我回走,虽然婆媳的矛盾还会没来由地于某日再度爆发。母亲感激公公的主持公道,家中如有杀鸡与招待客人有肉菜,会提前单独打出一份命我提着网兜抄田间小路送给爷爷享用,以作善意回报。我的小家在旧村,爷爷奶奶与其他几个叔叔在我小学时就搬到半里之外的新起的马路边房子住了。分开住也是减少矛盾的地缘政治缓冲之策。农村的婆媳矛盾几乎是普遍现象,母亲加给奶奶的一个"罪状"就是宁可"抓一包瓜子到处闲逛也不愿意帮着看管孙子"。我们住在河汉丰富的乡村,父母在田里忙得昏天黑地,经常有几岁还未到上学年龄的孩子淹死的噩耗传来,我村里这样的例子已有两例。我是倪家长孙,位置类似这个赤贫家族的太子,爷爷一家以鸭为生,田地少,奶奶几乎不用下地。大孙子倒抵不过奶奶的一把瓜子,这摆明了是对儿媳的不屑。奶奶对外申明的原因则是自己犯有腰疾。更让他们婆媳关系交恶的是,几年后三叔有了孩子,奶奶的腰却一夜间突然灵活、健朗起来。

我小学四五年级的时候,有一个暑假还随爷爷一起外出放鸭前后计有十余天。现在想起来特别有意思,也很珍贵。这是我与爷爷相处最密切的一段时间。暑假我自然有大把的时间,当时的学生几乎没啥作业需要应付。为何得此"兼职"安排,现在记不清具体缘由,似乎是爷爷承诺付给我一点劳务费,让我跟着他做一些辅助性的工作。这样既解决了我的照托问题,又可获得一笔收入。只是后来这个劳务费好像不了了之。

老小鸭农搭档,每天早上,爷俩打开鸭棚的栅栏,鸭子欢天喜地,一个个下饺子似地跳入门口的河中,开始了一天的"说走就走的旅程"。爷爷驾着"鹞子盆",这是一个拉长一点椭圆形的大木盆,吃水浅,驾驭灵活,只容一人坐。爷爷一上船,就精神抖擞,手中执的竹竿兼具撑船与赶鸭子的双重功用。矮小木讷的爷爷此时成了鸭司令,几百只鸭子在他的指挥下,热闹有序地在河中顺流出发。当然途中也有几个开溜或不能跟进的,我的职责就是在岸上监督,用土块和吆喝让他们整齐划一,对少数几个体力不支掉队的鸭,需要人力捧在手上,到集中进食的地方再放下来。等为鸭子找到一片合适的进食地,多是一片刚刚收割的田野。农田里有些秸秆断枝上的剩余稻穗可供鸭子捡食,有些犁过待撒秧苗的水田会有一些螺蛳之类。鸭子喜欢广阔天地的自由胜过潮湿拥挤的鸭棚,不时于进食时追逐嬉闹,发出嘎嘎的生命欢愉之声。鸭子之间也会争斗,但比鹅群温和,点到为止,讲究武德。鸭子们安心地进食,我们祖孙就可以席坐在田埂上休憩,看天看云漫无边际地聊天,真是"羡君栖隐处,遥望白云端"。爷爷盘坐在草地上,享受自己的土制卷烟。我注意到他擦火柴的手长期被水浸泡开裂,微小的火苗经常迎风便灭,只好弯下头护着火,双手合拢再颤巍巍地送到嘴边。火柴经常潮湿,划过数根才能成功。遇到大雨天,我们就要穿上不合身的雨衣守护鸭群。如果雨大风骤,鸭子会受到惊吓而四散,则需要着急把鸭群赶到避风的某处围墙下,让它们抱团取暖。野外放鸭,除偶尔遭遇坏天气之外,多的是自由与乐趣,有点草原上逐水而居的随意,随意经停,一天之内可以跑好几个圩荡。我们跑遍了远近所有的村落与水田。这些村落都有爷爷的熟人或多少扯得上关系的亲戚他们隔着狭窄的小河寒暄几句,或者移舟相近借个火。主人心如水,其鸭也闲适。我这个随从的"小把戏",爷爷也会得意地介绍给别人。

斜阳西下,几百只鸭子的大队伍要往回赶,必须在夜幕来临之前如数回到鸭棚,爷爷要在上岸之前清点完毕。爷爷令我佩服之处,是在回家兴奋不已,来回穿梭的混乱鸭子队伍里确认鸭的数量,"一个都不能少"。如有短少,必定是落在后面或恋食没有归队的,务必在天黑之前找回,否则晚上可能会入黄鼠狼之口。当然,队伍中也有可能混进异己,是别人家的鸭跟着私奔过来者。不过,这不难识别,它有陌生人的紧张,明显不合群,只凭肉眼爷爷也能识别出这些野鸳鸯,加之每个人家的鸭其实都有独特的记号。对于混进队伍者,我们必然要棒打鸳鸯,原路遣返。自家鸭子回到鸭棚之前往往还要补喂一次,以防它们晚上挨饿,有点类似于城里富贵人的夜宵点心之供。

我因这十余天小鸭农的经历,与爷爷日夜相处,现在想来尤其珍贵。后来看过一部电影《过昭关》,也是写一对祖孙暑期单独出行,风餐露宿,深有同感。只是,我只是个小把戏,爷爷也不善言辞,我们交流的不多。只记得暑热草木疯长,天边巨云高远,鸭声阵阵。

爷爷去世后,父亲告诉我,人民公社期间,爷爷因为养鸭的一技之长,被公社聘去专事养鸭,这份吃公家饭的派活意料之外救了全家十口人的性命。鸭不能一日无粮,否则会生气罢工不产蛋,上缴鸭蛋的革命任务就不能完成。革命的鸭还需肥壮,"人有多大胆,地有多少产"的格言鸭子才不理会,它们可不像人一样敢怒不敢言。在我们村里十数人饿死的情况下,干部们尚要从人口中夺粮喂鸭,确保上级养鸭任务指标的如数完成。备受组织信任的爷爷终还是辜负了"一心为公,毫不为私"的标语和教导,背着公社,偷偷从鸭口中为自己的几个孩子的性命夺回粮食。三年自然灾害结束后,村头几乎家家有新丧,户户起坟头,我们家居然"一个也没有少"。所以,父亲听到的某个风水先生的吉壤之说,也不全然是虚言,否则爷爷奶奶碑上那一长串的子孙大多是不会存在的。

图书在版编目（CIP）数据

观自在 / 倪受彬著.
—上海：上海三联书店，2024.
ISBN 978 - 7 - 5426 - 8470 - 7

Ⅰ.①观…　Ⅱ.①倪…
Ⅲ.①随笔—作品集—中国—现代　Ⅳ.①I267.1

中国国家版本馆 CIP 数据核字（2024）第 077928 号

观自在

著　　者　倪受彬

责任编辑　钱震华
装帧设计　陈益平

出版发行　上海三联书店
　　　　　中国上海市威海路 755 号
印　　刷　上海晨熙印刷有限公司

版　　次　2024 年 7 月第 1 版
印　　次　2024 年 7 月第 1 次印刷
开　　本　700×1000　1 / 16
字　　数　303 千字
印　　张　26
书　　号　ISBN 978 - 7 - 5426 - 8470 - 7 / I · 1874
定　　价　88.00 元